DuMonts Kriminal-Bibliothek

Steve Hamilton wurde in der Nähe von Detroit geboren und lebt heute im Norden des Bundesstaates New York. Mit diesem Band wird Steve Hamilton erstmals auf deutsch vorgestellt.

Herausgegeben von Volker Neuhaus

Steve Hamilton
Ein kalter Tag im Paradies

Aus dem Englischen von Volker Neuhaus

DuMont

Für Julia und Nicholas

Die Deutsche Bibliothek – CIP-Einheitsaufnahme

Steve Hamilton:
Ein kalter Tag im Paradies / Steve Hamilton. Volker Neuhaus (Übers.). – Köln : DuMont,
    2001
(DuMonts Kriminal-Bibliothek ; 1103)
ISBN 3-7701-5615-3

Aus dem Englischen von Volker Neuhaus
Die der Übersetzung zugrundeliegende Ausgabe erschien 1998 unter dem Titel
A Cold Day in Paradise bei Thomas Dunne Books, St. Martin's Press, New York.
© 1998 Steve Hamilton

© 2001 für die deutsche Ausgabe: DuMont Buchverlag, Köln
Alle deutschsprachigen Rechte vorbehalten
Umschlagmotiv von Pellegrino Ritter
Umschlag- und Reihengestaltung: Groothuis & Consorten
Satz: Greiner & Reichel, Köln
Druck und Verarbeitung: Clausen & Bosse, Leck
Printed in Germany
ISBN 3-7701-5615-3

Es ist mir ein Bedürfnis, den Einwohnern von Chippewa County, Michigan, für ihre Gastfreundschaft zu danken – und für ihre Geduld mit Leuten aus dem Süden des Staates, wie ich es bin. An alle, die noch nie dort waren – wenn Sie jemals von Sault Ste. Marie nach Paradise fahren, brauchen Sie keine Angst zu haben, daß Ihr Wagen im Schnee steckenbleibt. Das soll nicht heißen, daß das nicht passieren kann. Wenn Sie zwischen November und März dort sind, *wird* es sogar eventuell passieren. Aber der erste, der des Weges kommt, wird Ihnen helfen. Darauf können Sie wetten, denn so sind die Leute, die dort leben. Falls sich also jemand aus dieser Gegend hier in diesem Buch unehrenhaft aufführen sollte, so glauben Sie mir bitte, daß er lediglich meiner hyperaktiven Phantasie entsprungen ist.

Mein Dank gilt auch den Mitgliedern meiner Schreibgruppe – Bill Keller, Frank Hayes, Vernece Seager, Douglas Smyth, Kevin McEneaney und Laura Fontaine. Ohne euch würde ich mir immer noch erzählen, daß ich es eines Tages noch einmal mit dem Schreiben versuche. Dank auch an Liz Staples und Taylor Brugman für die Zeit, die ihr mir gewidmet, und die Ortskenntnisse, mit denen ihr mir ausgeholfen habt. An Chuck Sumner und Alfred Schwab für manche Ermutigung. Dank auch an Ruthe Furie, Bob Randisi und Jan Grape von den Private Eye Writers of America. Und an die unvergleichlichen Ruth Cavin und Marika Rohn und an jeden sonst bei St. Martin's Press.

Für technische Hilfe muß ich mich bedanken bei Cheryl Wheeler von der Michigan State Police, bei Larry Queipo, dem ehemaligen Polizeichef der Stadt Kingston, New York, und bei Dr. Glenn Hamilton vom Department of Emergency Medicine an der Wright State University.

Und am meisten von allen – Dank dir, Julia, meiner Frau und besten Freundin. Und dir Nickie – du bist mein toller Sohn und wirst es immer bleiben.

Kapitel 1

In meiner Brust steckt eine Kugel, weniger als einen Zentimeter vom Herzen entfernt. Ich denke nicht mehr oft daran. Sie ist jetzt einfach ein Teil von mir. Aber hin und wieder, in bestimmten Nächten, denke ich an diese Kugel. Ich spüre ihr Gewicht in mir. Ich spüre ihre metallene Härte. Und obwohl diese Kugel sich in meinem Körper seit vierzehn Jahren wärmt, fühlt sich in einer Nacht wie dieser, wenn es dunkel genug ist und der Wind bläst, die Kugel so kalt an wie die Nacht selbst.

Es war der Abend von Halloween, der mich immer an meine Zeit bei der Polizei denken läßt. Mit dem Dasein eines Polizisten in Detroit an Halloween läßt sich nichts vergleichen. Die Kinder tragen Masken, aber anstatt Süßigkeiten zu verlangen, brennen sie Häuser nieder. Am Tage drauf können es durchaus vierzig oder fünfzig Häuser sein, die zu Skeletten reduziert wurden und immer noch qualmen. Jeder Polizist ist auf den Straßen unterwegs, hält nach Kindern mit Benzinkanistern Ausschau, um die Brände zu melden, bevor sie außer Kontrolle geraten. Nur eins ist schlimmer, als am Abend von Halloween Polizist in Detroit zu sein – Feuerwehrmann in Detroit zu sein.

Aber das war lange her. Vierzehn Jahre, seit mich die Kugel traf, vierzehn Jahre und gut fünfhundert Kilometer her, stracks nach Süden. Es hätte genausogut auf einem anderen Planeten passiert sein können, in einem anderen Leben.

Paradise, Michigan, ist eine kleine Stadt auf der Oberen Halbinsel, am Ufer des Lake Superior, genauer an der Whitefish Bay gegenüber von Sault Ste. Marie oder »dem Soo«, wie die Einheimischen ihre Stadt nennen. Am Abend von Halloween sieht man hier vielleicht ein paar Papiergespenster in den Bäumen, die der Wind vom See her peitscht. Oder man sieht vielleicht einen Wagen voller kostümierter Kinder, die zu einer Party gebracht werden, und Hexen und Piraten starren dich durchs

Rückfenster an, wenn du am einzigen rotblinkenden Stoplicht der Stadt wartest. Vielleicht steht Jackie auch mit seiner Gorillamaske hinter dem Tresen, wenn du in die Kneipe kommst. Dem alten Witz zufolge packt dich erst die Panik, daß du losschreist, wenn er die Maske abnimmt.

Sieht man von all dem ab, ist ein Halloweenabend in Paradise nicht viel anders als ein normaler Oktoberabend – Kiefern, Wolken und eine erste Ahnung von Schnee in der Luft. Und der größte, kälteste, tiefste See in der ganzen Welt wartet darauf, zum Novembermonster zu werden.

Ich fuhr meinen Kleinlaster auf den Parkplatz des Glasgow Inn. Die Stammgäste waren sicher schon alle da. Schließlich war es unser Pokerabend. Da ich zwei Stunden zu spät war, war klar, daß sie schon ohne mich angefangen hatten. Ich hatte den ganzen Abend drüben in Rosedale auf dem Gelände für Wohnwagen und Mobilhäuser mit Klinkenputzen verbracht. Ein hiesiger Bauunternehmer wollte ein neues Mobilhaus aufstellen, als es umgekippt war und einem der Arbeiter die Beine zerschmettert hatte. Er war noch nicht länger als eine Stunde im Krankenhaus, als der ehrenwerte Lane Uttley bereits an seinem Bett saß und ihm den besten Rechtsbeistand anbot, den man für ein Erfolgshonorar von fünfzig Prozent erwarten konnte. Vermutlich würde man sich rasch außergerichtlich einigen, hatte er mir am Telefon gesagt, aber es war immer gut, einen Zeugen für den Fall zu haben, daß sie es auf einen Prozeß ankommen ließen. Jemanden, der aussagen konnte, nein, der Mann war nicht sturzbetrunken, und er wollte auch niemandem damit imponieren, daß er das fünf Tonnen schwere Haus auf der Nasenspitze balancierte.

Ich begann am Unfallort. Es war ein seltsamer Anblick, das gekippte Haus hatte sich mit seiner vom Aufprall zerstörten Ecke in die Erde gebohrt. Ich klapperte Haus für Haus ab, während die Sonne hinter den Baumwipfeln verschwand. Viel Glück hatte ich dabei nicht; nur ein paar Türen, die mir vor der

Nase zugeschlagen wurden, und ein Hund, der eine größere Stoffprobe von meinem Hosenbein nahm. Seit etwa sechs Monaten hatte ich dem Job als Privatdetektiv eine Chance geben wollen. Allzu gut ließ es sich nicht an.

Schließlich fand ich doch eine Frau, die zugab, den Vorgang beobachtet zu haben. Nachdem sie beschrieben hatte, was sie gesehen hatte, fragte sie mich, ob da nicht auch ein paar Dollars für sie drin wären. Ich sagte, das müsse sie mit Mr. Uttley besprechen. Ich ließ ihr seine Karte da: »Lane Uttley, Rechtsanwalt, Spezialist für Personenschäden, Arbeitsunfälle, Verkehrsunfälle, Unfälle in Gebäuden, ärztliche Kunstfehler, Produkthaftung, Unfälle unter Alkohol, Strafverteidigung.« Mit seiner Adresse im Soo und seiner Telefonnummer. Sie schielte auf die kleinen Buchstaben, auf all die vielen Wörter auf der kleinen Visitenkarte. »Ich rufe ihn morgen früh als erstes an«, sagte sie. Ich hatte keine Lust, den ganzen Weg zu Lanes Büro zurückzufahren, um meinen Bericht abzugeben, und so würde sie ihn vermutlich anrufen, bevor er überhaupt wußte, wer sie war. Was ihn total durcheinanderbringen würde, aber mir war kalt und ich war müde, brauchte dringend einen Drink und war ohnehin schon zu spät für meine Pokerrunde.

Man sagt dem Glasgow Inn einen Hauch von Schottland nach. Deshalb sitzt man da auch nicht auf einem Barhocker und starrt in sein eigenes Gesicht in der Spiegelwand hinter der Bar, sondern lehnt sich in einen bequemen Sessel vor dem Kamin. Wenn das in Schottland allgemein so ist, würde ich da gern im Ruhestand hinziehen. Einstweilen tut es das Glasgow Inn. Es ist so etwas wie meine Zweitwohnung.

Als ich den Raum betrat, saßen die Jungs am Tisch und spielten, wie ich es mir gedacht hatte. Jackie, der Besitzer der Kneipe, saß in seinem Stammsessel mit den Füßen vorm Feuer. Er nickte mir zu und dann zum Tresen hinüber. Da stand Leon Prudell, eine Hand am Tresen, die andere um ein Schnapsglas geklammert. So wie er aussah, war es nicht sein erstes.

»Na, wie schön«, sagte er. »Wenn das nicht Mr. Alex McKnight ist.« Prudell war ein Baum von Mann, mindestens zweieinhalb Zentner. Aber das meiste davon hatte sich in der Mitte versammelt. Sein Haar war leuchtend rot und stand immer nach allen Seiten ab. Ein Blick auf den Kerl in seinem karierten Flanellhemd und seinen Hundert-Dollar-Jagdstiefeln und man wußte, daß er sein ganzes Leben auf der Oberen Halbinsel verbracht hatte.

Die fünf Männer am Pokertisch unterbrachen ihr Spiel, um uns zu beobachten.

»Mr. McKnight, Privatdetektiv«, sagte er. »Mr. Großmaul persönlich, wie?« Das alles mit der Besonderheit dieser Gegend gesprochen, dem schwachen Anheben der Stimme am Satzende, das ihn fast wie einen Kanadier klingen ließ.

Außer den Pokerspielern war noch vielleicht ein Dutzend Leute im Raum. Alle verstummten, als sie langsam die Köpfe drehten, um uns anzusehen, als seien wir zwei Pistolenhelden vorm Ziehen.

»Was bringt Sie denn hierher in unser entlegenes Paradise, Prudell?« fragte ich.

Lange Zeit starrte er mich an. Ein Scheit im Feuer knallte plötzlich wie ein Flintenschuß. Er trank sein Glas aus und stellte es auf den Tresen. »Warum besprechen wir das nicht draußen?« sagte er.

»Prudell«, sagte ich. »Draußen ist es kalt. Ich hatte einen langen Tag.«

»Ich meine wirklich, wir müssen die Angelegenheit draußen besprechen, McKnight.«

»Ich geb Ihnen einen aus, okay?« sagte ich. »Kann ich Ihnen nicht einen ausgeben, und wir besprechen das Ganze dann hier?«

»Na klar«, sagte er. »Sie können mir einen ausgeben. Sie können mir zwei ausgeben. Sie können sogar hinter die Bar gehen und sie selbst mixen.«

»Um Himmels willen.« Das konnte ich nicht brauchen. Nicht heute Abend.

»Das ist das mindeste, was Sie für einen Mann tun können, dem Sie den Job weggenommen haben.«

»Prudell, nun mal halblang.«

»Hier«, sagte er. Er stopfte eine seiner riesigen Pranken in seine Tasche und zog die Autoschlüssel heraus. »Sie ham vergessen, die auch noch zu nehmen.«

»Prudell ...«

So schnell hatte ich die Schlüssel nicht erwartet und auch nicht so perfekt gezielt. Sie erwischten mich direkt über dem linken Auge, bevor ich überhaupt blinzeln konnte.

Wie ein Mann standen die fünf am Tisch auf. »Nicht nötig, Jungs«, sagte ich. »Behaltet doch Platz.« Ich bückte mich, um die Schlüssel aufzuheben, und spürte, wie mir Blut in den Augenwinkel lief. »Prudell, ich wußte nicht, daß sie ein so guter Werfer sind. Wir hätten Sie gut brauchen können, als ich seinerzeit in Columbus Baseball spielte.« Ich warf ihm die Schlüssel zurück. »Allerdings trug ich damals eine Gesichtsmaske.« Ich wischte mir mit dem Handrücken das Blut ab.

»Nach draußen«, sagte er.

»Bitte nach Ihnen«, antwortete ich.

Wir gingen raus auf den Parkplatz und starrten uns im spärlichen Licht an. Wir waren allein. Die Kiefern schwankten um uns herum, vom Wind geschüttelt. Die Luft war von Feuchtigkeit vom See her schwer. Er versuchte zwei Schwinger, ohne mich zu treffen.

»Prudell, sind wir dazu nicht zu alt?«

»Halten Sie die Schnauze und boxen Sie«, sagte er. In den nächsten Schlag legte er sein ganzes Gewicht. Der Mann hatte keine Ahnung vom Boxen, aber er konnte mich trotzdem verletzen, wenn ich nicht aufpaßte. Und unglücklicherweise war er wohl nicht ganz so betrunken, wie ich gehofft hatte.

»Prudell, Sie kommen ja nicht mal in meine Nähe«, sagte

ich. »Sie sollten es beim Schlüsselwerfen belassen.« Mach ihn wütend, dachte ich. Laß ihn nicht zur Besinnung kommen und die richtige Distanz finden.

»Ich hab ne Frau und zwei Kinder, müssen Sie wissen.« Er versuchte weiterhin riesige Schwinger mit der rechten Faust. »Jetzt kriegt meine Frau ihr neues Auto nicht. Und meine Kinder kommen nicht nach Disney World, wie ich ihnen versprochen habe.«

Ich wich einer Rechten aus, noch einer Rechten und noch einer. Laß mich 'ne Linke sehen, dachte ich. Was ich brauche, ist eine schöne langsame besoffene Linke, Prudell.

»Ich hatte jemand, der mir geholfen hat, als ich den Job noch hatte«, sagte er. »Ich schwöre bei Gott, McKnight, das war das einzige, was er auf der Welt noch hatte. Wenn ihm jetzt etwas passiert, ist das allein Ihre Schuld.«

Er versuchte noch zwei rechte Schwinger, bevor die Idee eines linkshändigen Schlags in seinem Gehirn durch Wut und Whiskey hindurch aufstieg. Als er kam, war er so langsam wie fließender Schlamm. Ich trat hinein und zielte mit einem rechten Haken auf seine Kinnspitze, wobei ich den Hieb gegen Ende wieder leicht abwärts führte, genauso, wie es mich mein alter Baseballtrainer einst gelehrt hatte. Prudell schlug schwer auf den Boden auf und blieb liegen.

Ich stand da und beobachtete ihn, während ich meine rechte Schulter massierte. »Stehen Sie auf, Prudell«, sagte ich. »So hart habe ich gar nicht zugeschlagen.«

Ich fing gerade an, mir Sorgen zu machen, als er sich endlich mühsam vom Schotter erhob. »McKnight, ich erwische Sie noch«, sagte er. »Das kann ich Ihnen versprechen.«

»An den meisten Samstagabenden bin ich hier«, sagte ich. »Na ja, an den meisten Abenden. Punkt. Sie wissen also, wo Sie mich finden können.«

»Verlassen Sie sich drauf«, sagte er. Eine volle Minute stolperte er auf dem Parkplatz herum, bis ihm wieder eingefallen war, wie sein Wagen aussah. In der Ferne konnte ich hören, wie die Wellen gegen die Felsen schlugen.

Ich ging zurück in die Kneipe. Die Männer blickten mich an und sahen dann auf die Tür. Sie zogen ihre eigenen Schlüsse und setzten ihr Pokerspiel fort. Es war die übliche Besetzung, die Art Kumpels, die du nicht mal mit einem Hallo begrüßen mußt, wenn ihr euch eine Woche nicht gesehen habt. Du setzt dich einfach hin und nimmst deine Karten. Ich hielt mir eine Serviette übers Auge, um die Blutung zu stoppen.

»Der Bauerntölpel hat bestimmt zwei Stunden da gestanden und auf dich gewartet«, sagte Jackie. »Was wollte er von dir?«

»Er glaubt, ich hab ihm den Job weggenommen«, sagte ich. »Er hat ab und an für Uttley gearbeitet.«

»Als Privatdetektiv? Der?«

»So hätte er es jedenfalls gerne.«

»Dem würde ich nicht mal zwei Cents bezahlen, damit er seinen eigenen Schwanz findet.«

»Warum würdest du überhaupt einen Mann bezahlen, damit er seinen Schwanz findet?« fragte ein Mann, der sich Rudy nannte.

»Würde ich nicht«, sagte Jackie. »Das ist nur so 'ne Redensart.«

»Das ist keine Redensart«, sagte Rudy. »Wenn's eine Redensart wäre, hätte ich sie schon mal gehört.«

»Es ist 'ne Redensart«, sagte Jackie. »Sag ihm, daß es 'ne Redensart ist, Alex.«

»Gib doch einfach«, sagte ich.

Ich spielte einige Runden Poker und trank genüßlich einige Biere. Jackie fuhr jede Woche einmal über die Brücke, um aus Kanada gutes Bier zu holen, ein weiterer Grund, seine Kneipe zu lieben. Für eine Weile vergaß ich alles über Wohnmobile und Mobilhäuser und verprellte Ex-Privatdetektive. Ich dachte mir, das sei genug Drama für einen Abend. Ich dachte mir, daß ich mich jetzt ein wenig entspannen und vielleicht sogar wieder ein wenig als Mensch fühlen dürfte.

Aber der Abend führte anderes mit mir im Schilde. Denn ausgerechnet jetzt mußte Edwin Fulton in die Kneipe kommen. Sorry, Edwin J. Fulton der Dritte. Und seine Frau, Sylvia. Ausgerechnet diesen Abend mußten sie sich aussuchen, um vorbeizuschauen.

Offensichtlich kamen sie von irgendeiner Art Soiree. Gott weiß, wo man auf der gesamten Oberen Halbinsel *überhaupt* eine Soiree *finden* kann, aber kein Problem für Edwin. Er war ausstaffiert mit seinem besten grauen Anzug, einem anthrazitfarbenen Überzieher und trug einen roten Schal lässig um den Hals geschlungen. Offenbar war der Anzug so geschnitten, daß er darin größer wirken sollte, aber so viel richtete der auch nicht aus. Er war immer noch zwanzig Zentimeter kleiner als seine Frau.

Sylvia trug einen fußlangen Pelzmantel. Ich hätte auf Fuchs getippt. Zwanzig von ihnen hatte man bestimmt gebraucht, um diesen Mantel zu machen. Ihre schwarzen Haare trug sie hochgesteckt, und als sie den Mantel auszog, kriegten wir alle ein kleines Schwarzes zu sehen, das ihre Beine und ihre perfekten Schultern voll zur Geltung brachte. Gottverdammich, hatte die Frau Schultern. Und selbst an einem kalten Abend mußte sie daherkommen und so was tragen. Sie wußte, daß jeder Mann in der Kneipe sie anstarrte, und doch hatte ich das perverse Gefühl, daß sie ihren Mantel gar nicht ausgezogen hätte, wenn ich nicht dagewesen wäre. Sie warf mir einen kurzen Blick zu, der mich mehr schmerzte als Prudells Schlüssel.

Edwin winkte mir kurz zu, während er zwei schnell zu mixende Drinks bestellte. Er hatte den speziellen Gesichtsausdruck, diese völlig unbewegliche Miene, die er immer aufsetzte, wenn er sich mit seiner Frau in der Öffentlichkeit zeigte.

»Nun erklär mir mal einer«, sagte Jackie in die Runde, »wie kann eine Frau wie die bei einem so kompletten Pferdearsch wie Edwin Fulton landen?«

»Ich denke, das hat etwas damit zu tun, wieviel Geld einer hat«, sagte Rudy.

»Du meinst, wenn ich 'ne Million Dollars hätte, säße sie jetzt auf meinem Schoß?«

»Das weiß ich nun auch wieder nicht«, meinte Rudy. »Wenn 'n Kerl so häßlich ist wie du, braucht er vielleicht fünf Millionen.«

Sie blieben nicht lange. Ein Drink, und weg waren sie. Nur ein kurzer Stop, um den Einheimischen zu imponieren, und weiter ging's. Sie warf mir noch einen Blick zu, als Edwin ihr in den Mantel half. Was auch immer sie erzielen wollte, hatte sie offenbar erzielt.

Ich mußte weiter an sie denken, während ich Poker spielte. Das half mir nicht gerade, mich auf meine Karten zu konzentrieren, und meiner Stimmung half es auch nicht. Draußen frischte der Wind jetzt merklich auf. Wir hörten ihn an den Fenstern rappeln.

»Die Novemberwinde kommen früh«, sagte Jackie.

»Es ist nach Mitternacht«, sagte Rudy. »Jetzt haben wir den ersten November. Sie sind einfach pünktlich.«

»Ich danke für die Belehrung.«

Etwa eine Stunde später kam Edwin in die Kneipe zurück. Diesmal war er alleine. Er stand eine Zeitlang am Tresen, diesmal mit Armsündermiene und der Hoffnung, daß ich ihn bemerkte. Ich war froh, daß er keinen Versuch machte, zu uns an den Tisch zu kommen. Er hatte wirklich einmal mit uns gespielt und sein Geld so schnell verloren, wie man es nur verlieren kann, wenn man um kleine Einsätze pokert. Aber es macht keinen Spaß, einem Mann Geld abzuknöpfen, von dem man weiß, daß es ihm überhaupt nichts bedeutet. Und dann jammerte er noch rum, als sei er plötzlich wirklich einer von den alten Kumpels. Wir haben ihn nie wieder zum Mitspielen aufgefordert.

An den meisten Abenden wäre ich wenigstens für eine Minute zu ihm gegangen und hätte ihn gefragt, wie es ihm geht. Ich weiß nicht, ob er mir einfach leid tut oder ob ich mich ihm gegenüber schuldig fühle wegen der Sache mit Sylvia. Aber vielleicht mochte ich ihn ja auch. Vielleicht hielt ich ihn für meinen Freund, trotz allem, was allzu deutlich dagegen sprach. Aber heute war mir einfach nicht danach. Ich ließ ihn am Tresen stehen, bis er es schließlich aufgab und ging.

Sobald er die Tür hinter sich zugezogen hatte, spürte ich mein schlechtes Gewissen. »Ich denke, ich mach Schluß für heute, Jungs«, sagte ich. Ich hoffte, ich würde ihn noch auf dem Parkplatz erwischen, aber als ich draußen war, war er bereits verschwunden.

Auf der Fahrt nach Hause gibt es ein Stück Hauptstraße, wo die Bäume zurücktreten und man einen wunderbaren Blick auf den See hat. Es fiel nur wenig Mondlicht durch die Wolken, aber es reichte aus, um zu erkennen, daß die Wellen anschwollen, vielleicht auf anderthalb Meter. Ich spürte, wie der Wagen bei der Fahrt im Wind schaukelte. Irgendwo da draußen, drei- oder vierhundert Meter unter den Wellen, schliefen noch immer neunundzwanzig Mann, zwanzig Jahre, nachdem die *Edmund Fitzgerald* gesunken war. Ich wette, das ist eine Nacht wie diese gewesen.

Der Wind verfolgte mich den ganzen Weg nach Hause, und selbst noch in der Hütte spürte ich, wie er durch die Ritzen blies. Ich löschte alle Lichter aus und kroch unter mein dickstes Deckbett. In der völligen Finsternis hörte ich, wie die Nacht mit mir flüsterte.

Ich schlief. Ich weiß nicht wie lange. Dann ein Geräusch. Das Telefon.

Es klingelte mehrmals, bis ich es erreichte. Als ich es aufnahm, hörte ich eine Stimme: »Alex.«

»Hallo?«

»Alex, ich bin es, Edwin.«

»Edwin? Mein Gott, wie spät ist es denn?«

»Ich weiß nicht«, sagte er. »Ich glaube, etwa zwei Uhr morgens.«

»Zwei Uhr mor… um Gottes willen, Edwin, was ist los?«

»Ja, ich hab hier ein kleines Problem, Alex.«

»Was für ein Problem?«

»Alex, ich weiß, daß es sehr spät ist, aber kannst du vielleicht hier rauskommen?«

»Wohin? Zu deinem Haus?«

»Nein, ich bin im Soo.«

»Was? Vor zwei Stunden warst du doch noch nach an der Bar.«

»Ja, ich weiß. Ich war auf dem Weg hierher.«

»Edwin, was zum Teufel ist los?«

Eine kleine Ewigkeit stand ich zitternd da, lauschte auf den Wind draußen und ein fernes Summen in der Telefonleitung.

»Alex, bitte«, sagte er endlich. Seine Stimme versagte fast. »Bitte komm hierher. Ich glaube, er ist tot.«

»Wer ist tot? Wovon sprichst du überhaupt?«

»Ich glaube wirklich, daß er tot ist, Alex. Ich meine, das Blut …«

»Edwin, wo bist du?«

»Das Blut, Alex.« Ich konnte ihn kaum noch verstehen. »Ich habe noch nie so viel Blut gesehen.«

Kapitel 2

Ich stand morgens um 2 Uhr 30 in einem billigen Motelzimmer gerade innerhalb der Stadtgrenzen vom Soo und blickte auf einen Mann hinunter, der in dieser Nacht gestorben war, einen Mann, der anscheinend jeden Tropfen Blut aus seinem Körper verloren hatte.

Das Blut war überall. Leuchtend rot hob es sich vom weißen Boden des Bades ab; wo es in den Teppich gesickert war, war es dunkler, fast schwarz. Es war an den Wänden, in großen Flekken, groß genug, um von dort bis auf den Boden zu tropfen. Und auch der Mann selber war voller Blut ... Er sah aus, als habe man ihn hineingetaucht, wie ein Osterei.

Der Anblick des Blutes ließ die Angst zurückkommen. Ich weiß alles über Angst, woher sie kommt, warum ein Mensch sie empfindet. Aber das zu wissen, machte den Umgang mit der Angst nicht leichter. Ich fühlte, wie sie in mir aufstieg, aus dem Bauch zu einem Punkt hinter meinen Augen. Und ich konnte sie nicht aufhalten.

»O mein Gott«, sagte ich, kaum flüsternd. »O mein Gott.«

Es war ein großer Mann. Ich wußte nicht, ob ich ihn je zuvor gesehen hatte. So weit konnte ich gar nicht denken. Sein Hals klaffte von Ohr zu Ohr. Zusätzlich hatte man ihm ins Gesicht geschossen. Ob er zuerst erschossen worden war oder ob man ihm als erstes die Kehle durchschnitten hatte, konnte ich nicht sagen. Ich konnte nicht einmal den Versuch wagen, darüber nachzudenken. Später nahm ich an, daß er vermutlich zuerst erschossen worden ist und daß ihm die Kehle durchschnitten wurde, während er niederstürzte; aber in diesem Moment konnte ich an nichts denken als an den Anblick seines Blutes und was der mir antat.

Die Tür zum Badezimmer, offen. Hose und Unterhemd, keine Schuhe. Die Augen noch offen. Ein Teil des Gesichts fehlte, unterhalb eines Auges. Im Zimmer alle Lichter an. Der Fernseher neben dem Bett an. Irgendein alter Film in Schwarzweiß, ohne Ton. Beide Betten ungemacht, die Bettücher in einem Knäuel auf dem Boden. Das Blut erreicht gerade die Bettücher. Eine Ecke ist schon rot.

Ich weiß nicht, wie lange ich dagestanden habe. Ich konnte mich nicht bewegen. Schließlich blickte ich auf und sah mich selbst im Spiegel. Faß nichts an. Verlasse den Raum. Faß nichts an. Raus hier, raus hier, auf der Stelle raus hier.

Ich ging hinaus und schloß die Tür. Wie ich mich fühlte, war ich sicher, daß ich mich übergeben müßte, bis mir eine Böe des Novemberwinds direkt vom See ihre Klauen ins Gesicht schlug. Edwin stand zitternd unter einer billigen Leuchtröhre. In der fahlen Grausamkeit dieses Lichts wirkte er verletzlich und fehl am Platze.

Er war noch immer so aufgedonnert, wie ich ihn in der Kneipe gesehen hatte. Jetzt mußte mir einfach auffallen, daß sein Schal auf den Ton genau blutrot war.

»Ist er tot?«
»Was?« sagte ich.
»Ist er tot?«
»Ist er tot? Hast du mich gerade gefragt, ob er tot ist?«
Edwin zog sich den Mantel enger um den Leib. »O Gott«, sagte er.
»Was ist passiert?«
»Ich weiß es nicht.«
»Edwin, um Himmels willen ...«
»Ich weiß nicht, was passiert ist, Alex«, sagte er. »Ich schwöre.«
»Hast du die Polizei gerufen?«
»Nein, noch nicht.«
»Was?« Ich konnte es nicht glauben. »Was ist mit dir los? Hast du jemanden geweckt? Wo ist das Büro?« Es war ein schlichtes Motel, sieben oder acht Zimmer hintereinander. Es

nannte sich Riverside, obwohl der St. Mary's River mindestens drei Kilometer östlich davon floß.

»Ich glaube, es ist dahinten«, sagte er. »Aber eine Minute, Alex. Laß uns erst mal nachdenken.«

»Wovon sprichst du?«

»Ich meine, laß uns über die richtige Art nachdenken, wie wir jetzt vorgehen.«

»Steig in mein Auto«, sagte ich.

»Ich glaube nicht, daß wir uns von hier entfernen dürfen.«

»Ich habe Telefon im Auto, Edwin. Steig ein.«

Mein Kleinlaster parkte neben seinem silbernen Mercedes. Sonst stand nur noch ein Wagen auf dem Platz. Zweifellos der Eigentümer des Motels, der noch friedlich schlief und keine Ahnung hatte, daß in Zimmer sechs jemand abgeschlachtet worden war. Er war entweder der begabteste Schläfer der Welt, oder der Mörder hatte einen Schalldämpfer benutzt.

Als wir beide im Wagen saßen, stellte ich den Motor an und drehte die Heizung hoch. Ich zog das Handy unter dem Sitz hervor. »So, als erstes rufen wir die Polizei an«, sagte ich. »Rufst du sie an, oder soll ich es tun?«

»Du bist doch dicke Freund mit dem County-Sheriff, Alex, oder?«

»Ich kenne den Mann. Aber was hat das mit hier zu tun?«

»Ich dachte nur, wenn du ihn anrufst ...«

»Edwin, hast du das Schild dahinten gesehen, auf dem steht ›Willkommen in Sault Ste. Marie‹?«

»Ja und?«

»Was sagt dir das?«

»Es bedeutet wohl, daß wir in Sault Ste. Marie sind.«

»Was wiederum bedeutet?«

»Ich weiß nicht, wovon du sprichst«, sagte er.

»Es bedeutet, daß wir die Polizei vom Soo anrufen müssen. Das County geht das hier nichts an.«

»Scheiße«, sagte er.

»Hast du Probleme mit der städtischen Polizei?«

»Nein«, sagte er. »Überhaupt kein Problem. Ich habe kein Problem mit der Polizei vom Soo.«

»Guten Morgen«, sagte ich in den Apparat. »Hier ist Alex McKnight. Ich bin Privatdetektiv, und ich möchte einen Mord melden. Ja, ich bin am Riverside Motel. Ja, an der Three Mile Road. Ja, werde ich …«

»Ich kann es nicht glauben«, sagte er. Es war im Wagen immer noch so kalt, daß man seinen Atem sehen konnte. Er rieb die Hände aneinander und hauchte sie an.

Eine Windböe riß am Wagen. Ich blickte zum Motel hinüber, während ich am Telefon wartete. Jede Menge Touristen kommen jedes Jahr ins Chippewa County, aber das hier sah einsam und vergessen aus. Auf dem Schild sah man neben dem Namen einen Vogel. Ich wußte nicht, ob es ein Pelikan oder eine Möwe oder Gott weiß was sein sollte.

»Ja, guten Morgen, Officer«, sagte ich. Sie hatten mich zu jemand anderem weiterverbunden. Ich wiederholte meine Informationen und versprach, auf den Streifenwagen zu warten. Der Soo war eine ziemlich kleine Stadt, so daß ich mir sicher war, daß es so etwas wie eine Mordkommission nicht gab, nur einige Detectives, die für alle schwereren Verbrechen zuständig waren. Ich konnte mich nur an einen einzigen Mord erinnern, von dem ich in den letzten fünf Jahren gelesen hatte. Wer auch immer der Bursche war, der den Raum mit seinem Blut gefüllt hatte, er würde jedenfalls die Mordrate hier ganz schön in die Höhe schnellen lassen. Sie würden zwei Polizisten von der Nachtschicht herschicken, und dann würden sie sich daranmachen, Roy Maven, den Polizeichef, zu wecken. Ich kannte ihn nur vom Hörensagen, und nach dem, was mir der Sheriff des County irgendwann bei einem Bier erzählt hatte, freute ich mich nicht gerade darauf, ihm um halb drei morgens zu begegnen.

»Und jetzt?« fragte Edwin.

»Sie sind auf dem Weg.«

»Wunderbar«, sagte er.

»Erzählst du mir jetzt vielleicht, was passiert ist?«

Er nickte. »Womit soll ich anfangen?«

»Erzähl mir erst mal, wer das da drinnen ist.«

»Er heißt Tony Bing. Er ist Buchmacher. Er *war* Buchmacher.«

»Mach weiter«, sagte ich.

»Ich bin hierhergekommen, um Schulden zu bezahlen.«

»Mitten in der Nacht?«

»Er hat mich vorhin angerufen«, sagte er. »Er wollte das Geld.«

»Was tat er in dem Motel?«

»Er wohnt da. Es gibt Leute, die das machen, nehme ich an. In einem Motel wohnen.«

»Das habe ich auch schon mal gehört«, sagte ich. »Wieviel warst du ihm schuldig?«

»Fünftausend Dollar«, sagte er.

»Du hast sie dabei?«

»Ja, hier«, sagte er und klopfte auf seine Manteltasche.

»Also bist du hierhergefahren, um ihm sein Geld zu geben. Was dann?«

»Ich habe an die Tür geklopft, aber es hat sich niemand gemeldet.«

»Dann bist du reingegangen?«

»Die Tür war offen. Ich dachte, er ist eingeschlafen.«

»Und du bist einfach reingegangen?«

»Ich bin den ganzen Weg hierhergefahren, nur um ihm das Geld zu geben«, sagte er. »Da wollte ich doch nicht wieder abhauen, ohne es ihm zu geben.«

»Okay«, sagte ich. »Du bist also rein und hast ihn gesehen?«

»Ja.«

»Und dann hast du mich angerufen?«

»Ja. Ich habe auch ein Telefon dabei. Im Wagen.« Er zeigte auf seinen Mercedes.

»Du hast den Toten gesehen und mich dann angerufen?«

»Genau so«, sagte er. »Mein Gott, hast du jemals so etwas gesehen?«

»Allerdings«, sagte ich. »Das habe ich.«

»Na klar«, sagte er. »Weil du früher Polizist gewesen bist. Vermutlich hast du in Detroit oft so was gesehen.«

»Zwei- bis dreimal jede Nacht. Man gewöhnt sich dran.«

»Zwei- bis dreimal jede Nacht? Wirklich? So oft?«

Für fünfzig Cents hätte ich ihm auf der Stelle da im Wagen eine runterhauen können. »Edwin, kann ich dich noch etwas fragen?«

»Natürlich.«

»Warum um Himmels willen hast du mich angerufen, statt die Polizei zu alarmieren?«

»Ich weiß es nicht, Alex. Ich meine, du mußt verstehen, in welcher Gemütsverfassung ich war. Ich komm da in das Zimmer und seh den Burschen, und da bin ich wohl in Panik geraten. Ich wußte nicht, was ich machen sollte. Und da habe ich eben dich angerufen. Und dann Uttley.«

»He, Moment mal. Du hast Uttley angerufen? Das hast du bislang nicht erzählt.«

»Na ja, ich denke, er ist mein Rechtsanwalt. Da ruf ich ihn doch besser auch an.«

»Was hat er gesagt?«

»Er hat gesagt, er käme sofort. Ich bin überrascht, daß er noch nicht hier ist.«

»Er wohnt am anderen Ende der Stadt«, sagte ich. »Ich mußte den ganzen Weg von Paradise rüberkommen.«

»Als Rechtsanwalt muß er sich vermutlich erst feinmachen«, sagte er. »Wie dem auch sei, Alex, du warst der erste, der mir eingefallen ist. Ich hoffe, du faßt das als Kompliment auf.«

»Erinnere mich daran, dir gelegentlich Blumen zu schicken, Edwin.«

»Und natürlich auch, weißt du, weil du Privatdetektiv bist und für Uttley arbeitest.«

»Na klar.«

»Damit meine ich natürlich keinesfalls, daß du für mich arbeitest, Alex«, fügte er hinzu. »Nur weil du für meinen Anwalt arbeitest. Das wollte ich nicht damit sagen.«

»Hmm.« Ich könnte jetzt im Bett liegen, dachte ich. Ich könnte jetzt zu Hause sein, kuschlig unter meiner Decke.

»Und dann natürlich auch, weil du ein guter Freund vom County-Sheriff bist, dachte ich, das würde helfen. Auch wenn das hier, wie du sagst, das County nichts angeht, weil wir in der Stadt sind. Ich nehme an, das habe ich nicht gründlich genug überlegt. Tut mir leid, Alex, ich bin im Moment völlig durcheinander.«

Ein Polizeiauto vom Soo bog in den Parkplatz ein. Die Warnlichter blinkten, aber die Sirene war nicht eingeschaltet. »Die Show kann beginnen«, sagte ich.

Es waren zwei junge Polizisten, nicht älter als fünfundzwanzig. Ich erinnerte mich daran, wie ich selbst die ersten beiden Jahre in Detroit Nachtschicht hatte. Die Nachtschicht bestand ausschließlich aus jungen Polizisten, die erst noch lernen sollten, und alten, die vor der Pensionierung noch Überstunden machen wollten.

»Guten Morgen, Officers«, sagte ich. »Dies hier ist Edwin Fulton. Er hat die Leiche entdeckt.« Ich wies mit der Hand auf ihn. Er sah erbärmlich aus, wie er da mit den Händen tief in den Taschen neben meinem Wagen stand. »Ich bin Alex McKnight.«

»Wo ist sie?« fragte einer der Polizisten.

»Zimmer sechs«, sagte ich. Ich wollte sie noch vor dem Anblick warnen, aber ich wußte, daß sie irgendwann hinschauen mußten. Nichts von dem, was sie auf der Akademie gelernt hatten, konnte sie auf diesen Anblick vorbereiten.

»Gott der Barmherzige«, hörte ich einen von ihnen sagen, als sie einen Blick in den Raum warfen. Sie machten die Tür zu und ließen sie auch weiterhin geschlossen.

Einer der beiden Polizisten trat zu mir. »Chief Maven wird in wenigen Minuten hier sein«, sagte er.

»Das hatte ich mir gedacht«, sagte ich. »Hat Ihr Partner sich bald gefangen?« Er war hinter dem Streifenwagen verschwunden. Ich brauchte nicht zu raten, was er dort tat.

»Weiß ich nicht. Ich geh den Besitzer des Motels wecken.«

Chief Maven bog ein paar Minuten später in den Parkplatz ein. Er stieg aus seinem Wagen wie ein Mann, den man mitten in der Nacht aus dem Bett geholt hat, um an einen Tatort gerufen zu werden. Er holte einen Notizblock aus der Manteltasche und sprach eine Minute mit den Polizisten, blickte auf die Tür von Zimmer sechs und dann auf uns beide, wie wir so dastanden. »McKnight«, sagte er, als er auf uns zukam. »Alex McKnight.« Der Mann hatte die kalten blauen Augen eines Polizisten, den Schnurrbart, der dringend gestutzt werden mußte, das von den Jahren gezeichnete Gesicht. Und die Stimme, die ein alter Polizist benutzt wie ein Zahnarzt seinen Bohrer.

»Das bin wohl ich«, sagte ich.

»Sie haben das hier gemeldet?«

»Jawohl, Chief.«

»Erzählen Sie von Anfang an.«

»Ich habe ihn gefunden«, sagte Edwin.

Maven warf ihm einen Blick zu, der den Rost von einer Wetterfahne entfernt hätte. »Noch spreche ich nicht mit Ihnen«, sagte er.

Edwin machte den Mund zu und starrte zu Boden.

»Das ist Edwin Fulton«, sagte ich. »Er hat ihn gefunden, hat mich angerufen, ich bin zum Tatort gekommen und habe die Polizei angerufen. Das ist alles.«

»Hier steht, Sie sind Privatdetektiv.«

»Ja.«

»Haben Sie eine Karte?«

»Noch nicht«, sagte ich. »Ich habe meine Lizenz erst seit ein paar Monaten.«

Er riß ein Blatt vom Block. »Warum schreiben Sie nicht einfach Ihre Adresse und Telefonnummer hier drauf und wir tun so, als ob es eine Karte sei.«

Ich blickte ihn einen Augenblick lang an und nahm dann das Stück Papier.

»Okay, *jetzt* spreche ich mit Ihnen, Mr. Fulton.«

»Ja, Sir?« Er versuchte nicht zu zittern. Er versuchte es mit äußerster Anstrengung.

»Habe ich richtig verstanden, daß Sie den Toten in diesem Raum gefunden haben?«

»Ja, Sir.«

»Habe ich des weiteren richtig verstanden, daß Sie sofort Mr. McKnight angerufen haben?«

»Ja, Sir.«

»Und was haben Sie danach getan?«

»Ich habe meinen Anwalt angerufen, Sir.«

Als gehorche er wunderbarerweise diesem Stichwort, bog in diesem Moment Uttley in seinem kleinen roten BMW in den Parkplatz ein.

Maven schloß die Augen und zwickte sich in den Nasenrücken. »Und dann, Mr. Fulton«, sagte er. »Was haben Sie dann gemacht?«

»Ich habe hier gewartet. Bis Alex kam.«

»Ist es Ihnen zu irgendeinem Zeitpunkt in den Sinn gekommen, neun-eins-neun anzurufen?«

»Tut mir leid, Sir«, sagte er. Er blickte mich hilfesuchend an, bekam aber keine. »Daran habe ich nicht gedacht.«

»Verstehe.«

»Guten Morgen, Leute!« Lane Uttley erschien unter uns. Edwin hatte recht gehabt, er trug seinen Outfit als Rechtsanwalt. Man hatte den Eindruck, er habe sich geduscht, rasiert und sei noch bei seinem Friseursalon vorbeigefahren, habe den Inhaber aus dem Bett geholt und sich rasch noch frisieren lassen. »Alex«, fuhr er in seinem Anwaltston fort. »Gott sei Dank, daß

Sie hier sind. Edwin, Sie sehen schrecklich aus. Chief Maven, Roy, bitte, sagen Sie mir, was hier vor sich geht.«

Maven blickte den Anwalt einen Moment lang an. »Warten Sie hier«, sagte er. »Sie alle.« Er ging zu dem Raum und öffnete die Tür. Wir beobachteten ihn von hinten, wie er den Kopf durch die Tür steckte. Er stand so eine ganze Minute, regungslos. Schließlich schloß er die Tür und sprach noch einmal mit seinen Beamten. Sie hatten inzwischen den Eigentümer des Motels geweckt, einen ratlosen alten Mann, der in Stiefeln und mit einem Mantel über seinem Pyjama zwischen ihnen stand.

»Wie übel sieht der Bursche aus?« fragte mich Uttley.

»Man hat ihm direkt ins Gesicht geschossen und die Kehle durchgeschnitten«, sagte ich. »Abgesehen davon geht es ihm gut.«

Maven trat wieder zu uns. »Meine Herren«, sagte er, »es sieht ganz so aus, als habe der Soo soeben einen Buchmacher verloren.«

»Tony Bing«, sagte Edwin. »Ich bin hierhergekommen, um ihm Geld zu bringen.«

»Ich weiß, wer er ist, Mr. Fulton. Wir besprechen alles weitere auf der Wache, während meine Beamten hier ihre Arbeit tun.«

»Natürlich, Roy«, sagte Uttley. »Wir tun alles, was wir können, um zu helfen.«

»Ich weiß das sehr zu schätzen«, sagte Maven. »Jetzt, Mr. Fulton, hätte ich gern Ihren linken Schuh.«

»Wie bitte?«

»Ihren linken Schuh, Mr. Fulton. Wenn Sie sich seine Sohle ansehen, werden Sie Blut daran entdecken, schätze ich.«

Edwin legte eine Hand auf meine Schulter und hob den linken Fuß. »O Gott«, sagte er.

»Ziehen Sie ihn aus«, sagte Maven.

»Auf der Stelle?«

»Roy, ich bitte Sie«, sagte Uttley. »Sie können doch bestimmt …«

»Sie haben den Tatort durcheinandergebracht, Mr. Fulton. Geben Sie mir den Schuh.«

Edwin zog den Schuh aus und gab ihn ihm. Er war aus weichem grauem Leder gearbeitet und wahrscheinlich mehr wert als mein Kleinlaster.

Maven zog einen Plastikbeutel aus seiner Manteltasche und steckte den Schuh hinein. »Danke«, sagte er. »Wenn Sie und Ihr Anwalt mich jetzt entgegenkommenderweise zur Wache begleiten würden ...«

»Roy, um Himmels willen«, sagte Uttley. »Sie haben dem Mann gerade den Schuh abgenommen.«

»Mr. Uttley«, sagte Maven, »ich denke, Sie sollten Ihrem Mandanten den anwaltlichen Rat erteilen, auf seinem rechten Fuß zu hüpfen. Etwa so.« Er hob seinen eigenen linken Fuß und hüpfte zwei Schritte, wobei seine Schlüssel in der Tasche klirrten. »Sehen Sie? Es ist ganz einfach. Es ist fast so einfach, wie neun-eins-neun auf einem Telefon zu wählen.«

Ich fuhr nach Paradise zurück. Wenn man quasi fliegt, ist es eine Fahrt von dreißig Minuten, fünfundvierzig, wenn man sich an die Geschwindigkeitsbegrenzung hält. Ich hatte keine Eile, nach Hause zu kommen.

Die Sonne ging bald auf; der Nachtwind hatte sich gelegt. Die Straße 28 führt einen vom See fort, dann kreuzt sie eine Straße, die einem noch einmal eine Chance gibt, zum Bay Mills Casino oder zum King's Club abzubiegen. Fährt man geradeaus, führt einen die Straße tief in den Hiawatha National Forest hinein, durch Kiefernwälder und zwei kleine Orte namens Raco und Strongs hindurch. Dann biegt man rechts auf die 123 ab, und schon bald sieht man den See wieder. Man fährt noch durch den Taquamenon State Park und schon ist man in Paradise. Auf einem Schild steht: »Paradise. Schön, daß Sie es geschafft haben.«

Ich versuchte nicht nachzudenken: Das alles war nie geschehen. Es war ein böser Traum.

Uttley, der sich bei mir bedankt. Der mir rät, nach Hause zu gehen und noch ein wenig zu schlafen. Edwin mit dem verlorenen Blick auf seinem Gesicht. Plötzlich konnte alles Geld der Welt ein Problem nicht verschwinden machen. Chief Maven, der seine kleinen Scharfer-Hund-Spielchen mit uns trieb. Ich hatte so viele Polizisten gekannt, die genauso waren wie er.

Und wann war das, Alex. Damals in Detroit.

Hör auf der Stelle auf. Denk an nichts weiteres mehr. Du bist nicht wirklich in das Motelzimmer gegangen. Du hast das nicht wirklich gesehen. Das Rot, das Rot, all das Rot.

Ich versuchte das nächste Bild aus meinem Kopf herauszuhalten, aber es gelang mir nicht. Wieder sah ich das Blut. Einen großen roten See voller Wellen aus Blut.

An jenem Tag in Detroit. Ich bin wieder da. Das Blut, genau wie heute nacht. Dieselbe Farbe. Blut hat immer dieselbe Farbe.

Franklin liegt am Boden. Mein Partner liegt am Boden. Mein Partner blutet. Tu was. Das ist zuviel Blut. Steh auf. Steh auf und hilf ihm.

Blute ich auch? Ist das mein Blut? Macht das was aus? Blut ist dasselbe. Es ist immer dasselbe.

Verdammt. Ich dachte, ich wäre darüber hinweg. Ich dachte, es wäre verschwunden.

Als ich in meine Einfahrt einbog, versuchte ich mich zu erinnern, wo ich diese Pillen hatte. Ich hatte sie so lange nicht mehr genommen. Und nur in den schlimmen Nächten. Nur, um durch die schlimmen Nächte zu kommen.

Ich mußte diese Pillen finden. Nur dieses eine Mal. Noch einmal. Ich brauchte den Schlaf. Nur zwei Stunden. Ich mußte die Augen schließen, ohne Franklin auf dem Boden neben mir zu sehen.

Ich fand die Tabletten weit hinten in meinem Medizinschrank. Ohne mein Bild im Spiegel anzusehen, nahm ich eine und dann noch eine.

Einmal noch werden mir die Pillen helfen. Wie ein alter Freund. Sie werden alles in Weiß versinken lassen. Kein Blut mehr. Das Rot wird verblassen. Aus Rot wird Rosa, je höher und höher du steigst. Und dann wird das Rosa zu reinem Weiß verblassen, und du bist in den Wolken.

Kapitel 3

Als ich erwachte, hing mein Kopf über der Bettkante nach unten. Ich öffnete die Augen und starrte auf die Bretter des Fußbodens. Für einen langen Moment war mein Kopf vollkommen leer. Dann war plötzlich alles wieder da.

Ich stürzte aus dem Bett und ins Bad, noch immer in den Kleidern von letzter Nacht. Die Augen, die mich aus dem Spiegel ansahen, waren rotgerändert, und über meinem linken Auge, wo Prudells Schlüssel mich getroffen hatte, war eine nette kleine Schwellung. Trotz der Novemberkälte in der Luft schwitzte ich. Ich starrte mich im Spiegel an und ließ die Wut wachsen. Als ich reichlich davon hatte, ging ich nach draußen.

Vor der Hütte war ein Stapel Weißeiche. Ich schnappte mir die Axt und begann die Attacke. Ich spaltete jedes Stück in zwei Hälften und dann jede Hälfte in zwei Viertel, indem ich allein mit der linken Hand zielte und dann die Axt mit beiden Händen weit hinter meinen Kopf zurückführte, langsam und sorgfältig, damit das Gewicht der Klinge weit hinter meinem Kopf zu Energie wurde, die sich entlud, wenn sie den ganzen Weg nieder*fuhr,* hindurch durch das ganze Scheit. Ich zielte dabei nicht einmal auf das Scheit, sondern auf die Mitte des Hauklotzes. Ich schlug mitten durch jedes Scheit und mitten durch den Schmerz, der sich in meiner Schulter aufbaute, da, wo sie die zweite und dritte Kugel herausoperiert hatten.

Ich mußte den Rhythmus der Arbeit spüren, so wie ich ihn einst beim Baseball bei den Wurfübungen eingeübt hatte. Während jener paar Minuten an jedem Tag, wo nichts existiert hatte als der ununterbrochene Strom der Bälle, der zentral auf dich zukam, so daß du sie voll treffen und wegschlagen konntest, weg von der Wand, bis in die Ränge, immer und immer wieder.

Als ich mit dem Stapel fertig war, setzte ich meinen Kleinlaster zum Beladen zurück, wobei meine Hände noch brannten.

Immer noch konnte ich sie in meinem Körper spüren, die Nachwehen der Angst. Meine Muskeln schmerzten, als hätte ich einen Marathonlauf hinter mir.

Ich fuhr über die Schotterstraße zur ersten der Blockhütten und lud ein halbes Klafter ab, das ich neben der Eingangstür aufstapelte, so daß die Mieter es nicht weit hatten. Dasselbe machte ich mit der nächsten Hütte, holte eine weitere Fuhre und lud das Holz nach und nach bei der dritten, vierten und fünften Hütte ab, wobei ich mich tiefer und tiefer in den Wald vorarbeitete. Es war später Vormittag, und ich traf niemanden. Alle waren fort zum Jagen.

Die Jagd mit dem Bogen auf Rotwild war noch offen. Oder so dachte ich jedenfalls. Es war schwierig, die einzelnen Jagdzeiten auseinanderzuhalten. Die Saison für reguläre Schußwaffen begann in Kürze, und die für Vorderlader zwei Wochen später. Die Bärensaison war gerade zu Ende gegangen, mit der für wilde Truthähne war ich mir nicht sicher. Grau- und Rotfuchs waren den ganzen Winter offen, das wußte ich, und ebenso Luchs, Waschbär, Kojote, Kaninchen, Eichhörnchen, Fasan, Waldhuhn und Waldschnepfe. Die Elchsaison war vorüber, würde aber im Dezember wieder beginnen. Inzwischen waren die meisten Jäger Stammgäste, Leute aus dem südlichen Michigan, die jedes Jahr in derselben Woche kamen. Sie mochten die Blockhütten und die Tatsache, daß sie nach nur dreißig Metern Fußmarsch auf Staatsland waren. Und sie mochten es, daß ich ihnen das Brennholz direkt vor die Tür lieferte.

Als ich zurück in meiner Hütte war, heizte ich meinen eigenen Ofen tüchtig an, um etwas Grundwärme zu bekommen. Ich zog mich bis auf die Unterhose aus und machte einige Liegestütze und Sit-ups. Der hölzerne Fußboden fühlte sich an meinem nackten Rücken kalt an, doch ich fuhr fort, bis ich am ganzen Körper schwitzte. Ich versuchte, die Chemie aus meinem Körper zu spülen, sie aus meinen Muskeln zu treiben, aus meinem Blut.

Ich duschte heiß, stand einfach da und ließ das Wasser zwanzig Minuten meinen Körper peitschen. Ich zog mich an und machte mir Eier und Kaffee. Während ich wartete, daß sie fertig wurden, drückte ich den Abspielknopf meines Anrufbeantworters. Es war Uttleys unverwechselbare Stimme, glatt und eingespielt wie eine Konzertgeige. Er mußte angerufen haben, während ich das Holz verteilte. »Hallo, wie geht's, Alex? Hier ist Lane, es ist jetzt Sonntag um zwölf Uhr dreißig. Ich ruf nur an, um mich zu vergewissern, daß Sie letzte Nacht gut nach Hause gekommen sind. Und um mich für Ihre Hilfe zu bedanken. Ich weiß nicht, was Edwin ohne Sie machen würde. Sie sind der beste Freund, den ein Mann nur haben kann. Mir ist das ernst. Ich bin den ganzen Tag zu Hause, falls Sie mich anrufen wollen. Sonst sehen wir uns morgen im Büro. Wär schön, wenn Sie mal reinschauten. Aber wenn Sie sich zwei Tage Ruhe gönnen wollen, ist das auch in Ordnung. Wie auch immer, kein Problem. Ich kann auch irgendwann später mit Ihnen sprechen. Das wär's für jetzt.«

Im Moment war mir gerade nicht danach, mit Uttley zu reden – übrigens auch nicht mit irgendwem sonst. Ich warf mir meinen Mantel über und ging nach draußen. Die Sonne war hinter den Wolken vorgekommen, vielleicht zum letzten Mal vor Winteranbruch. Ich ging meine Zufahrtsstraße entlang, überquerte die Landstraße und verschwand im Wald. Mitten in der Rotwildsaison war das sicher keine gute Idee. Das Gesetz schreibt vor, daß man sich im Staate Michigan bei der Jagd leuchtend orange kleidet, aber auch wenn man nicht jagte, wäre man ein Narr, wenn man sich ohne orangefarbene Kleidung in den Wald begab. Es gab Gott weiß wie viele halbbetrunkene Leute aus den Städten im Süden des Staates, die in den Wäldern herumstolperten, um auf alles zu schießen, was sich bewegte. Aber mir war das egal. Wenigstens heute.

Ich ging einen Pfad entlang bis zum See, durch Lärchen und Kiefern, und dann am Seeufer entlang nach Norden. An diesem

Abschnitt gibt es keine Sandstrände, nichts Sanftes und nichts Einladendes. Statt dessen Felsen, mehr Felsen, als es Sterne am Himmel gibt, vom Wasser gehämmert und ausgehöhlt, seit die Gletscher zurückwichen. Viel Treibgut hing an den Felsen vom Sturm der letzten Nacht, Treibholz und spärliche Reste eines ehemaligen kleinen Nachens. Das Wasser war jetzt verhältnismäßig ruhig, aber es strahlte diese Novemberstimmung aus, die Bereitschaft, jederzeit wieder gewalttätig zu werden.

Eine Stunde mußte ich so nach Norden gegangen sein, an den letzten Bootsländen vorbei bis zur wilden Küste bar jeder Spur menschlichen Lebens. Hier gab es mehr Birken, zusammen mit Balsamtannen und Schwarzkiefern. Hier war ich von allem weit genug entfernt, hier konnte ich es wagen, über die letzte Nacht nachzudenken. Also, da hatte jemand einen Buchmacher umgebracht. Damals in Detroit hatte ich viele Buchmacher gekannt. Ich konnte mich daran erinnern, zwei verhaftet zu haben. Sie trugen es mit Fassung. Es gehörte zum Spiel. Du wirst geschnappt, du zahlst deine Strafe, du kehrst zu deinen Geschäften zurück. Sah man einmal davon ab, war es eine sehr eintönige Lebensweise. Man sitzt den ganzen Abend am Telefon und nimmt Wetten entgegen. Die meisten Kunden von Buchmachern sind biedere Leute. Einige sind sogar Polizisten. Dafür, daß er ein Krimineller ist, ist ein Buchmacher im Grunde ein anständiges Mitglied der menschlichen Gesellschaft. Warum wurde dieser Bursche dann in seinem Motelzimmer regelrecht abgeschlachtet?

Er hatte irgend jemanden nicht bezahlt. Bei irgend jemandem oben in der Hierarchie hatte sich die Idee festgesetzt, der Junge nehme sich Freiheiten heraus. Und so schalteten sie ihn aus. Ich bin sicher, daß das passiert. Nicht jeden Tag, aber es passiert.

Wer auch immer es war, der Mörder hatte offenbar alles sorgfältig geplant. Allem Anschein nach benutzte er wohl einen Schalldämpfer. Aber warum ihm die Kehle durchschneiden? Man schoß ihm einfach ins Gesicht. Wenn er dann noch nicht tot ist, ist er es zwei Minuten später. Warum im Zimmer so eine Sauerei anrichten? Jemand, der hauptberuflich Leute umbringt, macht das einfach nicht, es sei denn, er will damit eine Botschaft hinterlassen. Für andere Buchmacher, die denselben Fehler machen könnten? Vielleicht. Vielleicht war es aber auch rein persönlich gemeint.

Ich warf ein paar Steine ins Wasser, bis meine Schulter sich beschwerte. Die Sonne verschwand hinter einer Wolke, der Wind frischte wieder auf. Die Wellen begannen, lebhafter gegen die Felsen zu klatschen. Als ich den Rückweg antrat, hob ich einen Stein auf und steckte ihn mir in die Tasche – als Glücksbringer.

Auf dem Weg zurück zur Hütte ging ich erheblich schneller. Nachdem ich alles einmal überdacht hatte, nachdem ich Distanz gewonnen hatte zwischen mir und einem sinnlosen Akt der Gewalt, der mit mir nichts zu tun hatte, fühlte ich mich etwas besser. Ich stapfte jetzt über die Steine wie ein Mann, der zu einem festen Punkt zurückkehrt. Und außerdem wurde es mir verdammt kalt.

Diesmal achtete ich auf Jäger, als ich durch den Wald ging. Die sechs Hütten, die mir gehörten, zogen sich einen alten Holzweg entlang. Mein alter Herr hatte das Land in den frühen Sechzigern gekauft, fuhr jedes Wochenende hierhin, schlug Lichtungen in den Wald und plante die erste Hütte. Er baute sie ganz altmodisch, einfach »auf die rechte Weise«. Man nimmt einen kernigen Kiefernstamm und kerbt ihn von oben bis unten mit der Kettensäge so ein, daß jeder Balken perfekt auf den andern paßt. Zwischenräume, die man ausfüllen mußte, gab es bei ihm nicht. Das wäre nicht »die rechte Weise« gewesen.

In einem Sommer habe ich ihm geholfen. Das war 1968, das Jahr, in dem die Tiger die World Series gewannen. Ein Jahr High School hatte ich noch vor mir, dann wollte ich mich auf die Zweite Liga im Baseball vorbereiten, statt aufs College zu gehen. Er war darüber überhaupt nicht glücklich. Aber er sprach nicht viel darüber. Eines Nachmittags verfing sich die Spitze der Kettensäge in einem Balken, und ich schnitt mir fast ein Ohr ab. Er fuhr mich ins Krankenhaus im Soo, während ich einen Lappen gegen meinen Kopf preßte. »Offenbar lernst du lieber auf die harte Tour«, sagte er. »Ich wäre auch gern noch mal jung und blöd.« Dann sprach er weiter und meinte, ich würde keinen Tag in der Zweiten Liga überleben, wenn meine Würfe auf Base zwei weiter so eierten. Als er jung war, hatte er selbst längere Zeit Baseball gespielt. Er erzählte mir wieder vom Vier-Nähte-Drill, obwohl ich das schon hundertmal gehört hatte. »Als ich so alt war wie du, hatte ich jede halbwegs freie Sekunde einen Baseball in der Hand. Du nimmst ihn dir und drehst ihn so, daß du vier Nähte quer zu deinen Fingern spürst. Nimm ihn, dreh ihn, immer und immer wieder, bis er ein Teil von dir wird. Dann eiern deine Würfe auf Base zwei auch nicht mehr.«

War das wirklich schon dreißig Jahre her? Er starb zwei Jahre, nachdem ich bei der Polizei ausgeschieden war. Ich versuchte immer noch mit dem, was geschehen war, fertigzuwerden und lebte von meiner Berufsunfähigkeitsrente, immerhin drei Viertel meines Gehalts. Ich war hierhergekommen, um das Grundstück und die Hütten zu verkaufen. Er hatte inzwischen noch fünf mehr gebaut, jede größer und besser als die vorige. Als ich beschloß, eine Weile zu bleiben, zog ich in die erste Hütte, obwohl sie die kleinste war und Lücken zwischen den Balken aufwies, durch die Kälte eindrang. Ich bin sicher, daß das die Balken waren, die ich zugeschnitten und gelegt hatte, damals, als ich noch jung und blöd war.

Später verbrachte ich einen ruhigen Sonntag im Glasgow und las bei einem Steak und einem kalten kanadischen Bier die Zeitung. Der Mord war für die Sonntagsausgabe zu spät passiert, und so mußten die guten Leute im Chippewa County noch einen Tag warten, bis sie davon erfuhren. Gewaltsame Todesfälle waren hier draußen nichts Ungewöhnliches, nur war normalerweise der See verantwortlich. Vielleicht vier oder fünf Menschen pro Jahr, von einem plötzlichen Sturm überrascht. Mord war da schon etwas anderes. Er würde jeden hier etwa zwei Wochen lang nervös und ängstlich machen, und dann würden sie vergessen, daß er jemals passiert war.

»Guten Abend, Alex.«

Ich blickte von meiner Zeitung auf. Edwin stand hinter dem Stuhl auf der anderen Seite des Tisches.

»Setz dich«, sagte ich, und er tat es.

»Na«, sagte er. »Irgendwas Interessantes in der Zeitung?«

Ich blickte ihn an und blätterte um. »Heute nicht«, sagte ich. »Morgen wird sie schon etwas aufregender sein.«

»Klar, das weiß ich«, sagte er. »Hat mich doch vorhin wirklich schon ein Reporter angerufen – kannst du dir das vorstellen?«

»Ein Reporter hat dich angerufen? Wie ist er denn an deinen Namen gekommen?«

»Ich weiß es nicht«, sagte er. »Aber du weißt doch, wie so Reporter sind.«

»Mm.«

»Natürlich habe ich deinen Namen nicht genannt«, sagte er. »Ich meine, ich habe ihnen nicht erzählt, daß du dahin gekommen bist, um mir zu helfen. Ich dachte, das ist das mindeste, was ich tun kann.«

»Hm.«

»Es tut mir wirklich leid, Alex. Ich hätte dich damit gar nicht erst belästigen sollen.«

»Edwin, kann ich dich mal was fragen?« Ich legte die Zeitung nieder und sah ihm in die Augen. Er trug an diesem Tag ein rotes Flanellhemd, wohl um wie ein Einheimischer auszusehen. Es funktionierte nicht.

»Na klar. Schieß los. Was du willst.«

»Wieso konnte es passieren, daß du überhaupt mit dem Kerl zu tun bekommen hast? Hast du mir nicht erzählt, daß du mit dem Wetten aufhören wolltest?«

»Das habe ich«, sagte er. »Das habe ich gesagt.«

»Du hast mir hier gegenüber gesessen, genauso wie du jetzt da sitzt«, sagte ich. Ich blickte mich in dem Raum um. »Nein, es war da drüben. An dem Tisch da direkt unterm Fenster. Erinnerst du dich? ›Ich, Edwin J. Fulton der Dritte, gebe hiermit kund und zu wissen, daß ich dem Glücksspiel für immer entsage, daß ich nach Hause gehen und Sylvia ein guter Gatte sein werde und daß Alex nie wieder in ein Casino kommen muß, um meinen Arsch dort wegzuschleppen, weil ich zwei geschlagene Tage abgetaucht war.‹ Kannst du dich erinnern, daß du das gesagt hast?«

»Allerdings«, sagte er. »Ich kann mich gut erinnern.«

»Und wann war das?«

»Ich weiß nicht, irgendwann Ende März. Direkt nach dem letzten kleinen Zwischenfall.«

»Ja, der kleine Zwischenfall«, wiederholte ich. Ich konnte spüren, wie die Wut in mir wuchs, und das nicht, weil Edwin wieder wettete. Wenn dieser Mann sein Geld wegwerfen will, ist das seine Sache. Aber er läßt dabei seine Frau Tage und Tage alleine, ganz alleine in dem riesigen leeren Haus auf der Landzunge. Und das eine Frau wie Sylvia, die von alledem zu viel hatte, wonach ich hungerte. Die Winter hier waren zu lang. Ich hatte zu viel Zeit, darüber nachzudenken, daß sie allein in dem Haus war und auf mich wartete.

»Alex, es ist nicht so, wie du denkst.«

»Nein, natürlich nicht. Du warst im Begriff, ihm mitten in der Nacht fünftausend Dollar auf sein Motelzimmer zu bringen, aber mit irgendwelchen Wetten hat das nichts zu tun.«

»Alex ...«

»In Wirklichkeit verkauft der Kerl nebenbei Plätzchen für die Pfadfinderinnen, und du hast zweitausend Dosen gekauft.«

»Du verstehst das nicht«, sagte er.

»Und ob ich das tue. Das ist ja das Problem. Ich verstehe dich vollkommen.«

Edwin stand vom Tisch auf. Ich dachte, er würde weggehen, aber statt dessen ging er zum Tresen und bestellte einen Manhattan. Er kam damit zum Tisch zurück und setzte sich wieder.

»Alex«, sagte er. »Ich hab da ein Problem. Das weiß ich. Und ich dachte, ich hätte das Problem gelöst. Ich dachte, ich sei drüber weg. Aber ich habe mich geirrt. Das gebe ich zu. Okay? Ich habe mich geirrt. Ich habe das Problem immer noch.«

»Okay«, sagte ich.

»Ich weiß nicht, ob du jemals so ein Problem gehabt hast«, sagte er. »Du wirkst auf mich nicht so wie einer, der ein Problem mit dem Glücksspiel hat. Vermutlich hast du da keine Beziehung zu. Aber es ist wirklich kaum unterschieden von irgendeiner anderen Form von Zwang oder Sucht oder wie immer man das nennen mag. Ob es nun Glücksspiel ist oder Alkohol oder Drogen, es ist im Grunde alles dasselbe. Hast du jemals so ein Problem gehabt?«

»Nehmen wir das einfach einmal an«, sagte ich, »sagen wir, ich habe.«

»Okay, was auch immer es ist, es gibt dir was. Ob es nun ein Drink ist oder eine Pille oder eine Wette. Es gibt dir ein bestimmtes Gefühl. Weißt du, was ich meine? Es ist ein Gefühl, das dir nichts anderes verschaffen kann. Und irgendwann kommst du an den Punkt, wo du weißt, daß du dir damit selbst schadest, aber du bist auf dieses Gefühl angewiesen. Für mich ist das das Gefühl, daß etwas auf dem Spiel steht. Die Kugel tanzt im Roulettrad. Oder die Bank zeigt acht, und ich habe elf. Das ist, als ob dir ein Stromstoß durch den Leib fährt, Alex. Und glaube mir, es gibt *nichts* anderes, was mir dieses Gefühl geben kann. Es ist durch *nichts* zu ersetzen.«

»Das habe ich durchaus verstanden, Edwin. Ich weiß, daß das eine Sucht ist wie jede andere Sucht auch.«

»Okay, nehmen wir an, du bist Alkoholiker. Und statt direkt mit dem Zwölf-Punkte-Programm anzufangen, versuchst du erst mal etwas anderes. Sagen wir mal, statt ganz aufzuhören, versuchst du den Konsum einzuschränken, weißt du, so daß du die Sache im Griff hast. Sagen wir mal, du trinkst einfach Bier statt Whiskey.«

»Klingt, als ob du dir selbst was vormachst«, sagte ich.

»Da hast du vermutlich recht«, sagte er. »Aber das war meine Idee, verstehst du? Ich dachte, wenn ich das Glücksspiel einschränke, kann ich damit umgehen.«

»Das kapiere ich nicht.«

»Alex, nicht das Gewinnen macht einen süchtig. Es ist die Erwartung. Daß du genau das nicht weißt, ob du gewinnst oder verlierst. Das gibt dir das Gefühl. Und so hab ich mir gedacht, wenn ich auf Footballspiele wette, kann ich die Erwartung verlängern. Statt daß ich bei Siebzehnundvier ein Spiel nach dem andern machen muß, um das Gefühl zu kriegen, brauche ich nur auf ein Footballspiel zu wetten und dann die ganze Woche lang die Wette zu genießen. So als ob ich mich tagelang an einem Bier festhalte.«

»Edwin, um Himmels willen.«

»Ich erzähle dir doch nur, was ich mir gedacht habe, Alex. Die Footballpaarungen werden montags veröffentlicht. Dann wette ich auf der Stelle, und dann habe ich genau dieses besondere Gefühl. Natürlich muß es so viel Geld sein, daß es um was geht. Sagen wir, normalerweise fünfhundert Dollar. Auch mal tausend. Mehr brauchte ich nicht. Ich konnte mich für den Rest der Woche entspannen.«

»Und wie lange machst du das schon?«

»Seit zwei Monaten. Exakt seit die Spielzeit wieder begonnen hat. Es hat sogar gut geklappt. Bis zu diesem blöden Brigham-Young-Spiel. Es war nicht zu fassen, zwei Minuten noch zu spielen, und sie führen mit zwanzig Punkten. *Zwanzig Punkte!* Und dann fangen sie sich zwei müllige Touchdowns ein. Ich hatte sieben gewettet und so mit nur einem Punkt verloren. Diese Mormonen, sie haben einfach keine Verteidigung, das ist mein Problem.«

»Eine Mormonenmannschaft ohne gute Verteidigung? Das hältst du für dein Problem?«

»Das war doch ein Witz, Alex. Ich weiß, was mein Problem ist. Als ich den Kerl da tot liegen sah, war das wie ein Fanal für mich. Das könnte mir eines Tages auch passieren, wenn ich nicht reinen Tisch machte.« Er nahm einen langen Schluck aus seinem Glas und lehnte sich im Stuhl zurück.

»Was willst du damit sagen?«

»Ich will damit sagen, daß ich mit dem Glücksspiel fertig bin. Für immer. Und diesmal meine ich es auch.«

»Würdest du darauf wetten?«

Er lachte.

»Die Anonymen Spieler. Sie stehen im Telefonbuch.«

»Du hast recht. Morgen rufe ich sie an.«

»Okay.«

»Und jetzt gehe ich nach Hause. Ich gehe nach Hause zu meiner Frau.«

»Edwin«, sagte ich. »Wenn du durch diese Tür gehst und ins Kasino fährst, werde ich dich dort finden und dich mit bloßen Händen umbringen.«

»Ich gehe nach Hause, Alex. Das verspreche ich.«

»Dann geh schon.«

»Dank dir, Alex. Laß mich für dich zahlen.«

»Das brauchst du nicht.«

»Das möchte ich aber.«

»Nun geh schon.«

»Ich möchte dein Essen bezahlen.«

»Raus!«

»Ich bezahle dein Essen. Daran kannst du mich nicht hindern.« Er ging zum Tresen und schob Jackie ein paar Scheine in die Hand, wobei er auf mich zeigte. Dann winkte er noch mal und war durch die Tür.

Ich konnte mir ein Lächeln nicht verkneifen. Irgendwas war an dem Mann, daß ich es nicht über mich bringen konnte, ihn zu hassen. In gewisser Weise war er wie mein alter Partner Franklin. Edwin war knapp einsfünfundsechzig, hatte eine Figur wie ein Gurkenfäßchen, war so weiß, wie ein Mann nur sein kann, hatte Geld wie Dreck und war ein krankhafter Spieler. Franklin dagegen war gut einsfünfundneunzig, wohl zweihundertzwanzig Pfund schwer, Ex-Footballspieler, schwarz und ständig in Geldnot, wie jeder andere kleine Polizist in Detroit auch. Und er beteiligte sich nicht mal mit fünf Dollar an unserer Wettgemeinschaft. Aber irgendwie wirkten die beiden auf mich völlig gleich.

»Du bist mein bester Freund, Alex.« Edwin hatte mir das eines Abends gesagt, als wir hier in dieser Kneipe saßen. Er hatte gerade seinen dritten Manhattan ausgetrunken, aber ich wußte, daß da nicht der Alkohol sprach. Er sagte es, als ob es etwas bedeute, als habe er lange Zeit darüber nachgedacht und schließlich den Mut aufgebracht, es mir zu sagen.

Franklin hatte nicht die Chance bekommen, es selbst zu sagen. Wenigstens nicht mir gegenüber. Ich mußte es aus zweiter Hand erfahren, als er schon tot war und ich seine Witwe traf. »Er hat immer von Ihnen erzählt«, sagte sie. »Die Auseinandersetzungen, die Sie immer über den Sport hatten. Und auch, wie oft Sie ihm geholfen haben. Er hat wirklich zu Ihnen aufgeblickt, Mr. McKnight. Ich weiß, daß er Ihnen das in Millionen Jahren nicht gesagt hätte, aber Sie sollten es wissen, daß er in Ihnen seinen besten Freund gesehen hat.«

Als ich an Franklin dachte und an das, was mit ihm geschehen war, verschwand das Lächeln gleich wieder.

Ich fuhr nach Hause. Die Nacht war wieder stürmisch. Bevor ich zu Bett ging, stand ich im Badezimmer und blickte auf die Flasche mit meinen Pillen. Du brauchst sie nicht, sagte ich zu mir. Ich betrachtete mich im Spiegel. Du brauchst diese Dinger nicht. Ich rieb die Narben auf meiner Schulter. So weh tut das nicht mehr. Du brauchst keine Pille, um einzuschlafen. Und wenn du von Franklin träumst, kannst du damit auch umgehen. Es war vierzehn Jahre her.

Ich konnte den Wind durch die Spalten in den Wänden pfeifen hören.

Du brauchst sie nicht mehr. Du bist stark genug ohne sie.

Ich öffnete das Fläschchen. Dann schloß ich es wieder. Ich stellte die Pillen zurück ins Medizinschränkchen und knipste das Licht aus.

Ich schlief eine Zeitlang. Dann klingelte wieder das Telefon. Ich blickte auf die Uhr. Es war drei.

Ich griff zum Hörer. »Verdammt, Edwin«, sagte ich. »Was ist es denn diesmal?«

»Guten Abend, Alex«, sagte eine Männerstimme. Es war mit Sicherheit nicht Edwin. Es war eine leise, zischelnde Stimme, fast reptilienhaft.

»Wer ist da?«

»Ich bin's, Alex. Weißt du nicht, wer hier spricht?«

»Wer sind Sie?« fragte ich. »Und warum rufen Sie mich um beschissene drei Uhr morgens an?«

»Hat's dir gefallen, Alex?«

»Was gefallen? Wovon sprechen Sie?«

»Ich dachte mir, daß er dir davon erzählen wird, das sicher, aber ich kann gar nicht glauben, daß er dich wirklich geweckt hat und dich den ganzen Weg hat kommen lassen, um dir das zu zeigen.«

Ich spürte, wie mein Magen brannte. Konzentrier dich auf die Stimme. Halt den Kopf klar. Stell dir das Gesicht vor.

»Ich kann dir gar nicht sagen, wie froh mich das macht, Alex. Ich habe das Gefühl, daß wir jetzt in Verbindung stehen. Ich wußte nicht, ob das jemals geschehen würde.«

Ich konnte diese Stimme nirgendwo hintun. Ich hatte keine Ahnung, wer die Person war.

»Wie fandest du es, Alex? Wie fandest du meine Arbeit?«

»Spielen Sie auf den Mord von letzter Nacht an?«

»Ich würde das nicht als Mord bezeichnen«, sagte er. »Niemand wird ihn vermissen. Ich sah, wie er mit deinem Freund gesprochen hat. Sie haben mich nicht gesehen, aber ich war da. Ich mochte nicht, was er zu Edwin sagte. Er war ein sehr schlechter Mann, Alex. Und da habe ich mir gedacht, wenn ich momentan für dich nichts Gutes tun kann, dann kann ich doch wenigstens was für deinen Freund tun.«

»Wer sind Sie?«

»Edwin wirkt auf mich wie ein gewinnender kleiner Kerl, Alex. Ich habe ihn beobachtet. Zunächst war ich ja ein bißchen eifersüchtig auf ihn, muß ich zugeben.«

»Verdammt noch mal, *wer sind Sie?*«

»Ich melde mich wieder, Alex. Schlaf fest. Es dauert jetzt nicht mehr lange. Ich bin ja so froh, daß wir nun endlich zusammensein werden.«

Kapitel 4

Der Morgen kam langsam, die Dunkelheit wich einem trüben Novemberlicht, gedämpft von den ewigen grauen Wolken und gefiltert durch die Kiefern vor dem Fenster. Das Licht fand mich im Bett sitzend, mit dem Rücken gegen die rauhe Struktur der Balkenwand, die Augen halb geöffnet.

Seit dem Anruf hatte ich nicht mehr geschlafen. Nachdem mein Herz mit dem Jagen aufgehört hatte, hatte ich auf dem Bett gesessen und war jedes Wort, das er gesagt hatte, noch einmal durchgegangen, jede Nuance seiner Stimme; und doch zeigte sich mir kein Gesicht, stieg kein Name in mir hoch. Schließlich versank ich in eine Art erschöpfter Trance, saß einfach da und starrte auf das Telefon.

Und dann klingelte es. Nie zuvor in meinem Leben hatte ich ein so lautes Geräusch gehört. Als mein Atem wieder funktionierte, klingelte es ein zweites und dann ein drittes Mal. Ich stand vom Bett auf und nahm den Hörer, ohne etwas zu sagen.

»Hallo?«

Ich glaubte nicht, daß das dieselbe Stimme war. Ich wartete.

»Hallo, Alex?« Es klang wie ... Uttley?

»Lane, sind Sie das?«

»Ja, Alex. Geht es Ihnen gut? Habe ich Sie geweckt?«

»Nein«, murmelte ich. »Mir geht es gut. Ich hatte nur ... mir geht es gut.«

»Entschuldigen Sie, daß ich so früh anrufe«, sagte er.

»Ich war schon wach«, erwiderte ich. »Glauben Sie mir.«

»Schon gut«, sagte er. »Hören Sie, ich weiß, daß das komisch klingt. Ich komme gerade ins Büro und habe 'ne Nachricht auf dem Anrufbeantworter. Ein Kerl sagt mir, er will mich umbringen.«

»Moment mal, Lane«, sagte ich. »Das ist sehr wichtig. Sagen Sie mir ganz genau, was er gesagt hat.«

»Warten Sie mal. Also er sagte, er hat eine Visitenkarte von mir, und er will nicht, daß ich noch mal mit seiner Frau spreche, und wenn er mich jemals sieht, bringt er mich um.«

»Wie? Eine Visitenkarte von Ihnen?«

»Das hat er gesagt.«

»Und er wollte nicht, daß Sie mit seiner ... halt, warten Sie, ich glaube, ich weiß, wer das ist. Wann hat er die Nachricht hinterlassen?«

»Ich nehme an, irgendwann am Freitagabend.«

»Ah, okay«, sagte ich. Ich atmete tief aus. »Ich weiß, wer das ist. Sie erinnern sich doch, daß ich zu dem Trailerpark wollte, um nach Zeugen von diesem Unfall zu suchen.«

»Ah ja, die Sache Barnhardt. Mit den Beinen. Himmel, mit der Aufregung in der Nacht habe ich das total vergessen. Ich hätte längst im Krankenhaus sein sollen. Sehen, wie es dem armen Kerl geht. Verdammt.«

»Ich habe mit einer Frau gesprochen, die den Unfall beobachtet hat. Ich hab Ihre Karte dagelassen. Das war dann wohl ihr Ehemann, der bei Ihnen angerufen hat.«

»Na großartig«, sagte er. »Umgebracht von einem eifersüchtigen Ehemann, und ich hab sie nicht mal gesehen.«

»Vermutlich bloße Drohgebärden. Wenn er Sie wirklich umbringen wollte, wäre er einfach im Büro vorbeigekommen. Schließlich hat er ja Ihre Adresse.«

»Grundgütiger Gott«, sagte er. »Warum bin ich bloß Anwalt geworden?«

»Machen Sie sich keine Sorgen«, sagte ich. »Da steckt nichts hinter.«

»Aber sind Sie sicher, daß Sie in Ordnung sind? Sie hören sich nicht gut an.«

»Mir geht es gut«, sagte ich. »Da war nur dieser ...« Ich hielt inne.

»Was? Was war da?«

»Das erzähle ich Ihnen später«, sagte ich. »Hören Sie, ich

fahre auf dem Weg zu Ihnen eben am Trailerpark vorbei und bringe die Sache in Ordnung.«

»Sie wollen ins Büro kommen?«

»Ich dachte, ich sollte mal.« Der Gedanke, heute hier allein zu bleiben, war mir unerträglich. Nur ich und das Telefon.

»Gut«, sagte er. »Wenn Sie sowieso in der Stadt sind, sollten Sie mal bei Chief Maven vorbeischauen. Er möchte ein wenig mit Ihnen plaudern.«

»Großartig«, sagte ich. Mein Leben wurde mit jeder Minute interessanter.

Sobald ich aufgehängt hatte, griff ich erneut zum Hörer und rief bei Edwin an. Er antwortete beim fünften Klingeln.

»Edwin«, sagte ich. »Hier ist Alex. Ist bei euch alles in Ordnung?«

»Alex? Wie spät ist es? Was ist los?«

»Ich wollte mich nur erkundigen, ob alles in Ordnung ist.«

»Alex, ich habe dir gesagt, daß ich gestern abend direkt nach Hause gehen wollte. Und das habe ich auch gemacht, ich schwör's dir.«

»Ich glaube dir ja, Edwin. Das meine ich doch gar nicht. Ich habe mich nur gefragt, ob du mitten in der Nacht irgendwelche Telefonanrufe bekommen hast.«

»Habe ich nicht. Was ist denn los?«

»Vielleicht ist es nichts«, sagte ich. Es hatte keinen Sinn, ihm jetzt schon Angst zu machen. »Im Moment muß ich nur mehr über diesen Buchmacher wissen. Tony Bing war sein Name, nicht wahr?«

»Ja, aber warum willst du etwas über ihn wissen?«

»Edwin, bitte, du mußt mir in dieser Sache einfach eine Zeitlang vertrauen. Wenn ihr euch getroffen habt, war das immer an einer bestimmten Stelle?«

»Ja, im Soo gibt es diese Kneipe, die heißt Mariner's Tavern. Dort war er immer, wenn ich ihn sehen wollte. Aber normalerweise habe ich nur am Telefon mit ihm gesprochen.«

»Verstehe. Aber wenn ihr euch getroffen habt, war es immer da?«

»Ja, soweit ich mich erinnern kann.«

»Wann hast du ihn das letzte Mal gesehen?«

»Da muß ich überlegen. Das muß letzten Montagabend gewesen sein. Ich bin vorbeigegangen, um ihm sein Geld zu geben.«

»Edwin, wenn du den Mann am Montag bezahlt hast, wieso warst du dann Samstagnacht wieder unterwegs, um ihn zu bezahlen? Und warum bist du zu seinem Hotelzimmer gegangen? Gerade hast du noch gesagt, daß ihr euch nur in der Kneipe getroffen habt.«

»Um Gottes willen, Alex, was soll jetzt das scharfe Verhör? Ich bin noch nicht mal richtig aus dem Bett. Ich wollte ihn Samstag treffen, weil ich noch mehr Geld verloren hatte, okay? Ich hab das Spiel am Donnerstagabend verloren. Colorado war gerade dabei zu punkten. Sie hatten den Ball schon auf der Fünf-Yard-Linie, da pfeift dieser *Idiot* ab.«

»Edwin, spar's dir.«

»Ja, ich weiß. Dann frag mich auch nicht.«

»Warum bist du zu dem Motelzimmer gegangen?«

»Alex, der Mann hat mich am Samstag angerufen. Zu Hause. Er sagte, er wolle das Geld noch am selben Tage haben. Ich habe ihm gesagt, daß ich am Abend eine Party hätte und daß ich da nicht wegkommen könnte. Da sagte er, ich sollte ihm das Geld gefälligst nach der Party in sein Motelzimmer bringen, oder er würde mit mir keine Geschäfte mehr machen.«

»Ich hatte verstanden, daß du nur fünfhundert oder tausend auf einmal setzt. Jetzt hört es sich aber so an, als ob du fünftausend bei einem einzelnen Spiel verloren hast.«

»Du nimmst mich ganz schön in die Mangel, Alex.«

»Tut mir leid, Edwin, aber das muß sein.«

»Was ist denn überhaupt mit dir los? Wieso fragst du mich das alles? Du bist schlimmer als Chief Maven.«

»Um den mach dir mal keine Sorgen«, sagte ich. »Ich werde bei ihm ein gutes Wort für dich einlegen, wenn ich ihn gleich sehe.«

»O Gott, er will dich sehen?«

»Allerdings, und ich glaube kaum, daß er mich zum Schlußball einladen will.«

Ich hörte Sylvias Stimme im Hintergrund, also verabschiedete ich mich und hängte auf. Jeden zweiten Morgen erwachte ich mit dem Gefühl, noch immer nicht über sie weg zu sein. Ich wollte sie mir einfach nicht vorstellen, wie sie da im Bett neben ihm lag. Oder neben dem Bett stand und sich anzog.

Ich riß mich zusammen und begab mich nach draußen. Während ich fuhr, ging ich alles noch einmal durch. Er sagte, er habe Edwin und den Buchmacher beobachtet und ihr Gespräch mitangehört. Da machte es durchaus Sinn, am Mariner's Tavern vorbeizuschauen, ob jemandem etwas Verdächtiges aufgefallen war. Es war unwahrscheinlich, aber es lohnte sich, dem nachzugehen. Was konnte ich, abgesehen davon, auch sonst machen? Der Polizei davon erzählen? Ich sah mich noch nicht, wie ich die Geschichte Chief Maven erzählte, und doch war das das Nächstliegende.

Doch zunächst einmal hatte ich diese andere blöde Angelegenheit zu regeln. Ich bog nach Rosedale ab und fand den Trailerpark wieder. Das gekenterte Mobilhaus stand immer noch völlig unverändert da. Zwei Frauen aus der Nachbarschaft standen auf der Straße mit dampfenden Kaffeebechern in den Händen. Sie starrten auf das Haus, und als ich in meinem Kleinlaster vorbeifuhr, starrten sie auf mich. Erst kippt fast ein Haus um, dann fährt ein fremder Mann vorbei. Was wurde nur aus ihrem Viertel?

Die Frau, mit der ich gesprochen hatte, wohnte zwei Türen weiter. Ich fuhr in die kleine Einfahrt, stieg aus dem Wagen und winkte den beiden Frauen auf der Straße zu. Sie sahen weg. Als ich an die Tür klopfte, hörte ich nichts. Ich klopfte noch einmal, lauter.

»Wer ist da?« Es war eine Männerstimme von drinnen.

»Mein Name ist Alex McKnight. Ich bin Privatdetektiv.«

»Was wollen Sie?«

»Ich arbeite für Lane Uttley. Ich war am Samstag hier und habe mit Ihrer Frau gesprochen.«

»Was fällt Ihnen ein, meine Frau zu belästigen?«

»Ich habe ihr nur ein paar Fragen zu dem Unfall mit dem Haus hier gestellt. Würden Sie bitte die Tür aufmachen und mit mir reden?«

In der Tür war ein kleines rechteckiges Fenster. Ich sah, wie mich der Mann dadurch musterte und dann verschwand. Ich hörte, wie seine Frau ihn anschrie, und dann, wie er selbst zurückschrie. Eines war sicher, dieser Mann war *nicht* der Mann, der mich letzte Nacht angerufen hatte. Das hier war ein harmloser Holzkopf, der seine Schau als vorsorglicher Ehemann abzog, genau wie ich es Uttley gesagt hatte. Ich wollte gerade wieder an die Tür klopfen, als sie sich plötzlich öffnete.

Der Mann hatte ein Gewehr. Er hielt es auf meine Brust gerichtet. »Verpiß dich auf der Stelle, du Scheißkerl, bevor ich dir ein Loch in die Figur puste.«

Da war sie wieder da. Genauso stark wie vorletzte Nacht, als ich in dem Motelzimmer stand. Wie an dem Tag in Detroit. Das auf mich gerichtete Schießeisen. Ich kann ihn nicht aufhalten. Er wird uns erschießen, zuerst Franklin, dann mich.

Ich trat einen Schritt zurück und stürzte. Stufen. Ich fiel ein paar Stufen hinunter. Ich liege auf der Erde. Steh auf und hau ab. Ich konnte mich nicht bewegen. Ich fühlte mich, als stecke ich bis zum Hals in feuchtem Zement.

Franklin neben mir auf dem Boden. Er stirbt. All das Blut.

»'n bißchen plötzlich«, sagte der Mann. »Wenn ich Sie hier noch mal sehe, wie Sie meine Frau belästigen, bring ich Sie um! Das kann ich Ihnen versprechen, Mister!«

Steig in den Wagen. Ich erhob mich vom Boden, und mir fiel ein, wie man geht. Steig in den Wagen. Ich fummelte an der Tür rum, kriegte sie schließlich auf. Schlüssel. Ich brauche Schlüssel. Sie waren schon in meiner Hand. Welcher Schlüssel gehört in die Zündung? Ich probierte einen, dann einen anderen. Schließlich hatte ich den richtigen Schlüssel drin und startete den Wagen. Ich legte den Rückwärtsgang ein, gab viel zu viel Gas und wäre fast quer über die Straße in ein anderes Haus geschossen. Ich wollte den Hebel auf Fahrt stellen, aber der Motor heulte nur auf. Ich war noch im Leerlauf. Ich konnte nicht atmen. Stell auf Fahrt. Warum kann ich nicht atmen? Die beiden Frauen scheuchte ich auf wie zwei Tauben, als ich endlich einen Gang fand und an ihnen vorbeischoß.

Als ich gut fünf Kilometer aus der Stadt raus war, hielt ich den Wagen an. So hockte ich am Rand der Straße, und beide Hände umklammerten das Lenkrad. Was in Gottes Namen stimmt nicht mit dir? Entspann dich. Entspann dich doch. Ich zwang mich selbst, tief Luft zu holen, einmal und noch einmal.

Alles klar, mach dir nichts draus. Du bist jetzt okay. Das Arschloch wollte dich nur erschrecken. Und er hat sich einen verteufelt blöden Tag dafür ausgesucht. Da hast du eben die Beherrschung verloren. Nach dem Wochenende, das du gehabt hast, ist das doch verständlich.

Und außerdem war das das erste Mal seit damals in Detroit, daß einer eine Schußwaffe auf dich gerichtet hat.

Ich erinnere mich, wie ich im Sprechzimmer eines Psychiaters sitze. Das Präsidium bestand darauf, daß ich dort hinging, nach der Schießerei. Ich hielt das für reine Zeitverschwendung. Bei vielem von dem, was er gesagt hat, habe ich gar nicht zugehört, aber an eine Sache konnte ich mich erinnern. Er sagte, ich würde immer diesen Superpräzisionsabzug im Kopf behalten. Die kleinste Kleinigkeit, und schon wäre ich wieder in diesem Raum und läge von drei Kugeln getroffen auf dem Boden. Ein lautes Geräusch, wie ein Gewehrschuß oder sogar die Fehlzündung eines Autos. Vielleicht auch ein bestimmter Geruch, sagte er.

Oder vielleicht der Anblick von Blut.

Die Mariner's Tavern sah exakt so aus, wie man sie sich vorstellte. Sie hatte das Fischernetz mit den Muscheln und den Seesternen von der Decke hängen, und an der Wand hatte man eine alte Walfängerharpune befestigt. Sie lag an der Water Street, direkt am Locks Park, mit großen Fenstern an der Nordseite des Gebäudes. Im Sommer konnte man dasitzen und zugucken, wie jede Stunde ein bis zwei Frachtschiffe die Schleusen passierten und entweder sieben Meter gehoben oder gesenkt wurden, je nachdem, in welche Richtung sie fuhren. Jetzt, zu Anfang November, war die Saison für Frachter fast vorbei.

Ich wollte nur eben vorbeischauen und kurz mit dem Mann an der Bar sprechen, aber ich saß dann doch eine ganze Weile an einem Tisch, als einziger Gast im Lokal, und sah aus dem Fenster auf den St. Mary's River und an seinem anderen Ufer auf Soo in Kanada. Ich konnte mich nicht erinnern, wann ich das letzte Mal einen Drink am Vormittag zu mir genommen hatte, aber der Tag heute brauchte einfach einen.

Ich brachte einen kleinen Toast auf mich selbst aus. Auf deine glorreiche Entscheidung, Privatdetektiv zu werden.

Lane Uttley war ich im letzten Sommer eines Abends im Glasgow Inn begegnet. Er erzählte mir, Edwin sei einer seiner Klienten, und Edwin habe ihm alles über mich erzählt, daß ich Polizist in Detroit gewesen sei, sogar die Geschichte von der Schießerei.

»Ein Mann, der drei Kugeln so wegsteckt, muß schon ein verdammt harter Bursche sein«, meinte er. »Edwin sagt, eine der Kugeln hätten Sie noch in der Brust. Lösen Sie damit manchmal den Metalldetektor auf dem Flughafen aus?«

»Das passiert«, sagte ich.

»Und was sagen die, wenn Sie ihnen dann von der Kugel erzählen?«

»Normalerweise sagen sie nur ›Oh‹.«

»Ha«, sagte er. »Das kann ich mir denken. Jedenfalls, Mr. McKnight, möchte ich nicht Ihre Zeit vergeuden. Der Grund, warum ich hier bin, ist, daß ich ein Riesenproblem habe, und ich denke, daß Sie mir vielleicht helfen können. Ich habe da diesen Privatdetektiv, der für mich arbeitet. Er heißt Leon Prudell, vielleicht kennen Sie ihn.«

»Ich glaube, ich habe ihn schon mal gesehen.«

»Nun gut, auf die Gefahr hin, mich unfreundlich zu äußern, muß ich schon sagen, daß die Sache mit Mr. Prudell nicht optimal läuft. Ich nehme an, Sie wissen, was ein Privatdetektiv so tut.«

»Meist sammelt er Informationen, denke ich mir. Befragungen, Überwachungsjobs.«

»Genau«, sagte er. »Es ist äußerst wichtig, daß man da jemanden hat, der intelligent und zuverlässig ist, wie Sie sich denken können. Ich habe durchaus einiges als Strafverteidiger geleistet. Und ich habe eine Reihe langjähriger Klienten wie Edwin, wissen Sie, mit Testamenten, Immobilien und dergleichen. Aber viele meiner Fälle haben mit Haftpflicht zu tun, Unfällen, ärztlichen Kunstfehlern, solche Sachen, wissen Sie. Und da brauche ich wirklich einen guten Mann für Informationen.«

»Und was hat das mit mir zu tun?« fragte ich. »Ich bin kein Privatdetektiv.«

»Nein«, sagte er, »aber Sie könnten einer sein. Haben Sie schon jemals daran gedacht?«

»Nicht daß ich wüßte.«

»Die Gesetzgebung ist, was Privatdetektive betrifft, in diesem Staat sehr locker. Man braucht lediglich drei Jahre als Polizeibeamter und eine Kaution von fünftausend Dollar. Sie waren doch acht Jahre lang Polizeibeamter, nicht wahr? Makellose Akte?«

»Fragen Sie mich das«, sagte ich, »oder haben Sie mich bereits überprüft?«

»Das müssen Sie mir schon nachsehen«, sagte er. »Ich sagte ja, daß ich gute Informationen zu schätzen weiß.«

»Nun, ich muß bei Ihrer Offerte leider passen. Trotzdem vielen Dank.«

»Mir wäre viel daran gelegen, wenn Sie darüber nachdächten. Mir ist klar, daß sich die Sache für Sie natürlich lohnen muß.«

»Das ist sehr fair«, sagte ich. »Ich werde darüber nachdenken.«

Zwei Abende später war er wieder da, diesmal mit einem von Prudells Berichten in der Hand. »Ich möchte, daß Sie sich das einmal ansehen«, sagte er. »Damit muß ich mich nun tagtäglich herumschlagen.«

Prudell war offensichtlich in ein Strandbad auf Drummond Island geschickt worden, um im Zusammenhang mit dem Prozeß über einen tödlichen Badeunfall die ungenügenden Unfallschutzmaßnahmen zu dokumentieren. Der Report bestand aus einem Mischmasch aus nicht zur Sache Gehörigem und Rechtschreibfehlern.

»Nun hören Sie sich das einmal an, Alex«, sagte er. »›Zwölf Uhr fünfzehn. Objekte wieder auf Posten nach Mittagessen unter mittelgroßem Baum. Objekte werden aggressiv bei der Wahrnehmung, daß ich mit meiner Kammera Bilder mache.‹ Ich nehme an, daß er immer die Bademeister meint, wenn er Objekte schreibt. Warum sagt er dann nicht einfach Bademeister, Alex? Ich sag Ihnen doch, der Kerl bringt mich um meinen Verstand.«

»Wieso glauben Sie, daß ich bei dem Job besser wäre?« fragte ich.

»Nun ist's aber gut, Alex. Lassen Sie mich doch nicht betteln.«

»Ich weiß es wirklich nicht, Mr. Uttley.«

»Alex, Sie bestimmen Ihre eigene Arbeitszeit, und Sie bestimmen Ihren Preis. Ich bringe sogar die staatliche Kaution für Sie auf. Mehr kann man nicht verlangen.«

In Wahrheit hatte ich sehr wohl darüber nachgedacht. Als Polizist war der Umgang mit Menschen eine meiner Stärken gewesen; Leute hatten sich im Gespräch mit mir wohl gefühlt, hatten das Gefühl, als Mensch mit einem Menschen zu sprechen. Ich war ziemlich sicher, einen guten Privatdetektiv abzugeben. Und bei dem Gedanken, meine Berufsunfähigkeitsrente in Höhe von drei Vierteln meiner Bezüge einzustreichen und ansonsten nichts zu tun, als Holz zu hacken und hinter den Rotwildjägern her aufzuräumen, war mir nicht wohl.

»Ich stelle nur eine Bedingung«, sagte ich. »Keine Scheidungsfälle. Ich habe keine Lust, hinter einem Mann herzuschleichen, bis ich ihn endlich mit den Hosen um die Knöchel fotografiert kriege.«

»Abgemacht«, sagte er. »Ich hatte die letzten zehn Jahre sowieso keine Scheidungsfälle.«

Einen Monat später hatte ich meine Lizenz. Offensichtlich kannte er jemanden in Lansing, daß er den Papierkram so schnell erledigt bekam. Eines Tages gegen Ende August, als ich die Lizenz gerade erhalten hatte, gab er mir einen Zettel mit einem Namen und einer Adresse drauf.

»Wer ist das?« fragte ich.

»Ein Händler im Soo«, sagte er. »Ich habe für Sie eine Pistole bestellt. Natürlich müssen Sie sie selbst abholen. Die Formulare ausfüllen und so. Sie haben doch auch Kontakte zur County-Verwaltung, oder? Sie brauchen natürlich einen Waffenschein.«

»Moment mal«, sagte ich. »Um welche Art Pistole handelt es sich?«

»Einen achtunddreißiger Revolver, wie ihn die Polizei benutzt. Hatten Sie den nicht selbst als Polizeibeamter?«

»Doch«, sagte ich. »Aber ich würde nicht gern wieder einen tragen, wenn es Ihnen recht ist.«

»Klar, kein Problem«, sagte er. »Lassen Sie ihn ruhig zu Hause. Nur – man kann nie wissen.«

Ich brauchte längere Zeit, um herauszufinden, wieso er diese Waffe für mich bestellt hatte. Plötzlich war es mir klar. Vermutlich gefiel ihm einfach die Vorstellung, daß ich sie hatte. Ich konnte ihn förmlich sehen, wie er an seinem Schreibtisch einem potentiellen Klienten gegenübersaß und sagte: »Ja, ich habe einen exzellenten Mann, der für mich arbeitet. Natürlich hat er eine Knarre. Geht schließlich da draußen ganz schön rauh zu. Mit drei Kugeln hat's ihn mal erwischt. Eine steckt immer noch in seiner Brust. Das ist genau der Mann, den wir auf unserer Seite brauchen ...«

Als ich die Pistole schließlich abgeholt hatte, nahm ich sie mit nach Hause und legte sie in die hinterste Ecke meines Kleiderschranks. Seitdem hatte ich sie nie mehr angefaßt.

Der Mann an der Bar war keine Hilfe. Ich fragte ihn, ob er letzten Montag auch hier gewesen sei. Er brauchte eine geschlagene Minute, um allein diesen Sachverhalt aufzuklären, und da konnte ich mir nicht denken, daß er sich an irgendwelche verdächtigen Typen an diesem Abend erinnern würde. So bezahlte ich ihm meine Rechnung und ging zu Uttleys Büro. Vom Gericht aus lag es gleich um die Ecke, zwischen einer Bank und einem Geschenkeladen. Die ganze Innenstadt begann wieder nach Geld zu riechen, dank der Casinos. Uttleys Praxis florierte, und so ging es vielen örtlichen Geschäftsleuten. Das Seltsame an der Sache war nur, daß diesmal das große Geld zuerst den Chippewa-Indianern in die Finger kam und dann erst von denen aus zu allen andern durchsickerte. Ich kannte viele Leute in der Gegend, die damit nur sehr schwer umgehen konnten.

Uttley telefonierte gerade, als ich hereinkam. Er winkte mir zu und zeigte dann auf einen großen Sessel für seine Besucher. Sein Büro war klassischer Uttley: ein Schreibtisch, auf dem ein Flieger landen konnte, gerahmte Stiche von Hunden und Reitern, zur Fuchsjagd versammelt, und ein gutes Dutzend exotischer Zimmerpflanzen, die er ständig aus einer kleiner Sprayflasche ansprühte. »Jerry, die Masche zieht nicht, und das wissen Sie auch«, sagte er ins Telefon. »Sie müssen sehr viel Arbeit auf diese Nummer verwenden, bevor wir uns das nächste

Mal sprechen.« Zu mir gewandt schüttelte er theatralisch seinen Kopf und zog beide Brauen hoch, während er den Hörer mit der Hand zuhielt. »Ich bin fast fertig«, flüsterte er mir zu.

Ich griff nach dem Baseball, der auf seinem Tisch lag, und entzifferte einige der Unterschriften. Ohne weiter nachzudenken, drehte ich den Ball in den Vier-Nähte-Griff für den Wurf auf Base zwei.

»Okay«, sagte er, als er aufhängte. Er rieb sich die Hände. »Und wie geht es *Ihnen*?«

»Kann nicht klagen«, antwortete ich.

»Würde ja auch nichts helfen, wenn Sie klagten, oder?«

»Letzte Nacht bekam ich allerdings einen interessanten Anruf«, sagte ich. Als ich ihm alles erzählt hatte, saß er mit offenem Mund da und starrte mich an.

»Haben Sie Chief Maven davon erzählt?« fragte er.

»Ich bin noch nicht bei ihm gewesen«, sagte ich. »Ich wollte erst mal in der Bar vorbeischauen und rausfinden, ob der Barkeeper sich an irgend etwas am Montag abend erinnert.«

»Ich nehme an, daß das nicht der Fall war.«

»Nein.«

»Also«, sagte er, »das verschlägt mir jetzt die Sprache. Wollen Sie, daß ich mit Ihnen zur Wache gehen?«

»Das brauchen Sie nicht. Ich gehe jetzt sofort zu ihm.«

»Chief Maven kann gelegentlich etwas ... ungestüm sein«, sagte er.

»So kann man es nennen.«

»Oh, da war noch etwas«, sagte er. »Vielleicht könnten Sie mir einen Gefallen tun.«

»Und der wäre?«

»Mrs. Fulton würde Sie sehr gern so bald wie möglich sprechen.«

Ich unterdrückte meine Verblüffung. »Sylvia Fulton will mich sprechen?«

»Nein, nein«, sagte er. »Theodora Fulton. Edwins Mutter.

Sie ist gestern von Grosse Pointe hierhergekommen. Sie bleibt ein paar Tage bei ihnen.«

»Und weshalb will sie mich sehen?«

»Sie macht sich Sorgen um ihren Sohn. Sie glaubt, daß Sie ihm vielleicht helfen können.«

»Und was meint sie, was ich tun kann?«

»Mrs. Fulton ist eine Grande Dame, Alex. Vielleicht ein bißchen exzentrisch. Übrigens sind nur reiche Leute exzentrisch. Alle anderen sind bloß verrückt.«

»Das ist mir auch schon aufgefallen«, sagte ich.

»Wie auch immer, sie kümmert sich noch immer extrem um ihren Sohn. Sobald sie hörte, was passiert ist, ist sie sofort gekommen. Sie glaubt offenbar, daß er hier besonders gefährdet ist.«

»Dann sollte ich ihr wohl besser nicht von unserm neuen Freund, dem Killer, erzählen, wie?«

»Ich für meinen Teil würde jedenfalls versuchen, den Punkt in der Unterhaltung zu umgehen«, sagte er. »Alex, ich möchte Sie warnen, wir sprechen hier von einer sehr emotionalen Frau. Sie sieht vieles anders als andere. Sie möchte mit Ihnen über einen Traum sprechen, den sie gehabt hat.«

»Was für einen Traum?«

»Sie hat genau das geträumt, was Samstag nacht passiert ist. Es hat sie sehr aufgeregt. Sie glaubt, daß Edwin der nächste ist.«

»Ist das Ihr Ernst?«

»Ich weiß nicht, was ich davon halten soll, Alex. Ich weiß nur, daß in dem Moment, wo wir da auf dem Parkplatz standen, Edwins Mutter unten in Grosse Pointe war, fast fünfhundert Kilometer entfernt. Und sie träumt davon. Sie hat es gesehen, Alex. Sie hat nicht gesehen, wer es getan hat oder so. Sie hat nur gesehen, wie es hinterher ausgesehen hat.«

»Wie, Sie meinen …«

»Das Blut, Alex. Sie behauptet, in ihrem Traum das Blut gesehen zu haben.«

Kapitel 5

Es war nicht der beste Tag, um am Fluß entlang zu spazieren, aber irgendwie schien es mir noch lustiger als mein Termin bei Chief Maven. Ich folgte dem Fußweg durch den Schleusenpark, mit seiner Aussicht auf den Fluß, kalt und leer. Keine Frachtschiffe näherten sich den Schleusen. Keine Motorboote begaben sich auf Ausflüge. Es zeigte sich überhaupt kein Leben.

Der Weg führte nach Osten, aus dem Park hinaus zum Rasen vor dem Gerichtsgebäude. Zwei Standbilder gab es dort. Das eine stellte den gigantischen Kranich aus der Mythologie der Ojibwas dar, der hier neben dem Fluß gelandet war und die Indianer abgesetzt hatte. Die andere Statue war die Wölfin, die Romulus und Remus säugt. Sollte es da irgendeine Verbindung zur Stadt Sault Ste. Marie geben, kannte ich sie jedenfalls nicht.

Das Gebäude der County- und Stadtverwaltung stand direkt hinter dem Gericht. Es war eine häßliche Angelegenheit, nichts als ein großer Kasten aus Stein, so grau wie der Novemberhimmel. Die Polizei vom Soo und das Sheriff's Department des County hockten im selben Gebäude. Das Gefängnis des County befand sich auch dort. Auf einer Seite des Gebäudes lag ein kleiner Hof für die Gefangenen. Es war im Grunde nur ein Käfig, vielleicht sechs Meter im Quadrat, mit einem Picknicktisch darin und umgeben von einem hohen Zaun mit rasiermesserscharfem, dünnem Spezialdraht an seinem oberen Ende.

Ich schaute erst beim Empfang des County vorbei und begrüßte den dort sitzenden Deputy. »Ist Bill um die Wege?« fragte ich.

»Nein, er ist unten in Caribou Lake«, sagte er. »Soll ich ihm etwas ausrichten?«

»Nein, ich wollte nur fragen«, sagte ich. »Eigentlich muß ich Chief Maven sprechen.«

»Er sitzt dahinten«, sagte der Deputy und zeigte den Flur hinunter.

»Ich weiß, wo er sitzt«, sagte ich. »Ich will nur Zeit schinden.«

»Kann ich Ihnen nicht übelnehmen«, erwiderte er. Als ich ging, sah ich, wie er lächelte und den Kopf schüttelte.

Ich meldete mich beim Empfang der Stadt und wartete einige Minuten, während die Dame ihn anrief. Sie stand auf und bat mich, ihr zu folgen. Ihr Gesichtsausdruck verriet mir, daß sie in meinen Augen für das, was nun folgen würde, nicht persönlich verantwortlich sein wollte.

Sie führte mich durch ein Labyrinth von Korridoren tief in das Herz des Baus, wohin noch nie ein Sonnenstrahl gefunden hatte. Hier gab es nur das ständige Summen der Leuchtstoffröhren. Schließlich führte sie mich in eine kleine Wartezone mit harten Plastikstühlen. Ein Mann saß da und starrte auf den Boden; ein Paar Handschellen verband ihn mit einem in die Zementwand eingelassenen Teil. Ich setzte mich ihm gegenüber. Auf dem Tisch stand ein Aschenbecher. Keine Zeitschriften.

»Ham'se 'ne Zigarette?« fragte der Mann.

»Tut mir leid«, sagte ich.

Er fuhr fort, den Fußboden anzustarren, und sagte weiter nichts.

Ich saß und saß, während Tage zu vergingen schienen, dann Wochen, dann Monate, bis draußen mit Sicherheit Frühling war, wenn ich nur jemals wieder hier heraus käme, um ihn zu sehen ... Endlich öffnete sich eine Tür, und Chief Roy Maven winkte mich nach drinnen. Das Büro bestand aus vier Betonwänden. Kein Fenster.

»Nett von Ihnen, vorbeizuschauen, Mr. McKnight«, sagte er, als er mir den Stuhl vor seinem Schreibtisch anbot. »Ich muß dringend mit Ihnen reden.«

»Das habe ich daran gemerkt, wie Sie mich förmlich hier hereingezerrt haben, sobald ich da war.«

Er reagierte nicht darauf, griff zu einem Aktenordner und

setzte eine Omabrille zum Lesen auf, die so gar nicht zum Typ des harten Burschen paßte. Er blätterte durch den Inhalt des Hefts, bis er an die Stelle kam, die er suchte. »Schauen wir doch mal, was wir hier haben«, sagte er. »Alexander McKnight, geboren 1950 in Detroit. Abschluß auf der Henry Ford High School in Dearborn 1969. Hier steht, daß Sie zwei Jahre Baseball in der Zweiten Liga gespielt haben.« Er sah mich an. »Nie die Würfe mit Effet getroffen. Steht hier nicht wirklich, aber ich nehme das mal an.«

»Sie scheinen da eine ziemlich komplette Akte über mich zu haben«, sagte ich.

»Dies hier ist nichts weiter als Ihr Antrag auf Zulassung als Privatdetektiv. Alles öffentlich zugänglich. Das kann jeder lesen.« Er fuhr in der Lektüre fort. »Zwei Jahre lang eine ganze Reihe interessanter Jobs. Anstreicher, Hilfskraft an der Theke. Dann zwei Jahre auf dem Dearborn Community College, Studium des Strafrechts. 1975 Eintritt in die Detroiter Polizei. Acht Jahre Dienst. Zwei Auszeichnungen für herausragende Leistungen. Nicht schlecht. Im Dienst verwundet 1984. Kurz danach Pensionierung wegen Berufsunfähigkeit. Dreiviertel Gehalt für den Rest des Lebens ist auch nicht ganz schlecht, wie? Natürlich ist das nur fair, wenn ein Mann im Dienst verwundet wird.« Er blickte mich über seine Lesebrille an. »Und in Ihrem Fall besteht die Behinderung in …?«

Ich blickte ihn lange an. »Ich habe drei Schüsse abbekommen«, sagte ich.

Er schüttelte den Kopf. »Scheußlich, wenn so was passiert.« Er sah mich lange an und wartete darauf, daß ich ihm die Geschichte erzählte. Als ich das nicht tat, blickte er wieder in die Papiere. »Hierhin gezogen, wo steht das noch mal? Ah, hier steht es. In diese Gegend gezogen 1985. Seitdem immer hier gelebt. Komisch, die meisten Leute mit einer Behinderung würden nach Florida oder Arizona ziehen, irgendwohin, wo es warm und schön ist. Aber Sie sind nun mal hier.«

Ich sagte nichts.

»Ihre Entscheidung«, sagte er. »Jedenfalls, sehen wir mal, im Juli haben Sie Ihren Antrag eingereicht, im August Ihre Lizenz bekommen. Sieht ganz so aus, als hätte jemand das ganz schön schnell durchgezogen. Sie haben offensichtlich Freunde ganz hoch oben.«

Ich saß nur da und beobachtete ihn. Erinnerungen überkamen mich. Das gute alte Platzhirsch-Gehabe, wie es Polizisten so lieben, wie oft hatte ich es erlebt. Gelegentlich war ich selbst hineingeraten. Es war so leicht. Das Problem war nur, es wurde immer schwerer, wieder aus dieser Rolle zu fallen, wenn der Dienst vorbei war. Das war nicht gerade das Gehabe, das man mit nach Hause nehmen sollte. Fragen Sie mal meine Exfrau.

»Nun, Mr. McKnight«, sagte er und nahm die Brille ab, »in Anbetracht der Tatsache, daß Sie noch recht neu in Ihrem Geschäft als Privatdetektiv sind, würde ich Ihnen gern zwei kleine Geschäftstricks verraten. Stört es Sie, wenn ich das tue?«

»Nur los«, sagte ich.

»Nun gut. Zu allererst einmal, wenn ein Privatdetektiv in einem Polizeibezirk seine Arbeit aufnimmt, verlangt es die allerprimitivste Höflichkeit, auf der Polizeiwache vorbeizuschauen und die Leute dort wissen zu lassen, wer Sie sind und was Sie machen. Nicht daß mir viel an solchen Formalitäten gelegen ist, weiß Gott nicht. Bestimmt nicht, mein Herr. Aber irgendwann in einem langen Leben werden Sie mal auf einen Polizeichief stoßen, der überhaupt nicht begeistert ist, wenn Sie in seiner Stadt arbeiten und Sie haben sich nicht mal vorgestellt.«

»Da haben Sie völlig recht.«

»Zweitens, und das ist mir noch wichtiger, würde ich vorschlagen, daß Sie beim nächsten Mal, wenn Edwin Fulton Sie mitten in der Nacht anruft und Sie bittet, zum Tatort eines Schwerverbrechens zu kommen, sich die Zeit nehmen und zurückfragen, nur um sich zu vergewissern, ob er auch als erstes die Polizei alarmiert hat. Im Grunde würde ich noch weiter gehen und annehmen, daß er die Polizei *nicht* angerufen hat. Das scheint schließlich nicht gerade seine starke Seite zu sein. Aber Sie, natürlich, Sie sind ein ehemaliger Polizist und wissen, wie wichtig es für einen Polizeibeamten ist, am Tatort zu sein, bevor alle Freunde und Nachbarn dort eintreffen, *Sie* sollten einfach selbst die Polizei anrufen. Wissen Sie was, ich gebe Ihnen meine Privatnummer, damit Sie beim nächsten Mal, wenn Mr. Fulton Sie bittet, sich einen Mord anzusehen, mich direkt anrufen, jederzeit Tag und Nacht.«

Wir saßen beide da und sahen uns an.

»Es wäre mir unangenehm, Sie zu Hause zu belästigen«, sagte ich schließlich. »Beim nächsten Mal werde ich es telefonisch der Wache melden.«

»Das wäre prächtig«, sagte er. Er nahm eine Ausgabe des *Sault Star,* der Tageszeitung von Soo Kanada, von seinem Tisch.

»Haben Sie das schon gesehen? Drüben in Kanada sind wir auf der Titelseite.«

»Ich habe sie noch nicht gelesen.«

»›Einheimischer in Motelzimmer in Soo Michigan ermordet‹. Wenn das keine Schlagzeile ist. Merken Sie, wie sehr sie betonen, daß es auf *dieser* Seite des Flusses passiert ist? Wußten Sie, daß zwei meiner Leute fünf Stunden gebraucht haben, um den Raum wieder sauber zu kriegen? Hatten Sie jemals soviel Blut aufzuwischen?«

»Kann ich nicht behaupten.«

»Als wir endlich den Raum auf alle Spuren untersucht hatten und die Leiche fortgeschafft war, war das Blut fast völlig geronnen. Natürlich, wenn man genügend Wasser drauf schüttet, wird es sozusagen wieder lebendig und fängt wieder an zu fließen. Wenn Sie versuchen, es aufzuwischen, ist es wie Farbe. Sie streichen den Raum praktisch rot. Einer meiner Beamten ist seitdem krank. Ich glaube, er überdenkt seine beruflichen Pläne.«

Ich bekämpfte die aufsteigende Übelkeit.

»Nun gut, wir haben unsere Abmachung. Mit Mr. Fulton habe ich schon gesprochen. Bleibt nur die Frage, ob Sie noch weitere Informationen für mich haben. Kannten Sie den Toten?«

»Nein«, sagte ich.

»Sind Sie ihm nie begegnet? Haben Sie nie eine Wette bei ihm abgeschlossen?«

»Ich bin kein Spieler.«

»Hat Mr. Fulton jemals vor dieser Nacht Ihnen gegenüber den Mann erwähnt?«

»Ich wußte, daß er wahrscheinlich irgendwo Wetten abschloß«, sagte ich, »aber er hat niemals irgendwelche Namen genannt.«

»Wann hatten Sie ihn zuletzt gesehen, bevor er Sie Samstagnacht anrief?«

»Ich habe ihn kurz im Glasgow Inn gesehen. Er schaute mit seiner Frau rein. Später kam er dann noch mal alleine vorbei.«

»Wie wirkte er an diesem Abend? Hat er irgend etwas Auffallendes gesagt?«

»Ich habe nicht mit ihm gesprochen«, sagte ich.

»Sie haben nicht mit ihm gesprochen? Er hat mir gesagt, Sie zwei seien dicke Freunde.«

»Ich spielte Poker.«

»Sie sagten doch gerade, Sie seien kein Spieler.«

»Das ist kein Glücksspiel. Der Einsatz ist fünf oder zehn Cents.«

Er nickte. »In Ordnung«, sagte er. Er schloß meine Akte und steckte sie in eine Schublade. »Das wär's für heute.«

Ich war drauf und dran, jetzt zu gehen. Zur Hölle mit dem Burschen, ich hatte jedenfalls keine Lust, ihm von dem Anruf zu erzählen. Aber gleichzeitig wußte ich, daß die Sache mir nachgehen, mich verfolgen würde, wenn ich sie ihm nicht erzählte.

»Um ehrlich zu sein, Chief Maven, habe ich unser Stündchen hier so genossen, daß ich noch nicht gehen möchte.«

Für den Bruchteil einer Sekunde verlor er die billige Süffisanz des harten Burschen.

»Ich hätte gern eine Tasse Kaffee mit einem Stück Zucker«, sagte ich. »Und dann erzähle ich Ihnen von einer kleinen Unterredung, die ich letzte Nacht mit dem Mörder geführt habe.«

Es lohnte sich, ihm die Geschichte zu erzählen, und wenn es nur war, um zu sehen, wie er an seiner eigenen Routine des harten Burschen fast erstickte, zumindest für Minuten. Ich erzählte ihm alles über den Anruf, während er jedes Wort mitschrieb. Aber den Kaffee habe ich nie bekommen.

Nachdem ich im Glasgow rasch eine Kleinigkeit zu mir genommen hatte, sah ich mir gründlich die Zeitung an. Auf der Titelseite prangte ein Foto vom Motel. Man konnte die Absperrungen der Polizei um den Tatort erkennen und sah, wie einige Beamte etwas heraustrugen, das wie ein großer Wäschesack aussah. Mit Sicherheit hatte man an Mr. Bing einiges zu tragen, auch wenn alle sechs oder sieben Liter Blut aus ihm herausgelaufen waren.

Zwei Absätze galten Edwin, »Erbe des Fulton-Vermögens«, der als erster am Tatort gewesen sei. Ich wurde nicht erwähnt.

Als ich mit der Lektüre fertig war, fuhr ich zum Landsitz der Fultons. Er lag nicht weit von Paradise entfernt, man fuhr auf der Sheephead Road am Schiffsbruch-Museum vorbei bis hinter den alten Leuchtturm auf Whitefish Point. Ich bog in die Straße ab, die westwärts am Ufer entlangführte, und war schon auf dem Fulton-Grundstück, das reichlich dreihundert Morgen von Chippewa County einnahm.

Ungefähr anderthalb Kilometer vor dem Haus sah ich jemanden die Straße entlanggehen. Als ich sah, wer es war, wollte ich zuerst wenden und zurückfahren. Statt dessen fuhr ich neben sie und kurbelte mein Fenster hinunter. »Schöner Tag zum Spazierengehen«, sagte ich.

Sylvia ging weiter, ohne mich anzusehen. »Wenn man es gerne kalt und grau hat«, sagte sie.

»Ich bin auf dem Weg zu deiner Schwiegermutter.«

»Wie schön für dich.«

»Ist Edwin heute hier?«

»Er ist im Büro.«

»Was macht er im Büro?« fragte ich. »Wieso braucht er überhaupt ein Büro?«

»Er zählt sein Geld«, sagte sie. »Er ruft es über's Telefon an und plaudert damit.«

»Und das kann er nicht auch zu Hause machen?«

Endlich sah sie mich zum ersten Mal an. Diese grünen Augen gingen regelrecht durch mich durch. »Gelegentlich ist er einfach gern eine Zeitlang von zu Hause fort«, sagte sie.

»Ich versteh es nicht«, bemerkte ich.

»Was?« fragte sie. Ich hielt den Lastwagen an, als sie sich zu mir wandte und ihren Arm auf meine Tür legte. »Was verstehst du nicht?«

»Ich weiß nicht!« sagte ich. »Ganz einfach die Tatsache, daß er nicht mehr Zeit mit dir verbringt.«

Sie schüttelte den Kopf und blickte dann zum Himmel. »Du hast ganz schön Nerven, so was zu sagen.«

»Sylvia, so wie jetzt, soll das ab jetzt immer so sein? Wirst du dich ab jetzt immer so verhalten?«

»Ja, Alex.« Sie stieß sich vom Wagen ab. »Deshalb solltest du dich dran gewöhnen.«

»Weißt du, ich glaube, ich habe dich durchschaut.«

»So, hast du das? Wirklich?«

»Zum erstenmal in deinem Leben hast du etwas nicht bekommen, was du gewollt hast. Das ist das ganze Problem auf den Punkt gebracht. Du bist wütend darüber, daß ich es war, der Schluß gemacht hat.«

»Alex, es gibt überhaupt nur zwei Sachen in der Welt, über die ich wütend bin. Ich bin wütend, daß ich auf dieser gottverlassenen Eisklippe am Ende der Welt leben muß. Und ich bin wütend darüber, daß ich jemals so blöd war, mit dir etwas anzufangen. Ich meine, sieh dich doch nur an. Sieh dir dieses ... Ding an, in dem du durch die Gegend fährst.«

»Sylvia, bitte.«

»Du siehst aus wie ein ... wie ein Holzfäller oder so was.«

»Ich warne dich.«

»Nein, nicht einmal wie ein Holzfäller. Das ist doch einer, der Bäume fällt, nicht wahr. Da gehört wenigstens Mumm zu. Du siehst aus wie ... wie der Kerl, der das Brennholz liefert und am Haus aufstapelt. So siehst du aus.«

»Auf Wiedersehen, Sylvia«, sagte ich. »Es war schön, mit dir zu sprechen, wie immer.« Ich sah, wie sie im Rückspiegel kleiner und kleiner wurde, als ich weiterfuhr.

Bis zum Landsitz der Fultons brauchte ich nicht mehr lange. Edwins Großvater hatte ihn in den zwanziger Jahren gebaut, und sein Vater hatte ihn mehrfach umgebaut und erweitert. Die Fultons – das war altes Geld aus der Automobilindustrie, eine der ersten Familien in Grosse Pointe, einem kleinen Nobelvorort am Detroit River. Den Besitz hier auf der Oberen Halbinsel unterhielten sie nur als Sommerhaus. Aber für die Fultons war ein *Sommerhaus* eine Festung von vierhundertundfünfzig Quadratmetern aus Stein und Glas und gewaltigen Holzbalken, zugehauen aus den Stämmen, die auf dem Bauplatz gewachsen waren. Jetzt, wo er das ganze Jahr hier wohnte, konnte ich mir nicht einmal vorstellen, wieviel Edwin allein der Schneepflug auf der Privatstraße im Winter kostete.

Theodora Fulton war allein im Haus. Sie schien froh zu sein, mich zu sehen, nachdem sie die gewaltige Eichenhaustür aufgestemmt hatte. »Sie müssen Mr. McKnight sein«, sagte sie.

»Ja, Ma'am«, sagte ich. »Schön, Sie kennenzulernen.«

Ich wußte, daß sie weit in den Sechzigern war, aber ihre Augen leuchteten, und ihre Hände waren überraschend kräftig, als sie mir die Hand drückte. Obwohl sie ihr Haar hochgesteckt trug, konnte ich sehen, daß sie weniger graue Haare hatte als ich. »Kommen Sie doch rein«, sagte sie. »Kann ich Ihnen einen Kaffee anbieten? Ich habe gerade welchen aufgeschüttet.«

»Ja, Ma'am. Sehr gerne.«

Sie führte mich ins Wohnzimmer. Die Decke war gut sechs Meter hoch und wurde beherrscht von den massiven runden Balken, die man unbehandelt gelassen hatte. Die Fenster blickten auf den Lake Superior in seiner ganzen Herrlichkeit. »Sind Sie schon mal hier im Haus gewesen? Es ist doch nett hier, nicht wahr?«

Es war nett, gewiß. Wenn ich zehn Jahre lang jeden Pfennig, den ich verdiente, reinsteckte und noch die meiste Arbeit selbst machte, hätte ich am Ende eine Hütte, die ein Drittel so nett wäre wie diese hier. »Ich bin schon ein oder zwei Male hier gewesen«, sagte ich.

»Fühlen Sie sich wie zu Hause«, sagte sie. »Ich hole Ihnen eine Tasse.«

Ich setzte mich auf eine der drei Couchs. Als sie draußen war, herrschte völlige Stille; nur eine Uhr tickte, und der Wind blies leise vom See her.

»Hier hätte ich alles«, sagte sie, als sie zurückkam. Ich nahm meine Tasse vom Tablett und warf mit der kleinen silbernen Zange ein Stück Zucker hinein.

»Vielen Dank, Ma'am«, sagte ich.

»Nennen Sie mich doch bitte Theodora«, sagte sie. »Oder Teddy. Meine Freunde nennen mich alle Teddy.«

»Darf ich Mrs. Fulton sagen?«

»Wie Sie wünschen.« Sie zog eine Brille hervor und setzte sie auf. Ich konnte nicht umhin zu bemerken, daß sie exakt so aussah wie die Lesebrille, die Chief Mavin in seinem Büro aufgesetzt hatte. »Sie sehen eindrucksvoll aus, Mr. McKnight. Aber Sie haben ein freundliches Gesicht.«

»Vielen Dank.«

»Edwin spricht in den höchsten Tönen von Ihnen. Er hat mir auch erzählt, daß Sie eine Kugel neben dem Herzen haben.«

»Ja, Ma'am, die habe ich.« Ich fragte mich, ob es noch irgend jemanden im Staate Michigan gebe, der das inzwischen nicht wußte.

»Wußten Sie, daß Andrew Jackson während seiner ganzen Präsidentschaft eine Kugel neben dem Herzen hatte?«

»Nein, das wußte ich nicht.«

»Es passierte in einem Duell. Der andere schoß ihm in die Brust. Aber Jackson fiel nicht. Er hatte seinen Schuß noch, und so zielte er ruhig und erschoß den anderen. Was hätten Sie getan, Mr. McKnight?«

»Sie meinen in einem Duell?«

»Ja, wenn Sie ein Duell hätten, und der andere hätte Sie getroffen und Sie ständen noch.«

»Ich nehme an, ich müßte ihn dann erschießen. Ich denke, ich hätte einen guten Grund dafür. Sonst würde es ja wohl kaum ein Duell gegeben haben.«

»So ist es wohl«, sagte sie. »Jedenfalls konnte man die Kugel aus Jacksons Brust nicht entfernen. Er mußte einfach den Rest seines Lebens damit leben. Offensichtlich hat er viele Beschwerden damit gehabt. Macht Ihre Kugel Ihnen Beschwerden?«

»Nein, eigentlich nicht«, sagte ich.

»Schön, das zu hören.«

»Mrs. Fulton«, sagte ich. »Was kann ich für Sie tun?«

Sie starrte in ihren Kaffee. »Tut mir leid, ich gebe mir offenbar alle Mühe, dieses Thema zu vermeiden. Ich gehe davon aus, daß Mr. Uttley Ihnen von meiner Unterredung mit ihm erzählt hat?«

»Keine Einzelheiten.«

Sie nickte. »Nun, Sie werden sicherlich wissen, daß ich mir große Sorgen um meinen Sohn Edwin mache. Sein Vater ist vor vielen Jahren gestorben, und ich glaube, das war sehr schwer für ihn. Er hatte niemanden, zu dem er aufblicken konnte. Deshalb bin ich so froh, daß Sie sein Freund sind, Mr. McKnight.«

»Oh, da bin ich mir nicht so sicher, Mrs. Fulton. Ich meine, so oft waren wir in der letzten Zeit nicht zusammen.« Mit seiner Frau war das schon erheblich anders.

»Ja, aber ich glaube, daß Sie trotzdem der beste Freund sind, den er im Augenblick hat.«

Ich wußte nicht, was ich sagen sollte. Ich war schon ein feiner bester Freund.

»Mr. McKnight«, sagte sie. »Ich bin keineswegs naiv, was die … Probleme meines Sohnes angeht. Ich weiß, daß das Glücksspiel ihn magisch anzieht. Warum sonst würde er das ganze Jahr hier verbringen? Zunächst dachte ich, er wolle nur fort von mir. Das denkt eine Mutter wohl als erstes. Oder daß ihn die gesellschaftlichen Verpflichtungen in der Stadt nervten. Oder daß er das einfache Leben hier in den Wäldern ohne Dienstpersonal liebte. Das klingt alles dumm, das ist mir klar. Natürlich weiß ich, daß es die indianischen Kasinos sind, die ihn hier festhalten. Wenn sie geschlossen würden, wäre er den nächsten Tag weg. Aber das erinnert mich an eine Frage, die ich Ihnen stellen wollte. Wenn Kasinos hier legal sind, wieso plazierte er dann Wetten bei einem Buchmacher?«

»Diese Kasinos haben nur Spieltische und Spielautomaten. Es gibt dort keine Sportwetten. Wenn Sie die wollen, müssen Sie zu einem Buchmacher gehen.«

»Ah, ich verstehe«, sagte sie. »Sehen Sie, allein deshalb bin ich froh, daß Sie hierhergekommen sind, um mich zu besuchen. Edwin weigert sich, mit mir über diese Dinge zu sprechen.«

»Mr. Uttley erwähnte einen Traum, den Sie hatten …«

»Ja«, sagte sie. »Der Traum. Ich hoffe, Sie finden das nicht allzu absurd, wenn ich Ihnen davon erzähle.«

»Natürlich nicht«, sagte ich.

»Samstag nacht«, sagte sie. Sie sah aus dem Fenster, während sie begann, mit ruhiger und fester Stimme ihren Traum zu erzählen. »Es war die Nacht, in der er diesen Mann gefunden hat, wie sich herausstellte, aber natürlich habe ich das da noch nicht gewußt. Im Traum habe ich Blut gesehen. Ich habe gewaltige Mengen von Blut gesehen. Ich war zu Tode erschrocken, ich muß Ihnen nämlich sagen, daß ich mit Blut einfach verrückt bin. Ich kann den bloßen Anblick einfach nicht ertragen, selbst wenn es mein eigenes ist, wenn ich mir bei der Gartenarbeit in den Finger steche. Und im Traum war so viel davon. Es schien mehr Blut zu sein, als in einem einzigen Körper enthalten ist. Ich schwebte darüber hin, Sie wissen, wie das im Traum ist. Und dann bin ich plötzlich von dem Blut weggeflogen und war im Wald. Ich bewegte mich auf einer Straße mit Bäumen auf beiden Seiten. Besser gesagt, ich sah etwas, was sich auf der Straße bewegte. Es war ein Auto, das die Straße langsam entlangfuhr. Ich habe niemals in einem Traum etwas deutlicher gesehen als diesen Wagen, wie er sanft die Straße entlangglitt. Aber es war dunkel. Der Wagen hatte keine Scheinwerfer an. Er fuhr die Straße entlang, nur mit einem schwachen Schimmer vom Mondlicht zur Orientierung. Ich versuchte durch die Windschutzscheibe zu erkennen, wer den Wagen fuhr. Aber ich konnte nichts sehen. Es war zu dunkel. Und dann merkte ich plötzlich, daß ich auf dieser Straße schon einmal gewesen war. Es war die Straße zu unserm Haus hier.«

Sie hielt inne und sah mich an. »Mr. McKnight«, sagte sie. »Als Edwin mich anrief und mir erzählte, was passiert war, da habe ich ihn bekniet, dieses Haus hier zu verlassen. Aber er wollte nicht. Er sagte, ich sei verrückt. Da habe ich dann das einzige getan, was ich noch tun konnte, ich bin den ganzen Weg hierhin selbst gefahren. Können Sie das glauben? Mein Fahrer hatte einen Tag frei, da habe ich selbst den Wagen rausgeholt und bin den ganzen Weg hierhergekommen. Ich bin seit zehn Jahren nicht mehr Auto gefahren. Ich habe nicht mal mehr einen Führerschein. Aber ich wußte, daß ich hierherkommen mußte und Edwin und Sylvia dazu bringen mußte, das Haus zu verlassen.«

»Und das wollten sie nicht, nehme ich an.« Ich konnte mir vorstellen, daß Edwin bleiben wollte, aber was hielt Sylvia hier? Sie haßte das Haus bei Gott.

»Nein, sie haben mir nicht geglaubt«, sagte sie. »Ich denke, ich kann ihnen das nicht übelnehmen. Aber dann, letzte Nacht ...«

»Letzte Nacht? Was ist letzte Nacht passiert?«

»Ich bin in einem der Gästezimmer untergebracht, aber ich konnte nicht schlafen. Ich bin hier unten herumgewandert und habe aus dem Fenster gesehen. Schließlich muß ich doch auf der Couch hier kurz eingeschlafen sein, aber etwas später bin ich wieder aufgewacht. Ich dachte, ich hätte draußen etwas gehört. Da bin ich an die Hintertür gegangen, von wo aus man die Straße sehen kann. Und ich weiß nicht, ich glaube, daß ich etwas gesehen habe. Ein Auto.«

»Was für eine Art Auto?«

»Das kann ich nicht sagen. Ich bin mir nicht einmal sicher, daß eins da war. Ich könnte mir das auch eingebildet haben.«

»Mrs. Fulton, wann ist das passiert?«

»Es war kurz nach zwei.«

Der Telefonanruf kam um drei, dachte ich. Und der Mann hatte gesagt, er habe Edwin beobachtet. »Haben Sie irgend etwas unternommen?« fragte ich. »Haben Sie die Polizei angerufen?«

»Nein, das habe ich nicht«, sagte sie. »Als ich noch einmal hinsah, war das Auto verschwunden. Das heißt, wenn es überhaupt jemals dagewesen ist.«

»Haben Sie Edwin davon erzählt?«

»Ja. Er meinte nur, wenn man lange genug ins Dunkel sieht, sieht man plötzlich alles, wovor man gerade Angst hat.«

»Und was soll ich jetzt tun?«

»Ich möchte, daß Sie heute nacht hierbleiben«, sagte sie. »Vielleicht auch zwei Nächte, wenn das erforderlich ist.«

»Mrs. Fulton ...«

»Ich flehe Sie an, Mr. McKnight. Ich zahle Ihnen, was Sie wollen.«

»Mrs. Fulton, ich bin sicher, der Sheriff kann hier einen Mann einige Nächte postieren ...«

»Nein«, sagte sie. Ihre Stimme klang jetzt wie die einer Frau, die es gewohnt ist, daß alles nach ihrem Willen geschieht, vor allem, wenn sie dafür zahlt. »Das kommt nicht in Frage. Der Sheriff wird keinen Mann hier über Nacht abordnen, bloß weil eine alte Frau einen Traum gehabt hat und glaubt, im Dunkeln Gespenster zu sehen. Ich möchte nur, daß jemand ein oder zwei Nächte hier ist. Das gibt mir Sicherheit. Und das sollen Sie sein, Mr. McKnight ... Ich sagte schon, daß es Ihr Schade nicht sein wird.«

Mir war der Gedanke, hier im Hause zu bleiben, unerträglich, aber Mrs. Fulton bearbeitete mich solange wie ein alter Profi, daß ich schließlich einwilligte. Mir ist aufgefallen, daß reiche Leute etwas leicht Beleidigendes an sich haben. Sie warten nicht einmal ab, ob man ihnen vielleicht aus schierer Herzensgüte einen Gefallen erweist. Sie sprechen direkt das Geld an. Sie halten es einem vor die Nase, wie man einem Kind einen Lolli hinhält.

Sylvia war noch auf der Straße, als ich das Haus verließ. »Du bist die ganze Zeit hier draußen gewesen?« fragte ich, als ich mit dem Wagen neben ihr hielt. »Du brauchtest wohl noch eine Dröhnung Frischluft, was?«

»Ich wollte nicht ins Haus gehen, solange du drin warst«, sagte sie. Ihre Wangen waren hochrot vom scharfen Wind.

»Das Haus ist groß«, sagte ich. »Du hättest mich nicht mal zu sehen brauchen.«

»Ich hätte es aber gewußt«, sagte sie. »Ich hätte dich dort *gespürt*.«

»Ah ja, da wirst du mich aber heute nacht recht heftig spüren«, sagte ich. »Was gibt es zum Abendessen?«

»Wovon redest du?«

»Ich will nur sichergehen, daß ich den richtigen Wein mitbringe.«

»Wenn das ein Witz sein soll, ist er nicht lustig.«

»Das ist kein Witz, Sylvia. Deine Schwiegermutter hat mich gerade angeheuert, die Nacht bei euch zu verbringen. Sagst du mir nun, was es zu essen gibt, oder nicht? Wenn ich Rotwein mitbringe und ihr habt Fisch, schwöre ich bei Gott, daß dir das verdammt leid tun wird.«

Ich fuhr zurück zu meiner Hütte, um meine Reisetasche für eine Nacht zu packen und generell in der Anlage nach dem Rechten zu sehen. Ein Stück die Straße hinauf lebte ein Freund von mir, Vinnie LeBlanc, der für zwei Tage ein Auge auf die Hütten werfen konnte. Er war ein Chippewa-Indianer, ein Mitglied des Bay-Mills-Stammes. Wie die meisten Chippewas hier in der Gegend hatte er ein bißchen französisches Blut, ein bißchen italienisches und ein bißchen weiß der Himmel was. Er arbeitete im Bay Mills Casino am Siebzehnundvier-Tisch, und während der Jagdsaison diente er auch gelegentlich Männern, die bei mir Hütten gemietet hatten, als Führer. Er verstand es perfekt, den Indianer zu spielen, wenn er so eine Gruppe von Leuten aus dem südlichen Michigan durch die Wälder führte. Natürlich tat er das unter seinem Ojibwa-Namen Roter Himmel; denn, wie er selbst immer wieder sagte, wer würde sich schon einen indianischen Führer namens Vinnie nehmen?

Ich hielt in der Nähe meiner Hütte und stieg aus dem Wagen. Als ich mich der Tür näherte, sah ich etwas auf den Stufen liegen.

Es war eine Rose. Eine einsame blutrote Rose.

Ich hob sie auf. Ich sah mich um. Nichts als Kiefern. Niemand konnte ihn gesehen haben, als er sie hier niederlegte. Ich blickte auf den Boden. Keine Fußabdrücke, keine Reifenspuren.

Ich öffnete die Tür, blickte hinein und atmete auf, als ich sah, daß meine Hütte leer war. Anzeichen für ein gewaltsames Eindringen gab es keine, aber da konnte man nie sicher sein. Ich überprüfte den Anrufbeantworter. Keine Nachrichten.

Eine einsame rote Rose. Sie schien mich an etwas zu erinnern, aber mir fiel nicht ein, an was.

Vielleicht wollte ich auch nicht, daß es mir einfiel. Vielleicht wollte ich diese Verbindung nicht herstellen.

Ich war schon im Begriff, die Rose zu zerknicken, aber überlegte es mir dann anders. Eine Rose zu zerstören bringt Unglück. Irgendwer hatte mir das irgendwann erzählt.

Ich stellte die Rose in ein Glas Wasser, packte meine Tasche, ging wieder nach draußen und verschloß die Tür. »Heute nacht werde ich Ihren Anruf leider verpassen«, sagte ich in den Wind. »Wer auch immer Sie sind, wenn Sie mich diesmal mitten in der Nacht anrufen, werden Sie nur das Telefon viermal klingeln hören, und dann haben Sie meinen Anrufbeantworter dran. Vielleicht sollte ich meinen Spruch ändern. ›Wenn Sie ein verrückter Killer sind, der mir ins Gehirn scheißen will, drücken Sie bitte die Eins. Alle andern drücken bitte die Zwei.‹«

Ich ging zum Lastwagen und setzte mich einige Minuten auf den Fahrersitz. Schließlich stieg ich wieder aus und ging ins Haus zurück.

Ich tauchte in die tiefsten Tiefen meines Kleiderschranks, warf Kleidungsstücke und Stiefel in die Luft, bis ich fand, was ich suchte. Ich lud jede der sechs Kammern mit einer Patrone und steckte die Pistole in meinen Gürtel.

Kapitel 6

»Mein Gott, fühle ich mich gut, Alex«, erklärte Edwin. »Ich fühle mich jetzt wie ein freier Mann.« Er saß in einem der Sessel vor dem offenen Kamin, die Füße lagen auf einem Lederkissen, in der einen Hand hielt er einen Cognacschwenker, in der anderen eine Zigarre. Ich saß in dem anderen Sessel und blickte ins Feuer. Ich hatte ebenfalls einen Cognac, hatte allerdings auf die Zigarre verzichtet. »Irgendwie ist es komisch«, sagte er.

»Was ist komisch?«

»Wie sich manche Dinge ergeben. Etwas so ... Scheußliches. Und dann erweist es sich als das Beste, was mir je zugestoßen ist. Es ist wie bei einem Kreisel, du hast doch mal gesehen, wenn er außer Kontrolle gerät und zu wackeln beginnt?«

»Wie bitte?«

»Und dann stößt er irgendwo an, bong, und schon läuft er wieder super. Genau das ist mir passiert.«

»Okay. Wie schön.«

»Nein, es stimmt wirklich«, sagte er. »Ich spüre absolut keinen Drang mehr zu spielen. Er ist wie weggeblasen.«

»Wenn das wirklich wahr ist, freu ich mich, Edwin.«

»Natürlich ist das wahr«. Er stand auf, um ein Scheit aufs Feuer zu legen. Über dem Kamin hing ein Hirschkopf mit Geweih, ein Zwölfender. Einen Moment dachte ich darüber nach, ob es wohl auf der ganzen Welt jemanden gebe, der auch nur eine Sekunde glauben würde, Edwin habe das Tier selbst geschossen.

Als er sich wieder gesetzt hatte, sagte er: »So, erzählst du mir vielleicht jetzt einmal, was vor sich geht? Warum hast du gefragt, wann ich das letzte Mal Tony Bing gesehen habe?«

»Edwin, laß mich erst dich etwas fragen. Hast du in letzter Zeit jemanden hier herum gesehen, der dir irgendwie seltsam oder auffällig erschien? Jemand, der dich zu beobachten schien oder der dir gefolgt ist?«

Er überlegte eine Zeitlang. »Nein, ich glaube nicht. Das heißt, mir ist niemand in der Art aufgefallen. Sollte ich die Augen offenhalten?«

»Vielleicht«, sagte ich. »Paß einfach auf. Und sei vorsichtig.«

»Um was geht es denn nun, Alex?«

»Ich bin mir nicht sicher, Edwin. Ich möchte dich nicht mehr beunruhigen, als ich muß. Und ganz bestimmt will ich deiner Frau oder deiner Mutter keinen Schrecken einjagen. Also sagen wir mal, ich habe Grund zu der Annahme, daß es da draußen jemanden geben *könnte*, der dich beobachtet oder mich oder uns beide. Jemand, der mit dem Mord zu tun haben könnte.«

»Weiß Chief Maven von der Sache?«

»Er weiß Bescheid«, sagte ich.

Beide starrten wir eine Minute lang ins Feuer.

»Gibt es irgendeine Chance, daß du eine Zeitlang nach Grosse Pointe zurückkehrst?« fragte ich schließlich.

»Meinst du, wir sollten?«

»Wäre vielleicht eine gute Idee.«

»Ich möchte nicht weggehen«, sagte er.

»Und was, wenn es mir wirklich ernst damit wäre, Edwin?«

Er stieß eine lange Rauchwolke aus. »Wir gehen nicht weg, Alex.«

»Okay«, sagte ich. Ich wußte nicht, was ich sonst sagen sollte.

Wieder saßen wir schweigend da. Ein Scheit explodierte und schickte einen Funken ins Zimmer. Edwin sah zu, wie er auf dem Teppich zischend verglühte und ein kleines schwarzes Loch zurückließ. Er machte keine Anstalten, ihn auszutreten. Vielleicht würde er einfach am nächsten Tag jemand rufen und den Raum neu ausstatten lassen. »Trotzdem bin ich froh, daß du hier bist«, sagte er. »Fast hätte ich mich für meine Mutter entschuldigt.«

»Sie macht sich eben Sorgen um dich.«

»Ich weiß«, sagte er, »aber ich fand das alles so albern, daß du heute nacht hier schläfst.«

»Das ist doch kein Problem.«

»Andererseits muß ich sagen, wenn das der Preis war, um dich endlich mal zum Essen hierhin zu kriegen ...«

»Das Essen war großartig«, sagte ich. »Deine Mutter ist eine tolle Köchin.«

»Jedenfalls bin ich froh, daß ich dich und Sylvia eine Zeitlang im selben Raum hatte. Ich weiß, wie das mit euch beiden ist.«

Mein Herz setzte einen Schlag aus. »Wie meinst du das?«

»Alex, ich bin sicher, dir ist es auch aufgefallen. Sylvia hat das nun mal mit dir.«

»Ich weiß nicht, wovon du sprichst.«

»Ich hoffe, du nimmst es nicht persönlich. Sie hat das immer bei bestimmten Typen von Mann. Ich meine einfach so, wie du aussiehst, der Typ von Mann, der du zu sein *scheinst*. Ein großer, zäher Bursche. Sie ist mit dir nie richtig warm geworden, und das hat mir weh getan. Aber wie dem auch sei, ich glaube, heute abend hat sie dich etwas besser kennengelernt. Und ich glaube, sie mag dich jetzt.«

Sylvia war das ganze Abendessen über nur charmant gewesen. Es war eine unglaubliche Vorstellung gewesen.

»Wo ist sie bloß hingelaufen?« sagte er. »Hockt vermutlich irgendwo mit meiner Mutter und schmiedet Pläne gegen mich. Du weißt doch, wie Frauen sind, wie?«

»Ich bin zur Stelle, Schatz«, sagte sie. Wir wandten uns um und sahen, wie sie hinter uns in den Raum glitt. Sie trug ein langes Kleid. Es war dasselbe Kleid, das sie an dem ersten Abend getragen hatte, dem Abend, an dem ich sie zum erstenmal berührte. Es hatte einen raffinierten Rückenausschnitt und schmiegte sich in einer Weise an sie, daß ich am liebsten meinen Drink nach ihr geworfen hätte.

»Kommst du nicht ins Bett?« fragte sie und legte ihre Hände um Edwins Nacken.

»Mein Gott«, sagte Edwin. »Du siehst phantastisch aus. Ich bin gleich oben.«

Sie wandte den Kopf und sah mich an. »Gute Nacht, Alex. Ich hoffe, du kannst es dir hier ... bequem machen.«

»Mach dir um mich keine Gedanken«, sagte ich.

Als sie gegangen war, stand Edwin auf und legte seine Zigarre weg. »Ich habe diese Frau vernachlässigt. Aber damit ist jetzt Schluß. Das gehört alles zum neuen Edwin.«

Ich nickte nur.

»Bist du sicher, daß du nicht in dem andern Gästezimmer schlafen willst?«

»Nein, hier unten mit der Couch ist schon in Ordnung«, sagte ich. Die beiden Gästezimmer lagen am Ende des Hauses. Da war ich lieber hier in der Mitte, nahe an den Türen, für alle Fälle.

»Bedien dich mit allem«, sagte er. »Ich gehe ins Bett. Wünsch mir Glück.« Mit einem Augenzwinkern und der Andeutung eines militärischen Grußes verschwand er.

Als er fort war, saß ich da, trank meinen Cognac aus und wunderte mich, wie ich hierhingeraten war. Ich bin Privatdetektiv, und sie bezahlen mich dafür, daß ich mit meiner Pistole hier auf der Couch schlafe.

Ich dachte an den Anruf und an die Rose, die man mir auf die Schwelle gelegt hatte. Lange saß ich da und hoffte, daß alles doch noch irgendeinen Sinn ergab, aber das passierte nicht.

Schließlich kam Mrs. Fulton ins Zimmer und setzte sich in Edwins Sessel. »Kann ich Ihnen noch irgend etwas bringen, Alex?«

»Danke, mir geht es gut, Ma'am.«

»Wissen Sie, wir beide haben etwas gemeinsam«, sagte sie. Sie schlug die Beine übereinander und blickte ins Feuer.

»Und was wäre das, Ma'am?«

»Angst«, sagte sie. »Wir beide kennen die Angst.«

Es dauerte eine Minute, bis es einsickerte. Diese Frau hatte genügend Geld, um sich vor allem zu schützen. Was konnte sie schon über Angst wissen?

Aber dann sah ich ihr in die Augen. Ich sah, wie das Kaminfeuer in ihnen tanzte. Und ich sah noch etwas anderes. Etwas, das ich erkannte. »Erzählen Sie mir davon«, sagte ich.

»Ich habe diese Geschichte kaum jemandem erzählt, Alex. Aber ich habe das Gefühl, Ihnen kann ich sie erzählen, denn Sie wissen, was für ein Gefühl das ist. Wirkliche Angst. Die Art Angst, die einen für immer verändert.«

»Ja«, sagte ich. »Ja, die kenne ich.«

»Ich wurde gekidnappt, als ich sechzehn Jahre alt war. Das ist eins der Risiken, wenn man in einer sehr wohlhabenden Familie aufwächst, nehme ich an. Sie hielten mich einige Tage gefangen. An einem bestimmten Punkt waren sie drauf und dran, mir einen Finger abzuschneiden und ihn meinem Vater zu schicken.«

Ich sagte nichts. Gemeinsam mit ihr blickte ich ins Feuer und lauschte ihrer Stimme.

»Es waren drei Männer«, sagte sie. »Einer von ihnen sorgte dafür, daß die anderen mir nichts taten. Sogar als ihr Boß mir den Finger abschneiden wollte, hat dieser Mann es nicht zugelassen. Sie haben sich meinetwegen gestritten. Er sagte zum Boß, er würde ihn töten, wenn er mich nur anfaßte. Obwohl er einer von den dreien war, die mich gekidnappt hatten, fing ich an, mich in ihn zu verlieben. Das ist doch seltsam, oder? Wenn man so tief verstört ist, dann ist alles, was man sonst noch empfindet, so intensiv. Auch was man hört, und was man sieht. Sogar die Farben der Dinge sind intensiver. Sie verstehen doch, was ich sagen will?«

»Ja, Ma'am.«

»Sie verstehen es, weil Sie auch schon dort waren«, sagte sie. »Ich wußte das, sobald ich Sie kennenlernte. Spätestens dann, als ich Sie nach der Kugel in Ihrer Brust gefragt habe. Da konnte ich es sehen. Ich konnte sehen, daß wir das gemeinsam hatten. Deshalb wissen Sie auch, was ich jetzt durchmache. Die ganze Geschichte mit meinem Sohn. Er ist mein einziges Kind, wissen Sie.«

»Mrs. Fulton, alles wird wieder gut werden. Er war nur zur falschen Zeit am falschen Ort.«

»Jedenfalls bin ich froh, daß Sie hier sind«, sagte sie. »Ich denke, heute nacht werde ich schlafen können.« Sie wünschte mir eine gute Nacht und verließ den Raum.

Ich saß da und starrte ins verlöschende Feuer. Schließlich stand ich auf und ging durchs Haus. Ich blickte aus dem Fenster, das auf die Auffahrt hinausging, und knipste die Außenbeleuchtung aus, so daß ich ins Dunkel blicken konnte. Nichts.

Ich begab mich nach draußen und lief fast fünfhundert Meter die Straße hinunter. Es war eine ruhige Nacht, und ohne den Wind war es nicht entfernt so kalt wie sonst zu dieser Jahreszeit. Ich kehrte um, und als ich wieder am Haus war, ging ich auf die andere Seite zur Veranda, die auf den See hinausblickt. Als die Wolken kurz aufbrachen, warf ein Viertelmond sein mattes Licht auf die riesige Fläche des Lake Superior. Das Wasser war sehr ruhig in dieser Nacht, und man konnte träumen, wie man unter diesem Mond dahinsegelte.

Ich ging wieder nach drinnen und setzte mich auf die Couch, nahm die Pistole aus dem Gürtel und legte sie auf den Couchtisch. Auf dem Tisch stand ein Hochzeitsfoto. Ich nahm es auf und betrachtete die Gesichter. Sylvia hob sich strahlend von der Weiße ihres Schleiers ab, Edwin grinste breit und blöd. Mein alter Herr hatte eine Redensart: »Er grinst wie ein Esel beim Hummelfressen.« Genauso sah Edwin an seinem Hochzeitstag aus, wie er da neben Sylvia stand. Ich stellte das Foto auf den Tisch zurück und lehnte den Kopf auf der Couch weit zurück. Irgendwann glitt ich dann ins Grenzland zwischen Wachsein und Schlummer.

Plötzlich hörte ich etwas. Ich fuhr aus meinem Dämmern auf. Wo kam das Geräusch her? Ich setzte mich auf und griff nach meiner Pistole.

Sie war weg.

Sylvia stand da und hatte die Pistole in der Hand. Sie zielte auf meine Brust.

»Sylvia, was zum Teufel ...«

»Ich sollte dich töten«, sagte sie. »Ich sollte dich auf der Stelle töten. Das wäre ein Gefühl, Alex.« Ihr Nachthemd stand offen. Im Mondlicht konnte ich ihre Brüste sehen und das weiche Haar, das im Dunkel zwischen den Schenkeln verschwand. Sie machte keine Anstalten, sich zu bedecken.

»Sylvia ...«

Sie legte die Pistole zurück auf den Couchtisch. »Du bist ein schöner Wachhund«, sagte sie im Weggehen. Sie ging die Treppe wieder hoch und ließ mich da im Dunkeln sitzen und wieder zu Atem kommen.

»Verdammt«, sagte ich leise. »Du blöde miese Schlampe.«

Ich stand auf, ging noch einmal durchs Haus und sah wieder aus den Fenstern. Ich ging bis hinten durch, wo die Gästezimmer lagen, und legte mein Ohr an Mrs. Fultons Tür. Ich konnte den Rhythmus ihres Atems im Schlaf hören.

Ich legte mich wieder auf die Couch und dachte, ich würde mein ganzes Leben keinen Schlaf mehr finden. Aber irgendwann schlummerte ich wieder ein. Ich konnte es nicht verhindern. Nach den beiden letzten Nächten mit ihrem Blut und den nächtlichen Anrufen war ich mehr als erschöpft. Wenigstens würde ich mir heute nacht keinen weiteren Anruf anhören müssen, dachte ich, als ich mich in den Schlaf fallen ließ.

Ich sah das Blut. Es war Mrs. Fultons Traum. Ich schwebte darüber. Es breitete sich nach allen Seiten aus, soweit ich nur sehen konnte.

Und dann sah ich den Wagen, der ruhig und stumm durch die Kiefern glitt. Seine Scheinwerfer waren aus. Den Fahrer konnte ich nicht sehen.

Und dann klingelte das Telefon.

Ich sprang von der Couch und stolperte über den Couchtisch.

Ich wußte nicht, wo ich war. Das Telefon, wo ist das Telefon? Es klingelte wieder. Mir fiel ein, wo ich war. Ich griff nach der Pistole und ging nach oben. Das Telefon klingelte zum dritten Mal.

»Alex, bist du das?« Das war Edwin, drinnen im Schlafzimmer. Das Telefon klingelte zum vierten Mal.

»Ja!« Ich klopfte an ihre Tür und öffnete sie. Edwin hatte die Lampe neben dem Bett angeknipst. Sylvia saß neben ihm und blinzelte. Das Telefon klingelte zum fünften Mal.

»Soll ich drangehen?«

»Laß mich«, sagte ich. Ich ging an seine Seite des Bettes und kniete mich auf den Boden. Das Telefon klingelte zum sechsten Mal.

Ich nahm den Hörer auf. Am andern Ende war es still, bis ich endlich eine Männerstimme hörte: »Hallo? Ist da jemand?«

»Wer ist da?« fragte ich.

»Wer ist *da*? Spreche ich mit Edwin Fulton?« Das war nicht die Stimme, die ich erwartete. Es war jemand anders, jemand, den ich kannte.

»Hier ist Alex McKnight. Wer ist da?«

»McKnight! Was machen Sie denn da? Hier ist Chief Maven!«

»Chief Maven«, sagte ich. Edwin sah mich erstaunt an.

»Verdammt noch mal; McKnight, was sind Sie? Sind Sie neuerdings Butler bei den Fultons?«

»Warum rufen Sie an?« fragte ich. »Wie spät ist es?«

»Das weiß ich nicht«, sagte er. »Wie spät, vielleicht drei Uhr, denke ich. Halb vier? Ich habe bei Mr. Fulton angerufen, um zu hören, ob er weiß, wo Sie sind. Ich war so enttäuscht, McKnight. Sie waren diesmal nicht am Tatort, um auf mich zu warten.«

»Maven, was zum Teufel ist los?«

»Es hat einen weiteren Mord gegeben«, sagte er. »Wieder ein Buchmacher, wie sich ergeben hat. Man hat den Kerl hinter einem Restaurant auf der Ashmun Street gefunden.«

»Was ist passiert?«

»Der Koch hat ihn gefunden, als er den Müll nach draußen brachte«, sagte er. »Sieht ganz so aus, als sei er mit drei oder vier Schüssen getötet worden.«

»Glauben Sie, daß es derselbe Mörder war?« Ich sah nach Edwin und Sylvia. Beide starrten mich an. Sylvia begann zu zittern.

»Nun, ich bin kein Hellseher, McKnight, aber ich habe das Gefühl, daß wir dieselben Patronen aus derselben Pistole finden werden.«

»Wer ist das Opfer?«

»Ein Bursche namens Vince Dorney. Kennen Sie ihn?«

»Vince Dorney? Nein, kenne ich nicht.« Ich sah Edwin an. Er schüttelte den Kopf. »Edwin kennt ihn auch nicht.«

»Er ist da direkt neben dem Telefon, ja?« sagte Maven. »Das sieht ja so aus, als hätte ich Sie mitten im Gruppenschlaf angerufen.«

»Sparen Sie sich das, Maven. Was ist mit ... ich meine, gab es wieder Schnittwunden?«

»Nein, diesmal nicht«, sagte er. »Diesmal hat er das Messer anders eingesetzt.«

»Was meinen Sie damit?«

»Ich glaube, es ist am besten, wenn Sie hier rauskommen, McKnight. Auf der Stelle.«

»Wovon sprechen Sie? Wo sind Sie?«

»Um es ganz genau zu sagen, rufe ich Sie aus einem Streifenwagen an, der direkt vor Ihrer Hütte steht.«

Als erstes sah ich die Lichter der Streifenwagen, das Blau und das Rot, wie sie verrückt durch die Äste der Kiefern tanzten. Als ich um die Ecke bog, sah ich vier Wagen vor meiner Hütte. Ein Wagen des County, einer des Staates und zwei vom Soo. Acht Männer standen in einer Gruppe vor meiner Tür. Als ich aus meinem Lastwagen ausstieg, war es nicht weiter schwer, herauszufinden, wer hier das große Wort führte.

»Mr. McKnight«, sagte Maven, »wie nett von Ihnen, uns heute abend Gesellschaft zu leisten.«

Ich nickte den beiden Polizisten vom County zu. Ich hatte sie ein- oder zweimal im Glasgow Inn gesehen.

»Einige Jungs vom County und vom Staat waren so freundlich vorbeizuschauen«, fuhr Maven fort. »Schließlich befinden wir uns hier ein paar Meilen außerhalb vom Soo. Aber da dies hier zu einem Soo-Fall gehört, bin ich federführend. Das habe ich gerade den Herren hier erklärt.«

»Was ist los?« fragte ich. »Warum sind Sie hier?«

»Ich habe versucht, Sie anzurufen, sobald ich von dem Mord hinter dem Restaurant gehört habe. Sie waren nicht zu Hause, und da machte ich mir Sorgen. Ich habe einen Wagen rausgeschickt, nur um sicher zu sein, daß Sie okay sind. So ein Mensch bin ich«, sagte er.

»Aber warum sind *Sie* hier rausgekommen? Und all die andern Beamten?«

»Ich habe County und Staat der guten Ordnung halber benachrichtigt«, erklärte er. »Ich würde dasselbe erwarten, wenn einer von ihnen im Soo erschiene. Nun gehen Sie mal und sehen sich Ihre Haustür an.«

Ich dachte an die Rose, die dort hingelegt worden war. Ich schauderte vor dem Gedanken, was er wohl diesmal hingelegt haben mochte.

Ich ging zur Tür. Einer der Soo-Beamten machte Aufnahmen mit einer Polaroid-Kamera. In dem kurzen Moment des grellen Lichts sah ich ein Stück Papier, das mit einem großen Jagdmesser an die Tür gepinnt war.

»Fassen Sie es noch nicht an, McKnight«, sagte Maven dicht hinter mir. Der Beamte entfernte das Messer sorgfältig und steckte es in eine Plastiktüte. Das Stück Papier steckte er in eine weitere Tüte. »Das mit Ihrer Tür ist eine Schande«, sagte Maven. »Da wird ein häßlicher Katsch zurückbleiben.«

»Was steht darin?« fragte ich. »Lassen Sie es mich lesen.«

»Gedulden Sie sich«, sagte Maven. Er nahm die Beutel von dem Beamten und leuchtete sie mit seiner Taschenlampe an. »Sieht auf dem Messer wie Blut aus«, sagte er. »Dreimal dürfen Sie raten, wessen Blut das Labor dort finden wird.« Er gab es dem Beamten zurück und strich dann die durchsichtige Plastiktüte über dem Brief glatt. »Gütiger Himmel«, sagte er, als er ihn las. Er brauchte lange Zeit zum Lesen. Ich konnte sehen, daß viele Worte auf die eine Seite gequetscht worden waren.

Als er fertig war, reichte er ihn an mich weiter ohne jeden Kommentar. Der Brief sah aus, als sei er auf einer alten mechanischen Schreibmaschine geschrieben worden, die dringend ein neues Farbband brauchte.

ALEX

Du weißt wer ich bin. Es ist schwer zu glauben denke ich aber Du mußt es glauben denn ich bin jetzt hier und es ist für uns beide an der Zeit zusammenzusein und das Werk zu vollenden das uns aufgegeben ist. Eiserne Gitter konnten mich nicht halten. Über all die Zeit hinweg bin ich zu Dir geflogen. Ja Du weißt wer ich bin. Du weißt wer DU bist und das will bedeuten daß Du weißt daß Du es bist der uns alle in ein besseres Land führen wirst. Ich habe das zuvor nicht gesehen denn ich war blind geworden durch die Macht des Bösen aber nun sehe ich daß Du auserwählt bist den Tod zu besiegen und den Weg zu weisen auf dem wir anderen Dir folgen werden. Das Böse ist hier. Es weiß wer Du bist und Du mußt sehr vorsichtig sein. Ich habe den einen Mann beseitigt der Deinen kleinen Freund bedroht hat als Zeichen des guten Willens den ich für Dich hege aber da sind andere überall um uns herum die aus diesem einsamen Ort ein Schlachtfeld machen werden und heute nacht habe ich einen anderen Mann beseitigt der Mikrowellensignale aussandte damit mehr von ihnen kämen. Natürlich habe ich eine andere Technik angewandt um sie zu verwirren. Man muß sie immer verwirren und nicht so viel Blut bedeutet es dauert länger herauszufinden daß er fehlt aber sie werden uns zu unserer Zeit finden. Sie werden Dich nicht erreichen das verspreche ich. Es ist ein gutes Gefühl Dir jetzt nach all den Jahren zu helfen. Wer hätte gedacht daß es sich so ergäbe. Zu denken daß ich einst gedacht habe Du seist einer von ihnen der sich nur verkleidet hat. Ich wache über dich und ich kann den Tag nicht erwarten wo wir endlich zusammensein werden.

Dein auf ewig

ROSE

P. S. Ich habe heute abend angerufen aber Du warst nicht da was mich sehr traurig macht deshalb tue es bitte nicht wieder.

Ich las den Brief zweimal und gab ihn dann Maven zurück. Die übrigen Beamten standen nur da und beobachteten mich.
»Eines muß man Ihnen lassen«, sagte Maven schließlich. »Sie bekommen zweifellos viel interessantere Post als ich.«
»Das ist unmöglich«, sagte ich. »Er kann auf keinen Fall hier sein. Er kann auf keinen Fall diesen Brief geschrieben haben.«
»Ich gehe davon aus, daß Sie wissen, wer diese Rose-Frau ist?«
»Ja«, sagte ich. »Ich kenne Rose. Es ist ein Mann, keine Frau.«
»Na schön, ein Mann namens Rose. Woher kennen Sie ihn?«
»Es ist vierzehn Jahre her«, sagte ich. »Er ist der Mann, der mich seinerzeit niedergeschossen hat. Er ist der Mann, der meinen Partner getötet hat.«

Kapitel 7

Es war 1984, in einem langen heißen Sommer in Detroit. Kokain war König in diesem Sommer, das gute altmodische Pulver, lange Linien davon überall in der Stadt. Crack war nicht mehr als ein Gerücht. Ich war circa acht Jahre bei der Polizei und bereitete mich gerade auf die Prüfung zum Detective vor. Mein Partner, Franklin, war neu im Beruf. Er war ein ehemaliger Footballspieler, offensives Mittelfeld. Er spielte für die University of Michigan und hatte es in seinem letzten Studienjahr bis zur zweiten Mannschaft gebracht. Die Lions verpflichteten ihn, aber in der ersten Woche im Trainingslager renkte er sich das Knie aus. Er ging an die Universität zurück und machte sein Examen; zwei Jahre später trat er in die Polizei ein. Sie wiesen ihn mir zu, in der Meinung, ein Ex-Footballspieler und ein Ex-Baseballspieler müßten miteinander auskommen. Das war ein Irrtum.

»Das ist es doch, was ein Baseballspieler macht«, sagte er eines Abends in unserem Streifenwagen. Die Debatte hatte sich nun schon den ganzen Tag hingezogen. »Er steht auf dem Platz herum. Ganz gelegentlich wird ein Ball nach ihm geworfen. Wenn der Ball nicht genau nach ihm geworfen wird, muß er sich eventuell etwas zur Seite bewegen. Das muß ich zugeben. Gelegentlich muß er sich seitwärts bewegen.«

Ich schüttelte nur den Kopf. Wir waren auf dem Weg zum Krankenhaus. Einer der Ärzte in der Notaufnahme hatte einen Zwischenfall gemeldet, und wir waren mit unserem Wagen in der Nachbarschaft.

»Wenn er genug auf dem Platz rumgestanden hat«, fuhr Franklin fort, »geht er zur Bank zurück, um sich auszuruhen. Na klar, ist ja auch ganz schön anstrengend, so da rumzustehen, nicht wahr? Da muß er doch einfach in den Schatten gehen und sich auf 'ne Bank setzen. Also gut, sitzt er also 'ne Weile auf der

Bank, trinkt 'nen Schluck, und dann, du ahnst es nicht, ist es plötzlich so weit, daß er den Schlagmann spielt! Da steht er nun auf und geht in seine Box, die sie ihm auf den Boden gemalt haben, und schwingt den großen Schläger, oder? Da muß ich dir allerdings wieder Recht geben, so 'nen großen Schläger schwingen ist richtig Arbeit. Immerhin, wenn er zwei Foulballs schafft, muß er schließlich irgendwie fünf- oder sechsmal den Schläger schwingen!«

»Mach weiter, Franklin«, ermunterte ich ihn. »Das kannst du ruhig noch was ausführen.«

»Und dann, Alex, das mußt du dir klarmachen – wenn er den Ball trifft, was muß er dann machen? Er muß den ganzen Weg bis zum ersten Base laufen. Wieviel ist das, so dreißig Meter?«

»Dreißig Meter, klar. Sehr gut!«

»Dreißig Meter muß der Mann laufen! Und wenn er daraus ein Double machen will, gibt das sechzig Meter.«

»Schau mal einer an, ein Footballspieler mit Mathekenntnissen!« sagte ich. »Das gibt einen Sonderpunkt.«

»Übrigens, wo fährst du eigentlich hin?« fragte er.

»Zum Krankenhaus«, sagte ich. »Das ist der günstigste Weg.« Ich fuhr auf der Brush Street nach Süden, direkt ins Detroiter Stadtzentrum. Die Hitze des Tages hing noch in den Straßen, lange nachdem die Sonne untergegangen war.

»Der günstigste Weg, wenn man nicht schnell ankommen will«, meinte er. »Du hättest die St. Antoine Street nehmen sollen, direkt am Gericht vorbei.«

»Nee, so is' viel schneller«, sagte ich. »Du hast ja keine Ahnung, wovon du sprichst.«

»Ich bin in der Stadt großgeworden, Junge. Was weißt *du* da schon?«

»Siehste, da sind wir schon«, sagte ich. Ich fuhr zur Rückseite des Gebäudes, neben den Eingang zur Notaufnahme.

»Wenn du auf mich gehört hättest, wären wir längst hier und schon wieder weg.«

»Auf dich hör ich erst, wenn ich mich pensionieren lasse«, sagte ich. Wir gingen ins Gebäude und erwarteten das übliche Chaos. Aber alles schien ruhig. Im Wartezimmer saß eine Frau und preßte einen Eisbeutel gegen ihre Wange. Ihr gegenüber saß ein Mann, vornübergebeugt, die Arme um sich geschlungen, wiegte er sich hin und her. Am Empfang sah eine Schwester einen Stoß Akten durch. Sie blickte kurz auf und sah dann zweimal hin. Entweder war ich einfach so hinreißend schön oder Franklin so verdammt groß.

»Verzeihung, Ma'am«, sagte Franklin. »Wir sind von der Polizei.«

»Das ist nur für den Fall, daß Sie so 'ne Uniform noch nie gesehen haben«, fügte ich hinzu. »Beachten Sie meinen Kollegen gar nicht. Er ist ein ehemaliger Footballspieler.«

Sie schien von keinem von uns sonderlich amüsiert zu sein. »Sie wollen zu Dr. Myers«, sagte sie. »Setzen Sie sich bitte.«

Wir setzten uns ins Wartezimmer und sahen der Frau zu, wie sie den Eisbeutel auf ihrer Wange bewegte. Irgendwer hatte ihr ein eindrucksvolles Veilchen verpaßt.

»Verzeihung, Ma'am«, sagte ich. »Geht es Ihnen gut?«

Die Frau sah uns an. »Seh ich so aus?«

»Keineswegs, Ma'am. Überhaupt nicht, soweit ich sehe. Kann ich etwas für Sie tun?«

Die Frau schüttelte den Kopf.

»Hat das Ihr Mann getan?«

Sie schüttelte wieder den Kopf.

»Wenn er das nämlich getan hat ...«

»Lassen Sie mich in Ruhe, ja?«

»Ma'am, ich will nur sagen ...«

»Ich will nicht hören, was Sie sagen, ja? Ich will's einfach nicht hören.«

Ich hob entschuldigend die Arme und lehnte mich in meinen Sitz zurück. Wir warteten lange. Von draußen hörten wir die Geräusche der Stadt, ein Hund bellte, in der Ferne jaulte eine

Sirene. Detroit war im Sommer immer am schlimmsten, aber heute nacht kochte es regelrecht. Die Hitze war noch unerträglicher als sonst. Und das Buspersonal streikte immer noch. Nicht mal ein Spiel der Tigers konnte man sehen, weil in dieser Woche die Stars der beiden Ligas gegeneinander spielten. Ich kapierte nicht, wieso die Notaufnahme so leer war. Ich beobachtete die großen Doppeltüren und erwartete, daß sie sich öffneten, um Wagenladungen mit frisch Verunglückten aufzunehmen.

»Sag mal, Franklin«, fing ich an, »hast du jemals versucht, einen Fastball zu treffen?«

Franklin sah mich nur an.

»Hat schon mal irgendwer einen Ball mit hundertfünfzig Stundenkilometern direkt nach deinem Kopf geworfen?«

»Versuch's ruhig weiter, Alex.«

»Das ist mir ernst, Franklin. Ich versuche dich aufzuklären. Du hast offenbar keinerlei Sinn für irgendwelche anderen Sportarten. Irgendwo kann man das ja auch vermutlich verstehen. Ich meine, genaugenommen, was hast du so gemacht, als du noch Football gespielt hast? Du warst Angreifer, stimmt's? Wollen wir mal sehen: Du hast dich vornüber gebückt und eine Hand auf den Boden gestemmt. Und wenn der Quarterback ›Hut‹ sagte, bist du aufgesprungen und auf den Kerl dir gegenüber losgegangen. Stimmt's? Ne, warte mal, etwas komplexer war es schon. Manchmal sagte der Quarterback nämlich ›Hut-Hut‹, und dann mußtest du soviel Köpfchen haben, erst beim zweiten ›Hut‹ auf den anderen loszugehen.«

Bevor er noch etwas sagen konnte, kam Dr. Myers in den Warteraum. »Tut mir leid, meine Herren, kommen Sie doch mit mir.« Als wir aufstanden, steckte ich der Frau mit dem Eisbeutel ein Stück Papier zu. Darauf standen unsere Namen und die Nummer unseres Reviers. Ich glaubte nicht, daß sie anrufen würde, aber mehr konnte ich in dieser Nacht einfach nicht für sie tun.

Der Arzt führte uns aus dem Wartezimmer in einen kleinen Aufenthaltsraum hinter dem Empfang. Er war ein schlanker schwarzer Mann und wirkte wie jemand, der seinen Beruf als Arzt sehr ernst nimmt. Seine Stimme hatte ein wenig vom singenden Tonfall der Karibik. Nachdem wir Kaffee und Doughnuts abgelehnt hatten, verriet er uns, warum er die Polizei gerufen habe.

»Es gibt einen Mann, der hier immer herkommt«, sagte er. »Ziemlich regelmäßig. Wann er genau kommt, kann man allerdings nicht sagen. Bisweilen kommt er mehrere Male hintereinander jeden Abend, dann ist er wieder ein paar Tage verschwunden. Und dann ist er wieder da. Er ist offensichtlich schwer gestört, vielleicht ein paranoider Schizophrener, aber das kann ich natürlich so genau nicht sagen. Und mit Sicherheit habe ich nicht die Zeit, mich mit ihm zu unterhalten.«

»Und was macht er, wenn er hier ist?«

»Meistens, im Grunde genommen ... es klingt komisch, wenn ich das so sage: Meistens versteckt er sich.«

»Er versteckt sich?«

»Wir hatten früher diese große Pflanze in der Wartezone, wissen Sie, so wie eine Palme. Wir mußten sie entfernen. Die Patienten hatten Angst vor ihm.«

»Sie haben doch einen Sicherheitsdienst hier, oder?«

»Ein paar Leute«, antwortete er. »Aber bei weitem nicht genug. Immer wenn wir sie gerufen haben, war er weg, sobald sie kamen. Als hätte er so etwas wie einen sechsten Sinn.«

»Wann ist er zuletzt hier gewesen?«

»Heute am früheren Abend«, sagte er. »Diesmal trug er einen Arztkittel. Er hat ihn wohl aus unserm Wäscheschrank gestohlen. Er ist durch die Untersuchungsräume gegangen und hat sich als Arzt ausgegeben. Eine der Schwestern hat ihn gestellt, und da hat er sinngemäß gesagt: ›Verhalten Sie sich ganz natürlich, Schwester. Ich bin hier in geheimer Mission.‹«

Ich sah Franklin an und schüttelte den Kopf. »Na, großartig.«

»Wir sind hier an ziemlich schräge Vögel gewöhnt«, sagte er. »Liegt wohl an der Lage. Aber dieser Mann stört uns erheblich.«

»Haben Sie irgendeine Idee, wie er heißt? Oder wo er wohnt?«

»Seinen Namen kennen wir nicht. Aber ich glaube, wir wissen, wo er wohnt. Sobald die Schwester den Wachdienst alarmiert hat, ist er wieder verschwunden. Aber der Wachmann sah ihn auf der Straße und ist ihm nachgegangen. Acht oder neun Blocks von hier ist ein Apartmentgebäude, Ecke Columbia und Woodward, direkt vor der Autobahn. Da hat er den Mann reingehen sehen, konnte aber nicht mehr feststellen, in welche Wohnung.«

Ich notierte die Adresse auf meinem Block. »Wie sieht der Mann aus?« fragte ich. »Woran erkennen wir ihn?«

»Oh, Sie werden ihn mit Sicherheit erkennen«, meinte er. »In der Gegend wird er der einzige Weiße im ganzen Haus sein, da bin ich mir sicher. Und wenn das nicht reicht, müssen Sie nur auf die Perücke achten.«

»Die Perücke? Was für eine Perücke?«

»Der Mann trägt eine blonde Perücke«, erklärte er. »Eine von diesen blonden Riesendingern, die bis hier abstehen.« Er hielt seine Hände dreißig Zentimeter vom Kopf entfernt.

»Große blonde Perücke«, murmelte ich, während ich mir das auf meinem Block notierte. »Was gibt es sonst noch?«

»Er ist ein verrückter Weißer, und er trägt eine riesige blonde Perücke«, wiederholte er. Er klang müde. »Was brauchen Sie sonst noch?«

Wir fanden das Apartmentgebäude an der Ecke von Columbia und Woodward. Trotz all der Arbeit, die man in die Innenstadt gesteckt hatte, brauchte man nicht nach dem »wirklichen« Detroit zu suchen, dem Detroit, in dem Franklin und ich unsere Tage verbrachten, indem wir entweder häusliche Zwistigkeiten schlichteten oder auf Pistolenschüsse reagierten. Das Haus war in seinen besseren Zeiten einmal ganz hübsch gewesen; aber die lagen lange zurück.

»Wie gehen wir vor?« fragte Franklin.

»Wie wohl?« sagte ich. »Wir klappern die Türen ab.«

»Das hatte ich befürchtet.«

Wir begannen mit dem Erdgeschoß, Franklin auf der einen Seite des Flures, ich auf der anderen. Wenn überhaupt eine Tür geöffnet wurde, starrte uns gewöhnlich ein verängstigtes Frauengesicht an, mit zwei oder drei Kindern dahinter. Auf der ersten Etage fand sich endlich eine Frau bereit, uns zu helfen.

»Den weißen Knaben meinen Sie? Den mit der Perücke? Wohnt irgendwo im obersten Stockwerk. Was Durchgeknallteres hab ich noch nie gesehen.«

Wir bedankten uns und gingen direkt auf den obersten Stock.

»Sie hat uns 'ne Menge Klinkenputzen erspart«, sagte ich. »Wir sollten was für sie tun.«

»Da können wir nichts tun«, meinte Franklin. Lokalitäten wie diese hier nahmen ihn immer etwas mehr mit als mich. Detroit war seine Heimat. Ich arbeitete hier bloß.

Hinter der ersten Tür, an die wir klopften, fanden wir unsern Mann. Er öffnete die Tür nur einen Spalt weit und sah zu uns hinaus. Das blonde Haar stand fast zehn Zentimeter von seinem Kopf ab.

»Polizei, Sir«, erklärte ich. »Können wir Sie eine Minute sprechen?«

Er sah mich an, dann Franklin, dann wieder mich und so weiter, ohne ein Wort zu sagen.

»Dürfen wir hineinkommen?« fragte ich.

»Weshalb?« antwortete er. Seine Stimme war völlig tonlos.

»Damit wir mit Ihnen sprechen können.«

»Warum wollen Sie mich sprechen?«

»Öffnen Sie bitte die Tür.«

»Soll *er* auch reinkommen?« Der Mann wies mit dem Kopf auf Franklin.

»Das ist mein Kollege«, erklärte ich. »Sein Name ist Franklin. Ich heiße McKnight. Darf ich nach Ihrem Namen fragen?«

»Ha«, sagte er. »Das könnte Ihnen so passen.«

»Sir, öffnen Sie bitte die Tür«, sagte Franklin. Der Mann zuckte beim Klang seiner Stimme förmlich zusammen.

»Was wollen Sie?« fragte er. »Warum sind Sie hier?«

»Wir kommen gerade vom Krankenhaus«, erwiderte ich. »Man sagte uns, Sie haben dort Leute belästigt. Können wir jetzt für einen Moment reinkommen, um darüber zu sprechen?«

Er öffnete langsam die Tür. Beim Eintreten versuchte ich ihn abzuschätzen. Etwas unter einsachtzig, leichtes Übergewicht. Er trug Jeans, alt, aber sauber, Tennisschuhe und ein Sweatshirt. Keine Brille. Glatt rasiert. Er hätte fast normal ausgesehen, wäre da nicht diese verdammte Perücke gewesen. »Belästigt?« sagte er. »Sie sagen, ich habe Leute belästigt? Haben sie das gesagt?«

Das Apartment war klein. Ein Tisch mit drei Stühlen, eine Couch, die man vermutlich zum Bett ausziehen konnte. Eine Kochnische, ein kleines Bad. Eine einzelne Lampe brannte in einer Ecke und verteilte ihr spärliches Licht im ganzen Raum. Vom Fenster kam kein Licht. Wir wußten nicht einmal, ob es überhaupt ein Fenster gab; denn alle vier Wände waren komplett mit Aluminiumfolie ausgekleidet.

Wir standen bloß da und sahen uns um. Schließlich sagte Franklin: »Wer hat denn bei Ihnen tapeziert – ein Blechschlosser?«

Der Kerl sah Franklin an, mit blankem Haß in den Augen. In meinem Hinterkopf schrillte eine Alarmglocke. Ich merkte, daß hier etwas nicht stimmte, aber zu diesem Zeitpunkt hielt ich den Mann einfach für einen armen Irren mit einer fixen Idee. Ich dachte nicht an das, was sonst noch in seinem Kopf vorgehen mochte.

»Es gibt einen guten Grund für die Aluminiumfolie«, erklärte er.

»Ja, da hab ich mal von gehört«, sagte Franklin. »Damit wehrt man die Radiowellen ab, oder?«

Der Mann schüttelte den Kopf. »Sie meinen, die Folie hält die Radiowellen ab? Das hier ist gegen Mikrowellen.«

»Mikrowellen«, wiederholte Franklin. »Na klar.«

»Sie haben gesagt, daß Sie McKnight heißen?« wandte er sich an mich.

»Ja«, sagte ich.

»Wäre es wohl möglich, daß dieses ...« Er musterte Franklin von oben bis unten. »... dieses Individuum hier rausgeschafft wird? Ich würde gern mit Ihnen allein sprechen.«

»Nein, das wäre nicht möglich«, sagte ich. Ich wußte, daß Franklin eine Lammsgeduld hatte, aber langsam machte ich mir doch etwas Sorgen. Wären die Rollen umgekehrt gewesen, hätte ich schon lange mit dem Drang zu kämpfen gehabt, dem Typen die Arme auf den Rücken zu drehen und ihm Handschellen anzulegen.

»Ich versteh das nicht«, sagte der Typ. Er begann sich hin- und herzuwiegen, indem er das Gewicht abwechselnd auf den rechten oder den linken Fuß verlagerte. »Ihr beide. Seid ihr wirklich Partner? Ich meine, arbeitet ihr jeden Tag zusammen?«

»Den lieben langen Tag«, antwortete Franklin. »Manchmal trinken wir sogar am selben Trinkbecken.«

»Das ist sehr interessant«, befand er. »Das könnte eine wertvolle Information sein.«

»In Ordnung«, sagte ich. »Ich werde mich jetzt setzen.« Ich nahm einen der drei Stühle und setzte mich an den Tisch. »Mein Partner wird sich ebenfalls setzen.« Franklin behielt den Mann im Auge und setzte sich schließlich neben mich. »Bitte, Sir, setzen Sie sich doch.«

Der Mann setzte sich.

»Wie ist Ihr Name?« fragte ich.

»Mein Nachname ist Rose«, sagte er. »Mehr werde ich Ihnen nicht sagen.«

»Keine Vornamen?«

»Vornamen sind etwas Persönliches«, erklärte er. »Wenn Sie von jemandem den Vornamen wissen, haben Sie Gewalt über ihn. Den Fehler mache ich nicht noch mal.«

Franklin verschränkte die Arme und sah zur Decke.

»Stimmt es, daß Sie sich in der Notaufnahme des Memorial Hospital aufgehalten haben?«

»Haben die Ihnen das da erzählt?«

»Ja, das haben die mir da erzählt.«

»Ich mag da mal reingeschaut haben. Einmal, vielleicht zweimal.«

»Sie meinten, Sie seien recht häufig dagewesen.«

»Und Sie glauben denen«, konstatierte er.

»Lassen wir die mal weg«, sagte ich. »Sind Sie dort gewesen?«

»Das muß ich dann wohl«, meinte er. »Wenn die Ihnen das gesagt haben.«

»Mr. Rose, Sie machen uns die Sache nicht gerade leicht.«

»Verbringt ihr beiden wirklich den ganzen Tag zusammen?«

»Großer Gott«, sagte Franklin. Ich merkte, daß es ihm reichte. »Was zum Teufel stimmt mit Ihnen nicht? Sie sind da unten im Krankenhaus und erschrecken den ganzen Tag Leute, indem Sie sich wie ein Irrer aufführen. Ich meine, wenn Sie verrückt sind, seien Sie verrückt. Das ist in Ordnung. Gehen Sie zu 'nem Psychiater. Wenn es Drogen sind, melden Sie sich zum Entzug an. Tun Sie was für sich. Oder setzen Sie sich hier in Ihren Aluminiumraum, mir ist das egal. Nur belästigen Sie die Leute im Krankenhaus nicht, klar? Die haben da unten genug Probleme, ohne daß Sie sich hinter den Zierpflanzen verstecken. Und was soll das überhaupt mit der Perücke? Sie sehen aus wie dieser Rocksänger. Wie ist noch mal sein Name, Alex? Der Kerl mit den Haaren.«

»Peter Frampton«, schlug ich vor.

»Ne, der andere. Der von Led Zeppelin.«

»Robert Plant?«

»Ja, den meine ich«, sagte Franklin. »Sieht genauso aus wie er.«

»Ich finde, er sieht eher wie Peter Frampton aus«, meinte ich.

»Seid ihr zwei hier langsam fertig?« fragte er.

»Nein, ich fürchte nicht, Mr. Rose«, erwiderte ich. »Wissen Sie, wir müssen Ihnen etwas sehr Wichtiges erzählen. Und Sie müssen uns zuhören. Sie müssen mit den Besuchen im Krankenhaus aufhören. Okay? Sie dürfen da nicht mehr hin.«

»Ich fürchte, das ist nicht möglich«, sagte er.

»Und warum ist das nicht möglich?«

»Ich leiste dort wichtige Arbeit«, erklärte er. »Damit kann ich doch nicht einfach aufhören. Spielen Sie Billard?«

»Mr. Rose ...«

»Sie wissen, was die achte Kugel kann, nicht wahr? Sie teilt die restlichen Kugeln in die hohen und die niederen. Hochfrequenz und Niederfrequenz. Die achte Kugel ist schwarz. Schwarz steht für Unterteilung, für Trennung, für Tod. Die Absenz von Licht.«

»Mr. Rose ...«

»Die Spielkugel ist weiß. Alles Licht, alle Farben, sie sind alle Teil des Weiß. Weiß ist Leben und Bewegung. Keine der anderen Kugeln kann sich bewegen, solange sich nicht die weiße Spielkugel bewegt.«

»Mr. Rose«, sagte ich, »meinen Sie nicht, daß Sie mal mit jemandem reden sollten? Gehen Sie zu einem Arzt? Gibt es irgendwelche Medikamente, die Sie einnehmen sollten?«

»Das ist doch ein Trick, oder?« sagte er. »Sie haben sich doch verkleidet.«

»Mr. Rose ...«

»Verdammt raffiniert«, meinte er. »Das muß ich Ihnen lassen. Sie werden jedesmal raffinierter. Sie bringen einen Riesen mit, um mich abzulenken.« Er warf Franklin einen Blick zu und fixierte mich dann wieder. »Und Sie schleichen sich hier rein, als seien Sie einer von uns. Sie hören sich sogar an wie einer von uns. Wirklich sehr überzeugend.«

Franklin und ich sahen uns an und nickten. Der hier würde erst mal mit uns zur Wache fahren und dann vielleicht später irgendwohin in eine nette Gummizelle.

»Das funktioniert so nicht«, erklärte er. »Diesmal seid Ihr an den Falschen geraten.«

Die Pistole war da, bevor wir beide reagieren konnten, bevor wir überhaupt an eine Reaktion *denken* konnten. Er bewegte sich mit solch insektengleicher Geschwindigkeit, daß ich schwören kann, die Waffe war schon auf uns gerichtet, bevor wir noch das Klebeband unterm Tisch reißen hörten.

Es war eine Uzi. Nur ein paar Jahre später waren Uzis schon zum Klischee geworden, aber 1984 war diese Maschinenpistole noch eine Novität. Jeder Gorilla im Kokshandel wollte eine. Uns hatte man die Uzi mal bei einem Appell vorgeführt. Die Waffe kam aus Israel. Sie schoß neunhundertfünfzig Kugeln in der Minute, kleine Neun-Millimeter-Pistolenkugeln mit Metallmantel. Und dabei klang sie nicht lauter als eine Nähmaschine.

»Mr. Rose«, sagte ich langsam, »legen Sie die Waffe nieder.« Meine beiden Hände lagen auf dem Tisch. Franklins Arme waren noch verschränkt. Ich wußte nicht, wer von uns schneller an seinem Halfter wäre. Oder ob wir überhaupt eine Chance dazu hätten.

»Verraten Sie mir, wer Sie geschickt hat«, sagte er.

Beide starrten wir auf die Uzi. Ich bin sicher, daß Franklin dasselbe dachte wie ich. Dabei hatte er sogar noch mehr zu verlieren als ich. Er hatte zwei Töchter, drei und fünf Jahre alt. Da will man seine Familie wiedersehen. Da will man nicht im Apartment eines Verrückten sterben, nur weil der einen für seinen geheimen Feind hält.

»Mr. Rose«, sagte ich. Ich versuchte Luft zu holen. »Wir erzählen Ihnen, was auch immer Sie wünschen. Das verspreche ich Ihnen. Nur legen Sie die Waffe weg, bitte.«

»Die habe ich gefunden, müssen Sie wissen«, erklärte er.

Für den Bruchteil einer Sekunde blickte er auf die Maschinenpistole. Ein kalter Schauer lief mir über den Rücken. Die Zeit reichte nicht, um meine Pistole zu ziehen. Dafür mußte er einen Moment länger wegsehen. Gib mir doch eine Chance. Wenn du wirklich *verrückt* bist, dann *tu* auch etwas Verrücktes. Verfall in Trance oder mach sonstwas.

»Die habe ich auf einem Weg hinter den Häusern gefunden«, erläuterte er. »Nachdem einer von euren Freunden jemand umgebracht hat. Er hat mich nicht gesehen, aber ich habe ihn beobachtet. Hat sie einfach in einen Müllcontainer geworfen. Sehr nachlässig.«

»Mr. Rose«, sagte Franklin. Seine Stimme war nur noch ein Flüstern. »Bitte ...«

»Sprechen Sie nicht mit mir«, sagte er. Er richtete die Maschinenpistole auf Franklins Brust. »Von Ihnen will ich nichts mehr hören.«

Franklin schluckte.

»Nun zu Ihnen«, wandte er sich mir wieder zu. »Sagen Sie mir, wie Sie das gemacht haben. Wie sind Sie weiß geworden?«

»Das erzähle ich Ihnen, wenn Sie die Pistole hingelegt haben«, sagte ich. »Legen Sie sie einfach da auf den Tisch.« Rechte Hand nach unten, Revolver aus dem Halfter, Revolver hoch. Wie lange würde das dauern? Sollte ich es einfach riskieren?

Er schüttelte den Kopf. »Na, da haben wir den Salat. Jetzt werde ich nie erfahren, welche Farbe Sie wirklich haben. Genau das habe ich befürchtet.«

Hand runter, Halfter auf, hochreißen, schießen. Runter, hoch, bumm. Ich probte den Bewegungsablauf in meinem Kopf und hoffte, dadurch einen Sekundenbruchteil schneller zu sein. Hand runter, Halfter auf, hochreißen, schießen. Runter, hoch, bumm.

»Wissen Sie, im Krankenhaus habe ich viel gelernt, bei meiner geheimen Mission. Anfangs habe ich den Auftrag gar nicht übernehmen wollen, aber ich erfuhr, daß der Erwählte mich dort brauchte, in vorderster Front. Ich erfuhr, daß der Erwählte wissen mußte, wie der Feind die Leute tötet. Was so die neuesten Techniken waren. Auf diese Weise könnten wir eine angemessene Verteidigung entwickeln.«

Franklin saß regungslos neben mir. Ich kann es nicht machen. Wenn ich mich bewege, erschießt er mich. Ich werde nicht einmal in die Nähe meiner Pistole kommen. Er muß woanders hinsehen. Bitte, sieh woanders hin, nur eine Sekunde.

»Wissen Sie, was mich wirklich schafft?« sagte er. »Ihr arbeitet so hart dran, den besten Weg zu finden, wie man Leute umbringt, daß ihr euch sogar gegenseitig umbringt. Macht ihr das zur Übung?«

Schweigen. Ich blickte ihm in die Augen. Es war, als ob man in einen Bergwerksschacht blickte und bis in die tiefste Hölle sähe.

»Ihr habt keinen Respekt vor dem Leben, das ist es«, sagte er. »Der Erwählte sagt, wenn etwas keinen Respekt vor dem Leben hat, dann ist es kein Töten, wenn man es beseitigt. Besonders dann nicht, wenn man dieselbe Technik anwendet, die sie einsetzen. Das ist der springende Punkt.«

Schweigen. Wie hatte ich nur in diese Augen sehen können, ohne auf der Stelle alles zu wissen? Ich hätte ihm im selben Moment Handschellen anlegen müssen, in dem ich die Wohnung betreten hatte.

»Also werde ich Sie nicht wirklich töten.«

»Mr. Rose ...« sagte ich.

»Ich werde Sie entfernen. So nennt es der Erwählte. Er nennt es entfernen.«

»Mr. Rose ...«

Er bewegte die Uzi ein Stück näher an uns heran. »Wissen Sie eigentlich, was die allerneueste Technik ist?« fragte er.

Seine Waffe attackieren? Sie zur Seite schleudern? Ich

blickte auf seine Hand. Stand sie unter Spannung? Wird er schießen, wenn ich danach greife?

»Natürlich kennen Sie die«, sagte er. »Ihr kennt sie alle. Es passiert fast jeden Tag. Das habe ich im Krankenhaus gesehen. Ich habe gehört, wie die Ärzte darüber gesprochen haben.«

Du mußt jetzt was tun. Du mußt es riskieren.

»›Da kommt die nächste Naht‹, sagen sie. ›Wie viele Nähte hatten wir diese Woche schon? Schon fünf?‹«

»Mr. Rose ...« sagte ich. Ein letzter Versuch, ihn zu überreden. Dann geht's los.

»Klingt irgendwie nett, wie?« meinte er. »Naht.«

Ich wußte, was eine Naht war. Franklin wußte es auch. Wir hatten viele in diesem Sommer gesehen. Die Drogenbosse nähten jeden, der ihr Revier störte oder nicht rechtzeitig zahlte oder sie nur irgendwie schief ansah. Man nahm eine Uzi und verpaßte dem Burschen einen raschen Stoß aus der Maschinenpistole, von oben nach unten mittenhinein. Zwanzig, vielleicht dreißig Schuß vom Kopf bis zum Schwanz, das war eine Naht.

Bewegen! Beweg dich! Greif nach der Waffe. Jetzt. Jetzt!

Ich bewegte mich nicht.

Er schoß auf Franklin. Mitten auf ihn, von oben nach unten. Die Uzi spuckte die Kugeln mit einem Geräusch aus, als ob eine Katze schnurrte. Ich griff nach meinem Revolver. Ich spürte, wie mich die Kugeln in die rechte Schulter trafen. Wie viele, wußte ich nicht. Ich spürte sie alle auf einmal, wie wenn ein extrem hart geschleuderter Ball von deinem Handschuh rutscht und dich an der Schulter trifft. Ich hörte den Knall, als mein Revolver losging, und hörte den Mann namens Rose schreien.

Ich lag auf dem Boden, neben Franklin. Er lebte noch. Noch einen Moment. Ich sah, wie seine Augen mich anblickten, und dann war er nicht mehr da. Ich tastete nach meinem Funkgerät. Blut war an meinen Händen, in meinem Gesicht, in meinen Augen. Überall Blut.

Ich sprach etwas ins Funkgerät. Ich weiß nicht mehr was. Ich lag da auf dem Boden und starrte zur Decke. Da war ein Loch. Ich hatte ihn nicht erwischt. Als die Kugeln mich trafen, hatte ich direkt in die Decke geschossen. Warum hatte er geschrien? Hatte ihn der Knall erschreckt? War er weggelaufen? Wie oft hatte er mich getroffen? Wann würde ich sterben?

Und warum hatte er keine Aluminiumfolie an die Decke geklebt? Alle vier Wände, aber nicht die Decke? Ich sah wieder nach Franklin. Ich sah ihn an, bis alles schwarz wurde.

»Verdammt noch mal, McKnight«, sagte Maven. »Warum haben Sie nicht Ihre Pistole gezogen, als er die Waffe rausriß?« Er hatte mir schweigend zugehört, als ich meine Geschichte erzählte. Er fuhr den Streifenwagen. Ich saß auf dem Beifahrersitz. Meine Stimme war das einzige Geräusch im Wagen gewesen, den ganzen Weg von Paradise zum Soo. Wir waren fast an der Polizeistation. Die Sonne war eben dabei, den östlichen Himmel von einem Schwarzton in ein rötliches Grau zu verwandeln.

Ich ging eine ganze Liste von Antworten durch. Stellen, wohin er es sich stecken könne, Dinge, die er doch mit sich selbst anstellen möge. Schließlich sagte ich: »Ich weiß auch nicht warum.«

Er schüttelte den Kopf. Wir fuhren an einem alten Lagerhaus vorbei. Die Hälfte der Fensterscheiben war zerbrochen. Im schäbigen Licht einer Straßenlaterne saß eine Katze, leckte sich die Pfoten und beachtete uns nicht. »Und Sie wollen mir erzählen, daß der Kerl Sie jetzt wie viele Jahre später gefunden hat?«

»Vierzehn Jahre«, sagte ich nur.

»Und mit all den vielen Polizisten, die ihr da unten in Detroit habt, ist er nie geschnappt worden?«

»Nun ja, Chief«, sagte ich, »sehen Sie, den Teil habe ich Ihnen noch nicht erzählt.«

»Welchen Teil?«

»Wir haben den Kerl geschnappt. Etwa sechs Monate später.«

»Was sagen Sie da?«

»Sie haben ihn eingebuchtet, weil er in einem andern Krankenhaus rumhing. Ich war gerade aus der Truppe ausgeschieden und bin zurückgekommen, um ihn zu identifizieren. Ich habe im Prozeß ausgesagt.«

»Lassen Sie mich mal raten«, sagte er. »Nicht schuldig wegen Unzurechnungsfähigkeit.«

»Nein«, erläuterte ich. »Sein Verteidiger hat sich alle Mühe gegeben, es darauf hinauslaufen zu lassen, aber das zog dann doch nicht. Nicht bei einem Polizistenmörder. Rose bekam lebenslänglich für Franklin und noch zwölf Jahre drangehängt, meinetwegen. Begnadigung ausgeschlossen.«

»Also erzählen Sie mir, daß dieser Rose-Knabe ...«

»Im Knast ist«, sagte ich. Ich sah aus dem Fenster. »Zumindest habe ich das bis jetzt gedacht.«

Kapitel 8

Die Sonne war schließlich aufgegangen, als wir die Polizeiwache erreichten; mit dem Nahen des Winters begannen die Tage später und später. Wann hatte ich eigentlich zuletzt diese kalten grauen Stunden durchgeschlafen? Und jetzt war ich wieder auf der Wache. Mein Magen fühlte sich an, als habe man ihn von innen nach außen gedreht.

Maven führte mich in sein Büro und ließ mich wieder auf dem harten Besucherstuhl Platz nehmen. »Also los«, sagte er. Er griff nach einem Block und einem Stift. Ein paarmal kratzte er über das Papier und warf dann den Stift in eine Ecke des Zimmers. »Scheißdinger, die halten nicht mal 'ne Woche. Also los, McKnight, wie hieß der Kerl noch mal?«

»Rose.«

»Hat man seinen Vornamen jemals rausgekriegt?«

»Maximilian«, sagte ich. »Das kam beim Prozeß raus.«

»Maximilian? Kein Wunder, daß er Ihnen den nicht genannt hat.« Er begann mit seinen Notizen. »Wann wurde er verurteilt?«

»Dezember 1984.«

»Wissen Sie, wohin man ihn gebracht hat?«

»Jackson.«

Er unterbrach seine Notizen. »Sie haben ihn nach Jackson geschickt?«

»Hochsicherheitstrakt. Sie meinten, er sei zwar psychotisch, aber trotzdem handlungsfähig. Nicht beknackt genug für ein Bett in der Klapse, aber beknackt genug, um ihn niemals aus den Augen zu lassen.«

»Sie sagen, sie haben ihn in den Hochsicherheitstrakt von Jackson verfrachtet und jede Begnadigung ausgeschlossen? Sind Sie sich da sicher?«

»Ganz sicher«, antwortete ich.

»McKnight«, sagte er. »Dann ist der Typ auch noch da. Er muß einfach da sein.«

»Das sollte man meinen.«

»Denken Sie denn, er ist ausgebrochen? Wann ist zuletzt jemand aus Jackson ausgebrochen? Ist überhaupt schon mal irgend jemand aus Jackson ausgebrochen?«

»Das weiß ich nicht«, entgegnete ich. »Ich weiß nur, was ich in dem Brief gelesen habe.«

Er fuhr sich mit den Fingern durch das, was von seinen Haaren noch übrig war. »Ich denke, ich sollte da mal anrufen, um das zu überprüfen. Wie spät ist es? Kurz nach sechs?«

»Ich nehme an, irgendwer wird da sein«, sagte ich nur.

»Da haben Sie vermutlich recht, McKnight. Wenn ich noch auf dem neuesten Stand bin, schicken sie die Insassen nachts nicht nach Hause.« Er suchte in den Papieren auf seinem Tisch. »Ich sollte wohl über die Zentrale des Staates anrufen. Wo hab ich nur die Nummer? Ich habe 'ne Frau, die um sieben kommt. Die findet so was immer. Nein, warten Sie, hier ist sie.« Er griff zum Telefon und wählte. Ich saß nur da und sah ihm zu.

»Guten Morgen«, sagte er schließlich. »Hier ist Sheriff Maven im Soo. Ich muß mit dem Staatsgefängnis in Jackson sprechen. Ja. Ja, das ist es. Ja, ich werde später mit Ihrem Commander sprechen und ihn informieren. Ja. Ja, das wäre gut so. Hey, hören Sie, können Sie die nicht irgendwie anrufen und mich dann durchstellen? Wissen Sie, so mit geheimer Staatsparole oder so, damit die wissen, daß sie nicht irgendein Arschloch von der Straße aus Jux und Dollerei anruft. Ja, da wäre ich Ihnen dankbar. Danke, ich bleibe dran.«

Während er wartete, sah er mich an. »Hatten Sie in Ihrer Zeit als Polizist jemals mit der Staatspolizei zu tun?«

»Nicht viel«, sagte ich.

»Sie sind da verdammt gut«, erklärte er. »Das Problem ist nur, daß sie das auch wissen. Aber wenn man ihnen ihre Streicheleinheiten zukommen läßt, wenn man mit ihnen spricht, sind sie sehr kooperativ. Vermutlich wart ihr Cops in Detroit genauso.« Er saß einige Zeit da und pochte mit seinem Stift auf den Tisch. »Ah, guten Morgen. Mein Name ist Roy Maven. Ich bin der Polizeichef von Sault Ste. Marie. Wir haben heute morgen eine ungewöhnliche Frage an Sie. Bei Ihnen gibt es einen Insassen namens Maximilian Rose. Er wurde 1984 eingeliefert, in den Hochsicherheitstrakt. Also, ich frage einfach ganz direkt: Können Sie herausfinden, ob Mr. Rose sich noch auf Ihrem Gelände befindet?«

Maven hielt den Hörer vom Ohr weg. Ich konnte seinen Gesprächspartner durch den ganzen Raum hören.

»Verdammt noch mal«, sagte Maven. »Ich habe Sie etwas gefragt, ja? Kein Grund für Sie, aggressiv zu werden. Wenn Sie sagen, daß er da ist, ist er eben da. Mehr wollte ich nicht wissen.«

»Bitten Sie ihn, das nachzuprüfen«, meinte ich.

Maven hielt die Hand über den Hörer und sah mich an. »Bitte?«

»Bitten Sie ihn, das nachzuprüfen.«

»Der Mann sagt, es ist noch nie jemand aus dem Hochsicherheitstrakt entkommen.«

»Vielleicht haben sie ihn laufenlassen«, sagte ich. »Vielleicht wurden Anweisungen verwechselt. Fragen Sie ihn bitte.«

Maven rollte mit den Augen. »Entschuldigen Sie, Sir«, sagte er in den Hörer. »Wir haben uns gerade gefragt, ob Sie sich vielleicht die Zeit nehmen könnten, um nach Rose zu sehen.

Ja, darum bitten wir Sie. Ja, Sie haben richtig gehört. Doch, Ihre Ohren funktionieren hervorragend. Ja. Ja. Ja. Nun hören Sie mal genau zu, was Sie jetzt machen. Ich gehe es Punkt für Punkt mit Ihnen durch. Als erstes legen Sie mal Ihr Teilchen hin. Es ist unhöflich, am Telefon mit vollem Mund zu sprechen. Als nächstes gucken Sie Maximilian Rose in Ihrem kleinen schlauen Buch nach und stellen seine Zellennummer fest. Dann rufen Sie einen der Wärter an und bitten ihn, in der Zelle nachzusehen. Oder Sie sehen selbst nach. Das überlasse ich Ihrer

Entscheidung. Dann gehen Sie zum Telefon zurück und sagen mir, ob er da ist. Und dann sage ich danke schön für Ihre Hilfe, und Sie sagen, das ist doch kein Problem, dafür sitze ich doch hier. Und dann können Sie Ihr Teilchen weiteressen. Alles klar? Meinen Sie, Sie schaffen das? Ach, übrigens, kleiner Tip für Sie: Wenn Sie bei Rose nachschauen, stellen Sie sicher, daß Sie auch wirklich sein Gesicht sehen. Manchmal stopft ein Gefangener nämlich seine Kleider so unter die Decke, daß es aussieht, als läge er im Bett. Tatsächlich könnte dieser Rose ja schon vor Monaten entkommen sein und ihr habt es nur noch nicht gemerkt ... Ja, Sie mich auch, Kollege. Ich kann doch nichts dafür, daß Sie um sechs Uhr an einem beschissenen Morgen in einem kleinen Zimmer hocken und auf ein Gefängnis aufpassen müssen. Offensichtlich haben Sie irgendwann in Ihrem Leben einen miesen Berufsweg eingeschlagen. Jetzt gehen Sie mal los und leuchten mit Ihrer beschissenen Taschenlampe in Roses Fresse, bevor ich mich mit Ihrem Vorgesetzten unterhalten muß.«

Maven hielt den Hörer in seinen Schoß und schüttelte den Kopf. »Deshalb liebe ich meinen Job«, sagte er. »Man hat mit so vielen wunderbaren Leuten zu tun.« Er sah mich an, als sei das alles meine Schuld, und klopfte dann weiter mit dem Stift auf den Tisch, während er wartete.

»Ja, auch hallo«, sagte er schließlich. »Ich fing gerade an, mir Sorgen um Sie zu machen ... Sie haben. Er war. Und da sind Sie sich sicher? Absolut sicher. Okay. Schön. Ja, schön. Sie haben mir sehr geholfen. Meinen allerherzlichsten Dank. Und einen schönen Tag noch im Gefängnis. Lassen Sie sich von niemandem mit dem Messer in den Rücken stechen.« Er ließ den Hörer auf die Gabel fallen.

»Er war also da«, sagte er.

»Klang so.«

»Von wem war dann der Brief? Können Sie mir das mal erzählen?«

Ich hob die Hände. »Ich habe nicht die geringste Idee.«

Er blickte auf einen weiteren Zettel auf seinem Tisch. »Sie sind sicher, bestimmt noch nie etwas von Vince Dorney gehört zu haben?« sagte er. »Big Vince haben sie ihn genannt. Big Vince hatte noch andere Eisen im Feuer als dann und wann eine kleine Wette. Hat 'ne Zeitlang wegen eines Drogendelikts im Kreisgefängnis gesessen.«

»Ich habe noch nie von ihm gehört«, sagte ich.

»Man hat ihn verdammt gründlich erschossen. Lag da hinter dem Restaurant im Müll. Muß ein schöner Anblick gewesen sein, als der Koch ihn gefunden hat.«

Maven sah mich sehr lange an. Ich sah ihm in die Augen und wandte den Blick nicht ab.

»Was haben wir denn nun hier, McKnight?«

»Sieht so aus, als hätten wir zwei Morde.«

»Es geht doch nichts über eine solide Ausbildung unten in Detroit, wie?«

»Was soll ich Ihrer Meinung nach denn sonst sagen?«

»Sie sollen mir sagen, wer Ihnen Ihrer Meinung nach Liebesbriefe schickt. Außer einem Mann, der seit vierzehn Jahren im Gefängnis sitzt.«

»Ich weiß es nicht«, antwortete ich.

»Das macht sich doch richtig schön in der Zeitung«, bemerkte er. »Zwei Morde in drei Tagen. Da wird sich mein guter Freund, der Bürgermeister, aber freuen.«

»Sie wirken nicht sehr erschüttert wegen der beiden Toten«, meinte ich.

Maven dachte einen Moment über meine Bemerkung nach und zog dann seine Brieftasche hervor. »Hier«, sagte er, »sehen Sie die beiden Bilder?« Er hielt die Brieftasche offen, so daß ich die Fotografien von zwei kleinen Mädchen sehen konnte.

»Ihre Töchter?«

»Die hier ist meine Tochter«, sagte er und zeigte auf das linke Foto. »Das Bild ist ziemlich alt. Sie war sieben, als es aufgenommen wurde. Die andere war ihre beste Freundin, Emily. Sie war auch sieben Jahre alt. Sie wurde ermordet. Ich mußte es der Familie selbst sagen.« Er faltete die Brieftasche und steckte sie wieder ein. »Ich habe ihr Bild noch immer. Ich kenne viele, die sagen, ich sollte es rausnehmen. Sie sagen, man soll sich den Beruf vom Leib halten. Laß dich nicht davon berühren. Aber ich hab das Bild bei mir, weil es mich daran erinnert, warum ich hier bin. Nun diese beiden Toten, was sehen wir da? Tony Bing war Buchmacher. Dreimal wurde er geschnappt, zahlte seine Strafe und machte auf der Stelle weiter und zog den Leuten das Geld aus der Tasche. Klar, ich weiß auch, daß er keinem die Pistole an den Kopf gehalten hat, aber trotzdem hat er den Leuten ihr Geld abgenommen. Im letzten Jahr hab ich rausgekriegt, daß er Sozialhilfe bezieht! Da er offiziell kein Einkommen hat, geht er hin und bezieht Stütze, verdammt noch mal! So 'n Typ war das. Und dieser andere Typ, dieser Big Vince Dorney, war durch und durch schlecht. Die Buchmacherei war 'n Hobby für ihn. Es war nur eine Methode unter anderen, dich am Wickel zu kriegen. Er lieh dir Geld, er verkaufte dir Drogen, alles, womit er dich später unter Druck setzen konnte. Und wenn er einen so weit hatte, dann schlug er richtig zu. Seit zwei Jahren versuchen wir ihn zu fassen. Meinen Sie denn, daß ich schlaflose Nächte habe, weil ihn endlich einer umgenietet hat? Und meinen Sie, daß ich hier sitze und mir solchen Scheiß von Ihnen anhöre? Von 'nem Kerl, der nicht mal seine Pistole aus dem Halfter gekriegt hat?«

»Das war ein eindrucksvolles Stück Rhetorik, Maven. Vor allem der Teil mit dem kleinen Mädchen. Ich wette, die Fotos gehörten zur Brieftasche, als Sie sie gekauft haben.«

»McKnight, Sie und ich stehen vor einem Riesenproblem. Wenn wir mit dem Fall durch sind, erinnern Sie mich dran, daß ich mein Abzeichen kurz ablege und wir uns draußen mal ernsthaft unterhalten, okay?«

Ich sah ihn an. Er war ein häßlicher Bursche, vielleicht zehn

Jahre älter als ich. Aber ich war sicher, daß er kämpfen konnte.

»Ich mach mir 'ne Notiz«, sagte ich.

»Das wäre dann klar. Ich kann es kaum erwarten. Und bis dahin lassen Sie uns überlegen, ob wir nicht rauskriegen, wer uns alle unsere Buchmacher umbringt. Wollen Sie mir zur Abwechslung dabei mal ein bißchen helfen?«

»Ich versuche, so kooperativ zu sein, wie ich nur kann«, sagte ich.

»Sie sagen, der Typ hat gestern eine Rose für Sie hingelegt?«

»Ja.«

»Was haben Sie damit gemacht?«

Ich zögerte. »Ich habe sie ins Wasser gestellt.«

»Interessant«, meinte er. »Hat man Ihnen das in Detroit als Sicherstellung von Beweismitteln beigebracht? Wenn Sie eine Pistole gefunden hätten, hätten Sie die dann auch in Wasser gelegt?«

Viel mehr davon konnte ich mir einfach nicht anhören. Am liebsten wäre ich über den Tisch gesprungen und hätte ihn erwürgt. »Maven«, sagte ich. »Es war nur eine Rose, die vor meiner Tür lag. Ich hatte damals keinerlei Grund zur Annahme, sie bedeute etwas. Wenn ich Sie angerufen hätte und hätte gesagt: ›Hey, Chief, ich glaube, Sie sollten mal vorbeikommen und diese Rose holen. Die hat mir jemand vor die Tür gelegt. Wissen Sie, ich habe mal einen Rose gekannt. Der hat mich niedergeschossen und meinen Partner getötet. Ich denke, er sitzt seit vierzehn Jahren im Knast. Aber trotzdem könnte er es gewesen sein.‹ Was hätten Sie mir dann erzählt?«

»Alles klar. Geschenkt«, sagte er. »Dann wollen wir Sie mal ausrüsten.«

»Ausrüsten womit?«

»Einer Fangschaltung, Sie Genie. Oder wollen Sie nicht wissen, von wo Sie der Typ anruft?«

»Ich dachte, dazu braucht man heute keine Installation mehr. Gibt es nicht einfach einen Spezialcode, den man wählen muß?«

»Doch, Sternchen fünf-sieben und die Telefongesellschaft registriert die Herkunft des Anrufs. Aber wir sollten uns auch um eine gute Tonbandaufnahme von dem Typen bemühen. Haben Sie ein gutes Gerät für hochwertige Qualitätsaufzeichnungen in Ihrem Detektivbüro?«

»Ich habe kein Büro«, erwiderte ich.

»Ein Privatdetektiv, der in einem Blockhaus residiert«, wunderte er sich. »Da hätte sich der alte Abe Lincoln aber gefreut.«

»Verdammt noch mal, Maven, wenn Sie nicht sofort mit dem Scheiß aufhören …«

»Ist ja in Ordnung, ja, regen Sie sich ab«, sagte er. »Machen wir erst mal alles bei Ihnen fertig. Der Beamte bringt den Apparat mit, wenn er die Überwachung organisiert.«

»Überwachung?«

»Ein Mann in einem Auto, der Ihr Blockhaus beobachtet. Sie haben doch auf der Polizeiakademie gelernt, was eine Überwachung ist.«

»Wieso benötige ich eine Überwachung?«

»McKnight, manchmal kommen Sie mir wie der dümmste Mensch in Chippewa County vor! Irgendwer bringt zwei Leute um und steckt dann mitten in der Nacht ein Messer in Ihre Tür. Meinen Sie nicht, wir sollten dasein, wenn er wiederkommt?«

»Falls er wiederkommt, kann ich mich selbst um ihn kümmern.«

»Kommt nicht in Frage«, sagte er. »Ich werde jede Nacht einen Mann dort postieren, bis wir ihn haben. Gibt es ein Haus in der Nachbarschaft, wo er sich hinstellen kann? Wir nehmen natürlich ein normales Auto.«

»Die nächste Hütte ist fast fünfhundert Meter weg. Ich schlage vor, Sie stellen ihn ein Stück die Straße runter auf, hinter die Kurve.«

»Hat er von dort Sichtkontakt?«

»Kaum«, sagte ich. »Wenn Sie mir ein Funkgerät geben, macht es das aber wett.«

»In Ordnung«, sagte er. »Sie können bei Sonnenuntergang mit dem Mann rechnen.«

»Den Fultons wird das nicht passen«, bemerkte ich.

»Wieso?«

»Mrs. Fulton bezahlt mich dafür, daß ich in ihrem Haus bin und nach dem Rechten sehe.«

»Nun, da müssen sie eben einen anderen Babysitter finden«, meinte er. »Sie können sich weiß Gott jeden leisten, den sie wollen. Ich will, daß Sie in Ihrer Hütte sind, falls er anruft. Es sieht nicht so aus, als ob er jemand anderem viel erzählen würde. Wie es aussieht, sind Sie der Auserwählte.«

Ich sah ihn an und schüttelte den Kopf. »Maven, jetzt verbringe ich so viel Zeit hier, und ich habe immer noch keine einzige Tasse Kaffee von Ihnen bekommen.«

»Das muß Sie giften«, meinte er. »Sie haben bestimmt gehört, daß ich einen großartigen Kaffee mache.«

»Ich geh dann mal. Wenn's Ihnen recht ist.«

»Wir sprechen uns noch«, sagte er.

»Noch eins«, sagte ich. »Wo haben Sie die Leiche gefunden? Diesen Big-Vince-Typen?«

»Warum wollen Sie das wissen?«

»Ich bin bloß neugierig.«

»Ich mag keine neugierigen Privatdetektive. Besonders dann nicht, wenn ich gerade versuche, einen Doppelmord aufzuklären. Privatdetektive nehmen keine Mordfälle an, McKnight ... Oder haben Sie zu viele Filme gesehen?«

»Ich komme Ihnen schon nicht ins Gehege«, sagte ich. »Ich möchte es nur wissen. Sie müssen zugeben, daß ich nun mal in der Sache mit drinstecke.«

»Ich nehme an, Sie lesen es sowieso bald in den Zeitungen. Wir haben ihn hinter Angelo's gefunden.«

»Das kleine Restaurant am Kanal?«

»Genau dort«, sagte er. »Bleiben Sie bloß da weg.«

»Mal im Ernst, Chief, was sollte ich da suchen?«

»Mir ist es ernst, McKnight. Bleiben Sie in drei Teufels Namen da weg!«

»Sie sind der Boß, Chief. Man sieht sich.«

Als ich draußen war, rieb ich mir die Augen und atmete einen tiefen Zug der kalten Luft ein. Ich stieg in mein Auto und wartete einen Moment darauf, daß alles einen Sinn ergab. Doch das tat es nicht. Ich startete den Wagen und fuhr zu Angelo's Restaurant.

Mitten durch die Stadt verläuft ein Kanal zur Elektrizitätsgewinnung. Angelo's war eine kleine Pizzeria am Nordufer, direkt vor der Brücke. An der Eingangstür hing ein Schild: »Zur Zeit geschlossen. Baldmöglichst wieder geöffnet.« Ich drückte meine Nase gegen das Glas und blickte nach drinnen. Es gab nicht mehr als sieben oder acht Tische. An der gegenüberliegenden Wand sah ich ein Münztelefon. Hatte Mr. Rätselhaft Big Vince dort beobachtet? Hör mir gut zu, Mr. Rätselhaft. Ich war immer noch nicht bereit, ihn Rose zu nennen.

Es kann nicht Rose sein. Er kann es einfach nicht sein.

Ich ging zur Rückseite des Restaurants. Der ganze Weg dahinter war mit gelbem Plastikband abgesperrt, wie man es an Tatorten benutzte. Zwei uniformierte Polizisten standen da und tranken Kaffee. Jeder konnte an diesem Morgen Kaffee trinken außer mir.

»Können wir Ihnen helfen, Sir?« fragte einer der beiden. Ich erkannte ihn vom Motel her wieder. Er war einer der beiden Polizisten, die als erste da waren, noch vor Maven. Den anderen erkannte ich nicht. Vielleicht sein neuer Partner. Der andere hatte dann wohl gekündigt.

»Ich bin Alex McKnight«, stellte ich mich vor. »Wir haben uns neulich nachts am Motel getroffen.«

»Sie kamen mir auch bekannt vor«, sagte er.

»Ich sehe mich nur mal um«, erklärte ich. »Ich nehme an, daß man hier die Leiche gefunden hat.«

»Direkt hinter der Tonne da.« Er zeigte auf einen großen

Metallcontainer für Fett. Auf dem Boden waren noch Lachen geronnenen Blutes zu sehen. »Wir warten auf unsern Kollegen, der noch eine weitere Probe sichern soll.«

»Soviel ich weiß, hat der Koch ihn gefunden?«

»So heißt es.«

»Sie wissen nicht zufällig seinen Namen?«

»Nein, den weiß ich nicht. Ich bin mir aber auch nicht sicher, ob es dem Chief recht ist, wenn ich darüber spreche.«

»Wegen dem Chief machen Sie sich mal keine Gedanken«, sagte ich. »Er und ich sind ganz alte Kumpel.«

»Aha«, sagte er. Er klang nicht überzeugt.

»Ich frage mich bloß, ob irgend jemand letzte Nacht hier etwas Verdächtiges gesehen hat. Ein neues Gesicht im Restaurant oder so.«

»Darüber müßten Sie mit einem der Detectives sprechen«, erwiderte er. »Oder mit Ihrem alten Kumpel, dem Chief.«

»Kein Problem«, sagte ich. »Ich hab mich bloß so gefragt. Übrigens, könnten Sie mir vielleicht einen Gefallen tun?«

»Was für einen?«

»Erzählen Sie Chief Maven nicht, daß ich hier war, klar?«

Beide lachten und schüttelten die Köpfe, als ich ging. Ich stieg in den Wagen, saß ganz lange da und überlegte, was zum Teufel ich als nächstes tun sollte. Schließlich fuhr ich auf der Brücke über den Kanal und auf dem Loop zur Three Mile Road. Das Riverside Motel sah bei Tage keineswegs besser aus. Und näher an den Fluß gerückt war es auch nicht.

Ich konnte sehen, daß das Betreten von Zimmer sechs immer noch verboten war; das gelbe Band war noch an der Tür. Ich konnte mir nicht vorstellen, daß das für den Besitzer sonderlich geschäftsfördernd war. Ich fand ihn im Büro. Er saß hinter seinem Schreibtisch und sah fern.

»Guten Morgen«, sagte er. »Sie wollen ein Zimmer?« Ich mußte daran denken, wie er in der kalten Nacht im Schlafanzug und in Stiefeln draußen gestanden hatte.

»Nein, Sir«, sagte ich. »Mein Name ist Alex McKnight. Ich bin Privatdetektiv. Ich war … ich war Samstagnacht hier. Ich war es, der die Polizei gerufen hat.«

»Ach so«, sagte er und stellte den Ton am Fernseher leiser.

»Ich will Sie nicht stören«, entschuldigte ich mich. »Ich möchte nur wissen, ob Sie vor dieser Nacht etwas Ungewöhnliches bemerkt haben. Haben Sie irgendwelche Fremden hier gesehen?«

»Hier ist fast jeder ein Fremder«, sagte er. »Das hier ist ein Motel. Der einzige, den ich hier jemals mehr als einmal gesehen habe, war Mr. Bing. Er hat hier fast ein ganzes Jahr gewohnt.«

»Verstehe. Aber war an dem Tag irgendwer hier, der … außergewöhnlich aussah oder irgendwie fehl am Platze war?«

»Er hatte zu jeder Tageszeit Leute, die zu ihm kamen«, sagte er. »Das habe ich auch der Polizei gesagt. Ich wußte, daß er Buchmacher war, aber alles Weitere ging mich nichts an. Er hat jede Woche seine Rechnung bezahlt.«

»Das mag sich komisch anhören«, fuhr ich fort, »aber haben Sie in letzter Zeit jemand mit einer großen blonden Perücke gesehen. Ich meine einen Mann.«

»Einen Mann mit einer Perücke? Wovon reden Sie? Warum muß ich überhaupt weitere Fragen beantworten? Alles, was ich weiß, habe ich der Polizei schon erzählt.«

»Ich weiß, Sir. Ich weiß, wie schwierig das für Sie gewesen sein muß. Ich bin nur an einer persönlichen Sache dran.«

»Keine Männer mit Perücken«, erklärte er. »Und Frauen auch nicht.« Er stellte den Ton an seinem Fernseher wieder lauter; ich verstand den Hinweis, dankte dem Mann und ging.

Bevor ich zu meinem Wagen zurückkehrte, ging ich zur Tür von Zimmer sechs. Ich stand da und versuchte mir vorzustellen, wie es passiert sein könnte. Die Tür war nicht verschlossen, hatte Edwin gesagt. Bing sah so aus, als sei er soeben aus dem Badezimmer gekommen. War der Schalldämpfer schon auf der Pistole gewesen, oder hatte der Mann exakt hier gestanden und ihn aufgeschraubt? Reingehen, den Mann ins Gesicht schießen. Messer rausholen, Kehle von Ohr zu Ohr durchschneiden. Ich blickte auf den Boden. Sie hatten das Blut aufgewischt. Wie mochte der Raum jetzt aussehen? Hatten Sie wirklich das ganze Blut vom Boden weggekriegt? Konnte man in den Raum gehen und nicht *wissen,* daß dort jemand getötet worden war? Ich drehte am Türknopf. Er war verschlossen. Ich wollte zum Büro gehen und den Mann fragen, ob er für mich aufschließen könne.

Aber dann dachte ich: Nein. Ich will diesen Raum nicht wiedersehen. Im Grunde will ich nie wieder ein Motelzimmer sehen ...

Ich fuhr in den Norden der Stadt zurück und hielt wieder vor dem Mariner's Tavern. Ich wollte den Mann an der Bar noch mal sprechen und ihn fragen, ob ihm zu dem Abend etwas eingefallen war, als Edwin dort Tony Bing getroffen hatte. So hatte ich mir das jedenfalls zurechtgelegt. Als ich hinkam, hatten sie offen, und der Mann am Tresen war da, aber ihm war natürlich nichts Neues eingefallen. Ich setzte mich wieder ans Fenster und blickte über die Schleusen hinweg nach Kanada. Endlich hatte ich meinen Morgenkaffee, mit einem kleinen Extra drin, damit ich in Betrieb kam. Es war wieder eine lange Nacht gewesen, und es sah nicht so aus, als ob meine Nächte in absehbarer Zeit gemütlicher würden.

Lane Uttley telefonierte gerade, als ich sein Büro betrat. Sobald er mich sah, legte er auf. »Da sind Sie ja«, begrüßte er mich. »Kommen Sie rein, um Gottes willen! Setzen Sie sich!« Er packte mich bei beiden Armen und schob mich in seinen Besuchersessel. Er war erheblich bequemer als der in Mavens Büro. »Edwin hat mich angerufen und mir erzählt, was passiert ist. Hat Maven Sie wirklich von Ihrer Hütte aus angerufen?«

»Das hat er in der Tat.«

»Edwin sagte, es sei um irgendein Messer gegangen. Mehr wisse er auch nicht.«

Uttley saß auf der Schreibtischkante, während ich die ganze Geschichte erzählte. Als ich an der Stelle mit dem Brief an meiner Tür war, platzte ihm der Kragen. »Was zum Teufel hatte er überhaupt an Ihrem Haus zu suchen?«

»Er sagte, er habe mich angerufen, als sie Dorney hinter der Pizzeria gefunden haben. Ich war nicht da, da hat er einen Mann losgeschickt, um nachzusehen, ob mit mir alles in Ordnung ist.«

»Na klar wollte er sich bloß um Sie kümmern«, kommentierte er. »Aber Sie haben gesagt, daß er den Brief vor Ihnen gelesen hat?«

»Ja.«

»Hatte er einen Durchsuchungsbefehl?«

»Nein«, sagte ich. »Aber der Brief war auch nicht in einem Umschlag. Er steckte für jeden sichtbar in meiner Tür.«

»Es stinkt trotzdem«, meinte er. »Und dann hat er Sie mit zur Wache geschleppt, um Sie zu befragen?«

»Ich bin freiwillig mitgegangen«, erkärte ich. »Ich wollte Näheres über Rose herausfinden.« Ich erzählte ihm den Rest der Geschichte. Wie wir niedergeschossen wurden, wie sie Rose schnappten, bis hin zu Mavens Anruf im Gefängnis.

»Habe ich richtig gehört, daß Roy Maven heute morgen im Gefängnis angerufen hat, ob Rose noch da ist?«

»Ja, genau das hat er gemacht.«

»Und er ist noch da?«

»Er ist da«, bestätigte ich.

»Das ist ja unglaublich.«

»So kann man es nennen.«

»Alex, mir paßt die ganze Geschichte mit Maven nicht. Wollen Sie, daß ich mal mit ihm rede?«

»Worüber denn?«

»Daß er Sie nicht weiter belästigen soll«, sagte er. »Ich möchte wenigstens dabeisein, wenn Sie das nächste Mal mit ihm sprechen.«

»Maven ist harmlos«, erklärte ich. »Er ist nur ein alter Wichtigtuer von Polizist. Ich kenne Millionen von der Sorte.«

»Es sieht ganz so aus, als ob er sich auf die Vorstellung, Sie fertigzumachen, einen runterholt. Seien Sie bloß vorsichtig bei ihm.«

»Maven kümmert mich nicht«, sagte ich. »Kummer macht mir Rose.«

»Sie meinen, wer auch immer sich für Rose ausgibt.«

»Wie dem auch sei«, meinte ich.

»Rose selbst kann es nicht sein. Sie haben doch selbst gesagt, daß er im Gefängnis ist.«

»Ich weiß, es ist nur ...«

»Was ist es, Alex?«

»Ich weiß es nicht«, sagte ich. »Nur so ein komisches Gefühl. Können wir da noch was machen? Ich meine, herausfinden, ob er wirklich noch im Knast ist?«

»Wovon reden Sie? Maven hat doch da angerufen, oder?«

»Ja, hat er. Aber ich weiß nicht, vielleicht hat wer einen Fehler gemacht. Vielleicht ist der Mann, den sie für Rose halten, gar nicht Rose.«

»Sie meinen, Rose hat einen Vertreter, der für ihn einsitzt?«

»Ich weiß, daß das verrückt klingt«, sagte ich. »Es ist nur dieser Brief ... Einiges von dem, was da drinsteht ...«

»Was soll ich denn jetzt machen?«

»Können wir nicht so etwas wie ein *habeas corpus* beantragen?«

»Einen schriftlichen *habeas corpus*-Antrag stellen Sie nur, wenn jemand dem Richter vorgeführt werden soll, um zu überprüfen, daß man ihn nicht ohne rechtlichen Grund eingesperrt hat«, erklärte er. »Ich glaube nicht, daß so ein Antrag zulässig wäre, bloß um rauszufinden, ob jemand auch derjenige ist, für den ihn alle halten.«

»Wir können doch Kontakt mit ihm aufnehmen, oder? Ich kann doch am Telefon mit ihm sprechen?«

»Das geht vielleicht«, meinte er. »Aber er müßte wohl damit einverstanden sein.«

»Können Sie das nicht versuchen?«

»Ich schaue, was ich da tun kann. Wenn Sie das wirklich wollen.«

»Und ob ich das will. Nur, um sicherzugehen.«

»Sie sollten erst mal nach Hause gehen«, sagte er. »Sie sehen schrecklich aus.«

»Das werde ich auch«, versprach ich. »Allerdings sollte ich vorher noch mal bei den Fultons vorbeischauen. Sie sagten, Sie hätten mit Edwin gesprochen? Ist bei ihnen alles in Ordnung?«

»Sie machen sich nur Sorgen um Sie. Nach Mavens Anruf sind Sie weg, und mehr wissen sie nicht.«

»Ich habe sie gebeten, ernsthaft darüber nachzudenken, ob sie nicht eine Zeitlang aus der Gegend verschwinden wollten. Wissen Sie, einfach in ihr Haus unten im Staat gehen, bis hier alles vorüber ist. Meinen Sie, es hilft, wenn sie das auch noch mal von Ihnen hören?«

»Ich habe ihnen dasselbe gesagt«, meinte er.

»Keine Chance?«

»Sie bleiben kleben, Alex. Ich denke, sie wollen Sie hier nicht einfach im Stich lassen.«

»Das ist doch verrückt«, sagte ich. »Hey, Mrs. Fulton geht vermutlich davon aus, daß ich noch eine Nacht dort verbringe. Ich muß aber in meiner Hütte sein. Kennen Sie sonst jemand, der dort übernachten könnte?«

»So aus dem Stegreif nicht.«

»Wie wär's mit Ihrem früheren Detektiv, Leon Prudell?«

»O Gott«, sagte er. »Dann mache ich das lieber selbst.«

»Haben Sie eine Pistole?«

»Die habe ich in der Tat«, erklärte er. »Eine hübsche kleine Beretta.«

Das überraschte mich. Mir wäre es niemals in den Sinn gekommen, daß Lane Uttley eine Pistole besitzen könnte. Allerdings, *wenn* er schon eine hatte, mußte es natürlich ein teurer kleiner italienischer Importartikel sein. »Können Sie schießen?«

»Ich war ein paarmal auf dem Schießstand. Ich bin kein schlechter Schütze.«

»Das klingt ja so, als ob Sie sich selbst den Job schmackhaft machten«, meinte ich. »Es gibt Schlimmeres. Das Haus ist schön, und Mrs. Fulton kocht für Sie ein tolles Abendessen. Sie schlafen auf der Couch und halten ein Ohr halb offen.«

»Und was mache ich, wenn er kommt?« fragte er. »Wenn er ins Haus kommt?«

»Das ist doch ganz einfach. Sie erschießen ihn.«

Kapitel 9

Es war wieder eine ruhige Nacht, die Novemberstürme schwiegen geheimnisvoll. Ich hielt das für eine gute Sache. So konnte ich ihn draußen hören, wenn er an meine Türe käme.

Der Polizist hatte kurz vorbeigeschaut, bevor er sich in einem ganz normalen Wagen auf Posten begab. Mir tat der Knabe leid, wenn er da die ganze Nacht in seinem Auto saß. Ich mußte daran denken, wie ich das früher in Detroit selber manchmal tun mußte.

Ich schloß das Telefon an, das Maven mir geschickt hatte. Jeder Anruf würde automatisch die Überprüfung seiner Herkunft auslösen, und das Bandgerät würde anspringen. Ich brauchte nur den Hörer abzuheben und zu sprechen. Wenn es derselbe Bursche war und er wieder wissen wollte, wie ich seinen jüngsten Mord fände, würde ich auf ihn eingehen und ihn dazu bringen, mir alles zu erzählen. So sah zumindest unser Plan aus.

Der Polizist gab mir zusätzlich ein Walkie-talkie. Ich nahm Kontakt mit ihm auf, sobald er seinen Posten auf dem Holzweg, direkt hinter der Kurve, bezogen hatte. »Ich höre Sie laut und klar, Mr. McKnight«, sagte er. »Wenn jemand kommt, müßte ich ihn von hier aus sehen. Aber schreien Sie über das Ding um Hilfe, wenn Sie etwas hören.«

»Sie haben alles im Griff«, bestätigte ich ihm. »Ich hoffe, daß sie Ihnen die Überstunden auch doppelt bezahlen.« Ich schaltete ab und legte das Walkie-talkie und meinen Revolver auf den Tisch neben meinem Bett. Jetzt konnte ich nur noch warten.

Ich lag auf dem Bett und lauschte der Stille. Lange Zeit schien vergangen. Ich blickte auf die Uhr. Es war noch nicht elf.

Und dann klingelte das Telefon. Ich richtete mich auf und griff zur Pistole.

Ganz ruhig, Alex. Um Gottes willen.

Ich hörte, wie das Gerät automatisch ansprang. Die Nummer des Anrufers wurde ermittelt, noch bevor ich überhaupt abgenommen hatte. Und das leise surrende Geräusch meldete, daß auch das Tonbandgerät bereits lief.

Ich griff zum Hörer. »Ja?«

»Alex, ich bin es, Lane. Ich bin bei den Fultons. Wir haben lecker zu Abend gegessen; schade, daß Sie nicht hier waren. Sie haben recht, Mrs. Fulton ist eine tolle Köchin.«

»Grüßen Sie sie von mir«, sagte ich.

»Das werde ich tun. Hören Sie, ich wollte nur sichergehen, daß bei Ihnen alles in Ordnung ist. Ist alles installiert?«

»Ja, ist es.«

»Gut. Okay, dann mach ich mal besser die Leitung frei. Hey, übrigens, ich habe heute versucht im Gefängnis anzurufen. Die hatten alles abgesperrt und verriegelt. Es hatte da einen Zwischenfall in Roses Block gegeben. Der Kerl hörte sich an, als ob das einmal in der Woche passiert. Jedenfalls bin ich nicht zu Rose durchgekommen. Ich versuch es morgen noch mal.«

»Okay, vielen Dank«, sagte ich. »Das war sehr nett von Ihnen.«

»Kein Problem, Alex. Sie rufen mich an, wenn irgendwas ist, okay?«

»Wird gemacht.«

»Das heißt, Sie rufen Sie auf jeden Fall als erstes die Polizei an, ist ja klar. Ha! Danach dann mich.«

»Ist klar«, sagte ich.

»Also, dann mach ich mich mal an meinen Job als Palastwache. Ich melde mich morgen wieder.«

Ich legte mich aufs Bett. Die Pistole hatte ich noch in der Hand. Ich betrachtete sie gründlich und überprüfte noch einmal, ob sie auch geladen war. Sie sah genauso aus wie die, mit der ich als Polizist ausgerüstet gewesen war. Vermutlich hatte Lane sie deshalb gekauft. Er war wohl davon ausgegangen, daß ich an einen Dienstrevolver gewöhnt war. Aber wenn ich ihn in der

Hand hielt, dachte ich nur an eines: Warum hatte ich die Waffe nicht sofort gezogen? Hätte ich sie rechtzeitig aus dem Halfter gekriegt? Hätte er mich statt dessen längst erschossen? Vielleicht wäre ich jetzt tot, und Franklin lebte noch. Wäre das so schlimm?

Das Telefon klingelte wieder. Die Maschine sprang an. Wieder wurde der Anruf zurückverfolgt, wieder aufgezeichnet. Ich hob ab.

»Mr. McKnight? Hier spricht Theodora Fulton.«

»Mrs. Fulton«, sagte ich. »Ist bei Ihnen alles in Ordnung?«

»Im Moment ja. Aber ich muß schon sagen, daß ich mich viel sicherer fühlen würde, wenn Sie hier wären.«

»Ich bin sicher, daß alles in Ordnung geht«, beruhigte ich sie. »Lane ist ein guter Mann.«

»Er ist Edwins Anwalt, nicht wahr?«

»Ja, das ist er, Ma'am.«

»Dürfen Anwälte überhaupt Pistolen haben?«

»Äh ... sicher. Selbstverständlich«, sagte ich. »Wieso sollten sie nicht?«

»Ich finde, das ist nicht richtig. Anwälte sind gefährlich genug, auch wenn sie keine Waffen tragen, finden Sie nicht auch?«

»Ah, Sie machen Witze, Mrs. Fulton.«

»Bitte, entschuldigen Sie. Ich wollte nur noch mal Ihre Stimme hören und Ihnen gute Nacht wünschen, Alex. Sie glauben doch nicht, daß diese Person heute nacht hier aufkreuzt, oder?«

»Nein«, bestätigte ich, »das glaube ich ganz bestimmt nicht.«

»In Ordnung, Alex. Passen Sie gut auf sich auf. Gute Nacht.«

Ich ging eine Zeitlang in der Hütte auf und ab und stellte mich der Reihe nach an jedes Fenster und sah in die Nacht hinaus. Ich griff zum Walkie-talkie und schaltete es ein: »Bei Ihnen draußen alles in Ordnung?«

»Keine Probleme«, sagte er. »Ich werde jetzt kurz den Wagen verlassen, um die Büsche zu gießen, aber das Funkgerät habe ich dabei.«

Ich schaltete es wieder ab und stellte es auf den Tisch zurück. Ich überprüfte noch einmal die Pistole. Alex, bevor die Nacht um ist, hast du dich in den heulenden Wahnsinn getrieben ...

Das Telefon klingelte abermals. Jetzt war es fast Mitternacht. Ich hob ab.

»Alex, ich bin es, Edwin.«

»Was ist passiert?«

»Nichts«, sagte er. »Hier ist alles in Ordnung. Ich wollte nur hören, wie es dir geht.«

»Edwin, um Himmels willen. Uttley hat bereits angerufen und deine Mutter ebenfalls.«

»Ernsthaft? Ich hab davon nichts mitgekriegt. Ich war im Whirlpool.«

»Mir geht es gut, Edwin.«

»Du solltest den Whirlpool mal ausprobieren«, sagte er. »Da kannst du dich richtig toll drin entspannen.«

»Im Moment kann ich mir unter Entspannung nichts vorstellen«, sagte ich. In Wahrheit hatte ich seinen Whirlpool schon einmal ausprobiert. Das war bei dem einen Mal, wo ich wirklich eine ganze Nacht mit Sylvia dort im Haus verbracht hatte, als Edwin in Detroit war, um irgendeine Auszeichnung für sein humanitäres Engagement entgegenzunehmen. All die anderen Male waren es nur kurze Begegnungen am Nachmittag gewesen, oder eine dem Abend abgestohlene Stunde, wenn wir ihn sicher in seinen Casinos wußten. Wenn ich nur daran dachte, fühlte ich mich schlecht. Es war die Schuld, klar. Aber auch die schreckliche Gewißheit, daß ich es auf der Stelle wieder täte, hätte ich nur die Gelegenheit. Und die ebenso schreckliche Gewißheit, daß ich diese Gelegenheit niemals wieder bekommen würde.

Genau an so was mußt du im Moment denken, Alex. Während du darauf wartest, daß ein Killer dir seinen Besuch abstattet. Jetzt war die Nacht gerettet.

»Alex, bist du noch dran?«

»Ja, entschuldige bitte«, meldete ich mich. »Ich gehe nervlich auf dem Zahnfleisch.«

»Das ist kein Wunder. Ich laß dich jetzt auch in Ruhe. Ich wollte dir nur sagen, daß wir hier alle an dich denken.«

»Bist du sicher, daß ihr nicht lieber eine Zeitlang nach Grosse Pointe zurückgeht?« fragte ich.

»Keine Chance, Alex. So leicht wirst du uns nicht los. Gute Nacht.«

Ich legte den Hörer zurück. Die Nächste war dann wohl Sylvia, oder? Nur kurz gute Nacht, und ich hasse dich wie die Pest. Dann hätte ich mit jedem im Haus gesprochen.

Sie rief nicht an. Schließlich legte ich mich wieder in meinen Kleidern aufs Bett. Ich knipste das Licht aus. Ich wußte, daß ich mich besser fühlen würde, wenn bei mir Licht brannte, daß es aber besser war, im Dunkeln zu warten, wo ich ihn genausogut sehen konnte wie er mich.

Meine Gedanken begannen zu wandern, wieder zurück zu jenem Tag in Detroit. Was auch immer ich ins Funkgerät gesprochen hatte, es reichte aus, uns schließlich zu finden. Mein Gedächtnis tauschte die Decke in seinem Apartment mit der Decke im Krankenhaus. Ein Arzt, der auf mich niedersah, mir mit einer Lampe in die Augen leuchtete. Wieder Dunkelheit. Dann ein anderer Arzt und eine Krankenschwester.

Und dann meine Frau, die zu mir heruntersah und sich auf die Lippe biß. Ich versuchte zu sprechen, konnte es aber nicht. Ich schloß die Augen. Als ich sie das nächste Mal wieder öffnete, war sie verschwunden.

Und dann ein Reporter. Ich vermute, er wollte mir Fragen stellen. Und dann eine Schwester, die ihn wegscheuchte.

Ich weiß nicht, wie viele Tage ich in diesem Krankenhausbett verbracht habe. Irgendwann konnte ich meine Augen mehr als nur einen flüchtigen Moment lang fokussieren. Etwas später konnte ich meinen Kopf heben. Auf meiner rechten Schulter spürte ich ein dickes Paket Bandagen. Ein Arzt trat ein und setzte sich auf einen Stuhl neben meinem Bett.

»Mr. McKnight«, sagte er. »Wie geht es Ihnen heute?«

»Wie lange bin ich hier?« fragte ich ihn. »Was ist passiert?«

»Seit sechs Tagen«, erklärte er. »Sie haben drei Kugeln abbekommen.«

»Mein Partner«, sagte ich. »Franklin?«

»Er war schon tot, als man Sie fand.«

»Ja«, sagte ich. Ich ließ meinen Kopf aufs Kissen fallen. »Das habe ich mir gedacht.«

»Am Sonntag war die Beerdigung«, sagte der Arzt.

»Was ist mit dem Mann, der auf mich geschossen hat? Auf uns. Hat man ihn geschnappt?«

»Nein«, sagte er. »Ich glaube nicht.«

Ich nickte. »War Bürgermeister Young da? Auf Franklins Beerdigung?«

»Ja, das war er.«

»Das ist gut«, erklärte ich. »Franklin mochte Bürgermeister Young. Das war einer der Punkte, über die wir uns immer gestritten haben.«

»Mr. McKnight, ich muß Ihnen sagen, wie es steht. Wir konnten nur zwei von den Kugeln entfernen.«

»Zwei Kugeln? Was ist mit der dritten?«

»Die steckt noch in Ihnen«, sagte er. »Direkt neben Ihrem Herzen, um genau zu sein. Offenbar ist sie an Ihrem Schlüsselbein abgeglitten und direkt neben dem Herzbeutel steckengeblieben.«

»Und was bedeutet das?«

»Das bedeutet, daß Sie verdammt viel Glück gehabt haben. Obwohl ich annehmen darf, daß Sie sich im Moment nicht sonderlich glücklich fühlen.«

»Nicht sonderlich.«

»Wenn die Kugel wenige Millimeter tiefer eingedrungen wäre, hätte sie den Herzbeutel verletzt. Ihr Herz hätte Sie dann in Ihrem eigenen Blut ertränkt.«

»Warum können Sie sie nicht rausoperieren?«

»Nun, vielleicht können wir das eines Tages. Wir müssen darüber nachdenken. Als man Sie eingeliefert hat, hatten Sie viel Blut verloren. Es war sehr schwierig, Ihren Zustand zu stabilisieren. Dann haben wir operiert und zwei Kugeln entfernt. Die eine hatte Ihre Lunge gestreift und war im Schulterblatt steckengeblieben. Die andere ist in die Muskulatur an der Schultergelenkkapsel eingedrungen. Ich fürchte, Sie werden nie mehr pitchen können.«

»Ich bin Catcher«, sagte ich.

Er blickte vom Krankenblatt auf. »Wie bitte?«

»Hat nichts zu bedeuten. Bitte sprechen Sie weiter.«

»Mir gefällt gar nicht, wo die dritte Kugel steckt, Mr. McKnight. Sie befindet sich sozusagen hinter dem Herzen in der Nähe des Rückenmarks. Eine Operation muß da zwischen potentiellem Nutzen und potentiellem Schaden abwägen. Wir haben deshalb zunächst nicht weiteroperiert und warten erst einmal ab, wie sich Ihr Befinden entwickelt. Hätte sich eine Gefahr abgezeichnet, hätten wir natürlich auf der Stelle operiert.«

»Und jetzt?«

»Ob Sie es glauben oder nicht, die Kugel scheint Ihnen im Moment nicht zu schaden. Es wäre übrigens bei weitem nicht die erste Kugel, die wir in einem Körper lassen. Wenn sie zum Beispiel tief im Muskelfleisch steckt, entscheiden wir oft, daß der Schaden durch den Eingriff größer wäre.«

»Aber die steckt doch neben meinem Herzen!« protestierte ich.

»Das ist allerdings etwas ungewöhnlich. Aber wie ich schon sagte, es war ein Riesenglücksfall, daß Sie davongekommen sind.«

Ein Riesenglücksfall. So bin ich nun mal.

Fünf Monate später trug ich den rechten Arm immer noch in der Schlinge. Ich war soeben aus dem Polizeidienst ausgeschieden. Meine Ehe war so gut wie gescheitert. Und da schnappten sie Rose eines Abends in dem Krankenhaus auf der anderen Seite der Stadt. Mein früherer vorgesetzter Offizier kam zu mir nach Hause, holte mich ab und brachte mich zur Wache. Sie führten fünf Männer in den Raum für die Gegenüberstellung. Mehrmals hatte ich auf der anderen Seite der Scheibe gestanden, während ein Zeuge die Gesichter musterte. Jetzt war ich der Zeuge.

Rose war der zweite Mann links. Auch ohne die blonde Perücke hätte ich ihn überall erkannt.

Im Prozeß saß ich im Zeugenstand und zeigte auf den Mann namens Maximilian Rose auf der Anklagebank, und ich sagte, dieser Mann da sei es. Er sah mich wieder mit diesen durchdringenden Augen an.

Er wurde für schuldig befunden und eingebuchtet. Ich sah den beiden Gerichtsdienern zu, die ihn aus dem Gerichtssaal führten. Er ging ins Gefängnis für den Rest seines ...

Ein Geräusch. Das Telefon.

Das Telefon klingelte.

Ich erwachte. Ich riß die Pistole vom Tisch; mein Herz raste. Die Uhr zeigte 2 Uhr 57.

Das Telefon klingelte wieder. Die Maschine sprang an. Der Anruf wurde zurückverfolgt. Ich konnte die Nummer vor mir auf dem Display lesen.

Ich griff zum Hörer. Ich hörte nichts.

»Hallo?« sagte ich.

Schweigen.

»Sind Sie es?«

Schweigen.

»Sagen Sie doch etwas!«

Schweigen.

»Verdammt, sag was!«

Schweigen.

»Sag mir, was du getan hast«, forderte ich ihn auf. »Ich möchte was darüber erfahren. Sag mir alles.«

129

Schweigen.

»Du abgewichstes Stück Scheiße, *wer bist du?*«

Er hängte auf.

Ich wollte gerade das Telefon auf den Boden knallen, beherrschte mich aber. Ich griff zum Walkie-talkie. »Hören Sie mich?« fragte ich.

»Hier, Mr. McKnight. Ist alles in Ordnung?«

»Er hat gerade angerufen.« Ich las die Nummer von der Maschine ab.

»Bleiben Sie dran«, sagte er. Ich hörte, wie er die Nummer durchgab. Ich wußte, daß sie nur wenige Sekunden brauchten, um sie zu überprüfen, dann weitere zwei Minuten, um zu dem Telefon zu gelangen. Irgendwas in mir sagte mir, daß es ein Münzfernsprecher sein würde. Zwei Streifenwagen kämen auf den verlassenen Parkplatz einer Tankstelle oder eines Restaurants gerast. Das Telefon stünde verlassen unter einer Laterne, und keine Menschenseele in Sicht.

Ich dachte an den Inhalt des Briefes. Natürlich hatte ich ihn nicht bei mir. Ich konnte ihn nicht ansehen, ob es ihn auch wirklich gab. Ich konnte ihn nicht lesen, um Sinn in die Sache zu bringen. Was stand darin? Wie war der exakte Wortlaut?

Es kann nicht Rose sein. Er kann nicht hier sein. Er ist im Gefängnis. Es ist völlig unmöglich, daß er woanders ist.

Der Brief. Was stand darin? Etwas über Mikrowellen, über das Erwähltsein, etwas darüber, daß ich mich verkleidet hätte.

Darüber hatte ich nie gesprochen.

Ich habe es meiner Frau nicht erzählt. Ich habe es dem Psychologen nicht erzählt, den mir das Department geschickt hatte. Ich hatte es niemandem erzählt.

Nur drei Menschen waren in dem Zimmer gewesen, als er darüber gesprochen hatte. Rose, ich und Franklin. Und Franklin ist tot.

Kapitel 10

Ich schaute am nächsten Tag bei Maven vorbei. Er hatte den Telefonreport auf seinem Tisch. »Es war ein Münzfernsprecher auf der Ashmund Street«, sagte er. »Das ist nur einen Block vom zweiten Tatort entfernt.«

»Ich verstehe nicht, wieso er nichts gesagt hat«, bemerkte ich.

Maven rieb sich das Kinn. »Fast so, als hätte er gewußt, daß das Gespräch aufgezeichnet wird.«

»Wieso könnte er das wissen?«

»Das wüßte ich gern von Ihnen«, meinte er.

Ich schüttelte den Kopf. »Das ist doch nicht Ihr Ernst, Chief.«

Er griff nach dem Zettel und betrachtete ihn wieder. »Komisch, daß Sie letzte Nacht drei weitere Anrufe bekommen haben. Alle von derselben Nummer aus.«

»Den Fultons.«

»Ja.«

»Na und?«

»Es ist nur komisch«, meinte er.

»Uttley hat mich angerufen, danach Mrs. Fulton und dann noch Edwin.«

»Ist Uttley jetzt ihr Babysitter?«

»Wir hatten nicht viel Auswahl, Chief«, erwiderte ich. »Ich bin in meiner Hütte unabkömmlich, das wissen Sie ja. Und Sie schienen nicht sehr begeistert, bei ihnen einen weiteren Beamten zu postieren.«

»Oh, ich bin sicher, daß ihnen nichts passiert«, sagte er.

»Da kann ich Ihnen nicht folgen«, widersprach ich. Ich spürte, wie die Säure sich in meinem Magen sammelte. Wie lange noch würde ich diesem Drecksack an jedem Morgen begegnen?

»Das ist Ihr ganz persönlicher Psycho, McKnight. Wieso sollte er Ihren Freund belästigen? Hat er nicht sogar in seinem Brief geschrieben, daß er den Burschen mag?«

Ich sah ihn bloß an. »Kriege ich denn in diesem Schuppen *niemals* eine Tasse Kaffee?«

»Eines Tages vielleicht, McKnight. Wenn ich das nächste Mal gut gelaunt bin.«

Das war Maven satt für einen Morgen, und so machte ich mich eilig vom Acker. Da ich nun einmal in der Stadt war, fuhr ich bei dem Münzfernsprecher vorbei. Ein Detective war noch dort und beendete gerade seine Arbeit. Er hatte ihn auf Fingerabdrücke hin untersucht. Ich konnte noch Spuren des Pulvers auf dem Apparat entdecken.

In der Nähe gab es eine kleine Buchhandlung, daneben einen Geschenkladen. Aber ich konnte mir nicht vorstellen, daß dort um drei Uhr morgens jemand gewesen war. Und selbst wenn dort jemand gewesen war, hätte er wohl kaum auf einen Mann geachtet, der von einem Münzfernsprecher aus telefonierte.

Wenn der Mann eine blonde Perücke getragen hätte, dann vielleicht. Haha.

Angelo's Restaurant lag ein Stück die Straße hinunter, so ging ich hin, um es mir noch mal anzusehen. Es war immer noch verlassen. Ich ging ums Haus zum dahinter verlaufenden Weg. Die Polizei hatte alles sehr gründlich saubergemacht. Ich mußte mich auf Hände und Knie niederlassen, um am Boden des Fetteimers noch Blutspuren entdecken zu können.

Was tat ich hier? Ich befand mich auf einem schmutzigen kleinen Weg an der Rückseite der Gebäude und kroch wie ein Hund auf allen vieren herum. Vermutlich hatte ich meine Hose ruiniert. Wonach suchte ich denn? Nicht einmal das wußte ich. Das einzige, was ich wußte, war, daß es mich wahnsinnig machte, nur herumzusitzen und darüber nachzudenken, wer der Kerl sein konnte und was er wohl als nächstes vorhatte.

Auf dem Weg zurück nach Paradise rief ich die Fultons auf

meinem Handy an. Allen ging es gut, nur Uttley hatte vom Schlafen auf der Couch einen steifen Nacken. Er sagte mir, er werde noch einmal im Gefängnis anrufen, sobald er im Büro sei.

Ich fuhr nach Hause und schlief zwei Stunden. Später ging ich ins Glasgow. Jackie war allein in der Kneipe, aber mir war das nur recht.

»Hab dich zwei Tage nicht gesehen«, sagte er, während er ein kaltes Kanadisches für mich öffnete. Gott segne ihn.

»Ich hatte ganz schönes Durcheinander«, meinte ich.

»Hast du heute schon die Zeitung gesehen? In der Stadt ist schon wieder ein Mord passiert.«

Ich nahm das Blatt, das er mir hinhielt. Die Schlagzeile lautete: »Einheimischer hinter Restaurant umgebracht. Zweiter Mord in drei Tagen.« Ich las den Bericht, aber er enthielt nichts, was ich nicht schon wußte. Sie hatten versucht, aus Maven etwas herauszukriegen, aber er hatte nur das Übliche gesagt – die Ermittlungen seien noch in einem zu frühen Stadium, um damit an die Öffentlichkeit zu treten. Mavens Bild prangte auf Seite zwei. Sehr fotogen war er nicht.

»Verdammte Geschichte«, meinte Jackie. »Hey, habe ich nicht was mit Edwin und dem ersten Mord gelesen? Dem in dem Motel?«

»Er hat bloß die Leiche gefunden«, sagte ich. Ich war drauf und dran, ihm alles zu erzählen. Er war ein verdammt guter Zuhörer. Aber ich ließ es dann doch. Ich fühlte mich zu müde und verwirrt, um alles erneut durchzugehen. Vielleicht beim nächsten Mal, dachte ich. Dann setzen wir uns an einen Tisch, und ich breite alles vor ihm aus. Er konnte mir dann helfen, Sinn in die Sache zu bringen.

Ich fuhr zur Hütte zurück und rief Uttley an. »Der Ausnahmezustand ist beendet«, sagte er. »Ich konnte heute meine Bitte loswerden.«

»Großartig, und was genau?«

»Na ja, genau wußte ich ja auch nicht, was ich sagen sollte. Ich habe sie gebeten, Rose erneut zu überprüfen und am besten den jetzigen Rose mit dem Foto bei seiner Einlieferung zu vergleichen.«

»Vielleicht sollte ich ihn besuchen«, meinte ich.

»Sie wollen wirklich dahin fahren und ihn sehen?«

»Vielleicht der einzige Weg, um rauszufinden, ob er es wirklich ist«, erklärte ich. Obwohl ich mir nicht vorstellen konnte, wieder mit ihm in einem Raum zu sitzen. Nicht einmal mit drahtverstärktem Sicherheitsglas zwischen uns.

»Ich kann es versuchen«, versprach er.

»Vielen Dank«, sagte ich. »Verbringen Sie die Nacht wieder bei den Fultons?«

»Mrs. Fulton wünscht, daß jemand da ist. Solange sie sich weigern wegzugehen, denke ich, daß ich bei ihnen bleibe.«

»Sie tun ein gutes Werk«, meinte ich.

Er lachte. »Warten Sie da lieber mal, bis ich meine Rechnung schicke.«

Und wieder kam die Nacht und mit ihr eine kleine Portion von meiner Angst. Ich ertappte mich dabei, wie ich an die Pillen hinten tief in meinem Medizinschrank dachte. Aber ich konnte mir nicht leisten, sie zu nehmen. Ich mußte fit sein.

Derselbe Polizist wachte die ganze Nacht an derselben Stelle. Er hieß Dave. Zu Hause warteten eine Frau und zwei Kinder auf ihn. Er tat mir leid, wie er so die Nacht im Auto sitzend verbringen mußte. Ich versorgte ihn diesmal mit Kaffee und belegten Broten. Es war das mindeste, was ich tun konnte.

Uttley verbrachte die Nacht bei den Fultons auf der Couch. Ich verbrachte die Nacht, indem ich auf dem Bett lag und alle fünf Minuten nach dem Telefon sah. Ich stand auch mehrmals auf und sah nach draußen.

Er rief nicht an. Nicht einmal, um meine Stimme zu hören. Nicht einmal, damit ich das Schweigen am anderen Ende hören konnte. Die Nacht verging ohne jedes Geräusch. Sogar der Wind blieb ruhig.

Am nächsten Tag hatte ich keinen Grund, Chief Maven aufzusuchen. Das ließ mir die Wahl. Entweder pflückte ich ein paar Gänseblümchen und besuchte ihn einfach so in seinem Büro, oder ich gab mir heute frei. Es war eine schwierige Wahl, aber schließlich blieb ich zu Hause.

Ich machte Feuerholz klein und brachte es zu den anderen Hütten. Bei der ersten Fahrt hielt ich hinter der Kurve an, bloß um zu sehen, wo Dave seine Nächte verbrachte. Er hatte sich wohl eine dichte Kieferngruppe ausgesucht. Von dort aus konnte man meine Haustür gerade noch sehen.

Ich kehrte zu meinem Holzstapel zurück und machte die letzte Wagenladung fertig. Es tat gut, die Axt zu schwingen, aber meine Sorgen vergaß ich darüber nicht. Aus dem Augenwinkel sah ich einmal etwas aufblitzen, das wie blondes Haar aussah. Es erwies sich als ein Reh, das durchs Dickicht brach. Ich mußte mich eine volle Minute lang mit beiden Händen auf den Hauklotz stützen, bevor ich mich wieder bewegen konnte.

Ich rief Uttley im Büro an. »Sie klingen sehr niedergeschlagen«, meinte er.

»Etwas mitgenommen klingen Sie selbst aber auch«, sagte ich. »Ich mußte gerade daran denken, ob Sie etwas vom Gefängnis gehört haben.«

»Ich habe gerade mit ihnen gesprochen ... Der Mann am Telefon wollte selbst nachsehen. Er hat noch nicht zurückgerufen.«

»Haben Sie ihnen erzählt, daß ich ihn besuchen will?«

»Alex«, sagte er. »Dieser Mann hat Sie niedergeschossen. Ich kann Ihnen nur sagen, daß der Mann vom Gefängnis meinte, es sei eine Schnapsidee, ihn besuchen zu wollen.«

»Keine Sorge«, meinte ich. »Was kann er mir im Gefängnis schon tun?«

»Alex, es wirkt irgendwie ... krank.«

»Ich kann Ihnen sagen, was krank ist«, erwiderte ich. »Wenn einer Leute umbringt und mir Liebesbriefe darüber schreibt.«

»Aber Alex, *das kann Rose nicht sein*. Und Sie wissen das auch. Niemand kann an zwei Stellen zur selben Zeit sein.«

»Und wenn er nun einen Zwillingsbruder hat?«

»Wie bitte? Ist das Ihr Ernst?«

»Nur so eine Idee«, sagte ich. »Was ist, wenn sein Zwillingsbruder im Gefängnis sitzt und der wirkliche Rose ist hier oben?«

»Wenn er einen Zwillingsbruder hätte, warum sollte der dann ... vergessen Sie's. Dazu fällt selbst mir nichts mehr ein.«

»Tut mir leid«, sagte ich. »Ich weiß selbst, daß das verrückt klingt, aber irgendwo muß ich schließlich anfangen.«

»Hören Sie, ich versuche, irgendwelche Unterlagen aufzutreiben. Geburtsurkunde, Schulakten, was auch immer. Und ich lasse es Sie sofort wissen, wenn ich etwas vom Gefängnis höre, okay?«

»In Ordnung«, sagte ich. »Vielen Dank, daß Sie mich ertragen.«

»Vielleicht ist das heute ja *die* Nacht«, sagte er. »Vielleicht hat er heute nacht seinen großen Auftritt vor Ihrer Haustür.«

»Das hoffe ich auch«, sagte ich. »Ich weiß, es klingt merkwürdig, aber das ist mal ein Mörder, dem ich wirklich begegnen möchte.«

Noch eine Nacht. Dave im Auto, ich in der Hütte und nichts zu tun als warten. Wie lange würden wir das noch machen müssen? Wenn der Typ mich foltern wollte, hatte er die beste Methode entdeckt – laß mich die ganze Nacht auf meinem Hintern sitzen.

Der Wind frischte in dieser Nacht etwas auf. Später legte er sich wieder. In den langen, langen Stunden versuchte ich, nicht allzuviel an die Vergangenheit zu denken. Ich wollte Franklin nicht wieder sterben sehen. Ich wollte den Blick in Roses Augen nicht sehen. Aber wessen Augen sollte ich sonst um zwei Uhr morgens sehen, wenn ich auf meinem Bett lag und das kalte Gewicht meiner Pistole spürte?

Und da, plötzlich ein Licht. Es bewegte sich rasch über die Wände. Autoscheinwerfer.

Ich griff zum Walkie-talkie, schaltete es ein und flüsterte rauh: »Dave, da ist ein Auto.«

Schweigen.

»Dave, hören Sie mich?«

Nichts.

»Verdammt noch mal, Dave! Sind Sie da?«

Keine Antwort. Ich hörte, wie draußen eine Autotür zuschlug. Dann Schritte. Ich packte den Revolver mit beiden Händen. Die Schritte hielten inne.

Ich tat einen Schritt zur Tür. Die Dielenbretter knarrten. Ich blieb stehen.

Außer meinem Atem und meinem Herzschlag gab es keinerlei Geräusch. Was mochte der da draußen machen?

Peng! Die Stille zerriß. Das Herz sprang mir in die Kehle. Peng! Das Hämmern auf meine Tür klang, als würde er sie jeden Augenblick in Stücke schlagen. Ich stellte mich mit dem Rücken an die Wand, der Tür gegenüber. Beim nächsten Schlag würde sie mit Sicherheit aufspringen. Peng! Ich spürte, wie die Wucht des Schlags die ganze Hütte erbeben ließ.

Und dann eine Stimme, die in die Nacht hinausbellte: »McKnight!« Er stand direkt vor meiner Schwelle. Ich schien die Hitze seines Atems durch die Tür zu spüren. »Kommen Sie raus, McKnight!«

Ich ging rasch meine Optionen durch. Abwarten, was er als nächstes macht? Die Tür aufreißen und ihn überraschen? Und wenn er bewaffnet ist? Bin ich fähig zu schießen? Scheißgottverdammte Situation, bin ich diesmal imstande, ihn zu erschießen?

Ich überprüfte die Pistole. Okay, du durchgeknallter Arsch. Das ist es. Jetzt öffne ich die Tür. Und wenn ich dann in deiner Hand eine Knarre sehe, schieße ich dir mitten zwischen die Augen. Ich zähle bis drei. Eins. Zwei.

»Keine Bewegung!« Eine andere Stimme. Draußen. »Hinlegen! Die Arme hinter den Kopf! Auf den Boden! Sofort! Etwas schneller!«

Ich riß die Tür auf. Vor meiner Tür lag ein Mann mit dem Gesicht nach unten auf dem Boden. Dave stand über ihm und hielt mit beiden Händen seine Pistole. »Mr. McKnight! Stecken Sie die Waffe ein!«

Ich stand nur da.

»Mr. McKnight! Bitte stecken Sie die Waffe ein!«

Ich sah auf meine Hand. Die Pistole darin tanzte auf und ab. Ich richtete sie auf den Boden.

»Ist alles in Ordnung?«

»Wie?«

»Ist alles in Ordnung, Mr. McKnight?«

»Ja«, sagte ich. Ich sah mir den Mann auf dem Boden an. Er rang nach Atem; sein Gesicht konnte ich nicht sehen. »Wo sind Sie gewesen? Ich habe Sie über Funk angerufen.«

Dave hielt seine Pistole auf den Mann gerichtet. »Ich habe Sie nicht gehört.«

Ich ließ den Mann auf dem Boden nicht aus den Augen.

»Verstärkung ist unterwegs«, sagte er. Und dann zum Mann auf dem Boden: »Sie bleiben da schön liegen. Und keinen Muskel bewegen.«

Der Mann stöhnte.

Er kam mir bekannt vor. Die Haare. »Einen Moment«, sagte ich. Ich bückte mich, um ihn näher zu betrachten.

»Kommen Sie nicht in seine Nähe, Mr. McKnight!«

»Alles in Ordnung, Dave«, sagte ich. Ich packte den Mann bei seinen roten Haaren und zog sein Gesicht ins Licht des Eingangs. »Ich kenne den Mann.«

»McKnight, du Scheißkerl«, murmelte er. Er war betrunken.

»Dave«, sagte ich, »ich möchte Sie mit Mr. Leon Prudell bekannt machen.«

»Du mußt meinetwegen ganz schön die Hosen voll haben, McKnight«, sagte er. Blut lief in einem Rinnsal von seinem Mund auf den Boden. »Sich Polizeischutz besorgen, bloß weil ich mal vorbeikommen könnte.«

»Na klar, Prudell. Ich hatte Angst, daß Sie wieder Ihr Kinn benutzen würden, um mir die Faust zu verletzen.«

Sie schleppten Prudells mitleiderregend betrunkenen Arsch für die Nacht auf die Wache. Aber richtiges Mitleid konnte ich auch am nächsten Morgen nicht für ihn empfinden. Ich fand, daß er sich ein paar Stunden mit Chief Maven redlich verdient hatte.

Gegen zehn war ich in Uttleys Büro. Er war gerade damit fertig, jemanden am Telefon zur Sau zu machen. Zum ersten Mal seit Menschengedenken war sein Haar in Unordnung.

»Viel mehr kann ich jetzt nicht mehr wegstecken«, klagte er. »Alles geht hier drunter und drüber. Ich verliere schon Mandanten. Sie erinnern sich doch an den Typ vom Trailerpark? Ich habe zwei Anrufe von ihm verpaßt, und schon geht er hin und nimmt sich einen anderen Anwalt.«

»Sie sehen mitgenommen aus«, sagte ich.

»Hoffentlich nicht so mitgenommen wie Sie«, erwiderte er.

»Vielleicht schauen Sie heute mal auf der Wache vorbei«, riet ich ihm. »Sie haben Ihren Mann Prudell da.«

»Er ist ganz entschieden nicht mein Mann«, meinte Uttley. »Was hat er ausgefressen?«

»Er ist bei meiner Hütte vorbeigekommen. Ich glaube, er wollte unsere Unterhaltung von letzter Woche fortsetzen.«

»Um Gottes willen«, sagte er, »glaubt er wirklich, Sie seien schuld daran, daß er seinen Job verloren hat?«

»Er ist draußen, ich bin drinnen. Mehr interessiert ihn nicht.«

»Welch ein Riesenrindvieh«, sagte er. »Ich nehme an, Maven hält ihn jetzt für unseren Killer? Weil er letzte Nacht bei Ihnen aufgetaucht ist?«

»Nur für fünf Minuten. Dann habe ich ihn aufgeklärt.«

»Und warum ist er noch auf der Wache?«

»Ich glaube zum Austrocknen.«

»Schön, dann soll er auch da bleiben«, sagte er. »Mann, was für ein Riesenrindvieh.«

Wir gönnten uns beide ein bißchen Lachen. Es war die Art Lachen, die sich nach mehreren Tagen ohne Schlaf einstellt, wenn man das Gefühl hat, man sei nur noch ein einziger blanker Nerv.

»Wie weit sind wir inzwischen mit Rose?«

Er griff nach einem Stapel amtlicher Papiere und versuchte, ihn mit seinen blutunterlaufenen Augen zu fixieren. »Maximilian Rose, geboren 1959.« Er sah mich an. »Er hatte *keinen* Zwillingsbruder. Verurteilt im Dezember 1984. Lebenslänglich plus zwölf Jahre, Begnadigung ausgeschlossen. Ich sagte Ihnen schon, daß ich mit einem Vollzugsbeamten dort unten gesprochen habe. Es hat einige Zeit gedauert, bis ich ihm unsere Situation klargemacht hatte.«

»Hatte er ein Bild? Eine Aufnahme von der Polizei oder irgend etwas, anhand dessen er ihn identifizieren konnte?«

»Ja, das hatte er. Er hat mir erzählt, daß er persönlich in Roses Zelle war und ihn überprüft hat. Was ihn angeht, so ist er davon überzeugt, daß der Mann in der Zelle Rose ist.«

»Und wie steht es mit dem Antrag, ihn zu besuchen?«

Uttley sah mich an und atmete hörbar aus. »Mein Kontaktmann hat die Bitte weitergeleitet.«

»Und?«

»Rose weigert sich, irgendwen zu sehen.«

»Was? Soll das ein Witz sein?«

»Das ist sein gutes Recht. Er braucht keine Besuche zu empfangen, wenn er das nicht will.«

»Können wir ihn nicht *zwingen*?«

»Können wir nicht, nein. Ich nehme an, die Polizei könnte das.«

»Großartig«, meinte ich. »Maven wird auf die Idee abfahren.«

»Ich weiß nicht, was man sonst machen könnte.«

»Kann ich mit dem Typ sprechen? Ich meine den Vollzugsbeamten?«

»Wenn Sie das wirklich wünschen«, antwortete er. »Er wirkte gutwillig auf mich. Wieviel Geduld er allerdings mit unserem Anliegen haben wird, kann ich nicht sagen.«

»Ich weiß nicht«, sagte ich. »Vielleicht sollte ich das Ganze vergessen. Ich meine, es ist doch verrückt, oder?«

Uttley setzte sich hinter seinen Schreibtisch und starrte zur Decke. »Ich weiß nicht mehr, was verrückt ist, Alex.«

Ich fuhr noch einmal zu Angelo's Restaurant. Der Eigentümer hatte wieder geöffnet. Er putzte gerade den Boden, als ich eintrat und zwei Stücke Pizza bestellte. Er war am Abend des Mordes dagewesen, konnte sich aber an nichts Ungewöhnliches erinnern. Ich saß an einem kleinen Tisch, vielleicht genau auf dem Stuhl des Mörders, des Möchtegern-Rose oder wie auch immer ich ihn nennen mochte. Vince Dorney war auch hier, stellte ich mir vor, vielleicht drüben, bei den Toiletten, und telefonierte gerade. Er hört Dorneys Worte und glaubt, was über Mikrowellen zu hören. Stand das nicht so in dem Brief? Er kommt zu dem Ergebnis, daß Dorney ein schlechter Mensch ist, jemand, den man entfernen muß. Aber wie kriegt er ihn dann auf den Weg hinterm Haus? Der Eigentümer des Restaurants konnte mir da auch nicht helfen. Er schien überhaupt nicht sehr motiviert, über die Sache weiter nachzudenken.

Zwei Stunden später war ich noch immer in der Stadt, saß in der Portage Street auf der Motorhaube meines Kleinlasters und schaute auf die Unendlichkeit des Sees. Ich saß sehr lange da und dachte über die letzte Nacht nach. David hatte mich über

Funk nicht gehört, weil das Gerät nicht einmal eingeschaltet gewesen war. Warum war mir nicht aufgefallen, daß das Gerät tot war, sogar ohne statisches Rauschen?

Und dann, als Prudell an meine Tür klopfte, wie hatte ich da zur Pistole gegriffen? Was wäre passiert, wenn ich die Tür aufgerissen hätte, bevor Dave da war? Hätte ich ihn erschossen? Prudell könnte jetzt tot sein, zu allem Überfluß. Wie weit war es mit mir gekommen?

Und warum in Gottes Namen wollte Rose mich nicht treffen? Das ergab doch keinen Sinn. Es sei denn ... es sei denn, er ist gar nicht Rose. Der Mann hat Angst, daß ich das rauskriege, sobald ich ihn sehe.

Hör dir gut zu, Alex. Hör dir gut an, was du da sagst.

Aber welche Erklärung gab es sonst? Rose ist der einzige Mensch, der den Brief geschrieben haben konnte.

Hör auf. Hör bloß auf.

Ich konnte sehen, wie sich dunkle Wolken am westlichen Himmel versammelten. Der Wind frischte auf. Er biß mir ins Gesicht und trieb mir Tränen in die Augen.

Schließlich landete ich zum Abendessen im Glasgow, nachdem ich noch einige Stunden mit ziellosem Herumfahren totgeschlagen hatte. Ich wollte noch nicht in die Hütte zurückgehen. Mir graute bei dem Gedanken an eine weitere lange Nacht dort.

Jackie war hinter der Theke, als ich eintrat. »Was zum Teufel ist denn dir begegnet?« fragte er. »Du siehst ja schlimmer aus als ich, und das will was heißen.«

»Das ist eine lange Geschichte, Jackie. Ich werde sie auf keinen Fall erzählen, bevor du nicht ein Bier rüberwachsen läßt.«

Er öffnete ein Kanadisches für mich. »Zwei Leute waren gestern abend hier und haben nach dir gefragt.«

»Einer davon war wohl Leon Prudell, nehme ich an.«

»Ja, der kam später. Sagte, er hätte noch 'ne offene Rechnung mit dir zu regeln. Hat für mehr als zwanzig Dollar Whiskey verdrückt, bevor er endlich ging. Ich berechne ihm immer zu viel, aber er scheint da keine Notiz von zu nehmen.«

»Wer war der andere?«

»Wie heißt er noch, der Polizeichief drüben vom Soo.«

»Roy Maven?«

»Ja, das ist er. Er hat alles Mögliche über dich wissen wollen. Wie oft du hierherkommst, mit wem du hier rumhängst und so was.«

Ich hob die Flasche. »Auf Roy Maven«, sagte ich.

»Erzählst du mir jetzt, was hier vor sich geht, oder nicht?«

»Schaff deinen Tunichtgut von Sohn her, damit wir zwei uns hinsetzen können«, sagte ich. »Das wird 'ne ganze Weile dauern.«

Sein Sohn steckte den Kopf aus der Küche. Er hatte einen Telefonhörer in der Hand. »Hey, ist McKnight hier?«

»Hängt davon ab, wer anruft«, meinte ich.

»Kennen Sie eine Frau namens Theodora Fulton? Sie klingt, als wolle sie Sie ermorden.«

Ich sprang vom Barhocker und riß ihm das Telefon aus der Hand. »Mrs. Fulton?«

»Alex! Um Gottes willen, wo sind Sie gewesen? Seit zwei Stunden telefoniere ich hinter Ihnen her.«

»Nun mal ganz ruhig, Mrs. Fulton. Was ist das Problem?«

»Es geht um Edwin!«

Es war wie ein Stich in den Leib, kalt und schmerzhaft. »Was ist mit Edwin? Was ist passiert?«

»Ich wußte, daß das passieren würde«, sagte sie. »Ich hatte so ein gräßliches Gefühl, als ich heute morgen aufgewacht bin.«

»Mrs. Fulton, so sagen Sie es mir doch!«

»Er ist verschwunden«, sagte sie. »Er sagte, er sei gleich wieder da. Aber er ist nicht zurückgekommen, Alex. Er …« Ihre Stimme versagte für einen Moment, während sie die Panik niederkämpfte. »Er ist weg, Alex. Edwin ist weg.«

Kapitel 11

Mrs. Fulton stand schon in der Eingangstür, als ich eintraf. Sie packte mich am Mantel und zerrte mich ins Haus. »Was in Gottes Namen hat Sie aufgehalten?« beschwerte sie sich, während sie mich zur Couch führte. »Vor zwanzig Minuten haben wir miteinander telefoniert.« Sie setzte sich nicht neben mich, sondern blieb stehen und sah auf mich herab.

»Ich bin so schnell gekommen, wie ich nur konnte, Mrs. Fulton.« Ich wollte ihr nicht sagen, daß es erst fünfzehn Minuten waren. »Bitte, Sie müssen mir ganz genau erzählen, was passiert ist.«

»Er ist weg«, wiederholte sie. »Mein Sohn ist weg.«

»Weg wohin? Wann ist er gegangen?«

»Es war um die Mittagszeit. Er sagte, er müsse kurz ins Büro. Er sagte, er sei zum Abendessen zurück.«

Ich sah auf meine Uhr. Es war fast sieben. »Er ist doch gar nicht zu spät«, meinte ich. »Draußen wird es doch gerade erst dunkel.«

»Nein, nein«, sagte sie. »Er kommt niemals zu spät. Edwin kommt immer pünktlich zum Abendessen. Er hätte schon vor zwei Stunden hier sein müssen.«

»Ich bin sicher, daß ihm nichts zugestoßen ist«, sagte ich. »Haben Sie im Büro angerufen?«

»Ja, natürlich habe ich das getan.« Sie ballte die rechte Hand zur Faust und rieb sie mit der linken, als wolle sie mich verprügeln.

»Dann ist er vielleicht gerade auf dem Weg hierher.«

»Ich habe um halb sechs angerufen. Verstehen Sie denn nicht? Er müßte längst hier sein.«

Ich ergriff ihre Hände und zog sie auf die Couch. »Bitte, Mrs. Fulton, ich bin sicher, daß es da eine ganz vernünftige Erklärung für gibt.«

»Er hätte das Haus nie verlassen dürfen«, sagte sie. »Er hätte hier bleiben sollen. Es ist viel zu gefährlich.«

»Nein, Mrs. Fulton, nein. So können Sie doch nicht denken.«

»Es hatte Streit mit *ihr* gegeben«, berichtete sie. Ihre Stimme wurde kalt. »Sie hat ihn angeschrien. Ich konnte sie bis hier unten hören. Deshalb mußte er fort. Er mußte einfach von hier fort.«

»Er hatte Krach mit Sylvia?«

»Ja«, sagte sie. »Diese Frau hat ihn aus dem Haus getrieben.«

»Nun, das erklärt doch, wieso er noch nicht zurück ist, oder etwa nicht?«

»Wie meinen Sie das?«

»Er sitzt vermutlich irgendwo in einer Kneipe.«

»Glauben Sie das wirklich?« Endlich war ein hoffnungsvoller Klang in ihrer Stimme.

»Ja, natürlich«, erwiderte ich. »Er spricht gerade mit dem Mann hinter der Theke und erzählt ihm alles. Er versucht die Frauen zu verstehen. Das machen wir alle von Zeit zu Zeit.«

Hinter mir ertönte plötzlich eine Stimme: »Er ist im Casino.« Ich wandte mich um und sah Sylvia dastehen.

»Woher weißt du das?« fragte ich.

»Weil er mir erzählt hat, daß er dahin ginge«, antwortete sie. Der Ausdruck auf ihrem Gesicht war nicht zu entziffern. Ich wußte nicht, ob sie wütend war oder ob sie triumphierte oder Gott weiß was empfand. »Deshalb haben wir uns ja gestritten.«

Mrs. Fulton starrte sie nur an. Zum erstenmal spürte ich etwas von dem, was seit langem zwischen den beiden vorging.

»Mir hat Edwin gesagt, daß er mit dem Glücksspiel abgeschlossen habe«, erklärte Mrs. Fulton.

»Das hat er jedem erzählt«, sagte Sylvia. »Aber das war nur eine Frage der Zeit. Er brauchte sein Quantum. Ich konnte ihn nicht davon abhalten.«

»In welchem Casino ist er?« fragte ich.

»In einem fängt er an und zieht weiter, wenn er meint, daß das Glück sich gegen ihn wendet«, erklärte sie. »Du weißt das doch. Du hast ihn doch schon öfter gesucht und gefunden.«

»Alex«, sagte Mrs. Fulton, »wissen Sie wirklich, wo Sie ihn finden können? Und Sie haben das schon öfter getan?«

»Ja«, nickte ich und sah Sylvia an. Mir fiel das letzte Mal ein, wo ich nach ihm gesucht hatte. Es war in einer Sommernacht, so warm, wie sie hier am See nur werden können. Sylvia hatte gewollt, daß ich die Nacht hier verbrächte, daß wir die seltene Gelegenheit wahrnehmen sollten, im selben Bett zusammen aufzuwachen. Er kommt nicht zurück, hatte sie mir versichert. Du weißt doch, daß er die ganze Nacht wegbleibt. Und wenn er zurückkommt – na und? Dann erfährt er es eben. Das wäre doch gar nicht so schlecht.

Ich hatte ihr gesagt, es sei für uns an der Zeit, Schluß zu machen. Und dann wurde die heiße Nacht noch heißer.

»Bitte«, sagte Mrs. Fulton. »Gehen Sie und finden Sie Edwin. Würden Sie das für mich tun?«

Uttley kam ins Haus. Wieso kam er eigentlich immer fünf Minuten später, als ich ihn gebraucht hätte? »Was ist los?« fragte er. »Alex, müßten Sie nicht in Ihrer Hütte sein?«

»Edwin ist fort«, erklärte Mrs. Fulton. »Alex geht ihn suchen.«

»Die Sache ist klar«, sagte ich. »Er ist in einem der Casinos.«

»Ich denke, er ist …«

»Ich weiß«, unterbrach ich ihn. »Dann hat er eben einen kleinen Rückfall gehabt. Das ist doch ganz normal. Ich hole ihn, und dann können wir alle auf ihn einprügeln, bis er zugibt, daß er bei seinem Problem professionelle Hilfe braucht.«

»Soll ich Sie begleiten?« fragte Uttley.

»Nein. Sie bleiben besser hier. Machen Sie Mrs. Fulton einen Tee oder sonstwas. Ich brauche nicht lange. So viele Stellen gibt es schließlich nicht, wo er sein könnte.«

»Maven wird das gar nicht gefallen«, sagte er.

»Maven gefällt *nie*, was ich tue; also ist das auch egal.«

Auf meinem Weg nach draußen packte ich Sylvia beim Ellenbogen und schob sie in die Eingangshalle. »Verdammt noch mal«, flüsterte ich. »Was ist los mit dir?«

»Laß mich los«, zischte sie. In ihren grünen Augen lag soviel Gift, daß es ausgereicht hätte, mich siebenmal zu töten.

»Wieso hast du ihn zum Spielen losziehen lassen?«

»Ich habe doch gesagt, daß ich ihn hindern wollte. Was macht es überhaupt? Dir ist doch sowieso egal, was mit ihm passiert.«

»Wieso bist du noch hier?« fragte ich. »Warum sagst du ihm nicht einfach, du willst weg, zurück, nach Hause, nach Grosse Pointe?«

»Ich glaube nicht, daß du wirklich willst, daß ich fortgehe.«

»Ist das der Grund? Soll er deshalb hierbleiben, weil du glaubst, es gäbe noch eine Chance für uns? Wenn du das nämlich ...«

»O bitte«, sagte sie. »Das ist so pathetisch. Und so durchsichtig. Du bist es doch, der was vermißt, Alex. Das ist alles so offensichtlich.«

»Was immer du sagst, Sylvia. Aber jetzt entschuldige mich bitte, ich muß nämlich deinen Ehemann suchen.«

Sie hielt mich am Arm fest, als ich mich zum Gehen wandte. »Alex«, sagte sie mit leiser und gleichmäßiger Stimme. Ihre Wut schien auf der Stelle verschwunden. Ich konnte ihr Parfüm riechen. Es würde sich an mich heften. Ihr Duft würde mich durch die ganze Nacht geleiten. »Was geht hier vor? Wieso ist sie so aufgeregt, weil Edwin fort ist?«

»Jetzt im Moment kann ich nicht darüber sprechen«, sagte ich.

»Ist er wirklich in Gefahr? Sag mir die Wahrheit!«

»Ich habe ihr versprochen, ihn zurückzubringen«, sagte ich. »Und das werde ich auch tun.«

»Deine Versprechungen bedeuten überhaupt nichts.« Sie

sagte es ohne Bosheit, so als sei es nichts als die simple Wahrheit. »Ich muß es schließlich wissen.«

Ich fuhr zum Bay Mills Casino, Edwins Lieblingsort, um Siebzehnundvier zu spielen. Auf dem Weg dorthin rief ich Maven an. Er war nicht im Büro; so hinterließ ich ihm die Nachricht, ich sei eine Zeitlang nicht in der Hütte. Wenn er es wünsche, könne er ja einen Beamten ans Telefon setzen. Dave hatte einen Schlüssel. Für eine Nacht konnte er sich schon als Alex ausgeben.

Die Vorstellung, wie sehr er sich aufregen würde, wenn er herausfände, daß ich nicht zu Hause war, machte mich nahezu glücklich. Ich war sicher, daß Edwin am Kartentisch saß und Geld so schnell verlor, wie er nur konnte. Er beherrschte das Spiel nicht einmal richtig. Ich habe einmal gesehen, wie er zweimal eine Sieben zog und die Bank zeigte sechs. Er nahm beide auf einmal auf und hatte schon verloren. Die meisten zwanghaften Spieler geben sich selbst wenigstens gelegentlich eine kleine Chance.

Ich war sicher, daß er da war. Oder irgendwo in einer Kneipe. Genauso, wie ich es seiner Mutter gesagt hatte. Daß mir die Angst wie eine kleine Kugel den Rücken rauf und runter lief, hatte bestimmt mit meiner überreizten Phantasie zu tun. Und auf die hatte ich inzwischen jedes Recht.

Das Casino liegt im Bay-Mills-Reservat, gleich nördlich von Brimley. Kein Riesenschild davor, keine Lampen über dem ganzen Schuppen. Das Äußere besteht aus Zedernholz; innen ist es ganz hohe Holzbalken und rotierende Ventilatoren. Es sieht gar nicht wie ein Casino aus, nicht wie in Vegas oder Atlantic City, wo sie dich mit Glanz und Glitter so blenden wollen, daß du reingehst und bleibst. Nur der Lärm ist derselbe, dieser spezifische Casinolärm, der dich anspringt, sobald du den Raum betrittst. Die Spielautomaten mit ihrer hohlen elektronischen Musik, die aufs Blech prasselnden Münzen, wenn alle paar Sekunden irgendwo einer gewinnt. Das Kenorad dreht sich schnurrend und klackend, langsamer und langsamer, bis es zum Stillstand kommt. Die Croupiers melden jedes Einwechseln von Geld in Chips, und die Aufseher antworten ihnen. Tausend Stimmen zugleich, um die richtige Karte bettelnd, um den rechten Dreh am Roulettrad, feiernd, fluchend, siegend, besiegt. Wenn du nur fünf Minuten still in der Mitte des Raums stehst, macht der Lärm plötzlich Sinn. Er ruft dich! Heute abend ist dein Abend, ruft er. Solang du hier drinnen bist, kann dich nichts berühren. Du bist besser als jeder andere. Du hast mehr Charme, du hast mehr Glück. Du bist zu Recht ein Sieger.

Ein Typ wie Edwin hat hier keine Chance.

An etwa zwanzig Tischen wurde Siebzehnundvier gespielt, und an jedem stand ein Mitglied des Bay-Mills-Stammes und gab die Karten mit kühler Präzision. Edwin konnte ich an keinem der Tische entdecken. Ich winkte einen der Aufseher herbei und fragte ihn, ob Edwin Fulton hier gewesen sei. Es war mir klar, daß ihm der Name ein Begriff war.

»Ich habe selbst gerade erst angefangen«, sagte er. »Lassen Sie mich einen Kollegen fragen.«

Während er fort war, sah ich bei einigen Runden zu. Die Spieler stellten eine seltsame Mischung von Leuten aus dem Süden des Staates dar. Einer trug Sachen, wie man sie nur noch in Casinos sieht: ein blaues Sportjackett aus Polyester, einen Ring am kleinen Finger und einen Schlips so breit wie eine Hummerschürze. Der Mann neben ihm sah aus, als sei er geradewegs aus den Wäldern gekommen: die gesetzliche orangefarbene Jacke und Hose und der Jagdberechtigungsschein auf den Rücken geheftet. Beide schoben sie Stapel von Chips auf den Tisch und starrten auf ihre Karten, als wären sie hypnotisiert. Ich fragte mich, ob sie hier auch wie in Vegas zusätzlichen Sauerstoff in den Raum pumpten, damit die Spieler nicht müde würden.

Der Aufseher kam zurück.

»Mr. Fulton war hier«, erläuterte er. »Vor etwa zwei Stunden ist er gegangen. Wie ich gehört habe, muß er beim Weggehen eine ziemliche Vorstellung gegeben haben.«

»Na, großartig«, sagte ich. »Ihr habt ihn nicht zufällig durchs Fenster geworfen oder so? Nicht daß ich euch das zum Vorwurf machen würde.«

»Dazu kann ich nichts sagen. Wie ich schon sagte, bin ich gerade erst gekommen.«

»Ist Vinnie LeBlanc hier? Roter Himmel? Tut mir leid, ich weiß nicht, wie er sich bei euch hier nennt. Er lebt in meiner Nachbarschaft, nur ein Stück die Straße runter.«

»Roter Himmel, na so was. Das kriegt er noch zu hören. Nein, ich glaube, er hat gerade Essenspause und ist gleich wieder da.«

Ich bedankte mich bei dem Mann und ging. Draußen sog ich die Nachtluft tief ein. Der Casinolärm schwirrte mir noch durch den Kopf. Von Westen her traf mich eine kalte Windböe, die nach Regen roch.

Auf der Six Mile Road raste ich zur Stadt zurück und hoffte, daß ich ihm bei seiner Runde durch die Casinos dicht auf den Fersen wäre. Kurz vor dem Ziel klingelte mein Handy. Ich hatte durchaus so meine Vorstellung, wer das sein könnte, meldete mich aber trotzdem.

»McKnight, was in drei Teufels Namen stimmt denn jetzt wieder nicht?«

»Chief Maven, das ist aber eine Überraschung.«

»Sie müßten längst in Ihrer Hütte sein.«

»Werde ich auch. Ich muß nur erst noch Edwin finden.«

»Verdammt noch mal, McKnight, seid ihr ein schwules Paar oder so was?«

»Würde Sie das stören, Chief? Ich meine, wenn ich schon vergeben wäre?«

»Ach, ficken Sie sich doch selbst, McKnight!«

»Auch Ihnen wünsche ich eine schöne Nacht, Chief.«

Das Casino lag direkt vor mir. Ich schaltete ab, bevor er noch etwas sagen konnte.

Das Kewadin Casino liegt direkt in Sault Ste. Marie, auf einem kleinen Stück Land, das dem Sault-Stamm gehört. Es sind Chippewas, genau wie der Bay-Mills-Stamm, aber sie sind weniger traditionsbewußt und nehmen es mit der Abstammung nicht ganz so genau. Und sie üben bedeutend weniger Zurückhaltung, wenn sie Casinos bauen. Das Kewadin ist riesig, mit gigantischen Dreiecken auf der Fassade, die an Tipis erinnern sollen. Das verdammte Ding kann man zehn Meilen weit sehen. Dazu gehören ein Vier-Sterne-Hotel, Live-Shows jeden Abend und aller erdenkliche Schnickschnack.

Ich sah auf die Uhr. Es war fast schon neun. Okay, Edwin, irgendwo hier mußt du sein. Aus dem anderen Schuppen bist du schon rausgeflogen, und dies ist das einzige andere Glücksspiel-Etablissement in der Stadt. Ich begann meine Suche mit den Reihen der Siebzehnundvier-Tische. Ich mußte jeden einzelnen kontrollieren, auch die, wo um fünf Dollar gespielt wurde. Dort fing er gerne an, um zu sehen, wie an diesem Abend die Karten für ihn fielen. Mir fiel ein, wie ich ihm einmal gesagt hatte, er solle doch statt dessen auf der Fahrt zum Casino Fünf-Dollar-Scheine aus dem Fenster werfen. Der Effekt sei derselbe.

Nirgends eine Spur von ihm. Ich warf einen raschen Blick auf die Roulett- und die Würfeltische. Gelegentlich wagte er hier aus reiner Verzweiflung einen Versuch, wenn er das Gefühl hatte, sein Glück brauche einen kleinen Anstoß. Er war nirgendwo zu sehen.

Ich wußte nicht, was ich machen sollte. Ich ging zwischen den beiden großen Sälen hin und her und sah noch einmal an allen Siebzehnundvier-Tischen nach. Beim Pferderennspiel machte ich eine kleine Pause und sah einige Minuten lang zu. Es war von über zwanzig Personen umgeben; jeder Stuhl war besetzt, und alle sahen zu, wie die kleinen mechanischen Pferde auf der Rennbahn ihre Runden drehten. Die Pferdchen waren wenig über fünf Zentimeter groß und wurden vermutlich von Magneten unter der Platte bewegt, aber die Leute feuerten sie mit Schreien an, als sei es das Kentucky-Derby. An jedem anderen Abend hätte ich das verdammt komisch gefunden.

Ich stieg wieder ins Auto und fuhr den ganzen Weg zum Bay Mills Casino zurück, in der Hoffnung, diesmal Vinnie anzutreffen. Ich entdeckte ihn an einem der Siebzehnundvier-Tische und setzte mich. Die Frau neben mir ließ einen hübschen Stapel Fünf-Dollar-Chips weniger werden. Ihr Ehemann stand über ihre Schulter gebeugt und war offensichtlich bereit, ihr jederzeit mit seinem Expertenrat beizustehen.

»Alex«, sagte er und sah dabei kaum von den Karten auf. »Schön dich zu sehen. Bist wohl hier, um abzuräumen.«

»Ich will euch hier nicht ruinieren«, meinte ich. »Dann wärst du ja arbeitslos. Im Grunde suche ich nur Edwin Fulton. Der Aufseher sagte mir, er sei etwa zur Abendessenszeit hier gewesen. Hast du ihn gesehen?«

Er lächelte und rollte mit den Augen. »Und ob ich ihn gesehen habe«, sagte er. Er gab der Frau zwei Karten und erwartete ihre Entscheidung. Ihr Mann beugte sich über sie und riet ihr, noch eine Karte zu nehmen. Sie scheuchte ihn weg wie eine Fliege.

»Und um, sagen wir, sechs ist er gegangen?«

»So in etwa«, bestätigte er. »Er war kein fröhlicher Mann.« Die Frau sagte, sie habe genug, vielen Dank. Vinnie drehte seine Karten um, nahm zu fünfzehn noch eine Karte dazu und hatte überzogen. Er legte noch einmal so viel Chips hin, wie die Frau gesetzt hatte, während ihr der Ehemann die Schultern massierte. »Alex, du solltest schon ein Spielchen riskieren, während wir hier plaudern. Du bringst mich sonst in Schwierigkeiten.«

Ich reichte ihm eine Zehn-Dollar-Note. »Gib mir zwei Chips.«

»Ich glaube nicht, daß wir hier auf solche Riesensummen eingerichtet sind. Ich werde mir vom Aufseher neue Chips geben lassen müssen.«

»Du bist mir ein komischer Indianer«, meinte ich. »Nun erzähl mal, was passiert ist.«

»Na, dasselbe wie immer«, sagte er und gab neue Karten. »Tonnenweise verloren, tonnenweise getrunken, unangenehm geworden, rausgeschmissen.«

»Soviel habe ich schon gehört.«

»Weißt du, wenn da nicht das tonnenweise Verlieren wäre, würden sie für ihn hier gar nicht mehr erst die Tür aufmachen.«

»Hast du 'ne Idee, wohin er gegangen sein könnte? Hat er gesagt, er geht nach Hause oder sonstwas?«

»Ich weiß es nicht. Sie haben ihm angeboten, ein Taxi zu bestellen, damit er nicht mehr fahren muß. Er sagte, sein Chauffeur warte draußen.«

»Er hat gar keinen Chauffeur«, sagte ich.

»Habe ich auch nicht geglaubt. Ich nehme an, er wollte nur angeben.«

»Na dann vielen Dank, Vinnie.«

»Tu dem Typen 'nen Gefallen, ja? Wenn ihm wieder nach Siebzehnundvier zumute ist, sperr ihn einfach in sein Zimmer ein. Hey, willst du nun Karten oder was?«

Ich verdoppelte meinen Einsatz bei sieben und vier, zog eine Zehn und hatte traumhafte einundzwanzig.

»Sieht ganz so aus, als hielten's die Karten mit dir«, sagte er, als er mich auszahlte.

Ich schob die Chips sofort zu ihm zurück. Ich mußte zurück nach draußen und nach Edwin suchen, wo immer er auch stecken mochte. Bevor ich ihn gefunden hatte, würde ich nicht schlafen können; ich mußte einfach wissen, daß er sicher zu Hause bei seiner gottverdammten Frau war, wo er hingehörte. »Das hast du richtig erkannt«, sagte ich zu Vinnie, als ich aufstand. »Heute ist meine Glücksnacht.«

153

Kapitel 12

Ich saß in meinem Wagen auf dem Parkplatz des Bay Mills Casino und betrachtete die Lichter eines Frachters, der jenseits der Bay vor Anker lag. Ein schwerer Sturm zieht auf, dachte ich. Sie warten ihn ab, bevor sie ihre letzte Fahrt in dieser Saison machen.

Sie hatten wenigstens einen Grund dafür, rumzusitzen und nichts zu tun. Und zumindest eine vage Vorstellung, wie lange sie warten müßten, bevor es wieder losging.

Ich griff zum Handy. Es leuchtete in der Dunkelheit in einem gespenstischen Grün. Wenn ich bei ihm zu Hause anrufe und er ist da, kann ich mit dem ganzen Quatsch aufhören und nach Hause fahren. Die verdienten Tritte in den Arsch bekäme er dann morgen. Aber wenn ich anrufe und er ist nicht da, erreiche ich nur, daß Mrs. Fulton noch mehr in Panik gerät.

Bitte, Uttley, geh du dran. Er tat es nicht.

»Alex, sind Sie's? Haben Sie ihn gefunden?« Es war Mrs. Fulton.

»Noch nicht, Mrs. Fulton, aber er war gerade noch hier im Casino. Ich bin sicher, es geht ihm gut.«

»Wo ist er jetzt?«

»Vielleicht ist er in diesem Moment auf dem Weg nach Hause«, sagte ich. »Ich schau noch in ein paar Kneipen vorbei, nur um sicherzugehen.«

»Ich habe ein ungutes Gefühl, Alex«, meinte sie. »Das habe ich Ihnen doch schon gesagt, oder? Es wäre mir sehr lieb, wenn Sie ihn möglichst bald fänden.«

»Es gibt keinen Grund zur Sorge, Mrs. Fulton«, beruhigte ich sie. »Können Sie mir bitte Mr. Uttley geben?«

»Warum wollen Sie ihn sprechen?« fragte sie. »Gibt es da etwas, was Sie mir verschweigen?«

»Nein, Mrs. Fulton.«

»Es ist etwas passiert, nicht wahr?« Allmählich verlor sie doch die Kontrolle über ihre Stimme.

»Nein, Mrs. Fulton. Ich schwöre Ihnen, alles ist in Ordnung. Ich möchte nur einen Moment mit Lane sprechen.«

»Alex, ich bin es.« Das war Uttleys Stimme. »Um was geht es?«

»Lane«, sagte ich und wartete einen Moment, um mich selbst zu beruhigen, »können Sie bitte dafür sorgen, daß Sie das nächste Mal am Apparat sind?«

»Selbstverständlich, Alex. Es tut mir leid, aber sie war schneller.«

»Sie haben doch meine Handynummer? Rufen Sie mich an, wenn er nach Hause kommt. Ich seh noch in ein paar Kneipen nach.«

Ich verspürte zwar keine große Lust dazu, aber ich sah keine Alternative. Ich wußte, daß er wahrscheinlich irgendwo an einer Theke hockte und sich bedauerte. Das ganze Gerede, er sei ein völlig neuer Mensch, wie lange hatte es gedauert? Sieben Tage? Ich sollte ihn seinem Schicksal überlassen, dachte ich. Laß ihn morgens nach Hause kriechen und erzähl ihm dann irgendwann im Laufe des Tages, daß er im Telefonbuch unter Anonyme Spieler nachgucken soll. Aber das kann ich nicht machen. Ich habe Mrs. Fulton versprochen, ihn zu finden.

Und dies Gefühl. Dies Kribbeln entlang der Wirbelsäule. Ich wünschte, daß es verschwände. Es dachte nicht daran.

Ich schaute in die beiden Restaurants in Brimley. Dann fuhr ich in östlicher Richtung zurück zum Soo und ging ins Mariner's Tavern. Ich wußte, daß das seine Kneipe war, wenn er mit Tony Bing Wetten abschloß. Drinnen war munterer Samstagabendbetrieb, aber kein Edwin.

Es muß etwa zwanzig Kneipen in Sault Ste. Marie geben. Ich fand jede, von der ich wußte, und entdeckte sogar noch ein paar neue. Zuerst sah ich immer auf den Parkplätzen nach seinem silbernen Mercedes und warf dann rasch einen Blick nach drinnen, für den Fall, daß er den Wagen irgendwo hatte stehenlassen. Ich hatte das selbst mehrmals damals in Detroit gemacht, als ich die Polizei und meine Frau mich verlassen hatte. In einer Kneipe fing ich an, saß eine Weile da und trank, bis ich das Gefühl bekam, irgendwie sei das nicht der richtige Platz. Dann ging ich zur nächsten. Gegen Ende des Abends ging ich dann nur noch durchs Dunkel, die Straße entlang aufs nächste Licht zu. Am nächsten Morgen mußte ich dann mein Auto suchen.

Als mir im Soo die Kneipen ausgegangen waren, fuhr ich wieder zum Kewadin Casino und sah an allen Tischen nach. Ich fragte zwei der Aufseher, ob sie ihn an diesem Abend dort gesehen hätten. Sie hatten nicht.

Einer Eingebung folgend entschloß ich mich, nach St. Ignace zu fahren und im dortigen Casino nach ihm zu suchen. Ich mußte dafür eine gute Stunde nach Süden fahren, aber immerhin unternahm ich etwas. Ich fuhr die ganze Strecke auf der Interstate 75, über die Grenze ins Mackinac County. Inzwischen war es schon fast Mitternacht und kaum noch Verkehr. Ich sah einen Wagen mit einem ans Heck gebundenen Stück Rotwild; seine toten Augen starrten mich beim Überholen an. Die Glut einer Zigarette leuchtete im Seitenfenster des Beifahrersitzes.

Ich fand das Casino in St. Ignace, ein weiteres, das vom Sault-Stamm betrieben wird. Blinzelnd schritt ich durch den plötzlichen Glanz, kontrollierte jeden Tisch, verfluchte mich, weil ich meine Zeit mit so einer blöden Idee vertan hatte, stieg wieder in den Wagen ein und fuhr stracks zum Soo zurück. Wieder eine Stunde Fahrt, der Wind frischte auf und wurde zum Sturm, der vom See her blies.

Gott, bin ich müde. Warum mache ich das?

Meine Augen brannten. Ich fühlte mich, als hätte mich jemand mit einem Sandsack niedergeschlagen. Aber ich mußte ihn finden. Nicht bloß für Mrs. Fulton, sondern auch meinetwegen. Ich mußte ihn in Sicherheit wissen.

Das Telefon klingelte. Uttley war dran.

»Alex«, sagte er. »Gibt es irgendeine Spur?«

»Bis jetzt nicht«, antwortete ich. »Ich halte weiter Ausschau. Wie geht es Mrs. Fulton?«

»Ich glaube, sie ist endlich eingeschlafen. Nein, warte mal, ich glaube, ich höre sie. Ich geh lieber zu ihr. Viel Glück, Alex.«

Ich fuhr noch einmal zum Kewadin Casino. Immerhin hatten sie die ganze Nacht offen. Er konnte jederzeit hineinspazieren. Mich trafen einige verwunderte Blicke. Ich muß wohl wie ein herrenloser Hund gewirkt haben, der wieder und wieder kommt und zwischen den Tischen herläuft.

Die Kneipen schlossen jetzt bald, aber ich wußte, daß in Kanada noch einige offen hatten. Ich fuhr über die Brücke, zahlte den Maut und fuhr am Zoll vor. Der Mann im Häuschen stellte mir all die üblichen Fragen. Nein, es sind keine Drogen oder Feuerwaffen im Wagen. Ich würde nicht länger als ein oder zwei Stunden in Kanada sein. Bevor er mich entließ, fragte er noch, ob ich am Abend getrunken hätte. Ich verneinte. Er sah mir in die blutunterlaufenen Augen, als wolle er diese Frage vertiefen, aber schließlich winkte er mich durch.

Ich checkte jede Kneipe, die ich im Soo Canada finden konnte. In Kanada gibt es keine Casinos, aber dafür hatten sie einige Schuppen mit exotischem Tanz. So nannten sie es jedenfalls, aber mir kamen die Frauen nicht sonderlich exotisch vor, aber natürlich war ich auch keinesfalls in der einschlägigen Stimmung.

Es war fast drei, als ich über die Brücke zurückfuhr. Unter mir konnte ich die Algoma Stahlgießerei sehen, ihre Feuer brannten sogar zu dieser Nachtstunde. Der Wind frischte immer stärker auf. Eine Böe packte den Wagen von der Seite, und einen Moment lang dachte ich, sie würde mich regelrecht von der Brücke werfen.

Ich hielt ein letztes Mal am Kewadin Casino. Das war jetzt das letzte Lokal im Soo, das noch offen hatte. Die Menge hatte sich etwas verlaufen, aber auch jetzt noch versuchten mehr

Leute ihr Glück, als man denken würde. Natürlich gibt es in einem Casino keine Uhren. Auch keine Fenster. Nichts, was dich daran erinnert, daß du die Nacht damit verbringst, dein Geld wegzuwerfen.

Ich fuhr nach Westen. Ich konnte den Wagen kaum noch auf der Straße halten. Alles verschwamm vor meinen Augen. Ich zwang mich, an der Reservation anzuhalten und einen letzten Blick ins Bay Mills Casino zu werfen. Vinnie hatte seine Schicht beendet und war schon zu Hause.

Und dann, als letzte vergebliche Geste, fuhr ich noch durch die Reservation zum King's Club. Das war ein winziges Lokal, nicht mehr als ein einziger Raum mit einigen Spielautomaten. Vielleicht war das ja seine Vorstellung davon, was es heißt, am Ende zu sein – dazustehen und um vier Uhr morgens Vierteldollarmünzen in einen Automaten zu werfen.

Er war nicht da. Er war nirgendwo.

Ich fuhr nach Hause. Ich fühlte mich im Moment nicht stark genug, Mrs. Fulton zu sehen. Besser, sie schlief noch ein paar Stunden, falls sie überhaupt Schlaf fände. Vielleicht taucht Edwin ja auch von selbst wieder auf, irgendwie. Wenn die Sonne aufgeht, sitzt er vielleicht auf der Couch, hat sich in eine Decke gewickelt und trinkt heiße Schokolade. Und ich würde mich tatsächlich freuen, ihn zu sehen, bevor mir überhaupt einfällt, was ich in der Nacht seinetwegen durchgemacht habe.

Als ich in der Hütte war, rief ich Dave über das Funkgerät an und entschuldigte mich für meine Abwesenheit in der Nacht.

»Kein Problem«, sagte er. »Es war wieder eine ruhige Nacht. Kein Schwanz zu sehen. Nur Chief Maven hat mal angerufen. Er ist nicht recht zufrieden mit Ihnen.«

»Ich bin zu müde, um alle Stellen zu nennen, wo er was mit seiner Unzufriedenheit machen kann, Dave. Gute Nacht.« Ich legte mich auf mein Bett. Ich war schon eingeschlafen, bevor ich überhaupt daran denken konnte, wachbleiben zu wollen.

Das Telefon klingelte. Das Geräusch löste bei mir fast einen Herzanfall aus. Wenn dies alles vorbei ist, dachte ich, schaff ich dies Gerät auf ewig ab. Wer mich dann erreichen will, muß mich eben aufsuchen.

Es war dunkel. Ich blickte auf die Uhr. Es war kurz nach sieben. Ich rieb mir die Augen, als das Telefon erneut läutete, stand auf und sah auf die Anzeige des Spezialgeräts. Der Anruf kam vom Haus der Fultons. Ich betete zu Gott, es möge Edwin sein, der sich bei mir entschuldigen wollte.

»Alex? Hier ist Lane.« Uttley machte eine lange Pause. Im Hintergrund konnte ich ein schwaches Geräusch hören. Es klang wie ein Glas, das auf dem Fußboden zerschellt. »Er ist nicht nach Hause gekommen.«

»Das wär's dann«, sagte ich. »Ich glaube, wir sollten die Polizei verständigen.«

»Haben Sie gestern nacht noch irgendeine Spur von ihm gefunden?«

»Keine mehr, seit ich mit Ihnen nach dem Besuch in Bay Mills gesprochen habe. Dort war er ja zur Abendessenszeit.«

»Alex, ich bin sicher, er taucht heute noch auf«, meinte er. »Vermutlich hat er irgendwo seinen Rausch ausgeschlafen.«

»Hoffen wir's«, sagte ich. »Bringen Sie das jetzt Mrs. Fulton bei.«

»Mache ich. Verständigen Sie die Polizei? Oder soll ich das tun?«

»Dave müßte noch hiersein. Normalerweise ruft er mich noch einmal über Funk an, ehe er seinen Posten verläßt. Ich bitte ihn, es zu melden. Mir ist jetzt nicht nach einem Gespräch mit Maven.«

»Schauen Sie hier mal vorbei?«

»Ja«, antwortete ich. »Lassen Sie mich hier nur etwas Ordnung schaffen. Ich komme, sobald ich kann.«

»Lassen Sie sich Zeit, Alex. Wir sind den ganzen Tag hier.« Im Hintergrund hörte ich jemanden schreien, als er auflegte.

Ich erwischte Dave über Funk, als er gerade seinen Abmarsch vorbereitete.

»Ich mache sofort Meldung«, sagte er. »Ich denke, in diesem Fall gilt die 24-Stunden-Regel nicht.«

»Vielleicht ist es nichts«, meinte ich. »Aber unter den Umständen ...« Ich wußte nicht einmal, wie ich den Satz beenden sollte.

»Seien Sie unbesorgt, Mr. McKnight. Wir finden ihn.«

Ich schaltete ab, saß ein paar Minuten einfach nur so da und sah aus dem Fenster. Dann duschte ich heiß, rasierte mich und zog frische Sachen an. Danach fühlte ich mich fast wieder wie ein Mensch. Wenn Edwin letzte Nacht etwas zugestoßen war, wenn *er* zugeschlagen hätte, redete ich mir ein, hätte er mich angerufen und mir davon erzählt. Ich mußte das einfach annehmen. Es war die Hoffnung, an die ich mich klammerte.

Auf dem Weg zum Haus der Fultons hielt ich am Glasgow an, um einen Kaffee zu trinken. Als ich hineinging, blickte ich zu den Wolken, die am westlichen Himmel aufzogen. Lang war es nicht mehr, bis der Sturm losbrach.

Jackie kam aus der Küche und schüttete mir eine Tasse Kaffee ein. »Morgen, Alex«, begrüßte er mich. »Du siehst ziemlich mitgenommen aus. Was ist denn bloß letzte Nacht passiert? Nach dem Anruf bist du losgerannt wie ein Verrückter.«

»Na, Edwin ist verschwunden«, sagte ich. »Er ist rückfällig geworden, abgehauen und hat sein Geld wieder im Casino auf den Kopf gehauen. Und jetzt versteckt er sich, weil ihm das so peinlich ist.«

Jackie schüttelte den Kopf. »Dieser Arsch. Wenn er nicht so verdammt reich wäre, könnte er einem fast leid tun.«

»Er ist kein schlechter Kerl, Jackie.«

»Wenn du es sagst, Alex.« Er stellte die Kaffeekanne auf die Wärmplatte zurück. »Hey, übrigens, hier hat einer einen Brief für dich dagelassen.«

Mein Herz setzte einen Schlag aus. »Einen Brief?«

»Er war mit Klebestreifen an der Tür befestigt, als ich heute morgen kam.«

»Und woher weißt du, daß er für mich ist?«

»Dein Name steht auf dem Umschlag, du Junggenie. Die meisten Leute wissen, daß du hier sehr viel Zeit verbringst. Deshalb hab ich mir nichts dabei gedacht.«

»Jackie«, sagte ich und versuchte ruhig zu bleiben, »wo ist er?«

»Mal sehen«, meinte er. Er kramte hinter dem Tresen herum. »Irgendwo habe ich ihn hingetan.«

»Jackie, das könnte wichtig sein ...«

»Nur die Ruhe, Alex, ich weiß, daß er hier ist.« Er durchwühlte einen Papierstapel neben der Registrierkasse. »Wo zum Teufel habe ich ihn bloß hingetan?«

»Jackie, bitte, denk nach.« Ich mußte schlucken.

»Himmel noch mal, natürlich«, sagte er. Er griff in die Vordertasche seiner weißen Schürze. »Hier ist er.« Er zog einen Umschlag heraus und legte ihn vor mir auf den Tisch.

Vier getippte Großbuchstaben standen darauf: ALEX.

»Jackie«, sagte ich. Mein Gesicht glühte. Ich konnte kaum atmen. »Hast du ein Paar Gummihandschuhe?«

»Kann sein«, meinte er. »Vielleicht in der Küche.«

»Bitte, hol sie!«

Er ging nach hinten und rumorte in der Küche, während ich dasaß und auf den Umschlag starrte. Schließlich kam er mit einem Paar gelber Gummihandschuhe zurück. »Wofür brauchst du die denn?«

»Gib sie her.« Ich nahm ihm die Handschuhe ab und zog sie an. »Ich brauche auch eine Plastiktüte.« Meine Stimme klang, als käme sie von Gott weiß woher.

»Was ist denn los, Alex?«

Ich sagte nichts. Ich öffnete nur vorsichtig den Umschlag und entfaltete das darin steckende einzelne Blatt Papier.

ALEX

Es tut mir so weh wenn ich sehe daß du eine Mauer um dich baust mit einem Polizisten der in den Büschen lauert wie die Katze auf die Maus. Ich mußte mich fragen wie das geschehen kann. Du weißt doch daß ich nur hier bin um dir zu helfen. Wie viele Mausefallen hast du noch aufgestellt die ich nur noch nicht gesehen habe? Zwei Tage war ich sehr traurig bis mir die Einsicht zuteil wurde daß man dich gegen mich vergiftet hat. Ich hätte von Anfang an sehen sollen, daß er nicht gut für dich ist. Er ist wie Judas und wartet darauf, dich mit dem Kuß des Todes zu verraten, bevor du dem Feind ausgeliefert wirst. Ich habe mich entschlossen einmal mehr eine tapfere Maus zu sein und den Verräter zu entfernen. Diesmal war es nicht so einfach denn er wußte wer ich bin und er versuchte alle Mächte der Finsternis zu seiner Hilfe herbeizuschwören aber ich war stärker und letztlich hatte er keine Chance. Jetzt bist du von ihm befreit und ich habe einen neuen Weg gefunden um sie zu entfernen ohne soviel Blut zu hinterlassen. Das Blut ist es das die Signale aussendet nicht die Mikrowellen. Das ist meine Entdeckung. Jetzt ist soviel kaltes Wasser über ihm. Man wird ihn niemals wiedersehen. Das viele kalte Wasser Alex. Denk nur an das viele kalte Wasser. Ich hoffe das gefällt dir. Ich denke daß du mir jetzt eine Segensgeste schuldest. Denkst du das nicht auch? Ich denke jetzt ist die Zeit für uns da endlich zusammenzusein.

Auf ewig dein

ROSE

Ich zwang mich, den Brief in die Plastiktüte zu stecken. Ich zwang mich, hinter den Tresen zu gehen und zum Telefon zu greifen. Als Maven abnahm, sagte ich zwei Sätze: »Ich habe hier einen weiteren Brief von ihm. Kommen Sie auf der Stelle zum Glasgow Inn.« Mehr konnte ich nicht sagen. Ich konnte nichts über Edwin sagen. Ich konnte nicht einmal seinen Namen aussprechen.

Ich ging nach draußen. Um vom Brief weg zu sein, um frische Luft einzuatmen, ich weiß nicht warum. Die ersten scharfen Regentropfen trafen mein Gesicht. Von weitem hörte ich, wie der aufziehende Sturm das Wasser zu weißen Kämmen peitschte.

Ich konnte den See hinter den Bäumen nicht sehen. Aber ich wußte, daß er da war.

Das viele kalte Wasser.

Kapitel 13

Ich stand noch immer auf dem Parkplatz, als Maven eintraf. Der Regen hatte aufgehört und dann wieder eingesetzt, vom Wind aus Nordwest gepeitscht. Ich stand nur da und ließ ihn wie Schrotkugeln auf mich einprasseln.

»Wo ist er?« fragte Maven, als er seine Autotür zuschlug.

»Drinnen.«

»Haben Sie ihn geöffnet?«

»Ja«, sagte ich. Meine Stimme klang, als gehöre sie einem anderen.

»Sie wissen, daß das ein Beweisstück ist, McKnight. Wieso in drei Teufels Namen haben Sie ihn dann aufgemacht?«

Ich sah ihn nur an. »Weil er an mich adressiert war«, sagte ich. »Ich wollte ihn lesen.«

»Und warum, verdammt noch mal, stehen wir jetzt hier im Regen rum?«

Er ging zur Tür.

»Kommen Sie nun mit rein oder nicht?« fragte er.

»Sie brauchen mich nicht«, stellte ich fest.

Er schüttelte den Kopf und ging nach drinnen. Ich stand alleine draußen auf dem Parkplatz und sah nach nirgendwo. Mir war kalt bis ins Mark. Die Kugel in meinem Innern schien im Rhythmus des Herzschlags zu vibrieren.

Endlich kam Maven wieder nach draußen. Er hatte die Plastiktüte in der Hand, und der Brief war drinnen. Er sah mich an, dann auf den Brief, dann wieder auf mich. »McKnight«, sagte er, »Sie werden Tag für Tag scheißblöder, wissen Sie das?«

Ich sagte kein Wort.

»Warum, verflucht noch mal, haben Sie mir nichts gesagt?«

Ich sah ihn nur an. Ich verstand nicht, was er sagte.

»Schon vor dreißig Minuten hätten wir alle Mann auf den Straßen haben können und nach ihm suchen!«

Ich hörte, wie sich die Tür des Glasgow hinter uns öffnete und wieder schloß. Maven stand immer noch da und starrte mir in die Augen. Als er sprach, sah ich, wie sich ein Tropfen Speichel auf seiner Unterlippe sammelte.

»Sie stehen hier in dem Scheißregen rum, während Ihr Freund an der tiefsten Stelle von diesem Scheißsee liegt, McKnight.«

Ich stand da, einfach so.

»Was, verdammt noch mal, ist mit Ihnen los?« sagte er. »Ist es Ihnen scheißegal, daß Ihr bester Freund in diesem Moment die Scheißfische füttert?« Der Speichel traf mich ins Gesicht, als er mich gegen die Schulter stieß.

Und dann explodierte alles um mich herum. Ich packte ihn mit beiden Händen am Hals. Mit aller Kraft drückte ich zu, mit allem, was in mir an Haß und Stärke noch übrig war. Wenn ich es gekonnt hätte, hätte ich ihm den Schädel vom Rumpf gerissen.

Sein Knie schoß hoch und traf mich im Schritt; seine Hand war an meinem Arm und drückte mich zu Boden. Ich rang mich los und holte zum Schlag aus. In dem Moment warf mich Jackie in einem klassischen Football-Tackle auf die Erde.

»Alex, um Gottes willen!« schrie er, während er sich auf mich setzte. Er trug immer noch seine weiße Schürze.

»Runter von mir!« schrie ich.

»Du mußt jetzt Fulton suchen«, sagte er. »Da ist es völlig überflüssig, daß du dich verhaften läßt!«

»Zu spät«, sagte Maven und rieb sich den Nacken. »Das hätten Sie ihm sagen sollen, bevor er mich tätlich angegriffen hat.«

Jackie stieg von mir und zog mich auf die Füße. »Maven, ich war Zeuge bei allem, was hier passiert ist. Sie haben ihn zuerst geschlagen, und er hat nur zurückgeschlagen. Ich hätte selbst nicht anders gehandelt. Könnt ihr zwei jetzt diese Scheißkindereien lassen und statt dessen den Typen finden? Vielleicht lebt er ja noch. Ist euch die Idee schon mal gekommen?«

Maven ging zu seinem Wagen und griff zum Funkgerät. Ich

ging zu meinem Kleinlaster. »McKnight«, hörte ich ihn sagen, »was glauben Sie, wo Sie jetzt hingehen?«

»Ich gehe Edwin suchen.«

»Den Teufel werden Sie. Kommen Sie sofort zurück!«

Ich wandte mich nicht einmal zu ihm um, als ich in den Wagen stieg und beim Durchstarten den Kies in die Luft schleuderte. Im Rückspiegel sah ich ihn mit hocherhobenen Händen.

Ich raste über die Hauptstraße zum Highway. Ich wußte, daß ich zur Reservation zurückmußte, um am Bay Mills Casino von vorne anzufangen. Da war Edwin zum letzten Mal gesehen worden. Ich griff zum Handy und rief im Haus der Fultons an. Bitte geh dran, Uttley. Laß nicht Edwins Mutter abnehmen.

Uttley war dran. »Alex«, sagte er. »Gerade habe ich in Ihrer Hütte angerufen.«

»Lane, hören Sie ganz genau zu«, sagte ich. »Ich habe einen weiteren Brief bekommen, von … ihm. Rose. Wer auch immer es ist.«

»O Gott!«

»Er hat Edwin, Lane. Wenigstens steht das in dem Brief.«

»Das kann ich nicht glauben.«

»Lane, Sie müssen vor Mrs. Fulton die Fassade wahren. Bis wir Genaueres wissen.«

»Wo sind Sie?«

»Auf dem Weg zum Casino«, erklärte ich.

»Sie haben die Polizei verständigt?«

Ich sah in meinen Rückspiegel, weil ich fast damit rechnete, daß Mavens Wagen hinter mir herraste, um mich abzufangen. »Ja, die wissen Bescheid.«

»Ich komme raus, Alex.«

»Nein, Lane, ich glaube, es ist besser, wenn Sie bei Mrs. Fulton und Sylvia bleiben.«

»Das bringe ich nicht, Alex. Ich möchte Ihnen helfen. Außerdem, wenn ich hierbleibe, weiß Mrs. Fulton sofort, daß etwas nicht stimmt. Manchmal denke ich, sie kann meine Gedanken lesen.«

»In Ordnung«, sagte ich. »Wir treffen uns am Casino. Beeilen Sie sich.«

Ich schaltete ab und fuhr weiter. Ich mußte darüber nachdenken, was Maven gesagt hatte. Wieso hatte ich ihm nichts von Edwin gesagt, als ich ihn anrief? Er hatte recht, sie hätten dann sofort mit der Suche beginnen können. Wieso hatte ich nur einfach dagestanden und hatte dem Wind und den Wellen gelauscht?

Genau wie damals in der Wohnung. Als Rose die Maschinenpistole zog. Ich war erstarrt wie damals. Was für ein beschissener Jammerlappen!

Ich krampfte meine Hände um das Lenkrad, bis die Knöchel weiß wurden. Aus unerfindlichen Gründen mußte ich plötzlich an Sylvia denken. Wie ihre Haut sich angefühlt hatte, als wir das letzte Mal zusammengewesen waren. Der Blick ihrer Augen, als sie beobachtete, wie ich beobachtete, wie ihr Kleid zu Boden glitt.

Gott steh mir bei! Warum muß ich daran denken? Sicher werde ich wahnsinnig.

Als ich das Casino erreichte, sah ich die Streifenwagen vom Soo. Maven mußte sie von seinem Wagen aus alarmiert haben. Die Stammespolizei war auch da und wunderte sich wohl, was die Soo-Polizei in der Reservation zu suchen hatte. Es war nur ein paar Stunden her, daß ich hier gewesen war, aber da hatte ich mir noch vorgestellt, wie Edwin am Kartentisch saß und sein Geld mit vollen Händen wegwarf. Jetzt ließ das Morgenlicht, vom Regen gedämpft, das Casino sinister und fehl am Platze wirken, wie ein Irrenhaus.

Ich parkte vor dem Haupteingang und ging hinein. Selbst an einem schäbigen Morgen wie heute war der Schuppen halb voll. Sobald ich durch die Tür war, stand ein Polizist vom Soo vor mir: »Mr. McKnight, Sie dürfen hier nicht rein.«

Ich erkannte den Beamten. Es war derselbe, den ich am Motel und dann wieder hinter dem Restaurant getroffen hatte. »Ich versuch doch nur zu helfen«, sagte ich. »Wir müssen ihn doch finden.«

»Der Chief sagte, ich sollte Sie verhaften, wenn ich Sie sähe.«

Ich packte ihn an der Schulter. »Dann haben Sie mich eben nicht gesehen, okay? Bitte ...«

»Ich meine, Sie sollten nach Hause gehen«, sagte er. »Unsere gesamte Truppe sucht nach ihm.«

»Sie wissen, daß er einen silbernen Mercedes fährt, nicht wahr?«

»Ja«, bestätigte er, »und wir haben sogar seine Nummer.«

»Gut«, sagte ich. »Haben Sie hier irgendwas rausgefunden? Ich weiß, daß er gestern um sechs herum hier war. Wissen Sie mehr?«

»Mr. McKnight ...«

»Sagen Sie mir's, verdammt noch mal! Haben Sie sonst noch was rausgekriegt?«

»Nein«, sagte er. »Alle, die gestern abend hier Dienst hatten, sind jetzt zu Hause. Einige davon hat man gerade hierhergebeten.«

»Das ist in Ordnung«, sagte ich. »Bleiben Sie dran. Ich seh mir inzwischen ein paar Straßen hier in der Gegend an.«

»Sie waren selbst mal Polizeibeamter?«

»Das war ich.«

»Dann gehen Sie. Ich habe Sie nicht gesehen.«

»Vielen Dank!«

Draußen ging ich über den Parkplatz für die Gäste. Von seinem Wagen war nichts zu sehen. Ich ging um das Gebäude herum und sah mir alle Wagen auf dem Angestelltenparkplatz an.

Als ich zurück zu meinem Wagen ging, war Uttley gerade in seinem roten BMW vorgefahren. Als er ausstieg, war er so außer Atem, als sei er die ganze Strecke gelaufen. »Mein Gott,

Alex«, keuchte er, »sagen Sie mir, daß das alles nur ein böser Traum ist.«

»Ich beginne gerade mit der Suche nach seinem Wagen«, sagte ich. »Machen Sie mit, wir teilen uns die Gegend auf.«

»Nein, ich komme lieber mit Ihnen. Ich habe eine gute Karte. Auf diese Weise entgeht uns wirklich nichts.«

»Schön, steigen Sie ein.«

Er griff nach seiner Karte und sprang in meinen Wagen. Als ich vom Parkplatz fuhr, wandte ich mich zu ihm. Er hatte die Augen geschlossen und schüttelte den Kopf.

»Wie geht es Mrs. Fulton?« fragte ich.

»So lala«, meinte er. »Ich glaube, sie weiß, daß etwas nicht stimmt.«

»Und Sylvia?«

»Das weiß ich nicht«, erklärte er. »Ich habe sie heute noch nicht gesehen. Sie war wohl in ihrem Zimmer.«

Ich versuchte durchzuatmen. Denk, Alex. Denk an das, was zu tun ist. »Das Wasser«, sagte ich. »Wir sollten mit den Straßen am See beginnen, ob sein Wagen da irgendwo ist.«

»Fahren Sie durchs Reservat«, sagte er, während er seine Karte entfaltete. »Wir sollten mit dem Lakeshore Drive anfangen.«

Als wir das Ufer erreichten, begegneten uns immer wieder Wagen der Soo-Polizei, aber auch einige Wagen der Staatspolizei und sogar einige wenige vom County. Maven hatte tatsächlich alle alarmiert.

Der Himmel verfinsterte sich immer mehr. Auch der Regen nahm an Heftigkeit zu.

Wir fuhren den Lakeshore Drive die ganze Strecke hoch bis Iroquoise Point. An dem kleinen Parkplatz oberhalb des Leuchtturms hielten wir. Ich versuchte mir Edwin vorzustellen, wie er hier in seinem Wagen saß und aufs Wasser blickte. Ich wollte ihm in meiner Vorstellung Wirklichkeit verleihen. Aber sein Wagen war auch hier nicht.

»Ich denke, wir sollten noch weiter fahren«, sagte ich.

»Was, noch weiter von der Stadt weg?«

»Nur so ein Gefühl«, erklärte ich. »Hier sind immer zu viele Leute. Sogar spät in der Nacht. Ich könnte mir denken, daß er etwas Einsameres gesucht hätte.«

»Das macht Sinn«, sagte er und raschelte mit der Karte. »Fahren Sie einfach weiter. Wir fahren einfach um die ganze Bucht herum.«

Wir fuhren nach Westen. Hier gab es viele Bungalows und Ferienhäuser mit Blick auf den See. Wieder kam uns ein Wagen der Staatspolizei entgegen.

»Wenigstens ist alles draußen und sucht«, sagte er.

Wir blickten in jede Zufahrt und hinter jeden Kiefernhain, ob sich nicht eine Spur von seinem Auto zeigte. Außer unserm Atem, dem Regen und dem rhythmischen Puls der Scheibenwischer war nichts zu hören.

»Es ist meine Schuld«, sagte ich schließlich.

»Wovon reden Sie?«

»Von dem Ganzen hier. Es ist meine Schuld.«

»So dürfen Sie nicht denken.«

»Doch, ich habe das alles heraufbeschworen.«

»Nein«, sagte er. Dann schwiegen wir wieder.

Wir fuhren weiter, wir suchten weiter. Die Bäume standen dichter und dichter, je tiefer wir in den Wald hineinfuhren.

»Irgendwo muß sein Wagen doch sein«, meinte Uttley.

»Hier draußen ist nicht mehr viel, bis wir auf die Straße nach Paradise stoßen«, erklärte ich. »Vielleicht sollten wir direkt dorthin fahren und von dort aus ...«

»Moment mal, ich glaube, da habe ich was gesehen«, unterbrach er mich. »Fahren Sie zu der Einfahrt zurück.« Ich hielt an und setzte zurück. Wir sahen ein kleines Ferienhaus. Vor ihm parkte ein silbernes Auto, aber es war kein Mercedes.

»Tut mir leid, falscher Alarm.«

»Das ist hoffnungslos«, meinte ich. »Wir werden seinen Wagen nie finden. Und wenn wir ihn finden ...« Ich konnte den Satz nicht beenden.

»Machen Sie einfach weiter«, sagte er. Er sah mir in die Augen. »Weiter.«

Wir folgten weiter der Straße. So tief in den Wäldern gab es nicht mehr viele Einfahrten. Vor jeder bremsten wir ab und beschleunigten dann bis zur nächsten.

Ich weiß nicht, wie viele Zufahrten wir so überprüft haben. Ich hatte jegliches Gefühl für Zeit verloren. Es schüttete immer heftiger.

Plötzlich sagte Uttley: »Alex, sehen Sie.« Es war ein Ferienhaus, offenbar schon für den Winter geschlossen. Davor stand ein Streifenwagen der Staatspolizei.

Und daneben parkte ein silberner Mercedes.

»O Gott, Alex.«

Ich fuhr mit meinem Wagen in die Einfahrt und hielt hinter dem Streifenwagen. Wir stiegen aus und besahen uns den Mercedes.

»Es ist Edwins Wagen«, sagte Uttley. Wir sahen durch die Scheiben. Nichts Außergewöhnliches.

»Er ist unverschlossen«, sagte ich.

»Aber wir sollten ihn nicht anfassen, oder?«

Ich nickte. Mein ganzer Körper war gefühllos.

»Wo sind die Polizisten?« fragte er. Der Platz wirkte verlassen.

»Schauen wir nach.«

Wir gingen über einen Trampelpfad zum Strand. Sobald wir uns dem Wasser näherten, konnten wir auch die Beamten sehen. Sie standen bei einem Ruderboot. Einer hatte sich darübergebeugt, als betrachte er etwas. Der andere blickte in den Regen, schützte sein Gesicht mit einer Hand und hielt ein Funkgerät in der anderen. Wir hörten ein schwaches Knacken und dann eine metallische Stimme.

Ich rannte zum Strand hinunter, was bei den vielen Felsbrokken nicht einfach war. Uttley war unmittelbar hinter mir. Als wir uns dem Boot näherten, wandten sich die Beamten zu uns um. »Wer sind Sie?« fragte einer von ihnen.

»Was haben Sie gefunden?« fragte ich.

»Zuerst Ihren Namen, Sir«, sagte er.

»Mein Name ist Alex McKnight«, stellte ich mich vor. »Ich bin ...« Was sollte ich sagen? »Ich bin ein Freund von Edwin Fulton. Was haben Sie gefunden?« Ich blickte in das Ruderboot.

»Bitte, Sir«, sagte der Beamte. »Sie dürfen hier nichts anfassen.«

»Das weiß ich«, sagte ich. »Ich will nur ...«

Da sah ich Blut. An der Seite des Bootes. Es vermischte sich mit dem Regen und sammelte sich unten in einer blaßrosa Lache.

Und in der Lache, vom Wind leicht kreiselnd, schwamm eine einzelne rote Rose.

Der zweite Polizist, derjenige, der sich über das Boot gebeugt hatte, sah den ersten an. »Ruf sie noch einmal an«, sagte er. »Der Regen versaut hier alles.«

»Sie sagen, sie sind unterwegs.«

»Alles Scheiße.«

Ich trat näher an das Boot heran. Ich stand jetzt direkt darüber und sah auf das Blut hinunter. Uttley stand hinter mir; die Arme hatte er um den Leib geschlungen, um seinen Mantel am Flattern zu hindern.

»Sir«, sagte der Beamte, »Sie müssen da weggehen.«

Ich beachtete ihn nicht und betrachtete die Dolle. Ich ließ mich auf die Knie nieder und besah sie aus der Nähe. Ich wollte etwas sagen, aber die Stimme versagte mir.

Die Polizisten mußten sich darum kümmern. Sie mußten das Beweisstück sicherstellen, bevor der Wind es wegblies.

Um die Dolle hatten sich mehrere Strähnen aus blondem Haar gewickelt.

Das Haar war dick und grob. Wie das Haar von einer langen blonden Perücke.

Kapitel 14

Zwei Polizisten waren im Haus der Fultons, als Uttley und ich dort eintrafen. Es waren Beamte vom Soo, die ich nie zuvor getroffen hatte, und die Art und Weise, wie sie in der Küche herumstanden, machte deutlich, daß sie lieber Gott weiß wo gewesen wären. Als Uttley und ich den Raum betraten, musterte uns einer von ihnen von oben bis unten und fragte dann: »Wer von Ihnen ist McKnight?«

»Der bin ich«, sagte ich.

»Chief Maven wünscht, daß Sie hierbleiben, bis er kommt.«

»Er kann mich mal«, entgegnete ich. Ich war müde, mein Gesicht brannte vom kalten Wind. Aber mir war egal, wie ich mich fühlte oder was Maven mit mir anstellen würde, wenn er mich traf. Ich war jenseits aller Sorgen.

»Wo sind denn die Fultons?« fragte Uttley. Abgesehen von der Polizei wirkte das Haus verlassen. An der Küchentheke lehnte ein Besen neben einem Haufen Glasscherben.

»Mrs. Fulton ist in ihrem Schlafzimmer«, antwortete der Polizist. »Die ältere, meine ich. Die jüngere ist draußen.«

»Draußen?« fragte Uttley ungläubig. »Was sagen Sie da?«

»Hm …« Der Polizist sah seinen Partner an. »Ich fürchte, die beiden Mrs. Fultons hatten eine kleine Auseinandersetzung, als sie … wissen Sie, als sie das mit Mr. Fulton erfuhren.«

»Wohin ist sie gegangen?« fragte Uttley. »Sie haben sie so einfach rausspazieren lassen?« Er blickte aus dem großen Panoramafenster, das auf den See ging. Der Regen schlug gegen die Scheibe, als wolle er uns attackieren.

»Sie war überhaupt nicht in der Stimmung, uns zuzuhören«, erklärte der Beamte. »Wir konnten einfach nichts machen. Und wie wäre Ihr Name?« Er bediente sich jetzt des typischen Polizistentonfalls, während er seinen Gürtel hochzog. Das war genau das, was uns jetzt noch fehlte.

»Das ist Lane Uttley«, sagte ich. »Er ist der Anwalt der Familie. Er ist derjenige, der euch die Abzeichen abnimmt, wenn ihr euch nicht auf der Stelle rausschert und nach Mrs. Fulton sucht.«

»Mir gefällt Ihr Ton überhaupt nicht, Mr. McKnight.«

»Mein Stiefel in Ihrem Arsch wird Ihnen auch nicht gefallen«, sagte ich. »Die Frau hat gerade erfahren, daß ihr Mann tot ist, und Sie lassen sie raus in den Eisregen laufen. Hatte sie wenigstens einen Mantel an?«

Der Polizist sah mich nur an.

»Wenn Sie nicht sofort draußen sind und sie auf der Stelle finden«, fügte ich hinzu, »schwöre ich bei Gott, daß ich Sie so verprügele, daß Sie sich selbst nicht wiedererkennen.«

»Alex, lassen Sie es gut sein.« Uttley trat zwischen uns.

»Der Chief ist auf dem Weg nach hier«, sagte der Beamte. »Machen Sie das mit ihm aus.«

»Wir sollten uns um Edwins Mutter kümmern«, sagte Uttley. Er führte mich aus der Küche. Hinter uns schloß sich die Tür, als die Polizisten nach draußen gingen.

Wir gingen durchs Haus zum Gästeflügel und standen dann vor ihrer Tür. Wir konnten die schwachen Laute ihres Schluchzens hören. Uttley berührte die Tür. »Mrs. Fulton? Hier sind Lane und Alex.«

Lange herrschte Schweigen. Dann öffnete sich die Tür. Mrs. Fulton sah zehn Jahre älter aus. »Was wollen Sie?« sagte sie. Ihre Stimme klang rauh.

»Mrs. Fulton«, sagte Uttley. »Ich weiß nicht, was ich sagen soll. Es tut mir so leid.«

Sie sah mich an. »Was ist mit Ihnen? Wollen Sie auch sagen, daß es Ihnen leid tut?«

»Mrs. Fulton ...« sagte ich.

Ihre flache Hand traf mein Gesicht. Ich versuchte nicht einmal, sie zu hindern. »Sie sollten ihn schützen. Das war Ihre Verantwortung.«

Ich sagte nichts.

»Ich hasse Sie«, sagte sie, und ihre Stimme überschlug sich. »Ich hasse dieses Haus. Ich habe dieses Haus immer gehaßt. Es ist kalt und dunkel und voll hinterwäldlerischem Kram und Indianerzeug ... o Gott, Edwin. Bitte. Das kann doch nicht wahr sein.«

Uttley legte den Arm um sie. Ich ließ die beiden im Flur allein.

Im Fenster sah ich, daß die wütenden Tropfen des Regens zu dünnen Schnüren geworden waren. Aber der Wind heulte noch immer und peitschte die Wogen des Sees zu Kämmen. Ich konnte sehen, wie sich die Wellen an der Felsküste unter dem Haus brachen. An einem solchen Tag war es kein See mehr. Es war ein Meer, ein Meer, das Schiffe vernichtet und Menschen in den Tod zieht. Und jetzt war auch Edwin draußen, irgendwo auf dem Grund von all dem vielen Wasser. Der Staat würde unterhalb des Bootes den See mit Schleppnetzen absuchen lassen, aber ich wußte, daß das sinnlos war. Diese Wellen würden seine Leiche in das tiefste, kälteste Herz des Lake Superior spülen, nach unten, wo die Mannschaft der *Edmund Fitzgerald* lag. Alle neunundzwanzig würden ihn in ihrer Mitte willkommen heißen.

Rose hatte das getan. Rose tötete Edwin und warf dann seine Leiche in den See. Das Wasser war gestern abend ruhig genug gewesen, bevor der Sturm losschlug. Er hatte ihn ein, zwei Kilometer hinausbringen können, wenn er zu rudern verstand. Er hatte Edwins Leiche über den Bootsrand gehoben und dann zugesehen, wie sie gesunken war. Dann war er zum Ufer zurückgerudert. Es mußte dunkel gewesen sein. Vielleicht hatte schon der Regen eingesetzt. Vielleicht wurde das Wasser schon kabbelig. Vielleicht war es ein hartes Stück Arbeit gewesen, den ganzen Weg zum Ufer zurückzurudern.

Aber er war zurückgekommen. Das wußte ich, ich hatte ja seinen Brief gelesen. Ich hatte das Boot gesehen und das Blut und die langen blonden Haare. Es war Rose. Irgendwie war es Rose gewesen.

Und er lauerte noch da draußen.

Ich rieb mir das Gesicht, wo Mrs. Fulton mich geschlagen hatte, und sah den beiden Polizeibeamten zu. Sie hatten das Haus umschritten und kämpften sich nun den Weg zum Ufer hinunter. Als sie am Wasser angekommen waren, trennten sie sich und gingen in verschiedenen Richtungen weiter.

Eine Minute später sah ich Sylvia um die andere Ecke des Hauses kommen. Sie begann den Weg hinabzusteigen, den die beiden Polizisten gerade gegangen waren. Aber dann hielt sie inne. Sie wandte sich um und sah mich direkt an, als sei ihr plötzlich in den Sinn gekommen, daß ich am Fenster stehen müsse, um sie zu beobachten. Sie trug keinen Mantel, nur einen Pullover. Er war naß und klebte an ihrem Körper. Ihr Haar war vom Wind zerzaust. Sie zitterte.

Ich war drauf und dran, nach draußen zu gehen, ihr meinen Mantel anzubieten und sie zu überreden, hereinzukommen. Aber irgend etwas hielt mich davon ab. Warum ich in Gottes Namen nicht zu ihr herausgegangen bin, weiß ich nicht. Ich blieb einfach nur da stehen und sah sie an, bis sie sich umwandte und den Weg zum See hinunterging.

Gott sei mir gnädig, ich begehrte sie immer noch. Nach allem, was geschehen war, begehrte ich sie immer noch.

»McKnight«, erklang eine Stimme in meinem Rücken. Es war die allerletzte Stimme in der Welt, die ich jetzt hören wollte. Und zu dieser Stimme gehörte eine Hand auf meiner Schulter.

Ich drehte mich um und sah in Mavens Gesicht. Sein Haar war naß, sein Gesicht vom Wind stark gerötet. An seinem Hals konnte ich zwei Striemen sehen, wo meine Hände ihn gepackt hatten. Ein zweiter Mann stand direkt neben ihm, und er sah so aus, als habe man ihn aus demselben Katalog bestellt. Er war etwas jünger als Maven, er hatte etwas mehr Haare, einen gepflegteren Schnurrbart. Aber denselben Harter-Bursche-Bullenblick in seinen Augen, dasselbe machtberauschte kaugummikauende Gehabe. Und so naß und winddurchpustet wie Maven war er auch. Ich erwartete, daß beide gleichzeitig zwei Läufe auf mich abfeuerten, statt dessen sagte Maven nur: »Alex, wie geht's?«

Ich blickte ihnen abwechselnd ins Gesicht. Ich wußte nicht, was ich sagen sollte.

»Hören Sie zu, Alex«, sagte Maven. »Ich weiß, das ist jetzt eine schwierige Situation für uns alle. Ich möchte mich entschuldigen, vor allem für unsere ... Meinungsverschiedenheit vorhin. Und Sie sollen wissen, daß mir der Verlust Ihres Freundes wirklich nahegeht. Dies hier ist Detective Allen von der Staatspolizei Michigan.«

»Mr. McKnight«, sagte er und streckte seine Hand aus. »Es tut mir leid, daß wir uns unter diesen Umständen begegnen müssen.«

Ich schüttelte seine Hand. Ich wußte noch immer nicht, was ich sagen sollte. Mir war absolut nicht klar, wieso er auf einmal wie ein menschliches Wesen mit mir sprach. Es mußte wohl eine Extrashow für den Staatstypen sein, überlegte ich mir. Obwohl ich mir andererseits nicht vorstellen konnte, daß Maven irgendwem schöntun wollte.

»Detective Allen versucht seit längerem, zwei Boote ausfahren zu lassen, um den See in der Nachbarschaft des Tatorts abzusuchen, aber ich fürchte, das Wetter spielt nicht mit.«

»Auch wenn sich der Sturm legt«, sagte der Detective, »ist Ihnen wohl klar, daß wir nur eine schwache Chance haben. Ganz schön groß, der See da draußen.«

Ich nickte.

»Wie dem auch sei«, sagte der Detective, »sollten Sie jedenfalls wissen, daß unsere beiden Behörden an dem Fall arbeiten.«

»Haben Sie das Haar?« fragte ich. »Das aus dem Boot?«

»Von der Dolle, ja«, antwortete er. »Wir haben auch einige Blutproben. Obwohl leider wohl wenig Zweifel besteht, um wessen Blut es sich handelt.«

»Hat Maven Ihnen von Rose erzählt?«

»Ja. Ich bin über den Sachverhalt ins Bild gesetzt.«

»Wir müssen mit ihm sprechen«, sagte ich. »Ich meine, wer auch immer das ist, der jetzt in der Zelle sitzt. Sie können das doch veranlassen, oder?«

Ich sah, wie er Maven einen raschen Blick zuwarf.

»Was ist los?« fragte ich. »Ihr Jungs verschweigt mir doch was.«

»Mr. McKnight ...«

»Sie wissen etwas über Rose, nicht wahr?«

»Alex«, sagte Maven, »wir möchten, daß Sie mit uns aufs Revier kommen. Ich denke, wir sollten alle zusammenarbeiten, um der Geschichte auf den Grund zu kommen.«

»Zuerst sagen Sie mir, was hier vor sich geht«, sagte ich.

»Nicht hier«, beharrte Maven. »Bitte, Alex.« Er sah sich um. »Wir wollen hier niemanden stören. Wo ist Mrs. Fulton überhaupt?«

»Sie hat sich hingelegt«, sagte Uttley, der gerade ins Zimmer kam. »Was ist hier los?«

»Dies ist Lane Uttley«, sagte Maven zu dem Detective. »Er ist der Anwalt der Fultons.«

»Ich bin Detective Allen von der Staatspolizei«, stellte er sich vor, während er Uttleys Hand schüttelte. »Wir besprachen gerade einige Dinge mit Mr. McKnight.«

Uttley sah beide abwechselnd an und dann mich. »Was für Dinge?«

»Sie scheinen Informationen über Rose zu haben«, erklärte ich. »Sie wollen, daß ich mit aufs Revier komme, um alles durchzusprechen.«

»Ich komme mit Ihnen«, sagte er.

»Nein«, widersprach ich. »Sie müssen hierbleiben, Lane.

Mrs. Fulton braucht Sie hier. Und Sylvia ...« Ich wandte mich um und sah aus dem Fenster. »Sylvia ist dort draußen.«

Lane trat ans Fenster und sah hinaus.

»Wo ist sie?«

»Am Ufer«, sagte ich. »Sie hat nicht einmal einen Mantel an.«

Als wir so dastanden, erschienen die beiden Soo-Beamten wieder auf der Bildfläche. Sie stiegen den Pfad hoch aufs Haus zu, und als sie uns vier im Fenster stehen sahen und sie beobachten, hielten sie inne. Ich spürte einen Klumpen im Magen und stellte mir vor, wie Sylvia in das kalte Wasser hinauswatete, zitternd und blau vor Kälte. Aber endlich sah ich sie am Wasser entlangkommen. Sie ging direkt hinter den Beamten, aber sie schienen sie nicht zu bemerken. Sie standen nur da und betrachteten uns, wie wir sie betrachteten.

»Um Gottes willen, Lane«, sagte ich. »Gehen Sie doch raus und holen Sie sie.«

»Warum gehen wir nicht beide und holen Sie?«

»Gehen Sie nur«, sagte ich. »Ich muß mit aufs Revier.«

Er sah nach Maven und Allen. Sie waren schon auf dem Weg zur Tür. »Alex, etwas stimmt hier nicht.«

»Wir werden uns über Rose unterhalten«, sagte ich. »Machen Sie sich um mich keine Sorgen.«

Er schüttelte den Kopf. »Rufen Sie mich an, wenn Sie fertig sind, Alex.«

Ich ging mit den beiden Männern nach draußen. »Ich fahre im Lastwagen hinter Ihnen her.«

Sie sahen sich an. Dieser Blick hätte mir alles verraten müssen. »Warum fahren Sie nicht mit uns?« fragte Allen.

»Dann bin ich in der Stadt, und mein Wagen ist hier«, sagte ich. »Ich fahre hinter Ihnen her.«

»Mr. Uttley kann sich darum kümmern, oder?« schlug Maven vor. »Sein Wagen ist doch sowieso am Casino. Er fährt Ihren Laster in die Stadt, und Sie holen dann gemeinsam seinen Wagen.«

Es lohnte die Auseinandersetzung nicht, deshalb warf ich meine Autoschlüssel auf den Sitz meines Wagens und kletterte auf den Rücksitz von Mavens Auto.

Es war lange her, daß ich auf dem Hintersitz eines Polizeiautos gesessen hatte. Als wir unterwegs waren, steckte ich meine Finger durch das Drahtgitter und sah sie an. »Nun gut, was ist denn nun mit Rose los?«

Maven schniefte nur und fuhr wortlos weiter.

»Hey, los jetzt, nun sagen Sie mir schon, worum es geht.«

»Wir unterhalten uns auf dem Revier«, sagte er. Endlich drang es mir in meinen dicken Schädel: Sie wollten mich einbuchten.

»Maven, was für 'nen Scheiß inszenieren Sie hier?« explodierte ich.

»Bitte, Mr. McKnight«, sagte Allen und wandte sich zu mir um. »Seien Sie ganz ruhig. Auf dem Revier ist alles viel einfacher.«

Ich lehnte mich in meinen Sitz zurück. Nach all dem, was in den letzten vierundzwanzig Stunden passiert war, vermochte ich hierin keinen Sinn zu erkennen. Sie können doch nicht ernsthaft denken, daß ich irgendwas damit zu tun hatte, was mit Edwin passiert war, überlegte ich mir. Verhaftet hatten sie mich nicht. Sie hatten mich auch nicht über meine Rechte aufgeklärt.

Ich sah aus dem Fenster auf die Kiefern. Edwin ist tot. Ich bohrte einen Finger durch ein Loch im Sitz. Irgendwer hatte hier hinten geraucht und ein Loch ins Polster gebrannt.

Als wir im Revier ankamen, wollte ich die Hintertür öffnen. Natürlich ging das nicht. Ich hatte vergessen, daß die Hintertüren in Polizeiautos nicht von innen zu öffnen sind. Ich wartete, bis Maven sie für mich öffnete. »Kommen Sie rein, Alex«, sagte er. »Hierher.«

»Ich weiß den Weg«, sagte ich. Aber statt mich in sein Büro zu bringen, führte er mich in einen Verhörraum. In der Mitte stand ein Tisch mit vier Stühlen. Ein weiterer Tisch stand an der

Wand, darauf eine Kaffeekanne und ein kleiner Kühlschrank. Eine Karte an der Wand zeigte die verschiedenen Fische der kleinen Seen Michigans.

»Hier haben wir mehr Platz«, erklärte er. »Setzen Sie sich doch.«

»Kann mir vielleicht mal einer erzählen, was los ist?«

»Natürlich, Alex«, sagte Allen. »Setzen Sie sich erst mal.« Er zog einen Stuhl für mich heraus.

»Wie sagten Sie noch mal, wie Sie Ihren Kaffee trinken?« fragte Maven. »Ein Stück Zucker, keine Milch?«

Ich setzte mich. »Ja«, sagte ich, »das ist richtig.« Jetzt macht der Mann doch noch Kaffee für mich. Das wird ja von Minute zu Minute schlimmer.

Er goß den Kaffee in einen Becher und stellte ihn vor mich. Dann setzte er sich mir gegenüber, neben Allen. Ich sah ihnen abwechselnd ins Gesicht, während aus meinem Kaffee ein Dampfwölkchen aufstieg.

»Mr. McKnight«, begann Detective Allen, »erzählen Sie mir von diesem Rose.«

»Ich dachte, Maven habe Ihnen alles über ihn erzählt. Sagten Sie das nicht?«

»Ich möchte, daß Sie es mir erzählen«, sagte er. »Chief Maven könnte etwas ausgelassen haben.«

So erzählte ich die ganze Geschichte, vom Krankenhaus in Detroit über Roses Apartment, die Maschinenpistole bis zur Schießerei. Ich erzählte, wie Rose lebenslänglich bekommen habe und wie ich gedacht hatte, nie wieder von ihm zu hören, bis das mit den Anrufen und den Briefen losging.

»Diese Briefe«, sagte Allen. »Sie scheinen alle mit derselben Schreibmaschine geschrieben worden zu sein.«

»Das macht Sinn«, meinte ich.

»Warum sagen Sie das?«

»Weil sie schließlich derselbe Mann geschrieben hat.«

»Ja«, sagte er. »Natürlich.«

»Worauf wollen Sie hinaus?«

»Ich denke nur laut«, erklärte Allen. »Sprechen wir über die Toten. Die ersten beiden, meine ich.« Maven saß nur da und beobachtete mich.

»Ich habe sie nicht gekannt.«

»Tony Bing, ein hiesiger Buchmacher«, sagte Allen. »Ihr Freund Edwin hat ihn in seinem Motelzimmer gefunden.«

»Ja«, sagte ich.

»Stimmt es, daß er zunächst Sie und dann erst die Polizei angerufen hat?«

»Ja.«

»Sie waren in der Tat am Ort des Geschehens, bevor die Polizei dort eintraf.«

»Ja.«

»Das erscheint mir sehr merkwürdig«, sagte er.

»Es *war* merkwürdig«, erwiderte ich. »Edwin hat da etwas Merkwürdiges getan.«

»Etwas sehr Merkwürdiges«, sagte er. »Würden Sie das nicht merkwürdig nennen, Chief Maven?«

»Es war damals merkwürdig«, sagte Maven, »und ist auch jetzt noch merkwürdig.«

»Dann der nächste Mann, wie war noch mal sein Name?«

Beide sahen mich an.

»Dorney«, erwiderte ich. »Vince Dorney. Wenigstens hat der Chief ihn so genannt.«

»Ja, richtig. Vince Dorney. Eine weitere Lokalgröße, hat man mir gesagt. Tatsächlich, ich glaube, Mr. Dorney war dafür bekannt, daß er sich auch gelegentlich als Buchmacher betätigte. Tat er das?«

Wieder sahen mich beide an.

»Ich weiß nichts über den Mann«, sagte ich.

»Es ist nur wieder etwas Merkwürdiges«, meinte Allen. »Da findet ein weiterer Buchmacher ein gewaltsames Ende.«

»Wieder etwas Merkwürdiges«, bestätigte Maven.

»Ihr Mr. Rose scheint eine spezifische Abneigung gegen Buchmacher zu hegen, Mr. McKnight. Komisch, in seinen Briefen erwähnt er das nicht.«

Ich merkte, wie mir der Schweiß über den Rücken lief. Beide Männer hatten ihre Unterarme auf den Tisch gestemmt. Wenn sie ihr Gewicht verlagerten, schwappte mir der Kaffee aus der Tasse.

»Mir gefällt die Richtung nicht, die Sie der ganzen Sache geben«, erklärte ich. »Ein mordlüsterner Irrer terrorisiert mich seit einer Woche. Drei Männer sind tot, darunter der harmloseste Mann, der mir je begegnet ist. Aber statt nach dem Täter zu suchen, sitzen Sie hier bloß rum und nehmen mich ins Kreuzverhör, als sei ich Ihr Hauptverdächtiger.«

»Dies hier ist eine reine Unterhaltung«, sagte Maven. »Natürlich können wir Ihren Uttley anrufen, wenn Sie das wirklich wünschen. Wenn Sie wirklich der Meinung sind, Sie brauchten einen Anwalt, meine ich.«

»Ich brauche keinen Anwalt, Maven. Was ich brauche, ist, daß Sie endlich damit anfangen, Ihren Scheißjob zu tun.«

»Aber, aber, Mr. McKnight«, sagte Allen. »Sind solche Ausdrücke wirklich nötig?«

»Ihr zwei macht das hier nicht mal richtig«, sagte ich. »Richtig heißt das ›Guter Bulle/Böser Bulle‹, nicht ›Arschloch-Bulle/Blödmann-Bulle‹.«

»Nur weiter so, McKnight«, sagte Maven. »Bohren Sie ruhig noch etwas an dieser Stelle.«

»Wenn Sie sich nicht bald nach draußen bewegen und mit der Suche nach dem Kerl beginnen, schwöre ich bei Gott, Maven...«

»Sie schwören was, McKnight? Sie schwören, daß Sie mich wieder erwürgen wollen?«

Ich griff nach dem Becher und warf ihn an die Wand. Er traf die Fischkarte und zerbarst, so daß ein brauner Strom sich über das ganze County ergoß. Maven und Allen betrachteten mich nur und blinkten nicht einmal mit den Augen.

»Mann«, sagte Allen schließlich. »Hat der Kerl ein Temperament.«

»Er war früher Baseballspieler«, sagte Maven. »Hatte ich Ihnen das nicht erzählt?«

»Nein, hatten Sie nicht.«

»Aber ich nehme an, da hatte er einen besseren Arm.«

»Das hoffe ich doch stark. Das gerade war ein schwacher Wurf.«

»Er hat es auch nie bis in die großen Ligen geschafft«, erläuterte Maven.

»Schade drum«, meinte Allen.

»Statt dessen wurde er dann Polizist.«

»Das hatte ich mitbekommen.«

»Zum Detective hat er es aber nie gebracht«, sagte Maven. »Tatsächlich mußte er nach der Geschichte mit Rose den Dienst quittieren.«

»Ein weiteres Versagen, mit dem man fertig werden muß«, kommentierte Allen. »Es tut weh, daran zu denken.«

»Und da, denke ich mir, ist dann Folgendes passiert, Detective Allen, falls es Sie interessiert.«

»Aber auf jeden Fall, Chief Maven. Bitte fahren Sie fort.«

»Es ist kein Geheimnis, daß Edwin Fulton ein Problem mit dem Glücksspiel hatte. Mehr als einmal mußte er in der Tat von der Polizei aus der Reservation geschafft werden. Und da denke ich mir, hatte er auch Schwierigkeiten mit diesen Buchmachern.«

»Aber ich dachte, Fulton war ein wohlhabender Mann«, sagte Allen.

»Und ob«, bestätigte Maven. »Aber Sie wissen, wie unangenehm die werden können, wenn sie einen einmal in den Klauen haben. Vielleicht sahen sie in ihm eine leichte Beute.«

»Interessanter Gesichtspunkt.«

»Und da fragt nun Mr. Fulton seinen Freund McKnight, ob er ihm vielleicht bei seinen Problemen helfen kann. Vielleicht hat ja auch Mr. McKnight selbst diesen Leuten etwas geschuldet.«

»Könnte sein. Könnte sein.«

»Mr. McKnight kommt zu dem Ergebnis, daß es nur einen Weg gibt, das Problem zu eliminieren, und der ist, die beiden Buchmacher zu eliminieren.«

»Kommt mir ziemlich drastisch vor«, meinte Allen.

»Drastisch in der Tat«, meinte Maven. »Aber wir beide haben doch erlebt, wie Menschen aus viel geringeren Anlässen getötet worden sind. Und in diesem Fall hatte Mr. McKnight den perfekten Plan. Er würde sich selbst diese Briefe schreiben, damit es so aussähe, als ob Rose zurückgekehrt sei, um ihn zu terrorisieren.«

»Sehr originell. Aber all das, um zwei Gauner umzunieten?«

»Das könnte tiefer gehen«, sagte Maven. »Vielleicht half ihm die Sache mit Rose, ein tieferes Verlangen zu stillen. Eine Art Krankheit. Es muß hart gewesen sein, die ganzen Jahre mit sich auskommen zu müssen. Zu wissen, daß man wie gelähmt war, als es wirklich darauf ankam, und daß das deinen Partner das Leben gekostet hat.«

»Das muß die schiere Hölle gewesen sein«, meinte Allen.

»Natürlich ist das alles Theorie. Aber man kann damit sehr viel erklären. Zum Beispiel, daß die angeblichen Anrufe plötzlich aufhörten, als wir sein Telefon angezapft haben.«

»Und was ist mit Mr. Fulton? Was ist mit ihm passiert?«

»Ja, das ist das eigentlich Interessante«, erklärte Maven. »Nachdem McKnight die beiden Buchmacher getötet hatte, hat er plötzlich eine Idee. Vielleicht hat er sie erst jetzt, vielleicht hat er es aber auch die ganze Zeit so geplant.«

»Wollen Sie andeuten, daß Mr. McKnight Mr. Fulton umgebracht hat?«

»Er war letzte Nacht nicht in seiner Hütte. Er war unterwegs, um nach ihm zu suchen – Sie erinnern sich? Jedenfalls hat er das gesagt. Die ganzen andern Nächte, wenn wir einen Beamten draußen bei ihm hatten, ist nichts passiert. Dann ist er eine Nacht weg, und Fulton wird getötet: Diesmal entsorgt er die Leiche im See. Ich vermute, daß sie die Tatwaffe schon beseitigt hatten. Deshalb durfte man die Leiche nicht finden. Dann würde es nicht auffallen, daß er mit einer anderen Waffe umgebracht worden ist.«

»Die Rose im Boot war ein toller Dreh. Auch die blonden Haare.«

»Doch, das verdient Anerkennung.«

»Aber warum sollte er seinen besten Freund töten?«

»Na, Detective Allen, da bin ich aber erstaunt, daß Sie diese Frage überhaupt stellen. Weshalb bringt man seinen besten Freund um?«

»Ja natürlich«, meinte Allen. »Man bringt seinen besten Freund um, weil man dann die Frau des besten Freundes haben kann.«

Ich hatte genug gehört. »Wenn ihr Jungs bald fertig seid«, sagte ich, »gehe ich jetzt lieber. Das heißt, wenn ihr keinen guten Grund habt, mich hierzuhalten.«

»Wir können Sie nicht hierhalten«, sagte Maven. »Noch können wir keine Anklage erheben.«

»Und warum erzählen Sie mir dann das alles?« fragte ich.

»So viele Jahre bei der Polizei«, sagte Maven, »und Sie haben nie mitgekriegt, wie man einen Verdächtigen weichkocht?«

»Er hat es ja nie bis zum Detective geschafft«, sagte Allen. »Er hat diesen Kram nie gelernt.«

»Ein guter Punkt«, sagte Maven. »Er ist ja nie über Strafzettel wegen falschen Parkens rausgekommen.«

»Sagen Sie ihm doch, wie man das macht, Chief.«

»Manchmal, wenn man weiß, daß ein Verdächtiger schuldig ist«, erklärte Maven, »aber man nicht genug Beweise hat, lädt man ihn vor und breitet alles vor ihm aus.«

»Man sagt ihm, daß man weiß, daß er es war«, sagte Allen, »und daß er sich selbst verraten wird.«

»Man sagt ihm, daß man ihn im Auge behalten wird.«

»Man sagt ihm, daß es nur eine Frage der Zeit ist.«

»Aber man setzt ihn nur dann unter Druck, wenn man weiß, daß er dann zusammenklappt«, meinte Maven.

»Sonst«, sagte Allen, »vergeudet man nur seine Zeit.«

»Ich glaube nicht, daß wir in diesem Fall unsere Zeit vergeuden, McKnight.«

»Ich kann die Angst in seinen Augen sehen«, sagte Allen. Beide beugten sich vornüber, um mich zu fixieren. Sie kamen dicht genug heran, daß ich den Duft von Zigarren und Aftershave registrierte. »Können Sie es sehen, Chief Maven? Sehen Sie die Angst?«

»Und ob ich das kann, Detective Allen. Ich sehe sie in seiner ganzen Erscheinung.«

»Wissen Sie, wie eine Eule jagt, Mr. McKnight?« fragte Allen. Beide saßen lange schweigend da. Ich sagte nichts.

»Sie lauscht. Sie wartet.«

»Solang du dich nicht bewegst«, sagte Maven, »bist du sicher.«

»Aber wenn du dich bewegst«, sagte Allen, »hört sie dich.«

»Du willst ganz ruhig bleiben, McKnight. Aber das kannst du nicht.«

»Du weißt, daß die Eule da ist, daß sie wartet.«

»Du mußt laufen, McKnight. Du kannst gar nicht anders.«

»Du hast viel zu viel Angst, um nicht zu laufen.«

»Und dann stößt sie direkt auf dich nieder.« Maven schoß mit der Hand nach vorne und griff ein imaginäres Tier. »Und dann frißt sie dich.«

»Frißt dich zum Abendessen.«

»Ich kriege Appetit, wenn ich nur dran denke«, sagte Maven. Ich stand auf.

»Es war ein Vergnügen, Sie kennenzulernen«, sagte der Detective. »Wir sehen uns bald.«

»*Sehr* bald«, sagte Maven. »Ich stifte das Ketchup.«

Kapitel 15

Als Maven und Allen endlich mit mir fertig waren, rief ich Uttley an. Ich antwortete auf keine seiner Fragen. Ich sagte ihm nur, er könne kommen und mich abholen. Ich stand vor dem Polizeirevier und wartete auf ihn. Hinter dem Gerichtsgebäude sah ich die Schleusen und hinter ihnen die Brücke nach Kanada. Der Sturm hatte sich gelegt, aber die verbliebenen Wolken filterten das wenige Sonnenlicht zu einem unirdischen Schein. Alles sah falsch aus, und mir war übel.

Die Brücke bildet den nördlichen Endpunkt einer der längsten Autobahnen Amerikas, der Interstate 75. Fast zweitausend Kilometer kann man auf ihr stracks nach Süden fahren, aus Michigan raus, durch Ohio, Kentucky, Tennessee und Georgia bis nach Florida. Vergiß doch, was Maven vom Hierbleiben gesagt hat. Ich konnte einfach auf die Autobahn auffahren und los ging's. Und nie wieder zurückkommen.

Würde Rose mir folgen? Wie lange würde er wohl brauchen, um mich wieder ausfindig zu machen?

Endlich kam Uttley mit meinem Laster. »Mein Gott, Alex«, sagte er, als ich die Fahrertür öffnete, »was haben sie denn mit Ihnen angestellt?«

»Rutschen Sie rüber«, sagte ich nur.

Ich fuhr vom Parkplatz und dann quer durch die Stadt. Uttley sah mir eine Weile zu und fragte schließlich: »Wohin fahren wir?«

»In Ihr Büro.«

»Ich habe Mrs. Fulton gesagt, wir kämen zurück«, sagte er. »Und mein Auto steht noch am Casino.«

»Das holen wir später«, sagte ich.

Vor einer roten Ampel mußten wir eine geschlagene Minute lang warten. Ich schloß die Augen und holte tief Luft. »Wie steht's bei Ihnen?« fragte ich.

»Mrs. Fulton ist völlig durcheinander«, sagte er. »Ich glaube, das ist nur zu verständlich. Sylvia ist schließlich nach drinnen gekommen, hat sich aber geweigert, sich trocken anzuziehen. Als ich gegangen bin, stand sie am Fenster und blickte auf den See.«

Ich sagte nichts.

»Erzählen Sie mir jetzt, was auf dem Revier passiert ist?« fragte er.

»Sie glauben, daß ich Edwin umgebracht habe. Und alle anderen auch.«

»Wie bitte? Soll das ein Witz sein?«

»Das ist keineswegs ein Witz.« Ich erzählte alles, was passiert war.

Er hörte sich die ganze Geschichte an und schüttelte den Kopf.

»Sie haben also keine Anklage erhoben?« sagte er.

»Nein. Aber sie haben mich aufgefordert, die Stadt nicht zu verlassen ...«

»Verdammt noch mal, ich wußte doch, ich hätte mitgehen sollen.«

»Und was hätte das gebracht?«

»Sie brauchen einen Anwalt, Alex«, sagte er. »Das ist doch alles hirnrissig!«

»Ja, Sie haben recht, ich brauche Ihre Hilfe. Aber im Moment lasse ich mir wegen dieser beiden Clowns keine grauen Haare wachsen.« Ich war am Bürogebäude vorgefahren.

»Und was machen wir jetzt, Alex? Wieso sind wir hier?«

»Wir müssen noch mal im Gefängnis anrufen«, erklärte ich. Ich stieg aus und wartete auf ihn. Er saß da, rieb sich lange nachdenklich die Stirn und stieg dann aus dem Wagen.

Als wir in sein Büro kamen, setzte er sich hinter seinen Schreibtisch und sah auf die Uhr. Es war noch nicht einmal Mittag. Ich zuckte zusammen, als ich mich in seinen Besuchersessel setzte. Mir tat alles weh. Ich fühlte mich, als wäre ich hundert Jahre alt.

»Wo war noch mal die Nummer von dem Typen«, murmelte er. Er suchte in einem Stoß Papiere auf seinem Tisch und fand sie schließlich. Nachdem er gewählt hatte, stellte er auf Raumklang und legte den Hörer hin.

Eine Stimme meldete sich: »Strafvollzug, Browning.«

»Mr. Browning«, sagte Uttley. »Hier ist Lane Uttley aus Sault Ste. Marie. Wir haben vorgestern miteinander telefoniert.«

»Ich weiß, Sie fragten nach einem unserer Insassen.«

»Maximilian Rose«, sagte er, wobei er mich ansah. »Mr. McKnight ist hier bei mir im Büro. Es tut uns leid, daß wir Sie schon wieder belästigen müssen, aber die Sache hat sich zugespitzt. Ich meine, wir hatten ... äh ...«

Ich griff zum Hörer. »Hier ist McKnight«, meldete ich mich. »Ich bitte Sie, mir sehr sorgfältig zuzuhören. Ich habe gute Gründe anzunehmen, daß Maximilian Rose in unserer Gegend ist und daß er für drei Morde verantwortlich ist.«

»Das ist völlig unmöglich«, sagte Browning. »Der Mann ist hier im Gefängnis. Das hatten wir doch alles schon mal.«

»Mir ist es egal, ob wir das alles schon mal hatten«, erwiderte ich. »Sie müssen mir glauben. Irgend etwas stimmt da bei Ihnen nicht. Ich weiß nicht, wie das passiert ist, aber ich glaube nicht, daß Rose der Mann ist, der bei Ihnen einsitzt.«

»Mr. McKnight, ich habe das Mr. Uttley bereits gesagt und jetzt sage ich es Ihnen: Ich habe mir persönlich das polizeiliche Foto des Mannes genommen und bin hingegangen und habe mich vor die Zelle dieses Mannes gestellt. Er trägt jetzt einen ziemlich langen Bart, aber ...«

»Wie? Einen Bart? Von einem Bart hat mir bislang niemand etwas gesagt.« Ich sah Uttley an, doch der zuckte nur mit den Schultern.

»Ja, der Mann hat jetzt einen Bart. Aber es ist derselbe Mann.«

»Wie können Sie da so sicher sein?« fragte ich. »Dann muß er doch ganz anders aussehen. Ich meine, wer er auch ist. Er kann doch gar nicht aussehen wie auf seinem Foto!«

»Mr. McKnight.« Ich hörte, wie er mühsam seinen Ärger bezwang. Er sprach mit mir so langsam wie mit einem Kind. »Wenn ich mit dem Rasieren aufhörte, hätte ich in einem Monat einen Bart. In einem Jahr hätte ich einen *langen* Bart. Aber ich wäre immer noch derselbe Mann.«

»Und warum will er mich nicht sehen? Können Sie mir das erklären?«

»Ich weiß nicht, wieso er Sie nicht sehen will. Das spielt auch keine Rolle. Wir können ihn nicht zwingen.«

»Ich möchte, daß Sie mir sein polizeiliches Foto faxen«, sagte ich. »Und dann möchte ich, daß Sie ein Polaroid-Foto von dem Mann in der Zelle machen und mir das auch zufaxen. Ich gebe Ihnen Uttleys Faxnummer.«

»Wenn die Polizei dies beantragt, werde ich das machen, Sir.«

»Ich glaube nicht, daß das der Fall sein wird«, sagte ich. »Wieso können Sie es nicht einfach für uns tun?«

»Wenn da bei Ihnen polizeiliche Ermittlungen in Mordfällen laufen und Sie denken, daß Rose damit zu tun hat, wieso höre ich dann nichts von der Polizei?« sagte er. »Sie müssen zugeben, daß das verdammt komisch wirkt.«

Ich wußte nicht, was ich sagen sollte. Die Polizei ruft Sie nicht an, weil sie glaubt, ich selbst sei der Täter? Ob mir das weiterhelfen würde?

»Ich habe nicht die Zeit, das zu erklären«, sagte ich. »Bitte, Sie müssen mir glauben. Drei Leute sind tot.«

»Veranlassen Sie, daß die Polizei bei mir anruft.«

»Ich flehe Sie an«, sagte ich.

»Tut mir leid.«

»Dann scheren Sie sich zum Teufel.« Ich knallte den Hörer auf.

Ich saß da und starrte auf den Boden. Auch Uttley sagte eine ganze Weile nichts. Schließlich nur: »Was nun?«

»Wir fahren jetzt zu Ihrem Auto«, sagte ich. »Dann können Sie zu den Fultons zurückfahren.«

»Kommen Sie nicht mit?«

»Nein. Ich glaube nicht, daß das sinnvoll wäre.«

»Und was werden Sie machen?«

»Ich werde versuchen, ihn zu finden.«

»Wo?« fragte er.

»Ich weiß nicht. Überall.«

»Die Polizei sollte das tun.«

»Sie tut's aber nicht.«

»Lassen sie wenigstens den Posten vor Ihrer Hütte?«

»Nein«, antwortete ich. »Warum sollten sie?«

»Verdammt noch mal«, sagte er. »Ich rufe diesen Arsch auf der Stelle an!«

»Lassen Sie's.«

»Wie?«

»Ich will keinen Posten mehr da haben.«

»Und warum nicht?«

»In seinem Brief hat Rose geschrieben, er wüßte, daß der Mann da ist. Ich weiß nicht wie, aber er hat es gewußt.«

»Ich verstehe überhaupt nichts«, sagte er.

»Verstehen Sie das nicht? Es ist für einen Beamten zu gefährlich, da in seinem Auto Wache zu schieben, wenn Rose Bescheid weiß.«

»Aber was passiert, wenn er aufkreuzt?«

»Dann werde ich ihn erwarten«, sagte ich.

»Alex, das können Sie nicht machen. Nicht auf diese Weise. Wenigstens ich werde dasein.«

»Nein«, sagte ich. »Das ist eine Angelegenheit zwischen ihm und mir.«

»Sehen Sie doch mal in den Spiegel!« sagte er. »Warum lassen Sie mich nicht wenigstens eine Nacht in Ihrer Hütte sein, damit Sie etwas Schlaf kriegen?«

»Ich brauche keinen Schlaf. Ich schlafe, wenn das alles vorbei ist.«

Er versuchte es noch eine Zeitlang, aber er wußte, daß er sich nicht durchsetzen würde. Ich brachte ihn dann zum Casino, wo er seinen Wagen abholte. Er wollte dann noch mit mir nach Rose suchen, aber ich konnte ihn überzeugen, daß Mrs. Fulton und Sylvia ihn heute nötiger hätten als ich. Ich weiß nicht, ob er mir das geglaubt hat, jedenfalls ließ er mich dort stehen und fuhr zurück zu ihrem Haus.

Ich sah mich im Bay Mills Casino nach Vinnie um. Ich dachte mir, daß er der Richtige sei, um den Anfang zu machen. Er hatte Edwin an jenem Abend gesehen. Vielleicht hatte er jemanden in seiner Begleitung gesehen. Ansonsten konnte er mir wenigstens die Männer zeigen, die Edwin aus dem Kasino geschafft hatten. Vielleicht hatten die jemanden gesehen.

Jemanden.

Wie hatte er mich gefunden? Wie lange war er schon hier? Hatte er mich beobachtet? Wenn es mir jemals vor den letzten Ereignissen in den Sinn gekommen wäre, in den Rückspiegel zu schauen, hätte ich ihn dann im Wagen hinter mir gesehen? Das kleine Restaurant neben Uttleys Büro, wo ich öfter frühstücke, nachdem ich bei ihm gewesen bin, hatte er da vielleicht an einem Tisch gegenüber gesessen und mir beim Essen zugeschaut? Hätte ich die Zeitung weggelegt und zu ihm hingeblickt, hätte ich ihn dann überhaupt erkannt?

Ich konnte Vinnie an keinem der Siebzehnundvier-Tische entdecken, und so stand ich einige Minuten nur so da und sah dem Betrieb zu. Ich sagte mir, ich wartete darauf, daß Vinnie seinen Dienst anträte. Aber das war eine Lüge. In Wirklichkeit stand ich lediglich weiter dort herum, weil ich keine Ahnung hatte, was ich jetzt machen sollte.

Als ich schließlich das Casino verließ, stieg ich in meinen Wagen und fuhr die Küste entlang nach Westen, dorthin, wo man das Boot gefunden hatte. Die Stelle war so gut wie jede andere. Beginne am Ende, gehe von da aus zurück. Beim Fahren versuchte ich mir vorzustellen, wie es passiert war. Sein Wagen ist neben dem Bungalow gefunden worden, also mußte Edwin diese Straße hier entlanggefahren sein. War er allein? Ich konnte mir keinen Grund denken, warum er hierherfahren sollte. War Rose mit ihm im Wagen? Edwin fuhr, Rose sitzt neben ihm und drückt ihm eine Pistole in die Rippen? Vielleicht war ja Rose gefahren. Edwin lag vielleicht auf dem Rücksitz und war schon tot. Aber es war kein Blut zu sehen gewesen, als Uttley und ich in den Wagen geschaut hatten.

Der Kofferraum. Er war im Kofferraum gewesen. In diesem Moment nahmen sie wohl auf dem Revier seinen Mercedes unter die Lupe und öffneten den Kofferraum. Wieviel Blut von Edwin würden sie finden?

Ich versuchte den Gedanken aus meinem Kopf zu verscheuchen, hatte damit aber wenig Glück. Ich mußte weiter an Edwins Blut denken.

Als ich zu der Stelle kam, wo wir das Boot gesehen hatten, fuhr ich die lange Zufahrt entlang und hielt vor dem Ferienhaus. Es war immer noch verlassen. Bis zum nächsten Sommer würde hier niemand mehr hinkommen. Auf dem Dach war eine Wetterfahne. Ich hatte sie vorher nicht bemerkt. Sie drehte sich wie irr im Wind.

Ich stieg aus dem Wagen und ging langsam zum Ufer. Das Boot war verschwunden. Sie hatten es sichergestellt, genau wie das Auto. Nicht einmal eine Spur war zu sehen, nichts, was einem erzählen konnte, was hier geschehen war.

Ich sah aufs Wasser hinaus. Der Regen hatte aufgehört. Hoch oben wanderten Wolken über den Himmel. Der Wind biß mir ins Gesicht. Ich hatte das Gefühl, alle Wärme sei aus der Welt verschwunden. Ich hatte das Gefühl, mir würde nie wieder warm werden.

Hoffentlich hatte er nicht leiden müssen. Ich hoffte, daß er schon tot war, als er hier ankam. Nur eine Leiche, die im See entsorgt werden sollte. Ich hoffte, daß er nicht noch blutend im Boot gelegen und zugesehen hatte, wie Rose sich beim Rudern abmühte. Ich hoffte, daß er nicht gewußt hatte, daß sein Leben bald vorbei wäre, daß er bald den Schock des eiskalten Wassers spüren würde, daß er bald mit aller ihm noch verbliebenen Kraft kämpfen müßte und daß diese Kraft nicht ausreichen würde.

Warum mußte er von allen Menschen ausgerechnet auf Edwin verfallen. Mit allem Geld der Welt war er dennoch der hilfloseste Mann gewesen, der mir je begegnet war. Ich hätte ihn gerne gehaßt, weil er mit Sylvia verheiratet war, aber das war mir nie gelungen. Ich mußte an jenen Abend in der Kneipe denken, als er mir gesagt hatte, ich sei der einzige richtige Freund, den er jemals gehabt habe. Alle andern hätten es nur auf sein Geld abgesehen, hatte er gesagt.

Der einzige richtige Freund, den er jemals gehabt habe. Ich hatte seine Frau gefickt, und dann war ein Wahnsinniger aus meiner Vergangenheit von weither gekommen und hatte ihn umgebracht.

Rose finden. Das ist das einzige, was man noch tun kann. Das einzige, was *du* noch tun kannst. Finde Rose.

Irgendwo mußte er sich aufhalten. Ging man von den Anrufen und den Briefen aus, wagt er sich tagsüber kaum nach draußen. Aber er muß essen. Ich blickte die Küste hinauf und hinunter. Von dort, wo ich stand, konnte ich keine weiteren Ferienhäuser sehen, aber ich wußte, daß sie zerstreut im Wald lagen. Er konnte in eins von ihnen eingebrochen haben. Vielleicht gab es sogar Vorräte dort. Und in dieser Jahreszeit würde ihn keiner finden. Aber hier in der Gegend gab es Hunderte von Ferienhäusern. Es würde Wochen dauern, sie alle durchzuchekken.

Aber nein, er würde nie in ein Ferienhaus einbrechen. Irgendwie war mir das klar. Ich versuchte, wie er zu denken, die Welt durch seine Augen zu sehen. Überall um dich herum nur böse Aliens. Keinem kannst du trauen. Du verbirgst dich während des Tages. Wo verbirgst du dich. An einer sicheren Stelle. Hinter einer massiven Tür mit einem guten Schloß. Mir fiel ein, wie lange wir vor seiner Wohnungstür hatten warten müssen, bis er all die vielen Schlösser aufgeschlossen hatte. Wenn du irgendwo eingebrochen hast, dann ist die Tür kaputt. Oder das Fenster. Du kannst es nie wieder hinter dir schließen und verriegeln.

Ich ging zum Wagen zurück. Er lebt in einem Motel. Das Schloß in der Tür reicht zwar nicht, weil der Mann an der Rezeption einen Schlüssel hat und das Zimmermädchen auch einen. Aber es gibt einen Riegel an der Tür. Etwas, was nur von innen geöffnet werden kann.

Ich fuhr rückwärts aus der Einfahrt heraus und kehrte zum Soo zurück. Dort tötete er Bing, nachdem er ihn in der Kneipe gesehen hatte. Und das Restaurant, hinter dem er Dorney ermordet hatte, lag nur wenige Blocks entfernt. Vielleicht hielt er sich an dieser Seite der Stadt auf, in der Nähe der Brücke. Das machte Sinn. Jedenfalls soviel und sowenig Sinn wie alles andere.

Ich fuhr in die Stadt und zählte alle Motels auf. Der Touristenschwarm des Sommers hatte sich längst verlaufen. Jetzt waren wohl zumeist Jäger hier. Würde Rose unter dieser Klientel auffallen? Würde sich der Mann an der Rezeption an ihn erinnern? Der erste Mord war – wie bitte? – erst sieben Tage her. Wie lange davor war er schon hiergewesen? Wie lange hatte er mich beobachtet?

Ich arbeitete mich durch die Stadt durch und hielt an jedem Motel, das ich finden konnte. Viel half mir das nicht bei meiner Arbeit. Ich hatte kein Abzeichen. Nicht einmal ein Bild zum Zeigen. Nur eine vage Beschreibung. Ein merkwürdiger Mann, Augen, die Sie nicht so bald vergessen. Vielleicht trägt er eine Perücke, vielleicht aber auch nicht. Na klar, mit Perücke würden Sie sich an ihn erinnern. Vielleicht seit einer Woche in der Stadt, vielleicht auch länger. Ich muß selbst sehr merkwürdig ausgesehen haben. Ich hatte nicht geschlafen, ich war nicht rasiert. Ich hatte noch die Sachen vom Vortag an, und mein Hemd war einmal naßgeregnet worden und dann am Körper in zahllosen Falten getrocknet.

Die meisten Angestellten an der Rezeption waren freundlicher, als ich mit Recht erwarten konnte, und sie schienen mir auch zu glauben, daß ich Privatdetektiv sei. Auch ohne Visitenkarte. Aber keiner hatte jemanden mit einer blonden Perücke oder mit Augen gesehen, die man nicht so schnell vergessen würde.

Es kostete mich einen ganzen Tag, mich bis zur Westseite der Stadt und dann hinaus an die Ausfallstraße durchzuarbeiten. Ich verlor die Übersicht, wie viele Hotels ich schon besucht haben mochte. Hätte ich sie im Kopf überschlagen, hätte mich das vielleicht entmutigt. Aber ich hatte auf diese Weise etwas zu tun. Etwas außer Warten. Am Riverside Motel fuhr ich vorbei, wo alles angefangen hatte. Ich glaubte nicht, daß Rose dort wohnte. Er hatte Bing in der Kneipe gesehen und war ihm dann vermutlich zu seinem Motelzimmer gefolgt. Wenn Rose hier ebenfalls wohnte, wäre dies ein zu großer Zufall. Aber vorbei fuhr ich trotzdem. Ich mußte es schlicht wiedersehen. Es war geschlossen, und ein großes »Zu Verkaufen«-Schild klebte im Bürofenster.

Ich fuhr auf den leeren Parkplatz und saß dort eine ganze Weile. Den größten Teil des Tages hatte ich mit der Suche nach ihm zugebracht, aber jetzt gingen mir die Ideen aus.

Moment mal, dachte ich. Ich hatte im Soo angefangen, weil dort die Morde passiert waren, und dann hatte ich mich nach Westen vorgearbeitet. Vielleicht war das die falsche Richtung. Rose hat mich irgendwie ausfindig gemacht und weiß, daß ich in Paradise lebe. Also wohnt er vielleicht auch in Paradise. Es war einen Versuch wert.

Ich fuhr um die Bucht herum rauf nach Paradise. Auf dem Weg hielt ich noch einmal am Kasino. Vinnie war da, aber er konnte mir auch nicht weiterhelfen. Er hatte keinen Verdächtigen gesehen. Er führte mich auch zu den Sicherheitskräften, die Edwin zur Tür hinauskomplimentiert hatten, aber auch sie waren keine Hilfe.

Paradise ist eine kleine Stadt, aber es gibt genügend Fremdenverkehr, um ein Dutzend Motels zu tragen, lauter kleine Familienbetriebe, acht bis zehn Zimmer mit Blick auf den See. In der Lobby Broschüren des Shipwreck Museum und des Tanquamenon State Park, mit Tips zum Wandern im Sommer, Jagen im Herbst und Snowmobil-Fahren im Winter. Die meisten Eigentümer kannte ich, zumindest so gut, um ihnen zuzunikken, wenn ich sie im Postamt traf. Aber keiner von ihnen konnte mir helfen. Sollte Rose in Paradise sein, versteckte er sich verdammt gut.

Die Sonne ging soeben unter. Ich hielt am Glasgow und wollte dort etwas essen, meine Gedanken ordnen und mich auf eine weitere lange Nacht des Wartens einstellen. Einige der Stammgäste waren da, aber keiner von ihnen sprach mich an. Sie hatten wohl alle von dem Brief gehört, den man für mich dort abgegeben hatte, und daß Maven und ich auf dem Parkplatz aufeinander losgegangen waren. Und von Edwin. Jackie stellte einen Teller vor mich, packte mich freundschaftlich an der Schulter und ließ mich dann allein.

Es war schon dunkel, als ich nach Hause kam. Ich ging einmal um die Hütte, bevor ich eintrat. Ich hatte keine Vorstellung, was ich da vorfinden mochte. Es erschien mir nur angemessen, so vorzugehen. Drinnen blickte ich auf den Apparat, der immer noch ans Telefon angeschlossen war. Ich griff zum Walkie-talkie, schaltete es ein, lauschte dem statischen Rauschen und Knacken und schaltete es wieder ab. Diese Vorrichtungen halfen mir nun nicht mehr. Ich war überrascht, daß Maven mich noch nicht aufgefordert hatte, sie zurückzugeben. Er mußte es vergessen haben. Vielleicht sitzt er jetzt gerade zu Hause vor dem Fernseher, überlegte ich mir, und schlägt sich an die Stirn. Verdammt noch mal, sagt er zu seiner Frau, ich hab doch glatt vergessen, von McKnight die Telefonmaschine und das Funkgerät zurückzufordern. Immerhin ist das Polizeieigentum.

Die Pistole lag noch auf dem Tisch neben dem Bett. Ich nahm sie auf und hielt sie in der Hand.

Es gab nichts, was ich sonst noch tun konnte, außer hier sitzen und warten. Ansonsten war Rose am Zug.

Ich setzte mich eine Weile aufs Bett, aber dann merkte ich, daß das ein Fehler war. Man schlief dort zu leicht ein. Ich stand auf und setzte mich auf einen der harten Holzstühle am Küchentisch. Die Zeit verging langsam. Ich sah auf die Uhr. Es war noch nicht mal elf. Ich stand auf und blickte aus dem Fenster, sah dort aber nichts als mein eigenes Spiegelbild. Ich schaltete alle Lichter drinnen aus und versuchte es noch einmal. Das einsame Licht draußen über meiner Eingangstür konnte nicht viel ausrichten. Ich konnte den Rand der Straße sehen, meinen Wagen, den Holzstapel und die ersten Kiefern. Dahinter erstreckte sich der Wald in alle Richtungen. Der Mond war nur ein Gerücht hinter den Wolken.

Alles war still. Die Grillen waren längst verschwunden, die Waldfrösche hielten Winterschlaf. Kein Wind. Die Bäume rührten sich nicht.

Ich lehnte mich im Stuhl zurück. Nicht lange, und mein Kopf wurde schwer. Uttley hatte recht, ich brauchte Schlaf. Ich hätte ihn besser eine Nacht hier verbringen lassen.

Vielleicht kann ich ihn ja noch anrufen. Vielleicht kann ich Uttley anrufen. Das Telefon. Nimm das Telefon. Nimm den Hörer ab und ruf ihn an. Ich nehme jetzt den Hörer ab.

Ich sah, wie ich den Hörer aufnahm. Es war Blut daran. Ich entdeckte das Blut an meinen Händen. Eine Lache davon war auf dem Boden. Überall Blut.

Das ist ein Traum. Ich muß aufwachen. Ich darf jetzt nicht schlafen. Ich darf nicht schlafen.

Ich hebe meinen Kopf vom Tisch. Ich bin nicht in meiner Hütte. Vor mir ist ein Fenster. Ich stehe auf und sehe hinaus. Da ist ein großer Hof. Vier große Wände darum, darin tausend Fenster. Mitten im Hof steht ein Mann. Ich kann ihn kaum sehen, so

199

riesig ist der Hof. Er hat mir den Rücken zugekehrt. Er hat sich über etwas gebeugt.

Er wendet sich um und sieht mich an. Unter tausend Fenstern hat er meins herausgefunden. Er sieht mich direkt an. Ich sehe, daß er ein Messer geschliffen hat, auf einem altmodischen Schleifstein. Zärtlich fährt seine Hand über die Klinge, während er mich ansieht.

Ich laufe. Ich bin in einem Flur. Es ist der Flur des Apartmenthauses in Detroit. Ich laufe an hundert Türen vorbei und öffne dann eine. Franklin liegt auf dem Boden. Er ist über und über voll Blut, aber er sieht zu mir hoch. Verlaß mich hier nicht, sagt er. Die Wände sind mit Aluminiumfolie bedeckt.

Ich schließe die Tür. Ich höre, wie Franklin mir etwas nachruft, während ich schon weglaufe. Meine Beine versagen. Ich kann nicht schnell genug laufen. Der Flur endet nie.

Schließlich öffne ich eine weitere Tür. Edwin ist dort; er liegt auf einem weißen Tisch. Er ist naß und mit Tang bedeckt. Ich blicke auf ihn herab und sage, daß es mir leid tut. Er will die Augen öffnen. Aber er hat keine Augen. Die Fische haben sie gefressen.

Man hämmert an die Türe. Edwin greift nach mir. Er kann nicht sehen, aber seine Hände finden meinen Arm. Er zerrt an mir, während ich versuche, von der Tür zurückzuweichen.

Das Hämmern wird stärker. Stark genug, um die Tür einzuschlagen. Bald wird er hier sein. Ich kann mich nicht länger vor ihm verstecken.

Ich erwachte.

Ich saß an meinem Küchentisch. Kein Geräusch außer meinem Atem und dem schwachen Ticken einer Uhr.

Und dann das Hämmern an der Türe.

Ich springe vom Stuhl auf. Meine Pistole. Wo ist meine Pistole?

Das Hämmern geht weiter.

Verdammt noch mal, meine Pistole. Ich weiß nicht, wo sie

ist. Nicht auf dem Tisch, nicht auf dem Nachttisch. *Wo zum Teufel ist meine Pistole?*

Hämmern, Hämmern.

Da, unterm Küchentisch. Ich hatte sie in der Hand gehalten, als ich eingeschlafen war. Runter auf Hände und Knie, schnapp dir die Pistole. Überprüf sie. Alles klar. Steh wieder auf. Geh zur Tür.

Das Hämmern hörte auf.

Ich stand lauschend an der Tür.

Stille.

Ich wartete. Nichts.

Ich hob die Pistole und entriegelte die Tür. Öffnete sie einen Spalt und sah in die Nacht hinaus.

Sylvia sah zu mir hoch. »Alex.«

Sie trug dieselben Kleider, den Pullover, den ich an ihr gesehen hatte, als ich sie vom Fenster aus beobachtet hatte.

Er war jetzt trocken, aber sie trug immer noch keinen Mantel. Ich spürte, wie sie zitterte, als ich sie bei den Schultern packte und nach drinnen zog. »Was machst du hier?«

Sie sagte nichts. Sie stand nur da und sah sich in meiner Hütte um. In der ganzen Zeit, die wir zusammengewesen waren, war sie nie hier gewesen.

Ich griff nach einer Decke und hüllte sie ein. »Setz dich«, sagte ich. »Ich mach dir 'nen Tee oder sonstwas.«

Sie setzte sich an den Tisch, auf den Stuhl, auf dem ich gerade geschlafen hatte.

»Es ist nicht richtig, daß du hier bist«, sagte ich, während ich Wasser auf den Herd stellte. »Du solltest zu Hause bei Edwins Mutter sein.«

»Sie ist weg«, sagte Sylvia und starrte vor sich hin ins Leere.

»Was?«

»Sie ist zurück nach Grosse Pointe. Sie hat gesagt, sie halte es hier keine Minute mehr aus.«

»Aber was ist mit ... ich meine, wenn sie ihn finden?«

»Dann schicken sie ihn dahin«, sagte sie. »Da soll auch die Trauerfeier sein.«

Ich wußte nicht, was ich sagen sollte. Ich stand nur da und sah dem Teewasser zu. Es war still in der Hütte, bis das Wasser schließlich zu kochen begann.

»Wo ist Uttley?«

»Ich habe ihn weggeschickt«, sagte sie. »Ich mag ihn nicht. Wie kannst du überhaupt für ihn arbeiten? Auf mich wirkt er wie ein Gebrauchtwagenhändler.«

»Sylvia, was ist das alles für eine Scheiße!«

»Was, Alex?« Jetzt erst sah sie mich an. »Was?«

»Ich weiß es nicht«, sagte ich. »Es tut mir leid.«

»Was tut dir leid?«

»Alles«, erklärte ich. »Einfach alles.«

Sie wollte etwas sagen, schüttelte dann aber nur den Kopf und starrte wieder vor sich.

»Er ist weg«, sagte sie. »Er ist wirklich weg.«

»Ja.«

»Genau das habe ich mir immer gewünscht«, sagte sie. »Jede Nacht habe ich mir das gewünscht.«

»Sylvia, sag das doch nicht.«

»Es stimmt, Alex. Ich wollte, daß er für immer verschwindet. Und jetzt ist er das.«

»Aber da bist du nicht schuld dran.«

»Das meine ich aber, Alex. Ich meine, ich habe es mir so dringend gewünscht, daß es schließlich passiert ist. Und weißt du, was das Komische ist? Ich empfinde nichts. Wenn ich ein schlechter Mensch wäre, würde ich mich jetzt freuen. Wenn ich ein guter Mensch wäre, hätte ich Schuldgefühle. Aber ich spüre beides nicht. Ich bin bloß ... nicht mal das weiß ich. Ich empfinde einfach nichts.«

»Du stehst noch unter Schock«, meinte ich. »So was dauert seine Zeit.«

»Und du bist da und hilfst mir, nicht wahr? Ist es das, worauf du hinauswillst? Jetzt, wo er fort ist? Jetzt, wo ich nicht mehr die Frau deines Freundes bin?«

»Das habe ich nicht gemeint.«

»Und ob du das hast, verdammt noch mal!« sagte sie. Sie warf die Decke von den Schultern und stand auf. »Wieso bin ich überhaupt hierhergekommen? Was zum Teufel mache ich hier?« Sie sah sich um. »Weißt du eigentlich, was du für eine beschissen winzige Hütte hier hast, Alex? Ich glaube, mein Badezimmer ist größer als dieser Stall.«

»Sylvia, bitte, laß das!«

»Ich hätte wissen müssen, daß sie winzig ist. Du hast sie doch selbst gebaut? Wundert mich, daß sie überhaupt noch steht!«

»Ich sagte, laß das.« Ich ging zu ihr und packte sie an den Schultern. Dieses Mal drückte ich etwas fester zu.

»Laß mich los«, sagte sie.

Ich sah sie nur an.

»Laß mich los«, wiederholte sie. Aber sie wehrte sich nicht. Sie versuchte nicht, sich mir zu entwinden.

Ich betrachtete ihre Augen, ihr Haar, ihren Mund. Ich spürte die Wärme ihres Körpers. Ich wollte sie mehr denn je.

Sie stand nur. Ich hatte keine Ahnung, was sie denken mochte. Ihr Blick verriet nichts.

»Du wärst besser nicht hier«, sagte ich schließlich. »Hier ist es nicht sicher.«

»Was meinst du mit nicht sicher? Da draußen ist ein Polizist und hält Wache.«

»Nein«, sagte ich.

»Aber doch«, widersprach sie. »In dem normalen Auto. Versteckt im Wald.«

»Nein, Sylvia. Der ist da nicht mehr.«

»Doch, ist er«, sagte sie. »Ich habe ihn doch gesehen.«

»Wovon sprichst du? Wann hast du ihn gesehen?«

»Heute abend«, sagte sie. »Gerade eben, meine ich. Als ich vorgefahren bin. Jetzt im Moment ist er da draußen.«

203

Kapitel 16

Die Angst beschlich mich. Ich konnte sie durch nichts aufhalten. Ich spürte, wie sie von meinem Inneren Besitz ergriff, kalt und lebendig. »Sylvia, bitte«, sagte ich. »Sag mir genau, was du gesehen hast. Hast du jemanden in dem Auto gesehen?«

»Nein«, sagte sie, »nur das Auto. Ich weiß nicht, was für ein Typ. Einfach ein Auto. Und besonders gut versteckt war es auch nicht. Gut die Hälfte konnte man sehen.«

»Wo? Wo ist der Wagen genau?«

»Direkt da draußen«, sagte sie. Sie wollte zum Fenster.

»Bloß nicht!« Ich packte sie. »Bleib vom Fenster weg!«

»Was ist denn mit dir los?«

»Das ist kein Polizist, Sylvia.« Ich hielt sie jetzt so, daß ich ihr in die Augen sehen konnte. »Das ist kein Polizist da draußen.«

In ihr ging eine Veränderung vor. Ich spürte, wie die Wut sie verließ. »Wer ist es?« fragte sie.

»Es könnte Rose sein«, sagte ich.

»Das ist der Mann, der dich niedergeschossen hat?«

»Ja.«

»Das ist der Mann, der ...« Sie vollendete den Satz nicht.

»Ich denke ja«, sagte ich.

»Warum ist er hier?«

»Ich weiß es nicht.«

Sie blickte zum Fenster. »Was wirst du jetzt machen?«

»Ich werde die Polizei anrufen«, sagte ich. »Setz dich auf den Boden.«

»Warum soll ich da runter?« fragte sie. Die Furcht hatte jetzt auch sie ergriffen. Ich hörte sie in ihrer Stimme.

Ich zog sie hinter das Sofa. »Setz dich einfach hierhin.«

»Alex, das wird jetzt aber unheimlich.«

»Ich rufe auf der Stelle die Polizei an«, sagte ich. Ich hob den Hörer ab.

Nichts. Das Telefon war tot. Ich stand da und sah es an. »Ich kann es nicht glauben.«

»Was ist los?«

»Er hat die Leitung durchgeschnitten. Er hat wirklich die verfluchte Telefonleitung durchgeschnitten.«

»Alex, jetzt wird es aber *verdammt* unheimlich.«

Ich sagte nichts.

»Alex …«

Ich nahm die Pistole vom Tisch und knipste das Licht in der Küche aus. Eine Taschenlampe hing an der Wand. Ich nahm sie und löschte dann die Nachttischlampe. Die Hütte war jetzt dunkel bis auf einen schwachen Schimmer, der vom Außenlicht über der Tür durchs Vorderfenster fiel.

»Alex, was sollen wir jetzt machen?«

Ich kniete nieder. »Wir warten ein paar Minuten, damit unsere Augen sich an das Dunkel gewöhnen.«

Sie legte die Arme um ihre Knie.

»Moment«, sagte ich. »Ich bin sofort wieder hier.«

»Wo willst du hin?« Sie packte mich am Arm.

»Ich sehe nur mal aus dem Fenster.«

Ich kroch zum vorderen Fenster und schielte über die Fensterbank. Die Außenlampe erhellte die Lichtung vor der Hütte und die erste Reihe Kiefern. Auf der rechten Seite der Lichtung, direkt an der Straße, konnte ich die vordere Hälfte seines Wagens sehen. Er war überhaupt nicht versteckt. Jeder konnte ihn sehen. Aber man konnte nicht erkennen, ob jemand im Wagen saß. Auf der linken Seite der Lichtung sah ich den Holzstapel, meinen Kleinlaster und Sylvias schwarzen Jaguar.

Bei beiden war die Motorhaube hochgeklappt.

Ich kroch zu Sylvia zurück. »Als du vorgefahren bist, war da an meinem Laster die Motorhaube oben?«

»Ich kann mich nicht erinnern«, sagte sie. »Ich glaube nicht.«

»Du hast deinen Wagen nicht abgeschlossen?«

»Nein, hab ich nicht. Alex, wovon sprichst du?«

»Er hat beide Motorhauben hochgestellt«, sagte ich. »Vermutlich hat er die Verteilerkappen rausgenommen oder so was. Offensichtlich will er nicht, daß wir irgendwohin fahren.«

»Und jetzt?«

Ich dachte nach. Irgendwo da draußen war er. Er wußte, daß Sylvia bei mir in der Hütte war. Kein Telefon. Kein Fahrzeug. Meine anderen Hütten lagen fünfhundert Meter weiter am Holzweg. Aber sie hatten sowieso kein Telefon. Das nächste Telefon war in Vinnies Hütte. Die lag fast einen Kilometer in der anderen Richtung, an der Hauptstraße. Wenn ich mich aus der Hintertür schlich, konnte ich sie erreichen, aber ich wollte Sylvia nicht alleine lassen. Und nach draußen mitnehmen wollte ich sie auch nicht. »Ich denke, wir sollten uns eine Weile still verhalten«, sagte ich. »Sehen, was er macht.«

»Und wenn er hier reinkommen will?«

»Dann erschieße ich ihn.«

»Mir gefällt das nicht.«

»Ich bin auch nicht gerade hingerissen.«

Sie lehnte ihren Rücken gegen die rohen Stämme der Wand. Eine lange Minute verging, dann eine weitere, und dann verlor ich völlig das Zeitgefühl. Es gab nur noch uns zwei, wir saßen auf dem Boden hinter meiner Couch und lauschten der Stille.

Endlich ein Geräusch. Ein Motor wurde angelassen, Röhren und Rattern. Der Wagen brauchte einen neuen Auspuff. Dann hörte man den Wagen auf dem Holzweg. Das Geräusch wurde leiser und leiser und war dann gar nicht mehr zu hören.

»Ich glaube, er ist weg«, sagte ich. »Er ist gerade losgefahren.«

»Warum sollte er das machen?«

»Wer weiß? Der Kerl ist verrückt.«

»Aber wieso sollte er einfach wegfahren?«

»Sylvia, er ist absolut knatschverrückt. Es gibt niemals einen Grund für das, was er tut.«

»Bist du sicher, daß er es war?«

»Muß wohl«, meinte ich. »Wer soll es sonst gewesen sein?«

»Und was machen wir jetzt?«

»Hierbleiben«, sagte ich. Ich ging wieder zum Fenster und sah nach draußen. Nichts. Sein Wagen war verschwunden. Ich schaltete das Außenlicht aus. Wir waren jetzt völlig im Dunkeln.

»Alex, warum machst du das denn?«

»Ich will nachsehen, was er mit unsern Wagen angestellt hat. Aber dabei soll das Licht nicht an sein. Ich nehme die Taschenlampe.«

»Geh da nicht raus!«

»Sylvia, wenn ich einen der beiden Wagen ans Laufen kriege, fahre ich hier an der Türe vor. Sobald ich davor stehe, kommst du raus und steigst ein. Dann hauen wir hier ab.«

Ich öffnete die Tür einen Spalt weit und sah nach draußen. Die kalte Luft strömte in die Hütte. Ich ging nach draußen und begab mich zu den Autos, die Pistole in der einen und die Taschenlampe in der anderen Hand. Ich wollte die Taschenlampe nur anknipsen, wenn es unbedingt erforderlich war. Der Mond schien gerade hell genug, um zu erkennen, wo ich hinging.

Als ich zum Lastwagen kam, warf ich zunächst einen Blick ins Führerhaus. Das Handy war verschwunden. Ich sah unter die Motorhaube und knipste die Taschenlampe gerade lang genug an, um einen Blick auf den Motor zu werfen. Er hatte die Verteilerkappen doch nicht rausgenommen, aber alle Drähte an den Kerzen waren lose. Ich legte Pistole und Lampe hin und versuchte, sie im Dunkeln wieder anzuschließen. Ganz ruhig, sagte ich mir. Ruhig bleiben und nachdenken. Wie verlaufen die Anschlüsse? Eins bis vier auf dieser Seite. Eins hier, zwei, drei, warte mal. Ist das richtig? Verdammt! Könnte ich wenigstens sehen, was ich da tue … Ich knipste die Lampe für eine Sekunde an, besah mir alles, schaltete sie wieder ab und versuchte, mir das Bild ins Gedächtnis zu brennen. Der vierte war genau hier. Ich spürte, wie mir der Schweiß über die Wange lief. Wo ist der

Scheißdraht? Okay, wo ist fünf? Wo zum Scheiß ist fünf? Wieder schaltete ich für eine Sekunde das Licht ein.

Ein Geräusch! Ich warf mich auf den Boden und versuchte die Taschenlampe auszuknipsen. Als mir das endlich gelungen war, lag ich still auf der Erde und lauschte. Mein Herzschlag dröhnte mir in den Ohren.

Es war nur eine Fledermaus, die in der Luft über mir vorbeipfiff. Eine gottverdammte Fledermaus.

Ich stand auf und versuchte, mich wieder unter den Kerzenanschlüssen zurechtzufinden. Meine Hände zitterten.

Alles klar, fünf gehört hierhin. Sechs, sieben. Ist das hier richtig? Mache ich das überhaupt richtig, verdammt noch mal? Wird der Scheißlaster gleich anspringen? Acht ist der nächste. Nur noch ein Draht. Wo ist er? Wo ist acht? Wo zum Scheiß ist acht? Wieder schaltete ich ganz kurz das Licht an. Da ist er. Hier anschließen. Ich bin durch. Hoffe ich.

Ich klappte die Haube nach unten und gab mir nicht mal die Mühe, sie richtig zu schließen. Sie muß nur aus dem Weg, damit du fahren kannst. Nur raus hier, weiter über die Hauptstraße, vielleicht bis zum Glasgow, wenn es noch offen hat, und die Polizei alarmieren. Und dann einen Drink oder zwei oder fünf. Weg hier, weg hier, weg hier.

Ich öffnete die Tür und glitt auf den Sitz. Der Schlüssel. Wo zum Scheiß ist der Schlüssel? Ich legte Taschenlampe und Pistole auf den Sitz neben mir und suchte in meinen Taschen. Scheißverdammte Schlüssel! Hier sind sie. Ich zog sie raus und fingerte alle Schlüssel an dem Ring durch, um den Autoschlüssel zu finden. Warum zum Teufel habe ich auch so viele Schlüssel daran? Den Autoschlüssel und den für die Hütte, mehr brauche ich doch nicht. Wofür sind denn all die Scheißschlüssel da?

Da explodierte das Fenster. Die plötzliche Wucht des Schusses, das Splittern des Glases, der Schrei, der sich ganz von selbst aus meinen Lungen löste, das alles schien sich im selben Sekundenbruchteil zu vollziehen. Ich riß die Tür auf und warf mich auf den Boden. War ich getroffen? Blutete ich? Ich wußte es nicht einmal.

Nein, du bist nicht getroffen, Alex. Du lebst noch. Zumindest im Moment. Reiß dich zusammen. Versuch zu atmen. Ich kann nicht atmen. Atme, verdammt noch mal! Die Pistole. Wo ist die Pistole? Ich hob den Kopf. Da, auf dem Autositz, bedeckt von Millionen kleiner Glaspartikel. Die Pistole und die Taschenlampe. Ich packte sie. Ich spürte, wie das Glas mir in die Hand schnitt. Alles klar, du hast eine Pistole. Du hast eine Taschenlampe. Nun atme einfach. Zwing dich zum Atmen.

Wo ist er? Er hat das Fenster am Beifahrersitz herausgeschossen, also ist er auf der anderen Seite des Autos. Ist er drüben im Wald? Wie weit, zwanzig Meter, dreißig Meter? Ist er am Holzstapel? Oder steht er direkt neben dem Auto und wartet darauf, daß ich mich zeige?

Was tue ich? Warte ich? Soll ich loslaufen?

Rede. Sag was zu ihm. Zwing dich zum Reden.

»Rose!« schrie ich. »Rose, sind Sie da?«

Keine Antwort.

»Rose, sind Sie das?«

Nichts. Ich schüttelte den Kopf. Der Schuß hallte noch in meinen Ohren nach.

»Rose, verdammt noch mal, sagen Sie was!«

Ich hörte Lachen. Wie weit entfernt? Ich glaube, es kommt aus dem Wald. Ich bewegte mich zum Heck des Lasters und linste über die Kante. Zu dunkel. Ich hockte mich hinter den Laster, knipste die Lampe an. Ich hob die Hand und wartete auf den nächsten Schuß.

Stille.

Ich spähte über die Ladefläche und hielt dabei die Taschenlampe so weit wie möglich von meinem Kopf weg. Wenn er schießt, soll er auf das Licht schießen. Ich konnte ihn nirgendwo sehen. Ich richtete das Licht auf die Kiefern. Keine Spur von ihm.

»Rose, wo sind Sie?« Irgendwo mußte er schließlich sein. In den Bäumen. »Zeigen Sie sich!«

Mehr Lachen. Ja, von den Bäumen her. Da war er.

»Rose, ich habe die Polizei gerufen! Sie sind jede Sekunde hier! Kommen Sie raus und werfen Sie die Waffe weg!«

»Hübscher Einfall, Alex!« Diese Stimme. Ist er das? Es war so lange her. Wie klang seine Stimme? Am Telefon hatte er nur geflüstert. Es war schwer zu sagen.

»Ich weiß, daß Sie die Telefonleitung durchschnitten haben, Rose! Aber ich habe ein Funkgerät!« Es war ein Bluff, aber ich dachte, es sei den Versuch wohl wert. »Die Polizei ist auf dem Weg hierher!«

Lange herrschte Schweigen. »Ich glaube das nicht, Alex«, sagte er endlich. »Geben Sie's auf.«

»Was wollen Sie von mir?« fragte ich. Wie kann man mit ihm vernünftig reden? Wie redet man mit einem Verrückten? »Was soll ich denn machen, Rose?«

»Sie sollen Angst haben, Alex. Das ist alles, was ich will. Haben Sie Angst?«

»Ja«, sagte ich. Ich ließ den Strahl der Lampe über die Linie der Bäume gleiten. Wo kam seine Stimme her? Hinter welchem Baum versteckte er sich? »Ja, ich habe Angst.«

»Das ist gut, Alex.«

»Dann können Sie doch jetzt gehen, oder?«

Er lachte. »Ich bin ja nicht einmal hier, Alex. Kann ich doch gar nicht sein. Ich bin doch im Gefängnis, das wissen Sie doch.«

»Alles klar, Rose«, sagte ich. »Ich hab jetzt genug.« Wut. Ich muß Wut verspüren. Ich muß mich auf die Hinterbeine stellen und endlich in meinem Scheißleben mal etwas tun. Ich kann nicht einfach dasitzen und darauf warten, daß er wieder schießt. »Ich will, daß Sie jetzt die Waffe wegwerfen, Rose. Legen Sie die Waffe weg und bewegen Sie Ihren Arsch hier weg!«

»Was wollen Sie denn machen, Alex?«

»Ich werde Sie da kriegen, Rose. Das schwöre ich bei Gott. Ich komme jetzt rüber und schnappe Sie mir.«

»Sie haben ja nicht mal eine Waffe, Alex.«

Moment mal. Er glaubt nicht, daß ich eine Waffe habe? Was heißt das jetzt wieder? Soll ich mich drauf einlassen? Ihn überrumpeln? Nein, scheiß drauf! »Ich habe eine Pistole, Rose. Und jetzt raus mit Ihnen!«

»Das ist keine richtige Pistole, Alex.« Er lachte. »Ich weiß, daß das keine richtige Pistole ist. Was machen Sie *jetzt*?«

Gott, was jetzt? Das ergibt doch alles keinen Sinn. Warum sollte er meinen ...

Vergiß es. Er ist verrückt. Versuch nicht, dich in ihn zu versetzen. Handele endlich.

Ich richtete mich auf. Die Taschenlampe in der linken Hand, die Pistole in meiner rechten. Ich vereinigte sie in einem beidhändigen Griff, genau so, wie sie es mir vor einer Million Jahren auf der Polizeiakademie beigebracht hatten. Visier der Pistole und Lichtstrahl waren jetzt eins. Was ich jetzt sah, konnte ich auch treffen. »Ich komme jetzt rüber, Rose. Runter mit der Waffe!«

Mehr Lachen. Welcher Baum ist es?

»Runter mit der Waffe!« Ich ging weiter auf den Waldrand zu. Ich wollte, daß er noch einmal lachte. Ich war jetzt nahe genug.

Ich hörte etwas. Schritte. Blätter. Das Krachen eines kleinen Astes.

»Die Waffe runter, Rose!«

Da. Hinter diesem Baum. Da ist er.

»RUNTER MIT DER WAFFE!«

Ich sah die blonde Perücke. Ich sah die Pistole in seiner Hand. Er hob sie. Ich schoß. Viermal, Brust, Brust, Kopf, Brust.

Lange stand ich da. Der Lärm meiner Waffe verlor sich in der Nacht. Aber in meinem Kopf hallte er wider. Meine Hände kribbelten vom Rückstoß. Ich roch das verbrannte Pulver. Ich bewegte mich nicht.

Endlich, ein Auto. Ich sah nicht auf. Der Wagen fuhr auf die Lichtung, die Reifen rutschten über das Gras. Eine Tür öffnete sich und schloß sich wieder. Schritte.

»Alex, was ist passiert?«

Ich sah auf. Es war Uttley.

»Ich glaubte, Schüsse gehört zu haben«, sagte er. »Ich war auf dem Weg vom Haus der Fultons. Ich habe versucht, Sie anzurufen, aber ich bin nicht durchgekommen. Da habe ich gedacht, ich komm besser mal …« Da sah er die Beine auf dem Boden. Der Rest des Körpers war zwischen die Stämme zurückgefallen.

Weitere Schritte. Es war Sylvia. Sie kam aus der Hütte und stellte sich neben mich. Sie blickte nach unten.

»Ist er das?« fragte Uttley. Er schien nicht einmal zu bemerken, daß Sylvia dazugekommen war. »Ist das Rose?«

Ich tat einen Schritt nach vorn und leuchtete ihm mit der Taschenlampe ins Gesicht. Der Schuß in den Kopf hatte ihm die Perücke und ein Stück Schädeldecke weggerissen.

»Nein«, sagte ich.

»Wie?«

»Ich weiß nicht, wer das ist«, sagte ich. »Ich habe ihn noch nie gesehen.«

Kapitel 17

Ich saß wieder in demselben Verhörzimmer. Die Karte mit den Fischen war immer noch an der Wand. Jemand hatte einen halbherzigen Versuch unternommen, den Kaffee fortzuwischen, aber immer noch erstreckte sich ein blaßbrauner Streifen vom Lake Nicolet den ganzen Weg hinunter bis zur Potagannissing Bay.

Uttley hatte die Polizei auf seinem Handy angerufen. Maven kam kurz nach den ersten Beamten. Er hatte mich dann hierher verfrachtet und mich alles zweimal erzählen lassen. Als Detective Allen hinzukam, ließen sie es mich noch zweimal erzählen. Und dann ließen sie mich alles noch acht- oder neunmal erzählen, nur so zur Sicherheit. Ich nahm an, daß sie Uttley für seine Aussage in einen anderen Raum gesteckt hatten und Sylvia für ihre Aussage in einen dritten. Ich hoffte, daß die beiden jetzt schon lange fort waren, zu Hause in ihren Betten. Oder beim Frühstück. Ich hatte keine Ahnung, wie lange ich schon da war. Ich wußte nicht einmal, ob es Nacht oder Tag war. Es war keine Uhr in dem Raum. Ich hatte keine Ahnung, wo meine Armbanduhr geblieben war. Ich wußte nicht einmal mehr, ob ich sie letzte Nacht getragen hatte. Ich nehme an, ich hätte aufstehen und die Jalousien öffnen können, aber ich saß nur auf dem Stuhl, die Arme auf dem Tisch, und starrte auf die Karte.

Beim letzten Durchgang durch meine Geschichte steckte ein uniformierter Polizist seine Nase durch die Tür und sagte Maven und Allen, er habe etwas Wichtiges für sie. Als ich ihnen zusah, wie sie aufstanden und den Raum verließen, fiel mir auf, daß beide die gleiche steife, für Polizisten in mittleren Jahren typische Gangart hatten. Setz jedem von ihnen einen Hut auf und du hast Joe Friday und Bill Gannon. An so was denkt man, wenn man so unter Müdigkeit und Schock leidet, wie ich es tat.

Ich dachte überhaupt nicht an das, was passiert war. Ich dachte überhaupt nicht daran, was es bedeutete, daß ich den

Mann getötet hatte, wer auch immer er war. Damit mußte ich mich später auseinandersetzen, später, wenn ich die Kraft dazu hatte.

Dann öffnete sich die Tür wieder. Maven und Allen kamen herein und setzten sich mir gegenüber. Allen holte tief Luft und sah mir in die Augen. Maven starrte direkt an mir vorbei auf die Wand. Er schnitt ein Gesicht, als ginge ihm gerade ein Nierenstein ab.

»Mr. McKnight«, sagte Allen, »sagt Ihnen der Name Raymond Julius etwas?«

»Nein«, sagte ich.

»Das ist der Name des Mannes.«

»Des Mannes, den ich erschossen habe?«

»Ja. Sie sind ihm niemals zuvor begegnet?«

»Nein.«

»Und Sie wissen auch sonst nichts über ihn?«

»Nein.«

»Nun«, sagte Allen, »offensichtlich wußte Raymond Julius sehr viel über *Sie*.« Maven starrte weiterhin auf die Wand. Mich mochte er nicht ansehen.

»Ich verstehe Sie nicht«, erwiderte ich.

»Offensichtlich hat Mr. Julius viel Zeit damit verbracht, über Sie nachzudenken. Sie zu verfolgen, zu beobachten. Über Sie zu schreiben.«

»Woher wissen Sie das?«

»Man hat entsprechende Hinweise an seinem Wohnsitz gefunden.«

»Ich verstehe Sie immer noch nicht«, sagte ich. »Hat er die Briefe geschrieben? Hat er Bing und Dorney umgebracht? Und Edwin?«

»Das scheint ziemlich eindeutig zu sein«, sagte Allen. »Von den Indizien her, meine ich.« Er warf Maven einen Blick von der Seite her zu; aber der sagte immer noch nichts. Langsam begriff ich, was hier vor sich ging. Maven hatte Allen davon überzeugt, daß ich ihr Mann sei. Daraufhin war Allen bereit gewesen, mich gemeinsam mit ihm zur Strecke zu bringen. Jetzt, da er die wahre Geschichte kannte, war es Allen peinlich. Und er war nicht sehr glücklich darüber, Maven überhaupt geholfen zu haben.

»Von welchen Indizien reden wir hier?«

Allen holte ein kleines Notizbuch aus der Tasche und blätterte darin. »Blutspuren. Wir überprüfen gerade, zu wem sie passen. Ein Schalldämpfer für eine Neun-Millimeter-Pistole, wie sie Mr. Julius bei sich trug. Beide werden natürlich ballistisch untersucht, ob sie zu den Kugeln passen, die in den Leichen von Bing und Dorney gefunden wurden.«

»Gestern abend hat er aber den Schalldämpfer nicht benutzt!«

»Nein«, sagte Allen. »Er hat ihn in seinem Waffenschrank gelassen.«

»Das ergibt doch keinen Sinn.«

»Wer weiß. Sie leben mitten im Wald. Vielleicht hat er geglaubt, daß er ihn da nicht braucht.«

Ich schüttelte nur den Kopf.

»Auf seinem Schreibtisch stand eine Schreibmaschine«, fuhr Allen fort. »Wir haben mehrere Seiten Text gefunden, in denen er seine Aktivitäten in den letzten Monaten beschreibt. Wissen Sie, wie in einem Journal. Ein Tagebuch. Auf den ersten Blick entsprechen die Schrifttypen auf diesen Blättern denen in den Briefen an Sie.«

»Sie sind da gewesen? Sie haben das alles selbst gesehen?«

»Ja«, sagte Allen. »Wir sind dort gewesen, während Sie die letzten zwei Stunden hier festgehalten wurden.« Er warf einen weiteren Blick auf Maven, doch der sagte noch immer nichts.

»Was stand in dem Tagebuch?«

»Ich kann zu diesem Zeitpunkt noch nicht zu viele Details behandeln. Aber soviel kann ich Ihnen sagen, Mr. Julius war ein in hohem Maße verwirrtes Individuum. Es befanden sich ebenfalls diverse Zeitungsausschnitte auf dem Tisch. Kopien von Geschichten aus den *Detroit News* und der *Detroit Free Press* vom Sommer 1984.«

»Sommer 1984?« sagte ich. »Ging es um …«

»Um Rose, ja. Über die Schießerei. Ein Bericht vor allem, in dem es um Ihre Genesung ging.«

»Ich glaube, ich erinnere mich«, sagte ich. »Der Kerl von den *News* ist bis an mein Bett gekommen.«

»Der Artikel war an die Wand gepinnt. Direkt neben seinem Bett.«

»Moment mal«, sagte ich. »Das klingt ja schaurig.«

»Wie ich sagte, Mr. McKnight, es handelte sich um ein in hohem Maße verwirrtes Individuum. Offensichtlich hat er gedacht, Sie verfügten über spezielle … eine Macht oder so. Er hielt Sie für eine Art Messias.«

»Der Erwählte«, sagte ich. »Das stand in den Briefen.«

»Genau.«

»Aber das andere Zeug in den Briefen?« fragte ich. »Woher konnte er wissen, was Rose zu mir gesagt hat? Das konnte er doch nur wissen, wenn …«

»Es scheint da eine Verbindung gegeben zu haben«, sagte Allen. »Im Tagebuch bezieht er sich auf eine Art Kommunikation, die er mit Rose gehabt haben könnte.«

»Während Rose im Gefängnis saß? Was für eine Art Kommunikation? Briefe? Anrufe?«

»Das ist zu diesem Zeitpunkt noch nicht klar«, sagte Allen. »Es gab keine Details. Er schreibt etwas davon, Rose zu *werden,* seine Identität zu übernehmen.«

»Ich muß das Zeugs sehen. Haben Sie es hier auf dem Revier?«

»Nein, Mr. McKnight«, erklärte er. »Sie wissen doch, wie so was abläuft. Zu diesem Zeitpunkt befindet sich alles noch in der Wohnung. Alles muß sorgfältig gesichert werden.«

»Aber Sie sagten doch, alles sei klar.«

»Das ist es auch«, sagte er. »Aber wir müssen trotzdem die üblichen Vorgehensweisen einhalten.«

»Darf ich in sein Haus?«

»Nein, Mr. McKnight. Bitte, lassen Sie uns unsere Arbeit machen. Ich verspreche Ihnen, daß Sie alles sehen dürfen, wenn die Sache vorbei ist.«

»Ich kapier das immer noch nicht«, sagte ich. »Ich kenne den Kerl nicht mal. Wieso wußte er dann überhaupt was von Rose?«

»Er hat Sie sich ausgesucht«, meinte Allen. »Wieso, weiß man nicht. Er hat es einfach getan. Ich habe ähnliche Fälle erlebt. An einen erinnere ich mich gut. Ein Mann war im Auto unterwegs, und an einer Kreuzung nimmt er einem die Vorfahrt. Und dann stellt sich heraus, daß der, dem er die Vorfahrt genommen hat, ihm bis zu seinem Haus gefolgt ist, rausgekriegt hat, wer er ist, und nun anfängt, ihn anzurufen, Briefe zu schikken und so. Das ging schließlich so weit, daß der Mann aus seinem Haus ausgezogen ist. Selbst dann hat der Typ ihn noch gefunden, und zu guter Letzt wollte er ihn sogar umbringen. Glücklicherweise haben wir ihn rechtzeitig geschnappt. Ich glaube, das ist der Typ von Mensch, von dem wir sprechen. Meist ist nur eine Kleinigkeit der Auslöser. Er sieht Sie. Irgendwas macht bei ihm klick. Plötzlich muß er alles über Sie wissen. In Ihrem Fall kriegt er heraus, daß Sie einmal niedergeschossen wurden, er forscht nach und findet die alten Zeitungsausschnitte. Er schafft sich einfach sein eigenes kleines Universum mit Ihnen im Zentrum.«

»Wie lange läuft das schon?« fragte ich. »Wann hat er damit angefangen?«

»Nach dem Tagebuch zu urteilen, vor fünf oder sechs Monaten.«

Ich schüttelte den Kopf. »Warum ich?«

Maven räusperte sich. »Darum«, sagte er. Endlich hatte er doch noch etwas gesagt. »Vielleicht war es Ihre dynamische Persönlichkeit. Vielleicht Ihre unglaubliche persönliche Ausstrahlung. Vielleicht die Art, wie ein ganzer Raum plötzlich hell wird, bloß weil Sie hereinkommen.«.

Allen sah ihn längere Zeit eisig an und wandte sich dann wieder mir zu. »Mr. McKnight«, sagte er. »Alex. Obwohl Sie niemals offiziell angeschuldigt worden sind, möchte ich rein persönlich sagen, daß, so unangenehm alles für Sie sein mußte, die Art und Weise, wie Sie in diesem Raum behandelt worden sind, alles noch viel schlimmer gemacht hat. Für alles, was ich dazu beigetragen habe, möchte ich mich jetzt entschuldigen.«

»Das ist sehr fair«, sagte ich. Ich blickte Maven an. »Möchten Sie dem noch etwas hinzufügen, Chief?«

Er saß bloß da und kaute eine Zeitlang auf der Innenseite seiner Backen. »Bloß eins«, sagte er schließlich.

»Ich bin ganz Ohr.«

»Das brauchte nicht zu passieren.«

»Da haben Sie recht«, sagte ich.

»Nein, ich meine das, was mit Mr. Fulton geschehen ist. Er hätte nicht zu sterben brauchen. Wären Sie bei diesem ganzen Fall nur eine Minute kooperativ gewesen, hätten wir den Arsch von diesem Typ, diesem Julius, hinter Gittern gehabt, bevor das passierte. Aber dann hätten Sie natürlich letzte Nacht nicht Ihren Cowboy-Shoot-out gehabt. Mrs. Fulton wäre nicht dabeigewesen, verrückt vor Angst, während der Mörder ihres Mannes vor der Haustür steht. Was sie allerdings in Ihrer Hütte zu suchen hatte, während im See noch nach ihrem Mann gefischt wird, steht auf einem anderen Blatt.«

»Chief Maven«, sagte Allen, »ist das jetzt wirklich nötig?«

»Nein, das ist nicht nötig«, sagte Maven. »Wenn Ex-Polizisten, die ihren Partner umbringen lassen, sich nicht entschließen, hier ihren Ruhestand zu verbringen und mir das Leben schwerzumachen, dann ist *nichts* davon nötig.«

»Sie gehen entschieden zu weit, Chief.«

»Hauen Sie doch ab«, sagte Maven. »Gehen Sie zurück in Ihr popeliges staatliches Büro. Sie waren eine Riesenhilfe.«

Allen stand auf und schüttelte meine Hand. »Alex, lassen Sie es mich bitte wissen, wenn ich Ihnen in der Zukunft irgendwann behilflich sein kann.« Er sah auf Maven hinab. »Sie hören von mir, Chief.«

»Ich kann's kaum erwarten«, erwiderte Maven.

Als Allen gegangen war, saßen wir beide am Tisch und sahen uns an.

»Ich nehme an, daß ich gehen darf?« sagte ich schließlich.

»Sie dürfen meinen faltigen weißen Arsch küssen«, erwiderte er.

Ich stand auf. »Mir werden diese netten kleinen Plaudereien richtig fehlen«, sagte ich. »Vielleicht gehen wir ja mal zusammen angeln.«

Ich ging aus dem Revier in den hellen Tag. Es war schon später Vormittag. Die Sonne versuchte sogar ein bißchen zu scheinen, aber sie schaffte es nicht, alles etwas wärmer zu machen.

Ich stolperte etwa eine Minute auf dem Parkplatz herum, bis mir einfiel, daß mein Laster noch neben meiner Hütte stand und daß er um die Seitenscheibe am Beifahrersitz ärmer geworden war. Hätte ich die Kraft dazu gehabt, hätte ich gelacht. Mir war bestimmt nicht danach, zum Polizeirevier zurückzugehen und sie zu bitten, mich zu bringen. So ging ich einfach los. Ich wußte nicht einmal wohin, aber die Bewegung empfand ich als angenehm.

Ich ging ums Gerichtsgebäude herum zum Fluß und dann weiter über die Fußwege am Wasser, so weit, wie sie mich führten. Am Ende des Parks machte ich kehrt und ging zu den Schleusen zurück. Ein großes Frachtschiff wurde gerade durchgeschleust. Meine Ohren begannen vor Kälte zu schmerzen, und so ging ich die Stufen zum Aussichtsraum hoch. Er war leer.

Das Schiff war etwa zweihundert Meter lang. Es fuhr in die südlichste Schleuse, so nahe an der Plattform, daß es wirkte, als sähe man über eine Straße auf ein sich langsam bewegendes

Gebäude. Die Flagge zeigte drei horizontale Streifen, rot, weiß und schwarz, mit irgendeinem goldenen Vogel in der Mitte. Ägypten, vermutete ich. Ein Dutzend dunkelhäutiger Männer stand an Deck, in ihre Mäntel gehüllt blickten sie zu mir herüber, als sie vorbeifuhren. Sie waren so weit von ihrer Heimat entfernt. Das hier mußte ihnen als eine neue und fremde Welt erschienen sein. Und jetzt waren sie mit einer Ladung Eisenerz auf ihrem Rückweg zum Meer, über die Großen Seen, den St. Laurence Seaway hinaus auf den Atlantischen Ozean.

Ich könnte auf das Schiff springen, dachte ich. Nahe genug ist es. Sie könnten mich nach Ägypten mitnehmen.

»Alex, ich suche überall nach Ihnen.« Uttley stand plötzlich neben mir. »Der Beamte auf dem Revier sagte, Sie seien gerade hinausgegangen.«

»Ich sehe bloß dem Schiff beim Schleusen zu«, sagte ich.

Er schaute es sich an. »Wo kommt es her? Was für eine Flagge ist das?«

»Ägypten, glaube ich.«

Er nickte. »Detective Allen hat mich angerufen. Er hat mir alles erzählt.«

Ich sagte nichts.

»Und Sie wissen wirklich nicht, wer dieser Raymond Julius gewesen ist?«

»Nein«, antwortete ich.

Er atmete hörbar aus. »Das Schiff hat noch eine weite Strecke vor sich«, meinte er. »Was rechnen Sie wohl, wieviel Tage es von hier bis Ägypten sind?«

»Keine Ahnung.«

»Die erste Schleuse hat man hier schon 1797 gebaut, wußten Sie das? Sie wurde im Krieg von 1812 zerstört. Sie mußte neu gebaut werden.«

Ich sah weiter auf das Schiff. Das Tor war inzwischen geschlossen, und der Wasserspiegel wurde gesenkt. Sobald das Boot sieben Meter tiefer lag, würden sie das andere Tor öffnen, und das Schiff könnte sich auf die Reise in den Lake Huron machen.

»Im Zweiten Weltkrieg war hier die am stärksten verteidigte Stelle des ganzen Landes. Wenn jemand Bomben auf uns werfen wolle, würde er hier damit anfangen, dachte sich die Regierung. Den Erztransport stören, wissen Sie? Damit wir keine Panzer mehr bauen können. Deshalb haben sie gleich zwei Militärflughäfen hier mitten in der Pampa angelegt.«

»Wieso erzählen Sie mir das alles?«

»Weil mir sonst nichts einfällt, was ich sagen könnte.«

Eine ganze Weile sprach keiner von uns. Wie sahen zu, wie das Schiff sank, während das Wasser aus der Schleuse floß.

»Jetzt müssen Sie doch besser damit umgehen können, oder?« sagte er.

»Wie meinen Sie das?«

»Bislang haben Sie doch gedacht, es sei Rose. Auch wenn Ihnen jeder andere gesagt hat, er sei noch im Gefängnis. Das muß Sie doch verrückt gemacht haben.«

»Und jetzt ist es bloß irgend so ein Typ von der Straße«, sagte ich. »Und aus irgendeinem kühlen Grund hat er beschlossen, den Rest seines Lebens hinter mir herzulaufen, mich zu beobachten, meine Vergangenheit auszuspionieren. Meine Vergangenheit zu *werden*, verdammt noch mal. Das macht doch alles keinen Sinn!«

»Natürlich macht das keinen Sinn.«

»Sie haben gesagt, es hätte irgendeinen Kontakt mit Rose gegeben. Das heißt doch wohl per Post, oder? Man kann schließlich nicht einfach wen im Knast anrufen.«

Er dachte nach. »Oder er hat ihn besucht.«

»Richtig, aber beides müßte bei ihnen in den Akten stehen. Wird im Knast nicht die Post kontrolliert?«

»Ich denke schon«, sagte er. »Sicher wird Detective Allen dem nachgehen. Oder Maven, wenn er jemals wieder seinen Kopf aus dem Arsch kriegt. Allen hat mir keine Einzelheiten erzählt, aber es klang so, als hätten Sie und Maven noch keine Versöhnungsküsse ausgetauscht.«

»Was würde passieren, wenn ich diesen Typ, diesen Browning, noch mal anriefe?«

»Den Vollzugsbeamten? Er würde Sie wieder vor die Wand laufen lassen, und Sie würden wieder wütend. Wieso wollen Sie ihn überhaupt anrufen? Was wollen Sie damit rauskriegen? Alex, es ist vorbei. Der Kerl ist tot.«

»Ich hab nur so ein Gefühl, als sei es noch nicht vorbei.«

»Sie müssen sich Zeit lassen«, sagte er. »Gönnen Sie sich Ferien. Gehen Sie ein paar Tage irgendwo hin, wo es warm ist.«

Der Frachter hatte jetzt das untere Schleusentor passiert. Nun konnten wir sein Heck sehen. Da waren einige arabische Schriftzeichen und daneben stand *Cairo*.

»Sie hatten recht«, sagte er. »Es war die ägyptische Flagge. Kommen Sie, gehen wir hier raus.«

Er fuhr mich in seinem BMW nach Hause. Ich starrte aus dem Fenster auf die Kiefern. Kiefern und noch mehr Kiefern. Langsam war ich Kiefern leid. Wir fuhren den ganzen Weg schweigend und waren schließlich an meiner Hütte. Es war ein seltsames Gefühl, sie jetzt zu betrachten, nach dem, was passiert war. Es war derselbe Ort. Eine kleine Hütte, in den Wald gebaut. Und doch war jetzt alles anders.

»Soll ich noch etwas dableiben?« fragte er. »Beim Aufräumen helfen?«

»Nein, vielen Dank«, sagte ich. »Ich muß hier eine Weile allein sein.«

»Das verstehe ich. Rufen Sie mich an, wenn ich etwas für Sie tun kann.«

»Okay.« Ich stieg aus dem Wagen.

»Hey, Alex?«

Ich sah noch einmal hinein.

»Es ist vorbei«, sagte er. »Es ist wirklich vorbei.«

»Ich weiß«, antwortete ich.

Ich sah ihm beim Wegfahren nach und wandte mich dann um, um den Dingen ins Gesicht zu sehen. Mein Kleinlaster stand noch da, die Haube noch nicht geschlossen, der Sitz noch voller Glassplitter. Wo Sylvias Wagen gestanden hatte, waren nur noch Spuren im Gras.

Und da, wo der Tote gelegen hatte. Drüben am Waldrand, neben dem Holzstapel. Natürlich war er längst fortgeschafft worden, aber ich war noch nicht in der Lage, mir die Stelle anzusehen, wo ich ihn getötet hatte.

Ich ging in die Hütte und fragte mich, ob ich mich hier jemals wieder zu Hause fühlen würde. Ich mußte an meine Zeit als Polizist in Detroit denken. Sie hatten uns gesagt, wenn wir einmal in die Lage kämen, jemanden zu töten, spiele es keine Rolle, wie unvermeidlich und gerechtfertigt das in der gegebenen Situation wäre – wir hätten immer einen Preis dafür zu zahlen. Irgendwann, eine Stunde später, einen Tag, eine Woche – plötzlich spränge sie dich an, die Tatsache, daß du einen Mitmenschen getötet hast. Ich wartete darauf, daß sie mich anspränge. Aber ich spürte nichts.

Ich hob den Hörer ab. Das Telefon war tot. Ich hatte ganz vergessen, daß er die Leitung durchtrennt hatte. Zum Telefonieren würde ich ins Glasgow fahren müssen. Aber zunächst einmal mußte ich mich daranmachen und das ganze Glas aus dem Wagen schaffen. Oder ich mußte bis dahin zu Fuß gehen. Beides konnte ich mir im Moment nicht vorstellen. Ich brauchte Schlaf. Laß mich erst mal ein bißchen schlafen. Falls ich das kann. Falls ich jemals wieder schlafen kann.

Ich brauchte diese Pillen. Nur noch ein einziges Mal. Nach all dem, was passiert war, wer konnte mir da Vorwürfe machen, daß ich sie brauchte?

Zum Teufel, vielleicht kann ich ohne sie schlafen. Ich werde es zumindest versuchen.

Ich legte mich auf mein Bett. Ich lehnte den Kopf ins Kissen und sah auf die rohe Balkendecke. Dann war ich weg.

Einige Stunden später erwachte ich aus einem traumlosen Schlaf. Es hatte sich wie etwas *jenseits* des Schlafes angefühlt, wie ein temporärer totaler Sendeschluß. Es war später Nachmittag. In meinem ganzen Leben war ich noch nie so hungrig gewesen.

Ich ging mit dem Besen nach draußen und versuchte, das meiste Glas aus dem Wagen zu fegen, und schlug einige Fragmente, die noch am Fensterrahmen hingen, heraus. Ich versuchte zu starten. Nichts.

Ich hob die Motorhaube hoch und sah nach den Drähten. Wie ich so dastand, war plötzlich alles wieder präsent, was ich empfunden hatte, als ich die Drähte wieder anschließen wollte und mich fragte, wie lange ich noch zu leben hätte. In der Eile hatte ich zwei Drähte überkreuz angeschlossen. Ich vertauschte sie und versuchte es noch einmal. Der Wagen sprang an.

Ich ließ den Motor laufen, während ich die Umgebung flüchtig nach meinem Handy absuchte, in der Hoffnung, er habe es lediglich in den Wald geworfen. Als ich zu der Stelle kam, an der ich ihn erschossen hatte, hielt ich inne und blickte auf den Boden, wo er gelegen hatte. Kiefernnadeln lagen dort und einige Kiefernzapfen. Ich hätte niederknien können und nach Blut suchen, aber das unterließ ich. Ich stand bloß da und ließ alles noch einmal in meinem Kopf ablaufen. Er hatte nicht geglaubt, daß ich im Besitz einer wirklichen Pistole wäre. Hatte ich deshalb einen unfairen Vorteil? Hätte ich einen Warnschuß in die Bäume abgeben sollen? Aber was wäre dann passiert? Hätte er seine Waffe weggeworfen? Würde ich mich das jetzt den ganzen Rest meines Lebens fragen müssen?

Einen Prozeß würde es nicht geben und damit keine Gelegenheit, in einem Gerichtssaal zu sitzen und sich eine Erklärung für alles anhören zu können. Ich werde nie erfahren, wieso er auf mich verfallen ist.

Vor fünf oder sechs Monaten, hatten sie gesagt. Damals hatte das alles angefangen. Was hatte ich ihm getan? Woher diese Obsession wegen meiner Person?

Als ich wieder in den Wagen stieg, spürte ich, wie ein scharfer Glassplitter mir in den Finger schnitt. Ich zog ihn heraus und blickte auf die winzige Spur Blut. Nichts ist so rot wie Blut, nichts so einfach. Und ich hatte für ein ganzes Leben genug davon gesehen.

Im Glasgow bestellte ich ein Steak, das verdammt größte, das Jackie auftreiben konnte, *medium rare*, mit gebratenen Zwiebeln und vier eiskalten kanadischen Bieren. Jackie schenkte mir ein kurzes Lächeln. Ich glaube, er wußte, daß ich mich auf dem Rückweg in die Normalität befand. Wenn ich noch nicht wieder ganz ich selbst war, wußte er doch, daß das nur eine Frage der Zeit war. Ich erbat mir sein Telefon und begann, die Nummer der Telefongesellschaft zu wählen, als mir einfiel, daß es vermutlich schon zu spät am Tage war. Ich würde sie morgen anrufen, um meine Leitung wiederherstellen zu lassen. Und eine Werkstatt für Autoglas, um mir ein neues Fenster einbauen zu lassen.

Einige Minuten saß ich da und klopfte nachdenklich gegen meine Bierflasche, dann griff ich wieder zum Telefon. Beim dritten Klingeln war sie dran.

»Sylvia«, sagte ich, »ich rufe nur an, um zu hören, ob du auch okay bist.«

»Warum sollte ich nicht okay sein?« fragte sie. »Ich bin so okay, daß es mir mehr als perfekt geht.«

Mit ihrer Stimme war etwas nicht in Ordnung. »Bist du betrunken?«

»Ich bin mehr als betrunken«, antwortete sie. »Ich sitze hier in dem großen alten Haus an der Kante der Welt mutterseelenallein und werde mehr als betrunken.«

»Soll ich zu dir rauskommen?«

»Warum sollte ich wollen, daß du hier rauskommst?«

»Weil du nicht alleine sein solltest.«

»Warum sollte ich nicht alleine sein?«

»Weil du es nicht solltest. Verdammt noch mal, Sylvia, gestern nacht bist du den ganzen Weg zu meiner Hütte gekommen. Warum hast du das gemacht?«

»Weißt du, das ist eine gute Frage. Ich weiß nicht genau, warum ich rausgekommen bin. Aber offensichtlich war es ein wundervoller Einfall. Noch ein strahlender Wendepunkt in meinem Leben. Ich habe endlich den Mann getroffen, der immerhin meinen Ehemann umgebracht hat. Das heißt eigentlich nein, ich habe ihn nicht wirklich getroffen. Ich habe ihn nur auf dem Boden liegen sehen, und der halbe Schädel war weggepustet.«

»Du wolltest nicht allein sein«, sagte ich. »Deshalb bist du zu meiner Hütte gekommen, stimmt's? Das ist doch okay. Nach allem, was passiert ist, war das doch nicht verkehrt.«

»Doch, das ist es, Alex. Da ist etwas schrecklich verkehrt mit. Ich weiß nicht was, aber ich weiß, wenn ich darüber nachdenke ... Jesus, wo ist denn meine Flasche?«

»Ich komme raus zu dir.«

»Gott steh mir bei«, sagte sie. Sie klang plötzlich nüchtern. »Wenn du hierherkommst, bringe ich dich um. Ich bringe dich um, oder ich bringe mich um. Und glaub mir, ich kann das. Das hab ich bei den Experten abgeguckt.«

»In Ordnung, Sylvia«, sagte ich. »In Ordnung. Nimm's nicht so schwer.«

»Erzähl du mir nicht, wie ich es nehmen soll. Laß mich bloß in Ruhe. Verstanden? Laß mich verdammt noch mal in Ruhe!«

Ich wußte nicht, was ich noch sagen sollte. Ich schloß die Augen und lauschte auf das ferne Geräusch ihres Atems.

»Was haben wir getan, Alex?« sagte sie schließlich, und alles Gefühl schien aus ihrer Stimme gewichen. »Was haben wir bloß getan?«

Sie legte auf, bevor ich antworten konnte. Ich saß da und hielt das Telefon in der Hand. Und dann ließ ich mir von Jackie noch ein Bier bringen.

Zwei Stunden später war ich wieder an meiner Hütte. Es war dunkel. Ich ging zweimal außen um die Hütte herum. Ich wollte selbst nicht glauben, daß niemand mich mehr beobachtete, daß niemand draußen lauerte, um mich umzubringen.

Meine Pistole. Ich hatte keine Pistole mehr. Sie war noch auf dem Polizeirevier. Aber das war okay. Ich brauchte sie nicht mehr, oder?

Ich ging nach drinnen und suchte das Telefonbuch. Ich wollte Raymond Julius nachsehen, aber er stand nicht drin.

Vor fünf oder sechs Monaten. Was war vor fünf oder sechs Monaten?

Heute findest du das nicht mehr raus, Alex. Geh doch ins Bett. Morgen mußt du Holz hacken, saubermachen. Lebensmittel einkaufen, verdammt noch mal. Werd wieder ein Mensch.

Ich schlief. Zwei Stunden, vielleicht drei. Dann saß ich im Bett und schaltete das Licht an. Es war kurz nach Mitternacht.

Vor fünf oder sechs Monaten.

Das Telefonbuch lag noch auf dem Küchentisch. Ich blätterte es durch, bis ich Leon Prudell fand. Als Adresse war Kinross angegeben, eine kleine Stadt südlich vom Soo, hinten beim Flughafen. Ich warf mir ein paar Kleidungsstücke über und sprang in den Wagen. Die kalte Luft peitschte durchs offene Fenster, als ich nach Kinross raste. Es war spät, aber ich mußte dringend mit Leon sprechen.

Es war nicht schwer, sein Haus zu finden. Kinross ist so klein wie Paradise. Eine Hauptstraße und einige Seitenstraßen. Es war ein holzverkleidetes Haus, nicht viel größer als meine Hütte. In der Luft lag ein schwacher Geruch nach totem Fisch. Im Vorgarten hing ein Autoreifen als Schaukel von einem Baum.

Ich klopfte an die Tür, wartete, klopfte wieder. Endlich ging die Lampe über mir an und eine Frau sah mich durch den Türspalt an. »Wer ist da?« fragte sie.

»Ich muß dringend Ihren Mann sprechen«, sagte ich.

»Er ist nicht da. Wer sind Sie?«

Ich überlegte eine Sekunde lang. »Ich habe einen Auftrag für ihn«, sagte ich. »Er ist doch Privatdetektiv?«

227

»Das *hat* er mal gemacht«, erklärte sie, »aber jetzt nicht mehr.«

»Er soll aber gut sein«, sagte ich. »Sind Sie sicher, daß er keinen Fall mehr annehmen würde? Ich zahle ihm fünfhundert Dollar am Tag.«

Da machte sie die Tür ganz auf. Ich bekam sehr viel Frau und sehr viel roten Bademantel zu sehen. So wie sie gebaut war, war ich froh, daß Leon an jenem Abend in der Kneipe auf mich losgegangen war und nicht sie. »Er arbeitet heute nacht an der Raststätte an der Interstate 75«, sagte sie. »Im Restaurant.«

»An der Ausfahrt zur 28?«

»Ja, die mein ich.«

»Ich bin Ihnen sehr verbunden, Ma'am.«

»Er arbeitet jetzt immer nachts«, setzte sie hinzu. »Seit er den Job als Ermittler verloren hat.«

»Ah, verstehe.«

»Kennen Sie einen Typ namens McKnight?«

»Könnte nicht behaupten, ihn zu kennen«, sagte ich.

»Das ist der Kerl, wegen dem er gefeuert wurde. Wenn Sie ihn mal sehen, sagen Sie ihm, daß er ein Arschloch ist, okay?«

»Das werde ich machen, Ma'am. Es tut mir leid, daß ich Sie so spät noch stören mußte.«

»Für fünfhundert Dollar am Tag können Sie mich stören, wann immer Sie wollen.«

»Vielen Dank, Ma'am. Gute Nacht.«

Ich machte mich davon und fuhr zum Highway zurück. Die Raststätte lag wenige Kilometer nördlich an der I-75, eins dieser Dinger, die man von der Autobahn aus sieht, die ganze Nacht beleuchtet, und hundert Lastwagen tanken oder parken da rum, während ihre Fahrer sich an Apfelpastete und Kaffee laben.

Prudell traf ich dabei, wie er gerade einen Tisch abräumte, eine große weiße Schürze hing ihm vor der Wampe. Sobald er mich sah, setzte er seinen Stapel Teller klappernd ab.

»Na, wen haben wir denn da?« sagte er. »Nun sagen Sie bloß, Sie sind hier, um mir diesen Job auch noch wegzunehmen!«

»Setzen Sie sich, Prudell.«

»Für Sie nehm ich doch glatt meine Schürze ab. Die brauchen Sie nämlich.« An der Theke waren zwei Trucker und eine Kellnerin, die sie bediente, ein weiterer saß in einer Nische. Sie alle blickten zu uns herüber.

»Setzen Sie sich bloß hin«, sagte ich.

»Sie brauchen hier nichts weiter zu tun, als diese Tische sauberzuhalten«, erklärte er. »Und einmal jede Stunde die Toiletten. Ich bin sicher, daß Sie das können.«

»Prudell«, sagte ich. Ich bemühte mich um Selbstbeherrschung. Ich bemühte mich schwer. »Wenn Sie sich jetzt nicht geschlossen halten, tue ich Ihnen weh. Verstehen Sie mich? Ich prügle Sie direkt hier im Lokal windelweich.«

»McKnight, wenn Sie nicht auf der Stelle die Fliege machen …«

Ich packte seine linke Hand und bog sie gegen das Handgelenk zurück. Das hatte sich noch stets als hervorragendes Mittel erwiesen, jemanden von der Notwendigkeit zu überzeugen, sich doch auf den Rücksitz des Streifenwagens zu setzen. Nicht so dramatisch wie der Arm auf dem Rücken, aber genauso effizient. Prudell gab einen kurzen Schmerzenslaut von sich und setzte sich dann in die Nische. Inzwischen sah uns das ganze Restaurant zu, aber das war mir egal.

Ich setzte mich auf den Platz neben ihm. Viel Platz war da nicht. »Jetzt hören Sie mir mal genau zu«, sagte ich. »Erinnern Sie sich an den Abend in der Kneipe, als Sie zum erstenmal auf mich losgingen? Ich weiß, Sie waren damals betrunken, aber versuchen Sie sich an das zu erinnern, was Sie mir da erzählt haben.«

»Wovon reden Sie?«

»Sie haben gesagt, ich hätte Ihnen den Job weggenommen, und jetzt gingen Sie pleite, und Sie hätten doch für eine Familie zu sorgen, wissen Sie noch. Sie haben mir die ganze rührselige Geschichte aufgetischt, wie Ihre Kids jetzt nicht nach Disney World kämen und Ihre Frau kein neues Auto kriegte und den ganzen Scheiß. Und dann haben Sie noch was gesagt, was von einem Mann, der Ihnen gelegentlich hilft. Sie haben erzählt, er sei ziemlich fertig, und was ihn allein noch zusammenhielte, seien die kleinen Jobs für Sie und das Gefühl, etwas Wichtiges zu leisten. Erinnern Sie sich daran?«

»Ich erinnere mich«, sagte er. »Und das stimmte alles. Sie haben damals 'ne ganze Menge Leute in die Scheiße getunkt, nicht bloß mich.«

Es war damals fünf Monate und ein paar Zerquetschte her, seit ich Prudells Job übernommen hatte. Er hatte seine Wut auf mich ein paar Monate lang köcheln lassen, bis er schließlich den Mut fand, mich damit zu konfrontieren.

»Okay, fein«, sagte ich, »dann ist es so, wie Sie sagen. Ich hab alle eure Leben ruiniert. Aber sagen Sie mir, wie er heißt.«

»Der Typ, der für mich gearbeitet hat?«

»Ja, der«, sagte ich. »Nennen Sie mir seinen Namen.«

»Er heißt Julius«, sagte er. »Raymond Julius.«

Kapitel 18

Lange herrschte Schweigen, während die Information auf mich wirkte. Prudell stieß mir seinen Ellbogen in die Rippen, aber deshalb ließ ich ihn noch lange nicht aus der Nische. Es machte mich nur noch wütender. »Tun Sie das noch einmal, und ich reiße Ihnen den Kopf ab«, sagte ich.

»Sie haben vielleicht Nerven, McKnight. Lassen Sie mich hier raus!«

»Wo wohnt er?« fragte ich.

»Das weiß ich nicht«, antwortete er.

»Und ob Sie das wissen. Schließlich hat er ja für Sie gearbeitet.«

»Ich habe sein Haus nur einmal gesehen«, sagte er. »Das ist lange her, bevor Sie ...«

»Ja, ich weiß, bevor ich Sie alle in die Scheiße getaucht habe. Das hatten wir schon. Sie waren an seinem Haus, wissen aber nicht, wo es ist? Was denn, hatte man Ihnen die Augen verbunden?«

»Es liegt im Soo«, erklärte er. »Irgendwo im Westen der Stadt. Wo genau, erinnere ich mich nicht, okay?«

»Haben Sie seitdem mit ihm gesprochen?«

»Nein, hab ich nicht.«

Ich saß da und überdachte alles. Schließlich quetschte ich mich aus der Nische und sagte: »Los, gehn wir!«

»Wovon reden Sie? Ich gehe nirgendwo hin.«

»Und ob. Wir ziehen los und finden sein Haus.«

»Den Teufel werde ich. Ich stecke mitten in der Arbeit!«

»Dann sagen Sie Ihrem Boß, Sie brauchen 'ne Pause. Erzählen Sie ihm was von 'nem Notfall in der Familie.«

Er zwängte sich aus der Nische, rückte seine weiße Schürze zurecht und griff nach einem Teller. »Sie können mich mal«, sagte er.

Ich zählte innerlich bis zehn, während er den Tisch abräumte. »Prudell«, sagte ich, »Sie haben zwei Möglichkeiten. Nummer eins ist, ich werfe Sie gegen jede Wand hier im Raum und danach durchs Fenster. Natürlich werde ich verhaftet, aber das ist mir scheißegal. Nummer zwei ist, Sie helfen mir, Julius' Haus zu finden, und ich zahle Ihnen fünfhundert Dollar.«

Er starrte mich an. »Und das soll ich Ihnen glauben? Sie wollen mich bezahlen?«

»Sie sind doch Privatdetektiv. Betrachten Sie es als Fall.«

»Ich *war* Privatdetektiv«, sagte er. »Jetzt bin ich Restauranthilfe.«

»Wie entscheiden Sie sich, Prudell?«

»Sie sind da ganz was anderes, wissen Sie das? Sie sind ein harter Brocken.«

»Entscheiden, Prudell!«

Er stellte die Teller abrupt auf den Tisch und ging durch zwei Schwingtüren hinten in die Küche. Ich wußte nicht, ob er die Polizei rief oder ein großes Messer holte oder sich durch die Hintertür davonmachte. Endlich stürmte er wieder durch die Türen und band sich die Schürze ab. Ein besorgt dreinblickender kleiner Mann, der der Boß sein mußte, trippelte hinterdrein. Ohne ein Wort zu sagen, gingen wir auf den Parkplatz. Das fehlende Fenster in meinem Wagen stimmte ihn nicht fröhlich, vor allem nicht, als er sich auf die Glasreste setzte, die ich noch nicht gänzlich entfernt hatte.

Ich ließ den Wagen an und fuhr vom Parkplatz. »Los, reden Sie«, sagte ich. »Erzählen Sie mir von Raymond Julius.«

»Gott, ist das kalt hier drin«, sagte er. Draußen war es knapp unter Null. Den Windfaktor konnte ich bei fast hundert Stundenkilometern in einem Wagen ohne Seitenfenster schwer einschätzen. Er trug nicht mal einen Mantel.

»Raymond«, wiederholte ich lieb und langsam. »Julius.«

»Was kann ich Ihnen da sagen? Er war ganz schön unheimlich. Er hatte diesen Miliz-Tick. Haßte die Regierung.«

»Gehörte er denn zu einer Miliz?«

»Nein. Ich glaube, er hat es mal versucht. Hat aber nicht geklappt. Er sah sich mehr als Detektiv, weniger als Soldaten. Oder als Patrioten, oder wie sie sich auch immer nennen.«

»Besaß er Waffen?«

»Ja«, sagte Prudell. »Der Mann hatte Waffen. Er hatte keine Papiere dafür, aber Waffen hatte er.«

»Hatte er eine Neun-Millimeter-Pistole?«

»Sicher weiß ich das nicht«, meinte er. »Es würde mich aber nicht überraschen.«

»Hätte er sich einen Schalldämpfer beschaffen können?«

»Mit Sicherheit«, antwortete er. »Warum fragen Sie mich das alles?«

»Wie fahren wir dahin? Über die Three Mile Road? Sie sagten was vom Westen der Stadt. Sagen Sie's was genauer.«

»Mein Gott, ich weiß es doch auch nicht«, sagte er. »Ja, ich glaube, da bin ich abgefahren, als ich ihn mal abholen mußte. Sein Wagen war kaputt.«

»Alte Schrottkarre? Kaputter Auspuff?«

»Ja, glaube schon.«

Ich nahm die Ausfahrt und fuhr nach Westen. »Wohin jetzt?«

»Ich sagte Ihnen doch, ich erinnere mich nicht.« Er sah auf die Straße und fuhr sich mit den Fingern durchs Haar. »Ich glaube, es war da hinten am Gewerbegebiet.«

»Wie kam es dazu, daß er für Sie gearbeitet hat?«

»Ich stand in den Gelben Seiten. Er hat mich angerufen und wollte wissen, ob er nicht für mich arbeiten könnte. Ich habe nein gesagt, aber er hat immer wieder angerufen. Jeden Tag. Sagte, er würde alles machen, Botengänge, Anrufe entgegennehmen. Er sagte, daß er so gern Privatdetektiv werden möchte, daß er anfangs sogar ohne Bezahlung arbeiten würde.«

»Wie bitte? Er hat damit gerechnet, es bis zum Privatdetektiv zu bringen?«

»So hat er das jedenfalls gesehen. Ich habe ihm erklärt, wie das ging. Er bräuchte 'ne Lizenz vom Staat und 'nen Waffenschein. Das machte ihn erst recht heiß. Wie ich schon sagte, dieser Mann haßte den Staat bis zum Gehtnichtmehr. Was ihn anging, war es nur der Staat Michigan, der verhinderte, daß er Privatdetektiv war.«

»Und den Typen haben Sie für sich arbeiten lassen?«

»Der Mann hat mich angebettelt. Sagte, es ginge für ihn um Leben und Tod. Da habe ich mir halt gedacht, ich nehm ihn mal einen Tag mit; er kann mir das Essen holen und mich vertreten, wenn ich mal auf die Toilette muß. Ich beobachtete nur Bademeister und protokollierte ihr routinemäßiges Verhalten. Ich dachte, wenn er mal sieht, wie langweilig das Ganze ist, vergißt er es.«

»Das war das Strandbad auf Drummond Island?«

»Ja«, sagte er. »Ich habe die Bademeister drei volle Tage beobachtet und einen detaillierten Bericht darüber geschrieben. Ich habe mir für Uttley alle Mühe gegeben. War trotzdem nicht gut genug, wie?«

Ich sah ihn an. Er blickte aus dem Fenster in die kalte Nacht. Der Wind peitschte sein wirres rotes Haar in alle Richtungen.

»Julius ist tot«, sagte ich.

Er sagte nichts. Er sah nur weiter aus dem Fenster.

»Haben Sie mich verstanden? Er ist tot.«

»Das habe ich mir gedacht«, sagte er. Eine Sekunde lang sah er mich an, dann blickte er aufs Armaturenbrett. »So, wie Sie von ihm gesprochen haben.«

»Er hat mir monatelang nachgestellt«, sagte ich. »Er hat drei Leute umgebracht, darunter Edwin Fulton. Mich hat er auch zu töten versucht.«

Prudell nickte nur.

»Das überrascht Sie nicht?«

Er zuckte die Schultern. »Ich hätte so was von ihm nicht erwartet, aber … zum Teufel, wer weiß so was schon? Ich erinnere mich, daß er manchmal so einen Blick in die Augen bekam. Ich habe mich dann immer gefragt, wieso ich ihn überhaupt in meine Nähe lasse.«

»Ich habe ihn getötet«, sagte ich.

Er wandte den Kopf und sah mich an. Er sagte nichts.

»Ich hatte keine Wahl«, sagte ich.

Er nickte nur mit dem Kopf.

Ich erreichte die Fourteenth Street. »Muß ich hier abbiegen?«

»Ich glaube ja«, sagte er. »Ich glaube, ich bin hier langgefahren. Ich weiß noch, daß ich nach seiner Straße suchen mußte.«

Wir kamen an ein Stoppschild. Ich konnte jetzt auf der Fourteenth Street weiter nach Norden fahren oder nach Osten in die Eighth Avenue einbiegen. »Wie soll ich fahren?«

»Ich überlege gerade«, sagte er. Wir saßen einfach da in unserem Lastwagen. Über uns brannte eine einsame Straßenlaterne. Ohne den Fahrtwind durchs offene Fenster herrschte gespenstische Stille. »Fahren Sie geradeaus«, sagte er schließlich. »Ich glaube, es ist da hinten.«

Wir fuhren an kleinen Ziegelhäusern vorbei, die dicht bei dicht standen, die meisten mindestens fünfzig Jahre alt. Das war eins der ursprünglichen Viertel im Soo, aus der Zeit, da ein Militärflughafen auf der anderen Seite vom Highway lag und noch niemand an Casinos und Touristen dachte. Wir fuhren die Fourteenth Street hoch, über Seventh und Sixth hinweg, und kamen dann in eine Sackgasse. »Jetzt erinnere ich mich«, sagte er. »Ich fuhr in die Sackgasse und mußte wenden. Fahren Sie zurück zur Sixth Street.«

Ich tat, wie er sagte. Ich verlor in diesem Labyrinth numerierter Straßen allmählich die Orientierung. Es war ja nicht wie in New York City, wo alle Zahlen einen Sinn ergeben und die Straßen in eine Richtung laufen und die Avenuen in eine andere. »In Ordnung, fahren Sie jetzt zur Thirteenth Street und nehmen Sie die dann bis ans Ende durch.« Wir kreuzten die Fifth Street, und dann endete unsere Straße an der Fourth Street. »Versuchen wir's mal links«, schlug er vor.

»Es sieht so aus, als führen wir im Kreise«, sagte ich.

»Sie können gerne die Navigation übernehmen.«

Als wir auf der Fourth Street in westlicher Richtung fuhren, wurden die Häuser kleiner und kleiner. Die meisten von ihnen hatten jedes Fenster und jede Tür mit Plastik verkleidet. Wo die Bay mit ihrem gnadenlosen Wetter gerade einen Kilometer entfernt war, konnte ich mir kaum erklären, wie einige der Bauten überhaupt noch standen.

»Jetzt beginnt es, vertraut zu werden«, sagte er. Als wir um eine Kurve bogen, verriet uns ein Straßenschild, daß wir nunmehr auf der Oak Street seien. »Ja, das ist richtig. Ich erinnere mich jetzt wieder an die Baumnamen. Hier gibt es eine ganze Reihe Straßen mit Namen von Bäumen. Ich bin ziemlich sicher, daß sein Haus an einer von ihnen liegt.«

Wir arbeiteten uns durch eine Ash Street, dann durch Walnut und Chestnut. Prudell starrte aus seinem offenen Fenster und dann wieder auf meine Seite der Straße. »Ich glaube, wir sind bald da«, sagte er. »Ich weiß, es ist hier in der Gegend.«

»Wir waren jetzt in jeder Straße«, sagte ich. Der Mann war kooperativer, als ich hatte hoffen können, aber selbst so nahm meine Geduld von den Rändern her rapide ab.

»Nein, das waren wir noch nicht«, wehrte er sich. »Sobald wir sein Haus sehen, werde ich es wiedererkennen. Es hatte diese scheußliche Verkleidung. Ich sehe sie noch im Geiste vor mir. Sie erinnerte an einen räudigen Hund. Alles so 'n rauhes Zeug, als ob es sich haarte. Und das war vielleicht eine Ruine. Er hatte es gemietet. Ich erinnere mich, wie er sich über den Vermieter beschwerte, und was alles kaputt sei. Im Winter frören jede Nacht die Leitungen ein, erzählte er. Wie er über diesen Vermieter gesprochen hat, du meine Güte. Und was er bei passender Gelegenheit alles mit ihm anstellen wollte.«

»Aber gemacht hat er nie was?«

»Ich glaube nicht. Vermutlich hatte er Angst, auch nur mit ihm zu reden.«

Ich dachte darüber nach, während ich die Straße entlangschaute. Wir standen an einer dunklen Ecke in einem unbekannten Viertel. Im allgemeinen ist der Soo eine freundliche Gegend, aber man kann nie wissen, wen es vielleicht stört, daß ein fremder Kleinlaster mehrfach vor seinem Haus auf und ab fährt. Ich war sicher, daß es hier viele Gewehre gab, Jagdgewehre mit hoher Durchschlagskraft und Zielfernrohren ebenso wie Schrotflinten.

»Sollten wir nicht besser weiterfahren?« schlug ich vor.

»Warten Sie einen Moment, jetzt, wo ich drüber nachdenke, fällt mir ein, daß es hier eine Straße gibt, die ich beim ersten Rumfahren übersehen habe. Ich habe sie erst entdeckt, als ich wieder auf dem Rückweg war. Ich glaube, es war noch ein Baumname.«

Ich wendete und fuhr auf der Chestnut zurück. Wir bogen rechts in die Ash Street und fuhren die ganz entlang bis zur Walnut. »Diesmal fahren Sie hier weiter«, sagte er.

»Da ist nur eine Sackgasse«, protestierte ich.

»Nein, dahinten gibt es noch eine Straße, sehen Sie?«

Er hatte recht. Man konnte sie nicht sehen, bevor man nicht ganz ans Ende durchgefahren war, eine Seitenstraße namens Hickory.

Ich bog links ab und sah sofort das Polizeiauto. Ich hielt das Steuer eingeschlagen und fuhr immer weiter links, als wollte ich wenden. »Wo wollen Sie hin? Sein Haus liegt hinten an dieser Straße.«

»Vor dem Haus steht ein Polizeiauto«, erklärte ich. »Ich will nicht, daß die mich sehen.«

»Dann fahren Sie doch einfach vorbei, als suchten Sie ganz was anderes.«

»Nein, vielleicht halten sie nach meinem Wagen Ausschau«, sagte ich. »Maven wäre das zuzutrauen.« Ich fuhr in die Walnut Street zurück und hielt den Wagen an.

»Und was wollen Sie jetzt machen?«

Das war eine gute Frage. Im Hinterkopf wußte ich, daß es nur eines gab, was ich tun *konnte*, wollte ich eine Antwort auf alle meine Fragen finden. Es gab keine Chance, daß Maven mich jemals diese Papiere sehen ließ. Die Zeitungsausschnitte, das Tagebuch. Ich konnte mir auch keinen Weg vorstellen, auf dem ich ihn zwingen könnte, mir Einblick zu gewähren. Technisch waren das alles Beweisstücke, die man benötigte, um die Akten über drei Morden zu schließen.

»Ich muß ins Haus«, erklärte ich.

»Sind Sie komplett verrückt?«

»Ich muß«, wiederholte ich. »Wenn ich das nicht mache, verfolgt mich die Sache für den Rest meines Lebens.«

»Sie wollen in ein polizeilich versiegeltes Haus einbrechen«, erklärte er. »Sie wollen Beweismaterial zerstören. Das sind schwere Verbrechen.«

»Das ist mir egal.«

»Direkt vor der Haustür steht ein Polizist.«

»Ich weiß«, sagte ich. Vielleicht war es Dave, dachte ich, der Mann, der mein Haus bewacht hatte. Vielleicht hatten sie ihm noch mehr Sonderschichten verordnet. Aber wie konnte ich mich da vergewissern, außer daß ich hinging und an sein Fenster klopfte? Entschuldigen Sie bitte, sind Sie zufällig Dave? Meinen Sie, Sie könnten mich mal eine Minute ins Haus lassen?

»Und wie wollen Sie dann ins Haus reinkommen?« fragte er.

»Als Sie damals hier waren, sind Sie da auch im Haus gewesen?«

»Ja, eine Sekunde.«

»Haben Sie da eine Hintertür gesehen?«

Er sah mich längere Zeit an. »Ich glaube ja.«

»Gut.«

»Sie müssen das wirklich machen, nicht wahr?«

»Ja.«

»Dann komme ich mit Ihnen«, erklärte er.

»Den Teufel werden Sie.«

»Ich werde nicht in Ihrem Wagen rumsitzen, während Sie da einbrechen. Ich habe mich jetzt schon der Beihilfe schuldig gemacht. Da kann ich auch gleich mitkommen.«

»Warum sollten Sie mir helfen wollen?« fragte ich. »Ich dachte, Sie hassen mich?«

»Wer sagt denn, daß ich Ihnen helfen werde? Ich möchte nur sehen, wie Sie es machen. Ich möchte sehen, wie gut Sie sind.«

»Ich denke, Sie bleiben besser hier.«

»Vorhin im Restaurant haben Sie mich zwischen zwei Möglichkeiten wählen lassen, erinnern Sie sich? Jetzt nenne ich Ihnen zwei Möglichkeiten: Entweder wir gehen zusammen, oder ich wecke den Polizisten.«

Wir gingen zusammen. Wir ließen den Wagen stehen, wo er war, und gingen durch den Wald zur Rückseite des Hauses. Ich nahm vom Wagen ein Paar Arbeitshandschuhe, eine Taschenlampe, die ich nur im äußersten Notfall benutzen wollte, und ein Picking-Set mit. Ich hatte ihn in derselben Woche bestellt, in der ich meine Lizenz bekommen hatte, aber ich hatte mir niemals vorgestellt, diesen Dietrich für Zylinderschlösser auch wirklich zu benutzen. Sonst hätte ich wohl mal geübt.

Die Hintertür war vielleicht zehn Meter vom Wald entfernt. Die Nacht war dunkel genug; niemand würde uns sehen. Die beiden Nachbarhäuser sahen verlassen aus. Wir krochen zur Hintertür und knieten uns davor. Für eine Sekunde knipste ich die Lampe an und sah mich rasch um. Zwei Mülleimer und ein alter Rasenmäher. Die Verkleidung des Hauses war so, wie Prudell sie beschrieben hatte, rauh und borstig wie ein sich haarender Hund. Vor der Tür war ein Absperrband der Polizei.

»Sie wollen doch dieses Band nicht zerstören«, flüsterte Prudell mir zu.

»Und ob ich das will, wenn ich das muß«, erwiderte ich.

»Warten Sie, machen Sie noch mal das Licht an.« Als ich das tat, folgte er dem Band bis zu seinem Ende. Als er daran zog, löste es sich. »Äußerst nachlässige Arbeit«, monierte er. »Es geht so von der Verkleidung ab. Sie hätten es ganz ums Haus rumziehen müssen.«

»Ich werde Maven sicher gelegentlich darauf hinweisen«, sagte ich. Ich zog die Handschuhe aus, nahm das Picking-Set und machte mich an die Arbeit an der Tür. Zweimal versuchte ich mit generellem Vibrieren, ob ich vielleicht Glück hatte. Das Schloß gab nicht nach. Da machte ich mich daran, die Zuhaltungen eine nach der anderen zu bearbeiten. Prudell stand daneben und bekundete durch Geräusche seine Ungeduld. Ein kalter Wind kam auf, die Sorte, die irgendwo am Nordpol loslegt, sich über dem See mit Feuchtigkeit auflädt und dich dann im Gesicht trifft wie ein gefrorenes Stachelschwein. Ich verlor die Spannung und mußte wieder von vorn beginnen. Erste Zuhaltung. Zwei Zuhaltungen. Drei. Und dann verlor ich wieder die Spannung. Die obere Häfte der Tür bestand aus Glas, deshalb zog ich den Arbeitshandschuh wieder an und holte aus.

Prudell stoppte meine Hand. »Was ist los mit Ihnen?« zischte er. »Geben Sie mir die Dinger.«

Er nahm das Picking-Set von mir, setzte das Gerät an und gab den Zuhaltungen drei kurze Stöße. »Wie sind Sie bloß Privatdetektiv geworden?« sagte er, als er mir die Tür aufhielt.

Ich ging als erster ins Haus. Prudell kam hinter mir herein und schob die Tür mit einem vorsichtigen Schwung seiner Hüfte zu. Er will keine Fingerabdrücke hinterlassen, dachte ich. Keine schlechte Idee. Ich zog die Arbeitshandschuhe wieder an.

»Haben Sie keine Chirurgenhandschuhe?« fragte er.

»Ich habe sie beim Stethoskop gelassen«, sagte ich.

»Die Arbeitshandschuhe sind zu plump, um damit etwas anzufassen.«

»Sie sind nicht zu plump, um Ihnen in die Schnauze zu schlagen, wenn Sie sie nicht halten.«

Ich ging zum vorderen Fenster und linste durch die Jalousie. Das Polizeiauto parkte noch am Bordstein. Sein Inneres war dunkel. Ich zog die Taschenlampe aus dem Mantel und knipste sie an, wobei ich das meiste Licht mit meiner Hand abschirmte.

»Haben Sie keinen Rotfilter?« fragte er.

»Prudell, ich schwöre bei Gott, wenn Sie jetzt nicht auf der Stelle ...«

»Schon gut, kein Wort mehr«, versprach er. »Sie sind ja hier ganz offensichtlich der hochspezialisierte Fachmann.«

Für einen Augenblick hing ich der Phantasie nach, ihm mit der Lampe eins über den Schädel zu ziehen. Ganz ruhig, Alex. Der Mann hat recht. Tu, was du tun mußt, und dann nichts wie raus hier.

Es war ein kleines Haus. Man konnte es kaum ein Haus nennen. Es gab einen Hauptraum, der als Küche, Eßzimmer und Wohnraum diente. Das Bett war vom Rest des Hauses durch eine billige Wand getrennt, die nicht mal bis zur Decke reichte. Das Bad war zu klein, als daß mehr als eine Person darin hätte stehen können. Das Ganze hatte den unverkennbaren Geruch der Einsamkeit. Ungewaschene Bettlaken, verdorbenes Essen, Zigarettenrauch.

Ein Stapel Hefte lag auf der Küchentheke, eins dieser Detektivmagazine zuoberst. »Cheerleaders grausig verstümmelt und im Basement verscharrt.« Daneben Kataloge mit Feuerwaffen und einige billige Propagandapamphlete. »FBI will uns mit chinesischen Truppen Gewehre rauben.« Der übliche gegen die Regierung gerichtete Müll aus dem Irrenhaus.

Ich untersuchte den Raum weiter im Uhrzeigersinn und kam an seinen Waffenschrank. Die wenigstens hielt der Bursche in Ordnung! Ich sah hinter Glas säuberlich aufgestellt fünf oder sechs Gewehre. Man roch förmlich das Waffenöl. In einem Glaskasten neben dem Schrank befanden sich drei Pistolen. Ein klassischer Dienstrevolver, wie ich ihn auch besaß, eine .357-Magnum und eine Pistole, die ich nicht kannte. Daneben war ein freier Platz, wo sonst vermutlich eine weitere Pistole lag, und daneben wiederum ein Schalldämpfer. Ich war schon im Begriff, den Kasten zu öffnen, ließ es dann aber besser sein. Es war nicht nötig. Ich wußte auch so, auf welche Pistole der Schalldämpfer paßte.

Die Polizei hatte noch nichts angefaßt. Ich kannte die Routine. Vermutlich morgen würde ein Team der Spurensicherung kommen. Viele Aufnahmen machen, dann alles Stück für Stück entfernen. Danach Sichern der Fingerabdrücke. Eile war nicht geboten. Schließlich war der Verdächtige tot. Es galt nur noch, die Akten über die drei Morde zu schließen. Vielleicht schickten sie sogar einige junge Beamte und ließen sie sich umsehen, als Teil ihrer Ausbildung.

Mir war unwohl zumute, so als ob Raymond Julius jeden Moment aus seinem Bad träte und zu uns käme. Prudell stand an der Hintertür. Bislang hatte er sich nicht gerührt. Die Hände hatte er in die Taschen gesteckt. »Wissen Sie, wonach Sie suchen?« fragte er.

»Ja«, sagte ich. Da war sie auch schon, auf einem kleinen Tisch in der gegenüberliegenden Ecke der Wohnung. Die Schreibmaschine.

Ich ging hin und beugte mich über sie. Es war, genau wie Allen sie beschrieben hatte, eine alte ramponierte Underwood. Neben der Schreibmaschine lagen zwei Ordner aus Pappe. Ich holte tief Luft und nahm mir den ersten. Mit den plumpen Arbeitshandschuhen konnte ich ihn kaum öffnen, also legte ich ihn wieder hin und begann ihn Seite für Seite durchzublättern. Es waren Kopien alter Zeitungsausschnitte, alle aus den *Detroit News* und der *Detroit Free Press* aus dem Juli 1984. Ich kannte alle Schlagzeilen. »Verrückter tötet Polizisten. Partner in Lebensgefahr.« – »Bürgermeister Young würdigt Beamten, ordnet Überprüfung der zuständigen Behörden an.« – »Wahnsinniger Polizistenmörder schuldig in allen Punkten.«

Ich machte den Ordner zu und öffnete den zweiten. Ich erkannte sofort die Schrifttype. Es war sein Tagebuch, für jeden

Eintrag eine separate Seite. Ich richtete einen schmalen Lichtstrahl auf die Seiten und fing an, die Geheimnisse des toten Mannes zu lesen.

Kapitel 19

11. Juni

Alex McKnight. Das sollen die ersten Wörter sein die ich schreibe. Wie ich sie schreibe spüre ich wie die Wut durch mich läuft wie ein Stromstoß von einer Million Volt. Ich habe ihn noch nie gesehen und doch kann ich sein Gesicht sehen wenn ich nachts meine Augen schließe. Ich weiß daß er es ist. Ich hasse sein Gesicht und ich hasse seinen Namen und ich hasse alles was mit ihm zu tun hat. Jetzt wo er mir das angetan hat kann ich nichts mehr tun als den ganzen Tag an ihn denken und überlegen was ich ihm antun werde wenn ich die Gelegenheit dazu habe. Wenigstens habe ich jetzt etwas zu tun. Von jetzt an besteht der Sinn meines Lebens darin über ihn herauszufinden was ich nur kann und dieses Wissen dann zu seiner Vernichtung einzusetzen. Ich werde mich vorstellen Guten Tag mein Name ist Raymond Julius. Sie kennen mich nicht aber Sie haben mir sehr weh getan und das will ich Ihnen jetzt wiedergutmachen. Was für ein Gesicht wird er machen wenn ich das sage!

2. Juli

Ich weiß schon mehr über Alex McKnight. Es ist ein gutes Gefühl diese Macht über ihn zu haben. Es fühlt sich an als hätte ich ihn hier auf meiner Handfläche. Ich brauche meine Hand nur zu schließen und ich zerquetsche ihn. 1950 ist er in Detroit geboren. Er war früher mal Baseballspieler und dann Polizist bei der Stadt Detroit. Er wurde von einem Mann namens Rose niedergeschossen. Sein Partner wurde getötet. In Alex McKnight steckt noch eine Kugel. Zumindest war das der Fall als die Reporter in all den Zeitungsausschnitten die ich gesammelt habe über ihn geschrieben haben. Es gibt ein Bild von ihm wie er im

Krankenhaus im Bett liegt. Es gibt ein Bild von Maximilian Rose wie er ins Gericht geführt wird. Eine seltsame Veränderung geht mit mir vor. Wenn ich nachts die Augen schließe sehe ich Alex McKnight nicht mehr. Jetzt sehe ich Maximilian Rose. Wieso weiß ich nicht denn es ist Alex McKnight an den ich die ganze Zeit denke. Ich habe ihn sogar an seiner Hütte beobachtet und in der Kneipe in die er fast jeden Abend geht. Von Maximilian Rose habe ich nur die eine Aufnahme und die ist nicht einmal gut, weil es die Kopie eines Zeitungsfotos ist. Wieso sehe ich dann jede Nacht sein Gesicht? Vielleicht weil er Alex McKnight töten wollte. Vielleicht ist er jetzt mein Schutzpatron. Vielleicht wird er zu mir reden und mir sagen warum er hier ist.

22. August

Ich bin mit dem Schreiben sehr nachlässig gewesen. So viele Dinge sind passiert. Ich bin mit Maximilian Rose in Verbindung gewesen nenne ihn aber jetzt einfach Rose. Es klingt so perfekt. Zum ersten Mal in meinem Leben ergibt alles einen Sinn. Der Haß in meinem Herzen hat sich um hundertachtzig Grad gedreht durch das was Rose mir gezeigt hat. Ich habe jetzt mehr Kraft und Macht weil ich als Teil in etwas Größeres eingefügt wurde. Rose hat mich das alles sehen gelehrt. Er hat mir ein Geheimnis über Alex verraten. Mit ihm hat es Besonderes und Bedeutendes auf sich. Ich weiß nicht was das ist aber Rose hat mir versprochen mehr davon zu erzählen. Ich kann gar nicht abwarten bis ich das nächste Mal mit ihm Verbindung habe. Rose ist eine Rose ist eine Rose.

13. September

Jeden Tag lerne ich mehr. Mein altes Ich häutet sich wie sich eine Schlange häutet. Ich erkenne die Gründe von all dem und erkenne meinen Platz in einem alles umfassenden Ganzen. Wenn ich jetzt nach draußen gehe durchschaue ich die Menschen und sehe ob sie gut oder böse sind indem ich ihnen nur ins Gesicht sehe oder höre wie sie sprechen. Wohin ich auch gehe es gibt so viele schlechte Menschen. Rose sagt das ist natürlich weil Alex jetzt hier ist. Ich glaube bald wird etwas Großes geschehen. Ich fühle es. Ich glaube Rose wird mir sehr bald etwas sehr Bedeutsames geben.

9. Oktober

Ich bin Rose. Ich werde es wieder und wieder sagen: Ich bin Rose. Das war das Geschenk das Rose mir gegeben hat. Sein Geist flog zu mir und hat sich auf meinen Schultern niedergelassen wie ein Vogel aus dem Himmel. Jetzt bin ich Rose und Rose ist ich. Jetzt kann ich alles erkennen. Alex ist der Erwählte. Ich wage es laut zu sagen. Er ist der Erwählte weil er drei Kugeln empfangen hat. Das bedeutet daß die heilige Dreieinigkeit durch ihn hindurchgegangen ist. Die dritte Kugel steckt noch in ihm. Sie ist der Geist in ihm der in derselben Frequenz schwingt wie der Geist in mir. Eine bedeutende Aufgabe liegt vor mir. Es ist eine wichtige Aufgabe die ich erfüllen muß bevor die letzten Worte für alle Zeiten geschrieben werden.

In meinem Magen breitete sich Übelkeit aus, während ich dies las. Da schreckte mich ein plötzliches Geräusch von der Lektüre auf. Jemand war am Hintereingang. Prudell sah mich mit geweiteten Augen an und duckte sich dann auf den Boden. Ich stand wie erstarrt da und wartete darauf, daß die Tür sich öffnete, daß der Polizist hineinkäme und mir mit seiner Lampe ins Gesicht leuchtete. Aber die Tür öffnete sich nicht.

Ich kroch zum hinteren Ausgang und spähte aus dem Fenster. Ein großer Waschbär hatte die Mülltonne umgeworfen. »Verschwinde hier!« zischte ich. »Los!«

Der Waschbär glotzte mich nur an.

»Verschwinde, du fettärschige Sau«, sagte ich, während ich die Tür einen Spalt öffnete.

Der Waschbär trennte sich sehr zögerlich vom Abfall und schlenderte in den Wald. Ich stand eine Minute an der Tür und versuchte durch bloße Willenskraft mein Herz auf die doppelte Schlagzahl zurückzufahren.

»Meinen Sie, der Polizist hat den Krach gehört?« fragte mich Prudell. Er hockte noch auf dem Boden.

»Ich weiß nicht«, sagte ich. Ich ging zum Vorderfenster zurück und linste durch die Jalousie. Das Polizeiauto war noch immer dunkel.

Als ich sicher war, daß er nicht ins Haus kam, setzte ich meine Lektüre bis zum Schluß fort …

1. November

Alles ist jetzt in Bewegung. Alles geschieht so schnell. Ich habe einen bösen Mann entfernt. Er sagte böse Dinge zu einem Mann namens Edwin der Alex nahesteht. Es ist kein Zufall daß es hier in der Gegend so viel Böses gibt bei all den Casinos und den Menschen die ihre Seelen verspielen. Es war ein gutes Gefühl den Mann zu entfernen. Endlich kann ich wirklich etwas tun. Ich habe Alex angerufen weil es nötig ist daß er leibhaftig sieht was ich für ihn getan habe. Er hat es mit eigenen Augen gesehen. Ich bin von einem tiefen Glücksgefühl erfüllt denn das muß ein gutes Zeichen sein daß er es gesehen hat. Ich überlege wann ich ihm wohl sage wer ich jetzt bin.

3. November

Alles ist in einem verrückten Aufruhr aber ich empfinde in meinem Inneren einen tiefen Frieden. Ich habe einen anderen bösen Mann entfernt der dasselbe Böse gesprochen hat wie der erste

Mann. Ich weiß nun daß sie sich von allen Enden der Erde hier sammeln aber ich bin ohne Sorge. Ich weiß was vollbracht werden muß und ich weiß daß ich es kann. Ich habe Alex einen Brief geschrieben und direkt an seine Türe gebracht damit er ihn liest. Alles was verkündet wurde wird jetzt erfüllt. Ich wußte nicht daß Blut so rot war. Es ist roter als ein Kuß und viel machtvoller.

6. November

Ich finde kaum die Zeit zum Schreiben. Alles kommt jetzt zusammen so wie es geschehen soll. Auch wenn Alex so viele Mauern um sich herum hat weiß ich doch daß das alles zum Plan gehört. Ich weiß daß der Mann namens Edwin der ihm nahestand ein Judas war. Er mußte entfernt werden. Diesmal war ich mit dem Blut noch vorsichtiger. Ich habe Alex einen weiteren Brief geschrieben und ihm sogar meine neue Theorie mitgeteilt daß Blut stärker ist als Mikrowellen und daß Edwin auf dem Grund des Sees ist wo er uns nie mehr im Wege stehen wird. Ich glaube es ist fast an der Zeit zu Alex zu gehen. Ich muß jetzt schlafen damit ich Kraft und Mut habe für die letzte Prüfung.

7. November

Es ist an der Zeit. Ich kann kaum tippen so aufgeregt bin ich. Es ist an der Zeit zu Alex zu gehen und ihn durch die Pforte zu geleiten. Ich weiß daß er Furcht empfinden wird und sogar ein wenig Schmerz aber ich weiß daß es am Ende alle Leiden wert sein wird. Ich weiß ich kann es so geschehen lassen wie es geschehen muß. Ich weiß daß die Pistole die er hat überhaupt keine wirkliche Pistole ist. Sie ist eine Illusion bestimmt die Bösen zu täuschen und niemals kann sie mich verletzen. Alles ist Teil eines Plans wie ein getanztes Duett. Ich werde meinen

Teil vollbringen und er den seinen. Und wenn es vorüber ist sind wir für immer vereint.

Ich las seine letzten Worte und schloß dann den Ordner. Ich wünschte ich sähe noch mehr, etwas, das mir helfen würde, Verstand in das Ganze zu bringen. Drogen, eine Nadel, eine Spritze. Eine chemische Erklärung für diesen kompletten Irrsinn. Aber da war nichts.

»Nichts wie weg jetzt«, sagte ich.

»Passen Sie bloß auf, daß Sie alles wieder so hinlegen, wie Sie es vorgefunden haben«, meinte Prudell.

»Habe ich.«

»Nein. Ich meine genauso. Die Ordner lagen vorher exakt übereinander.«

»Das macht doch nichts«, sagte ich.

»Sie wissen, daß die hier alles fotografiert haben«, erklärte er. »Wenn der obere Ordner nur ein paar Zentimeter bewegt worden ist, fällt ihnen das auf.«

»Gehn wir hier raus«, sagte ich nur. »Los!« Mir war es egal, wenn jemand wußte, daß ich hier gewesen war. Sie hätten in diesem Moment die Tür eintreten und mich in Handschellen abführen können. Solange ich nur verdammt noch mal hier rauskäme.

Ich zog ihn mit mir durch die Hintertür. Ich sog tief die kalte Nachtluft ein, während er das Polizeiband wieder sorgfältig anbrachte. »Machen Sie schon«, drängte ich. »Ich sagte doch schon, es spielt keine Rolle.«

»Seien Sie doch kein Idiot, McKnight«, sagte er. Er gab sich jede erdenkliche Mühe, bis alles perfekt war. Dann gingen wir durch den Wald zu meinem Wagen zurück.

Wir stiegen ein. Ich ließ den Motor an und fuhr los, den Weg zurück durch all die baumnamigen Straßen und dann die numerierten Straßen bis zum Highway. Lange Zeit sagte keiner von uns ein Wort. Nur der Wind rauschte durchs offene Seitenfenster. Es war so kalt, daß es weh tat, aber ich wollte es so. Ich wollte etwas Wirkliches spüren, etwas, das ich verstehen konnte.

»Was stand drin?« fragte Prudell endlich.

Eine Minute lang dachte ich nach. Ich wußte nicht, was ich sagen sollte, und schüttelte nur den Kopf. Er insistierte nicht weiter.

Als wir zum Restaurant zurückkamen, stieg er aus und ging direkt zu seinem Wagen.

»Hey«, sagte ich. »Gehen Sie nicht zurück an die Arbeit?«

»Ich glaube, das heute nacht war mein dritter und letzter Versuch hier«, sagte er.

»Soll das heißen, daß ich Sie jetzt um einen weiteren Job gebracht habe?«

»An dem hier liegt mir nicht so viel«, meinte er.

»Dann lassen Sie mich Ihnen wenigstens die fünfhundert Dollar geben.«

»Vergessen Sie's«, sagte er. »Ich will Ihr Geld nicht.«

»Auch wenn Sie sich dafür nichts kaufen können«, sagte ich noch, »ich bin Ihnen für Ihre Hilfe heute abend sehr dankbar.«

Er kam zurück ans Fenster. »Auch wenn Sie sich dafür nichts kaufen können«, sagte er, »der Angriff neulich abends tut mir leid.«

»Sie meinen in der Kneipe? Als Sie zwanzigmal auf mich eingedroschen haben und mich zwanzigmal verfehlt haben und ich Sie mit einem Schlag niedergestreckt habe? Meinen Sie den Abend?«

»Von wegen mit einem Schlag«, entgegnete er. »Ich bin auf dem Kies ausgerutscht. Ich meine, wie ich Sie mit meinen Schlüsseln am Auge getroffen habe. Das muß tagelang weh getan haben.«

Ich lachte. Ich war überrascht, daß ich lachen *konnte*. »Da haben Sie recht, Prudell. Da haben Sie mich erwischt.«

»Sie hatten's verdient«, sagte er. »Gehen Sie mir von jetzt an aus dem Weg.« Als er sich umwandte, glaubte ich, den Ansatz zu einem Lächeln zu sehen.

Ich ließ ihn auf dem Parkplatz zurück und fuhr in die Nacht hinein, zurück zur Interstate 75 Richtung Heimat. Route 28 zur Landstraße 123 nach Paradise. Ich hatte in den letzten Tagen ganz schöne Rillen in die Straßen gefahren, jeden Tag zum Soo und zurück. Jetzt ist es vorbei, nicht wahr? Jetzt geht es ins normale Leben zurück? Geisteskranker Versager stellt dir nach, kontaktiert den Verrückten, der dich vor vierzehn Jahren umgenietet hat, bildet sich ein, er *wird* um Himmels willen dieser Verrückte, tötet drei Leute, darunter Edwin, versucht dich umzubringen, worauf du letztlich ihn umbringst. Und jetzt darfst du das alles vergessen, schön wieder Holz kleinmachen und die Hütten aufräumen?

Ich fuhr. Dunkelheit. Der Geruch der Kiefern drang durchs Fenster. Ein Wagen kam mir entgegen. Seine Lichter blendeten mich. Er fuhr vorbei.

Wie hat er Rose kontaktiert? Er hat nicht geschrieben, *wie* er das gemacht hat.

Ein Schild vom Casino. Die letzte Stelle, an der Edwin lebend gesehen worden ist. Ich könnte jetzt dahin gehen. Siebzehnundvier spielen. Einen Drink zu mir nehmen. Ich will nicht zurück in meine leere Hütte. Daliegen und an die Decke starren.

Die Angst sollte jetzt verschwunden sein. Rose ist für immer im Gefängnis. Und dieser andere Mann, der mich an meinem Verstand zweifeln ließ, ist jetzt tot. Viermal habe ich ihn getroffen, Brust, Brust, Kopf, Brust. Die Angst sollte für immer verschwunden sein.

Ich sah, daß im Glasgow die Lichter noch an waren, überlegte, kurz hineinzugehen, fuhr aber weiter. Am Holzweg zu meiner Hütte fuhr ich langsamer, überlegte, nach Hause zu gehen, etwas Schlaf zu finden.

Ich fuhr weiter.

Sie sollte nicht alleine sein. Sie klang so verzweifelt am Telefon. Nach all dem, was passiert ist, sollte sie nicht allein in diesem Hause sein.

Zumindest redete ich mir das ein.

Ich fuhr zum Point und bog nach Westen in ihre Zufahrtsstraße ein. Ich mußte an Mrs. Fultons Traum denken. Der Wagen mit den ausgeschalteten Scheinwerfern, der durch diese Bäume glitt. Der Fahrer, der das Haus in der Nacht beobachtet. Sie hat das im Traum gesehen. Und auch das Blut. Jetzt erschien das gar nicht mehr so phantastisch. Nach allem, was passiert war, glaubte ich jetzt alles.

Noch vor der letzten Kurve sah ich den Lichterschein. Im Haus brannte jede Lampe. Der Platz vorm Haus war hell genug, um darauf Baseball zu spielen. Als ich den Wagen abstellte, konnte ich den ganzen Weg bis hinunter zum Strand und bis ins Wasser sehen. Vielleicht stand ein Seemann zwei Kilometer seeeinwärts auf einem Frachter, betrachtete das Haus durch seinen Feldstecher und fragte sich, wo der neue Leuchtturm wohl herkäme.

Sobald ich den Motor abgestellt hatte, hörte ich auch die Musik. Als ich die Tür öffnete, attackierte sie meine Ohren. Es war irgendwas aus einer Oper; ein Sopran erkletterte die Tonleiter auf italienisch.

Sylvia sah ich nirgends.

Im Arbeitszimmer fand ich die Stereoanlage. Die Boxen waren so groß wie Kühlschränke. Es tat weh, sich ihnen zu nähern, aber ich wollte die Musik abstellen. Es war eine von diesen Zehntausend-Dollar-Geschichten mit mehr Knöpfen als ein Düsenflugzeug, aber schließlich fand ich den Ein/Aus-Knopf und stellte dem Ding einfach den Strom ab. Ich schüttelte den Kopf in der plötzlichen Stille und fragte mich, wo Sylvia wohl sein mochte. Es dauerte nicht lange, und ich stellte mir das Schlimmste vor. Sie hing an der Vorhangkordel im Bad oder lag auf ihrem Bett und hielt ein Glas Pillen mit der Hand um-

krampft. Endlich hörte ich sie die Treppe herunterkommen.
»Wer hat die Scheißmusik abgestellt?«

»Ich wußte gar nicht, daß du Opern magst«, sagte ich.

Sie stand im Türrahmen, eine Flasche in der Hand. Ihr Haar war ein wirres Durcheinander, und ihre Augen waren rot und angeschwollen vom Weinen oder vom Trinken oder von Gott weiß was. Sie sah phantastisch aus.

»Was willst du hier?« fragte sie.

»Ich habe mir Sorgen um dich gemacht.«

»Ich hab dir doch gesagt, du sollst verschwinden.«

»Ich bin trotzdem gekommen.«

»Das hättest du nicht tun sollen.«

»Wieviel hast du getrunken?«

»Das geht dich nichts an.«

Ich trat zu ihr. Ich nahm ihr die Flasche aus der Hand. Es war Champagner. »Feierst du was?« fragte ich.

»Das werde ich, wenn du weg bist.«

»Warum bist du in meine Hütte gekommen?«

Sie sagte nichts.

»Hattest du Angst? Warst du einsam? Was war es?«

Sie sah mir in die Augen. »Hast du eigentlich eine Vorstellung davon, wie sehr ich dich hasse?«

»Nein, habe ich nicht«, antwortete ich. »Zeig's mir doch.«

Sie schlug mir ins Gesicht. Genauso, wie Mrs. Fulton das getan hatte, nur fester. Als sie zum zweiten Mal ausholte, packte ich ihren Arm.

»Laß mich los«, sagte sie.

Ich sah zu ihr herunter. Sie stand dicht genug vor mir, um ihr Parfüm riechen, die Wärme ihres Körpers spüren zu können.

»Ich sagte, laß mich los«, sagte sie.

Ich ließ nicht los.

Kapitel 20

Ich schlug die Augen auf. Durch das Oberlicht konnte ich düstere Wolken sehen, eine einzelne Schneeflocke, dann noch eine. Links von mir Sylvias Kopf auf dem Kissen, von mir abgewandt. Ich wußte nicht, ob sie wach war.

Ich stieg aus dem Bett. Ich stand da und sah sie an. Sie bewegte sich nicht. Als ich anfing, mir die Hose anzuziehen, sagte sie: »Du gehst.« Nicht als Frage.

»Ich komme wieder«, sagte ich.

Sie drehte sich um und sah mich an. Die Decke hatte sie eng an ihren Hals gezogen.

»Das ist mir ernst«, sagte ich. »Ich komme zurück.«

Sie sagte nichts.

»Ich glaube, draußen schneit's«, sagte ich.

Sie sah zum Oberlicht.

»Ist alles in Ordnung mit dir?« fragte ich. Es war eine schwache Vorstellung, aber mir fiel nichts Besseres ein.

»Nein«, sagte sie.

»Du hast ziemlich viel Champagner getrunken«, sagte ich, während ich mir das Hemd anzog. Ich sah mich im Zimmer nach meinen Socken und meinen Schuhen um.

Sie setzte sich im Bett auf, wobei sie die Decke fest an ihren Körper preßte. »Sagst du sonst noch was? Oder läufst du wieder mal weg?«

Ich setzte mich aufs Bett. »Was meinst du mit wieder mal? Wann bin ich jemals zuvor weggelaufen?«

»Das bist du doch immer«, sagte sie. »Jedesmal.«

»Dann war ja auch Edwin normalerweise auf dem Heimweg, wie du wohl weißt.«

»Diesmal kommt er nicht nach Hause«, sagte sie. Sofort hatte sie wieder diesen Blick in ihren Augen. Diese plötzliche Flamme.

»Ich muß jetzt gehen«, sagte ich.

»Erwartest du, daß ich jetzt bitte bitte sage, damit du bleibst?«

»Nein«, erwiderte ich. »Ich erwarte überhaupt nichts.«

Ich stellte mich auf etwas Schmerzhaftes ein. Ein kaltes Schweigen, etwas Gehässiges, Gewalttätiges. Statt dessen blickte sie auf ihre Hände. »Glaubst du, daß ich Edwin wegen seinem Geld geheiratet habe?«

Ich wußte nicht, was ich sagen sollte.

»Ich nehme an, du mußt das denken. Habe ich dir jemals erzählt, wie ich ihn kennengelernt habe?«

»Nein.«

»Ich hatte einen Blumenladen in Southfield. Ich hatte ihn selbst aufgemacht. Ich glaube, ich wollte allen beweisen, daß ich das kann. Weißt du, meiner Familie, einfach jedem. Ich hatte mir nicht vorgestellt, wie schwierig das sein würde, aber ich kam zurecht. Der Laden lief. Eines Tages kommt Edwin Fulton hereinspaziert. Er hat einen Anzug an, der schätzungsweise seine fünftausend Dollar gekostet hat. Unglaubliche Lederschuhe. Einfach allen Pipapo. Natürlich denke ich mir sofort, okay, der Typ wird dir aalglatt kommen, dich beeindrukken, wieviel Geld er hat. Er kommt zum Ladentisch und fragt mich, welche Blume wohl in sein Knopfloch paßt. Sagt mir, er versteht überhaupt nichts von Farben und hat keine Idee, was sich mit seinem Schlips verträgt. Ich hatte da diese Rosen aus Mittelamerika. Sehr schön, sehr teuer. Ich sagte, hier, Sie suchen doch sicher so was. Weißt du, was er gesagt hat?«

»Was hat er gesagt?«

»Er hat gesagt nein, die sieht zu teuer aus. Das sieht so aus, als wollte ich angeben. Deshalb hat er eine große rote Nelke gekauft. Für fünfundsiebzig Cent.«

Ich lächelte.

»Am nächsten Tag kommt er wieder und kauft wieder eine Nelke. Und den nächsten Tag und den nächsten. Es wirkte immer so, als wollte er mit mir reden, aber ich weiß nicht, er war zu schüchtern. Was ganz komisch war, denn du erwartest nicht, daß reiche Leute schüchtern sind. Jedenfalls kommt er ein paar Tage später schließlich rein und bestellt dieses *Riesen*bouquet. Jede Rose, die ich im Laden hatte. Für dreihundert Dollar. Ich brauchte ewig, um den Strauß zusammenzustellen und zu binden. Als ich endlich fertig bin, fragt er mich, ob ich für ihn die Karte schreiben kann. Er sagt, schreiben Sie die Karte für die wunderbarste Frau, die jemals auf Erden gewandelt ist. Das waren exakt seine Worte. Und natürlich denke ich, mein Gott, wie originell ist das dann? Er läßt mich die Karte schreiben und erzählt mir dann, die Blumen sind für mich. Und ich bin stinkesauer, weil er das ganze Geld zum Fenster rauswirft, um mir zu imponieren, und ich sage danke nein, nein danke und stell zu guter Letzt die ganzen Blumen wieder zurück. Aber das war es gar nicht, was er wollte.«

»Nein?«

»Nein. Sie waren für seine Mutter. Sie hatte Geburtstag. Er konnte sehen, daß ich überrascht war, und da hat er mich gefragt, ob ich gedacht hätte, er würde sie mir geben. Und ich sagte ja, um ehrlich zu sein, das habe ich gedacht. Und weißt du, was er gesagt hat? Er hat gesagt, wenn er eines Tages seinen Mut zusammennimmt und mich zum Essen einlädt, würde er die Blumen in einem anderen Laden kaufen. Auf diese Weise könnte er sie zurückbringen und sein Geld zurückverlangen, falls ich mich nicht in ihn verliebte.«

»Das ist toll.«

Sie sah zum Oberlicht. »Meinst du, er kann uns jetzt sehen?«

»Gott, ich weiß nicht.«

»Du hättest ihn über dich reden hören müssen«, sagte sie. »Er hat mir erzählt, du wärst der beste Freund, den er je gehabt hat. Hat er dir das mal gesagt?«

»Hat er.«

»Ich hoffe, daß er es kann. Ich hoffe, daß er uns sehen kann.«

»Warum?«

»Die ganze Zeit hat er nichts von uns gewußt. Ich hätte es ihm sagen müssen. Nicht weil ich ihn hätte verletzen wollen. Nur weil er ein Recht hatte, es zu wissen.«

»Vielleicht *will* man manches gar nicht wissen.«

»Ich glaube da nicht dran. Ich mag es nicht, wenn mir etwas passiert, und ich weiß nicht wieso.«

»Ich glaube, mir geht es genauso«, sagte ich. »Deshalb muß ich jetzt auch gehen. Eine Sache hab ich noch, die ich unbedingt wissen muß.«

Sie sah mir zu, wie ich mein Jackett anzog.

»Sag mir die Wahrheit«, sagte ich. »Willst du, daß ich zurückkomme oder lieber nicht?«

»Nein«, erwiderte sie. »Zumindest nicht jetzt.«

»Das ist fair.«

»Ich glaube nicht, daß wir jetzt einfach gemeinsam anfangen können«, sagte sie. »Wir können nicht so tun, als sei nichts von alledem passiert.«

»Nein.«

Wieder sah sie zum Oberlicht. An den Ecken begann sich der Schnee zu sammeln. Ich saß da und betrachtete sie.

»Vielen Dank dafür, daß du Edwins Freund gewesen bist.«

»Ich fürchte, in dem Job war ich nicht besonders gut.«

Sie lächelte. Eigentlich konnte man es kaum ein Lächeln nennen, aber es war das erste, das ich seit Monaten bei ihr gesehen hatte. »Er hätte dir alles vergeben. Das auch.«

Ich ging. Ich gab ihr keinen Kuß. Ich berührte sie nicht. Als ich wegfuhr, fragte ich mich, ob ich sie wohl jemals wieder berühren würde.

Ich fuhr bei meiner Hütte vorbei, duschte, zog mir frische Klamotten an und trank einen Kaffee. Dann kletterte ich auf der Stelle in den Wagen zurück und bretterte zum Soo. Der Schnee flog in kleinen Wölkchen über den Boden, aber noch blieb er nirgendwo liegen. Einige Flocken wehten durch das offene Fenster in den Wagen.

Als ich Uttleys Büro betrat, packte er gerade einen großen Karton. Er sah wieder ganz wie früher aus, glatt rasiert, das Haar zurückgekämmt, ein hübsches Hemd, ein schicker Schlips.

»Alex, da sind Sie ja«, sagte er. »Ich habe letzte Nacht nach Ihnen gesehen. Ich dachte mir, daß Ihr Telefon noch gestört sei, und so bin ich einfach vorbeigekommen.«

»Wann war das?«

»Das muß um Mitternacht gewesen sein. Ich konnte nicht schlafen, und da dachte ich mir, ich fahr raus und besuche Sie.«

»Sie müssen mich knapp verfehlt haben«, sagte ich. »Ich konnte auch nicht schlafen, und da habe ich nach Raymond Julius' Haus gesucht.«

»Raymond Julius? Der Mann, den Sie ...« Er hielt inne.

»Der Mann, den ich getötet habe, ja. Es hat sich herausgestellt, daß er einige Arbeiten für Prudell erledigt hat.«

Er hielt im Packen inne. »Der hat für Prudell gearbeitet? Ist das Ihr Ernst?«

»Als eine Art Laufbursche«, erklärte ich. »Sind Sie ihm jemals begegnet?«

»Nein, niemals«, erklärte er. »Ich kann mich nicht einmal erinnern, jemals seinen Namen gehört zu haben.«

»Prudell sagt, er hat ihm bei dem Job im Strandbad geholfen, als er die Bademeister beobachtet hat.«

»Ah, warten Sie mal«, sagte er. »Daran erinnere ich mich. Er hat mir erzählt, daß ihm einer hilft, ihn vertritt, wenn er auf die Toilette muß, und solche Sachen. Ich glaube nicht, daß er mir den Namen genannt hat. Vielleicht habe ich aber auch nicht besonders gut zugehört. Das war schon gegen Ende, als ich schon beschlossen hatte, ihn zu feuern. Aber was hat dieser Typ mit Ihrer Sache mit Rose zu tun?«

»Er hat es sehr schwer genommen, daß er seinen Job verloren hat. Und mir hat er die Schuld daran gegeben. Er hat angefangen, mir nachzuspionieren, in meiner Vergangenheit herumzuschnüffeln. Da ist er dann auf die Zeitungsartikel gestoßen. Der Rest ist ganz schön verrückt.«

»Mein Gott«, sagte er. »Das ist alles passiert, weil ich Prudell gefeuert habe?«

»Nein«, sagte ich. »Das alles ist passiert, weil der Typ verrückt war. Sie haben nichts falsch gemacht.«

»Ich kann das einfach nicht glauben«, meinte er. »Das wird ja immer schlimmer.«

»Eine Sache irritiert mich immer noch«, sagte ich. »Das ist die Geschichte, wie er mit Rose Kontakt aufgenommen hat.«

»Sie meinen, ob er ihn besucht hat oder ob er ihm geschrieben hat?«

»Ja«, nickte ich. »In seinem Tagebuch schreibt er nur etwas von einer ›Verbindung‹ mit Rose. Aber er sagt nicht, worin die bestand.«

»Wie sind Sie an sein Tagebuch gekommen?«

»Das wollen Sie doch nicht wirklich wissen«, meinte ich.

Er hob die Hände. »Um Gottes willen, kein Wort mehr.«

»Ich frage mich nur, wie das zustande gekommen ist. Wie hat er Rose erreicht? Wie hat er all das herausgefunden, was er in den Briefen geschrieben hat?«

Er zuckte die Schultern. »Wer weiß, Alex. Was spielt das jetzt noch für eine Rolle?«

»Es irritiert mich eben«, sagte ich. »Vielleicht sollte ich diesen Typen im Gefängnis, diesen Browning da, noch mal anrufen.«

»Da erfahren Sie doch nichts«, meinte er. »Das wissen Sie doch.«

»Geben Sie mir sicherheitshalber seine Nummer«, bat ich. »Vielleicht versuch ich's noch mal.«

Uttley stieß einen langen müden Seufzer aus und kramte in irgendwelchen Papieren. Dann schrieb er die Nummer auf ein Kärtchen und gab sie mir. »Sie verschwenden nur Ihre Zeit«, meinte er.

»Vermutlich haben Sie recht«, sagte ich. »Was ist mit dem Karton? Fahren Sie irgendwohin?«

»Ich brauche etwas Urlaub. Sie übrigens auch.«

»Wohin geht es?«

»Das weiß ich selbst noch nicht«, erklärte er. »Jedenfalls weit weg. Wo es warm ist. Auf irgendeine Insel.«

»Klingt wie 'ne gute Idee.«

»Wissen Sie, in all den Nächten, die ich auf der Couch der Fultons verbracht habe, habe ich angefangen, über alles mögliche nachzudenken. Ich weiß nicht, ob ich weiter als Anwalt arbeiten will. Auf jeden Fall nicht als diese Art von Anwalt, und jedenfalls nicht hier. Vielleicht versuche ich zur Abwechslung mal was Nettes, Ruhiges, wissen Sie, so was wie Immobilien. Wo ich mich nur auf meinen Hintern setze und bei einem Abschluß meinen fetten Scheck einstecke.«

»Sie kommen nicht wieder. Ist das so?«

»Ich glaube nicht, Alex. Hier ist zuviel passiert. Ich wundere mich, daß Sie nicht genauso denken.«

»Vielleicht tue ich das ja.«

»Wie dem auch sei, ich brauche vermutlich Ihre Dienste als Privatdetektiv nicht mehr.«

»Das geht in Ordnung«, sagte ich. »Ich bin mir nicht sicher, ob ich wirklich je einer sein wollte.«

Er nickte, und ich sah, wie er schlucken mußte.

»Brauchen Sie Hilfe beim Raustragen?«

»Nein, das hier ist alles, was ich brauche.« Er klopfte auf den Karton. »Alex, ich weiß nicht, was ich sonst noch sagen soll. Sie haben in den letzten zwei Wochen so viel durchmachen müssen. Ich kann nur hoffen, daß ich Ihnen dabei ein wenig geholfen habe.«

»Und ob Sie das haben!«

Er kam hinter seinem Schreibtisch hervor und gab mir die Hand. Und dann nahm er mich in den Arm. Er schlug die Arme um mich und drückte mich. »Passen Sie auf sich auf, Alex.«

»Machen Sie's gut, Lane.«

Als ich die Türe schloß, sah ich noch einmal zurück. Er stand da und salutierte mit erhobenen Daumen, und dann war ich weg.

Ich fuhr in die Stadt und suchte nach einer Werkstatt für Autoglas. Die erste hatte mein Fenster nicht vorrätig. Die zweite und die dritte auch nicht. In der letzten sagte mir der Mann, ich könne über die Brücke fahren und es in Kanada versuchen, oder er würde das Fenster bestellen und für die Zwischenzeit das Loch mit durchsichtiger Plastikfolie verkleben. Ich begnügte mich mit der Folie.

Von einem Münzfernsprecher aus rief ich die Telefongesellschaft an, um die Reparatur meines Anschlusses zu organisieren. Die Dame sagte mir, sie würden versuchen, heute noch vorbeizukommen, konnte aber nicht sagen, wann. Ich verriet ihr, daß mich dieser Service nicht gerade umhaue. Nachdem ich aufgehängt hatte, holte ich die Karte mit Brownings Nummer aus der Tasche. Ich betrachtete sie lange und steckte sie dann wieder weg, ohne angerufen zu haben.

Als ich nach Paradise zurückfuhr, hatte es aufgehört zu schneien. Aber der Tag war noch immer kalt und ungemütlich. Der Himmel war metallisch grau, wie ein Flintenlauf. Womöglich würde ich fünf Monate lang die Sonne nicht mehr sehen. Vielleicht hatte Uttley recht, dachte ich. Vielleicht sollte ich irgendwohin verschwinden und nie mehr zurückkommen. Vielleicht sogar Sylvia mitnehmen, wenn ich sie überreden konnte.

Mein Gott, Alex, hör dir das mal an. Hör dir dich mal an.

Ich schaute für ein spätes Frühstück ins Glasgow rein. Jackie machte mir eins seiner Omeletts, mit Zwiebeln, Paprika, Käse und allem Pipapo. Es war zu früh für ein Bier, aber nicht zu früh für eine seiner berühmten Bloody Marys. Oder auch für zwei oder drei.

Ich nahm die Karte aus der Tasche und betrachtete sie wieder. Wenn ich ihn anrufe, überlegte ich mir, hängt er vermutlich ein. Ich steckte die Karte wieder in die Tasche.

Als ich bei meiner Hütte ankam, stand der Mann von der Telefongesellschaft auf seiner Leiter. Ich schuldete der Gesellschaft eine Entschuldigung dafür, daß ich an ihrem Service gezweifelt hatte. »Was zum Teufel ist denn mit Ihrem Anschluß passiert?« fragte er. »Sieht so aus, als hätte ihn jemand glatt mit dem Messer durchgeschnitten.«

»Eine lange Geschichte«, sagte ich. Ich verschwand in der Hütte, bevor er mich bitten konnte, sie zu erzählen.

Als er fertig war, klopfte er kurz an meine Tür. »Ist wieder alles in Ordnung«, verkündete er. »Erscheint auf Ihrer nächsten Telefonrechnung.«

Ich bedankte mich bei dem Mann und hob dann den Hörer ab, um sicherzugehen, daß ich auch den Freiton hörte. Ohne weiter nachzudenken, wählte ich Brownings Nummer. Ich brauchte nicht einmal auf die Karte zu sehen; von all den Malen, an denen ich sie angestarrt hatte, kannte ich die Nummer auswendig.

Das Telefon klingelte. Was zum Teufel soll's, dachte ich. Zum mindesten kann ich mich bei dem Mann dafür entschuldigen, daß ich ihn angerufen habe.

»Strafvollzug, Browning.«

»Mr. Browning«, sagte ich. »Hier ist Alex McKnight.«

»Ah ja, Mr. McKnight.«

»Hören Sie, zunächst mal möchte ich sagen, daß mir unser letztes Telefonat leid tut. Ich stand fürchterlich unter Streß, hätte das aber nicht an Ihnen auslassen dürfen. Ich weiß, daß Sie Ihre Vorschriften haben.«

»Das ist schon in Ordnung.«

»Hier ist die Sache ziemlich ausgestanden. Natürlich ist es nicht Rose gewesen.«

»Natürlich«, sagte er. »Schließlich war er die ganze Zeit hier.«

»Natürlich«, sagte ich. »Obwohl sich herausgestellt hat, daß es hier einen Mann gab, der mit Rose in Kontakt gestanden hat.

Das hat mich neugierig gemacht, wie sich das wohl abgespielt hat. Sie führen doch bestimmt Buch über Besuche und Briefe. Müssen Sie die Briefe nicht sogar lesen?«

»So ist es.«

»Hören Sie, Mr. Browning. Ich weiß, daß ich in keiner Weise legitimiert bin, irgendwelche Fragen zu stellen. Aber um meiner geistigen Gesundheit willen, bitte. Gibt es irgendeine Möglichkeit, mir zu verraten, ob Rose jemals mit einem gewissen Raymond Julius Kontakt gehabt hat?«

»Warum fragen Sie ihn das nicht selber?« sagte er.

»Wie bitte?«

»Ich habe Ihren Mr. Uttley heute morgen angerufen. Er war nicht im Büro, deshalb habe ich eine Nachricht hinterlassen.«

»Er ist nicht da«, erklärte ich. »Er ist in Ferien gefahren. Warum haben Sie ihn angerufen?«

»Ich habe angerufen, um ihm mitzuteilen, daß Maximilian Rose bereit ist, Sie zu sehen.«

Ich stand da, mit dem Hörer in der Hand.

»Mr. McKnight, sind Sie noch dran?«

»Ja«, sagte ich. »Wann kann ich ihn sehen?«

»Wie es Ihnen paßt. Glauben Sie mir, er wird jederzeit hiersein.«

»Dann komme ich heute noch«, sagte ich.

»Ich denke, Sie sind auf der Oberen Halbinsel«, meinte er. »Das ist doch, warten Sie mal, sechs oder sieben Stunden von hier.«

»Ich fahre sofort los«, sagte ich.

»Die Besuchszeit bei uns endet um drei«, erklärte er. »Das schaffen Sie nie.«

»Bitte, Mr. Browning«, sagte ich. Der Gedanke an weiteres Warten war unerträglich. Ich hatte genügend schlaflose Nächte für ein ganzes Leben hinter mir. »Es muß doch einen Weg geben, ihn heute noch zu sehen. Ich kann Ihnen gar nicht sagen, wie wichtig das für mich ist.«

Ich hörte ihn ins Telefon grummeln. »Mr. McKnight, Sie sind eine mittlere Landplage, wissen Sie das?«

»Heißt das, daß ich ihn heute noch sehen kann?«

»Bringen Sie sich nicht um, wenn Sie hier runterbrettern, verstehen Sie? Wir haben hier bekanntlich ein Tempolimit von hundert Stundenkilometern.«

»Bin schon auf dem Weg«, sagte ich.

»Fragen Sie am Tor nach mir«, sagte er noch. »Andernfalls läßt man Sie niemals rein.«

Ich hängte ein und raste zum Wagen. In weniger als einer Stunde war ich auf der Unteren Halbinsel und hatte noch vierhundert Kilometer vor mir. Die Tachonadel stand fast ständig jenseits der hundertzwanzig. Und wenn mein Laster nicht bei hundertdreißig unheilschwanger geklappert und gerappelt hätte, wäre ich sogar noch schneller gefahren.

Ich wollte keine Minute verlieren. Die Antworten, die Entscheidung, was zu tun sei, meine geistige Gesundheit – alles wartete dort auf mich.

Kapitel 21

Das Staatsgefängnis für das südliche Michigan, besser bekannt unter dem Namen Jackson State, liegt etwa hundert Kilometer westlich von Detroit, noch hinter Ann Arbor, ziemlich in der Mitte des Staates, wo es sonst nur Kühe und Maisfelder gibt. Das Gefängnis selbst ist ein riesiger flacher grauer Komplex aus Beton und rasierklingenscharfem Draht. Ich wußte, daß es mehrere Flügel mit den unterschiedlichsten Sicherheitsstufen gab. Ich mußte zum Hochsicherheitstrakt.

In genau fünfeinhalb Stunden war ich dorthin durchgefahren und hatte nur einmal angehalten, um zu tanken und zur Toilette zu gehen. Ich klatschte mir kaltes Wasser ins Gesicht, kletterte in den Wagen zurück und fuhr weiter. Die Plastikfolie im Fenster hielt zwar die Kälte ab, war aber im Fahrtwind extrem laut. Es rauschte noch in meinen Ohren, als ich in Jackson den Highway verließ.

Dem Mann an der Pforte nannte ich Brownings Namen. Er sah auf sein Klemmbrett, wollte meinen Führerschein sehen und ließ mich dann durch. Ich stellte meinen Wagen auf dem Besucherparkplatz ab und ging in den Warteraum. Hundert Plastikstühle waren in Reihen aufgestellt. Der Boden gefliest, an der einen Wand eine Reihe Stahlschränke, an der anderen eine Vitrine mit Siegestrophäen. Ich hatte den Raum für mich, da die reguläre Besuchszeit längst vorbei war. Ich nannte dem Wärter hinter dem schußsicheren Glas meinen Namen. Er nahm ein Klemmbrett von der Wand. Mindestens zwanzig weitere hingen dort. Irgendwo in der Stadt Jackson gab es vermutlich einen Mann, der bequem davon leben konnte, das Gefängnis mit Klemmbrettern zu versorgen. Der Wärter sah auf sein Klemmbrett und bat mich, Platz zu nehmen.

Ich ging zur Vitrine mit den Siegestrophäen. Es waren alles Preise aus Schießwettbewerben, verliehen an die Wärter mit der höchsten Trefferzahl. Es gab einen Pokal für jedes Jahr, und die Ausstellung reichte über dreißig Jahre zurück. Es war psychologisch interessant, daß man diese Sammlung ausgerechnet den Leuten zeigte, die hier die Insassen besuchen wollten.

Nach ein paar Minuten hörte ich eine Tür hinter mir summen. Ein Mann betrat den Warteraum. Er war groß und trug die Haare mit militärischer Kürze. Er sah aus wie ein Rekrutenausbilder. »Mr. McKnight«, sagte er, »ich heiße Browning.«

Ich gab ihm die Hand.

»Hier entlang«, sagte er. Er führte mich durch die Tür zurück, durch die er gekommen war. Wir kamen an einen weiteren Schalter mit einem weiteren Wärter und mit weiteren Klemmbrettern an der Wand. »Bitte gehen Sie hier durch«, sagte er, während er durch einen Metalldetektor schritt. »Bei mir wird er losgehen«, verkündete ich. Ich ging hindurch und hörte auch schon das Biepen.

Der Wärter öffnete seine Tür und reichte mir eine Platikschüssel, genau wie auf dem Flughafen. »Legen Sie alles hier rein, Sir. Uhr, Schlüssel.«

»Es ist eine Kugel«, sagte ich. »Sie steckt hier.« Ich zeigte auf mein Herz.

Browning und der Wärter sahen sich sekundenlang an, dann holte der Beamte sein Handgerät heraus und fuhr damit an mir entlang. Es gab einen langen Heulton von sich, als es an meiner Brust vorbeikam.

Browning stand vor mir und rieb sich das Kinn. »War das Rose?«

»Ja«, sagte ich.

»Sind Sie sicher, daß Sie ihn sehen wollen?«

»Ich muß ihn sehen«, erklärte ich.

»Kommen Sie hier lang.« Er wandte sich um und führte mich durch einen Korridor. Ich wußte, daß es zwei Arten von Besucherräumen gab. Die eine war für Familienangehörige, mit Sofas und Sesseln, so daß man sich mit dem Insassen hinsetzen konnte, sogar physischen Kontakt mit ihm haben konnte, wenn man das wollte. Dachte man sich die Wärter weg, sah es dort aus wie in einem Wohnzimmer. Jetzt, als wir daran vorbeigingen, war er leer. Er führte mich in den anderen Besucherraum, den, den Sie sich jetzt vorstellen, weil sie ihn von zig Filmen her kennen. Eine dicke Glaswand, zwei Telefone. Er führte mich in eine der Kabinen, bat mich, Platz zu nehmen, und verschwand. Der Platz mir gegenüber war leer.

Ich wartete einige Minuten und stellte mir vor, was jetzt passieren würde. Die ganze Zeit, in der ich hierher gefahren war, hatte ich mir überlegt, was ich von ihm wissen wollte, auf welche Fragen ich eine Antwort haben mußte. Ich hatte kaum an den Tag in Detroit gedacht, an dem er mich niedergeschossen hatte. Aber als der Metalldetektor losging, war alles plötzlich wieder dagewesen. Ich werde den Mann treffen, der mich dreimal getroffen hat und der meinen Partner ermordet hat. Nach vierzehn Jahren werde ich sein Gesicht wiedersehen.

Ich hörte, wie sich eine schwere Tür schloß. Ich sah, wie auf der anderen Seite ein Wärter vorbeiging. Hinter ihm, mit langsamen Bewegungen, ein Mann in Gefängniskleidung. Er setzte sich auf den Stuhl, ohne mich anzusehen. Er hatte lange Haare und einen langen Bart. In beidem sah man graue Strähnen. Er war dünn. Seine Handgelenke wirkten so fragil, als hätte man sie wie Bleistifte zerbrechen können. Endlich sah er mich an.

Er war es.

Diese Augen kannte ich. Alles an ihm hatte sich verändert, aber diese Augen waren dieselben geblieben. Ich hätte sie überall wiedererkannt. In jedem Kontext. Vergiß das Gefängnis, vergiß, daß ich ihn erwartet habe. Mach einen Lieferanten aus ihm und schicke ihn vor meine Tür. Sobald ich diese Augen sähe, würde ich ihn erkennen.

Er saß da und sah mich an, genauso wie er mich angesehen hatte, bevor er mich niederschoß. Die Angst kehrte zurück. Im Kopf wußte ich, daß ich sicher war, aber die physische Reaktion auf unser Wiedersehen hatte ich dennoch nicht unter Kontrolle.

Ich zwang sie nieder und versuchte mich auf das zu konzentrieren, was mich hergeführt hatte. Ich griff zum Telefon und wartete, daß er dasselbe täte. Als das der Fall war, räusperte ich mich und sprach ihn an.

»Erinnern Sie sich an mich?« fragte ich.

Er sah mich nur durch das Glas an.

»Ich war Polizeibeamter in Detroit«, sagte ich. »Sie haben auf mich geschossen.«

»Ja?« sagte er. Seine Stimme war flach. Sie klang kaum menschlich. Sie hätte aus einer Maschine kommen können.

»Sie haben meinen Partner getötet«, sagte ich.

»Reden Sie weiter.«

»Das ist jetzt lange her«, meinte ich. »Und deshalb bin ich auch nicht hier.«

»Ich weiß, warum Sie hier sind«, sagte er.

»Das wissen Sie?«

»Ja«, sagte er. »Sie wollen Informationen.«

»Woher wissen Sie das?«

»Ich bin hier schon sehr lange. In mancherlei Hinsicht bin ich zu einem weisen Mann geworden.«

Mir fiel es schwer, ihn anzusehen. Sein Gesicht war abgehärmt und ausgezehrt. Seine Haare standen nach allen Seiten ab wie das Schlangenhaar der Medusa. Das machte seine Augen nur noch schrecklicher. »Kennen Sie einen Mann namens Raymond Julius?« fragte ich.

Er sah mich an, als habe er mich überhaupt nicht gehört.

»Weisheit ist ein kostbares Metall«, sagte er. »Wissen ist das Erz, aus dem die Weisheit ausgeschmolzen wird – sagt man so?«

»Kennen Sie den Mann?« insistierte ich.

»Ist es das richtige Wort? Ausgeschmolzen?«

»Raymond Julius. Kennen Sie ihn?«

»Sie alle wollen von mir etwas wissen, ist es nicht so?«

»Wer? Wer ist ›wir alle‹?«

»Ihr alle«, sagte er. »Anwälte, Psychologen, Wissenschaftler. Ihr alle wollt Wissen, damit ihr weise werdet. Ihr alle glaubt, ihr könnt mich austricksen.«

Ich holte tief Luft. »Ich bin kein Anwalt oder Psychologe oder Wissenschaftler. Und ich bin bestimmt nicht den ganzen Weg hierhingekommen, um Weisheit aus Ihnen rauszuschmelzen, kapiert? Können Sie nicht eine Minute wie ein menschliches Wesen mit mir reden?«

»Als ich zum ersten Male aufgespürt wurde, habe ich etwas gesagt. Da waren zwei Polizisten. Ich erinnere mich an sie. Sie sind in meine Wohnung gekommen.«

»Ach du Allmächtiger, das habe ich Ihnen doch gerade erzählt. Ich war einer von diesen Polizisten.«

»Dann haben sie mich gefangen und wollten mich zum Reden bringen. Angeblich sollte mich ein Mann im Prozeß vertreten. Er wollte, daß ich sage, ich bin verrückt.«

»Rose, haben Sie mich gehört? Ich habe gesagt, daß ich einer von den Polizisten war.«

Er drohte mir mit einem Finger und kicherte. Es klang wie das Klirren einer Kette. »Raffiniert«, sagte er. »Ich kapiere, warum man Sie geschickt hat. Sie sehen genauso aus wie er. Eine raffinierte Falle. Ich muß Sie lobend erwähnen.«

»Rose, ich war damals bei Ihnen. Sie haben auf mich geschossen, das wissen Sie doch noch? Sie haben auf uns *beide* geschossen.«

»Ja, ich habe auf Sie beide geschossen. Auf *die* beiden, meine ich. Sehen sie, Sie wollen mich austricksen.«

Ich preßte die Hand ans Telefon. Das war hoffnungslos. »Okay, Sie haben gewonnen«, erklärte ich. »Sie sind zu schlau für mich. Offensichtlich haben Sie hier eine ganze Menge ausgeschmolzen.«

»*Sie* bringen mich nicht zum Reden«, sagte er. »Ich werde meinen Plan nie verraten.«

»Natürlich nicht«, erwiderte ich. »Das würde auch nie jemand von Ihnen verlangen.«

»Ich bin stark«, versicherte er mir. »Und mit jeder Stunde werde ich stärker.«

»Das sehe ich«, sagte ich. »Sie sehen großartig aus. Sie tun wohl viel für Ihre Fitneß?«

»Sie machen sich über mich lustig.«

»Sie haben auch abgenommen. Welches Gewicht haben Sie jetzt erreicht? Achtzig Pfund?«

»Sie wagen es, sich über mich lustig zu machen?«

»Und ob, Rose. Ich wage es, mich über Sie lustig zu machen. Und wissen Sie auch, warum? Weil Sie ein gottverdammtes gottserbärmliches durchgeknalltes Stückchen Scheiße sind, darum! Wollen Sie mir nicht was von dem Mann erzählen, den Sie umgebracht haben? Wollen Sie mir nicht von seiner Frau und seinen beiden Kindern erzählen?«

»Man hat Sie doch hierhergeschickt, oder?«

»Er hatte zwei Töchter, Rose. Zwei süße Mädchen.«

»Ich weiß, daß man Sie hergeschickt hat.«

»Sie mußten auf die Beerdigung ihres Vaters gehen, Rose. Zwei kleine Mädchen, die neben einem Loch in der Erde standen, weil Sie ihren Daddy umgebracht haben.«

»Sagen Sie ihnen, daß ich nicht käuflich bin«, erklärte er. »Sagen Sie ihnen, daß man mein Wissen nicht kaufen kann.«

»Übrigens, wie ist es denn so im Gefängnis?« fragte ich. »Sie gehören hier doch zur herrschenden Schicht. Ich wette, Sie haben hier viele neue Freunde gewonnen.«

»Ich kann hier gehen, wann immer ich will.«

»Warum machen Sie's dann nicht? Wieso gehen Sie nicht auf der Stelle? Kommen Sie, wir gehen ein Bier trinken.«

»Zur Zeit geruhe ich, hierbleiben zu wollen.«

»Klar tun Sie das. Es muß Ihnen hier ja gefallen. Bestimmt behandelt man Sie hier sehr zuvorkommend. Wie oft sind Sie schon vergewaltigt worden, seit Sie hier sind?«

Zum erstenmal, seit er sich gesetzt hatte, sah er weg.

»Wie oft«, fragte ich. »Mir genügt eine überschlägige Zahl. Hundertmal? Zweihundertmal?«

Er sah mich an und kratzte sich am Bart.

»Und wo machen sie das, Rose? Unter der Dusche? Wie oft sind Sie unter der Dusche vergewaltigt worden?«

»Sie sind ja verrückt.« Plötzlich hatte seine Stimme eine gewisse Schärfe.

»Gibt es da nicht sogar einen Ausdruck für? Angst vor den Alligatoren haben? So nennt man es doch, wenn einer nicht duschen will, weil er weiß, daß er dann wieder vergewaltigt wird, oder?«

»Ihr seid alle verrückt.«

»Erzählen Sie mir von Raymond Julius«, bat ich ihn.

»Ich kenne diesen Namen nicht.«

»O doch, Sie kennen ihn. Sie haben mit ihm gesprochen. Oder ihm Briefe geschrieben.«

»Es ist ein interessanter Name. Mir gefällt er.«

»Was denn nun? Haben Sie mit ihm gesprochen oder haben Sie ihm Briefe geschrieben?«

»Der Name hat einen sympathischen Klang.«

»Hat er Sie besucht?«

»So viele besuchen mich.«

»Na klar, die stehen jeden Morgen Schlange am Tor.«

»Ich habe viele Freunde. Die kommen mich besuchen und fragen mich um Rat.«

»Um Rat für was? Wie man ein besonders durchgeknallter Scheißfall für die Psychiatrie wird?«

»Sie kommen aus der ganzen Welt.«

»Zwei Töchter, Rose. Zwei süße Mädchen. Sie haben ihren Vater umgebracht.«

»Ich habe beide umgebracht«, sagte er.

»Beide was?«

»Ich habe alle beide erschossen«, sagte er. »Und alle beide sind tot.«

»Wer ist tot?«

»Die beiden Polizisten. Sie sind beide tot. Ich habe sie entfernt.«

»Da werden Sie aber überrascht sein, Rose.« Ich lehnte mich dichter an die Scheibe. »Sehen Sie mich an. Ich bin nicht tot.«

»Ich habe beide entfernt.«

»Ich bin nicht gestorben, Rose. Mich haben Sie nicht entfernt.«

»Sie sind gestorben. Ich habe sie beide entfernt.«

»Ich war doch beim Prozeß, wissen Sie das nicht mehr? Ich habe doch dazu beigetragen, daß man Sie eingesperrt hat.«

»Ich genieße das richtig«, sagte er. »Wirklich, das macht Spaß. Sie sollten öfter hierherkommen.«

»Hören Sie, mir ist es scheißegal ...« Ich hielt inne. Moment mal, dachte ich. Hier stimmt etwas nicht. Der Mann erzählt mir, er hat mich getötet. Er glaubt, daß ich tot bin. Mithin kann er Julius den ganzen Scheiß, daß ich der Erwählte bin, gar nicht erzählt haben; denn er denkt, ich bin tot.

Es sei denn, er will mich jetzt auf den Arm nehmen. Es sei denn, er spielt ein Spielchen mit mir.

»Ich frage Sie noch einmal«, sagte ich. »Hat ein Mann namens Raymond Julius mit Ihnen Kontakt aufgenommen oder nicht?«

»Warum müssen Sie das wissen?«

»Das spielt jetzt keine Rolle«, sagte ich. »Antworten Sie mir!«

»Sie sehen wirklich aus wie dieser Polizist«, meinte er. »Die Ähnlichkeit ist verblüffend.«

Ich stürzte mich förmlich auf die Scheibe. »ANTWORTEN SIE, VERDAMMT NOCH MAL!«

Rose lehnte sich so weit in seinem Stuhl zurück, daß er umstürzte. Der Hörer wurde ihm dabei aus der Hand gerissen. Er stieß einen unmenschlichen Schrei aus, und auf seinem Gesicht zeigte sich ein plötzlicher grenzenloser Schrecken. Der Wächter auf der anderen Seite mußte ihn mit beiden Armen packen und fortschleppen. Ich konnte ihn noch schreien hören, als er schon aus der Zelle gezerrt wurde. Die Tür schloß sich mit einem metallenen Laut; dann herrschte Stille.

Lange Zeit saß ich da. Ich hatte noch nie bei einem Menschen eine solche Angst gesehen. Eine Zehntelsekunde lang tat er mir beinahe leid. Dann dachte ich an Franklin und seine Familie, und das Gefühl war weg.

Browning wartete auf mich, als ich den Raum verließ. »Mein Gott, haben Sie seinen Alarmknopf getroffen«, sagte er. »Man wird ihn sedieren müssen.«

»Tut mir leid.«

»Machen Sie sich deswegen keine Sorgen.«

»Ich werde Ihnen jetzt eine Frage stellen.«

»Nur zu. Fragen schadet nichts.«

»Hat Rose in den letzten sechs Monaten irgendwelchen Kontakt mit einem Mann namens Raymond Julius gehabt? Durch Besuch oder per Brief?«

Er atmete laut aus und sah den Korridor entlang. »Kommen Sie mit hier entlang«, sagte er.

»Wohin gehen wir?«

»Zum Ausgang.«

»Okay«, sagte ich. »Ich gebe auf.«

Er brachte mich durch den Warteraum und zur Tür hinaus. Ich rechnete mit einem Händedruck und einer Abschiedsfloskel, aber er gab mir etwas mehr. »Sie haben das nicht von mir gehört«, sagte er. »Rose hat in den letzten fünf Jahren keinerlei Außenkontakte gehabt.«

»Überhaupt keine? Sind Sie da sicher?«

»Überhaupt keine. Keine Briefe. Keine Anrufe vom Rechtsanwalt. Keine Besuche seit einer Überprüfung seiner geistigen Gesundheit vor fünf Jahren. Und auch da hat er laut Akte nur dagesessen und kein Wort gesagt. Das wär's. Ich hoffe, Sie wissen jetzt, was Sie wissen müssen. Kommen Sie gut nach Hause.« Er gab mir die Hand und war weg.

Ich stieg in den Wagen, fuhr durchs Tor und sah, wie das Gefängnis im Rückspiegel immer kleiner wurde. Als ich auf der Autobahn war, stellte ich das Radio an, schaltete es aber nach einer Minute wieder ab. Ich konnte noch keine Geräusche gebrauchen. Ich mußte nachdenken.

Okay, Julius hatte also niemals mit Rose gesprochen. Na und? Vielleicht hatte das Ganze in seinem Kopf stattgefunden. Er hatte die Zeitungsausschnitte gelesen und sich dann eingebildet, daß Rose mit ihm spricht, unter der Dusche, im Schlaf oder Gott weiß wo.

Woher wußte er dann das mit den Mikrowellen und dem Erwählten und all das? Weil er durchgeknallt ist. Weil Rose durchgeknallt ist und Julius durchgeknallt ist und weil die halt so denken. Verfolgungswahn, Technikangst, Wahnvorstellungen bezüglich eines Messias – alles im Preis einbegriffen, oder? Beide standen auf Empfang beim selben Sender.

Und den Rest bildest du dir nur ein, Alex. Wenn du so weiter machst, endest du noch genau da, wo sie jetzt sind. Finde einen Weg, die Sache für dich abzuschließen. Rose ist für immer im Gefängnis, Julius ist unter der Erde. Es ist vorbei. V-O-R-B-E-I.

Ich schaltete wieder das Radio ein und machte es mir für die lange Rückfahrt bequem. Diesmal war ich nicht in Eile. Ich würde solange fahren, bis ich hungrig oder müde wurde. Halt an, iß was, besorg dir ein Zimmer für die Nacht. Tut mir vielleicht gut, so eine Nacht weg von allem.

Als ich auf der Höhe von Lansing war, ging die Sonne unter. Langsam ließ die Spannung nach. Wenigstens ein bißchen.

Als ich Alma erreichte, sah ich wieder einige Schneeflocken in der Luft. Der Winter würde jetzt schnell kommen, wie er immer kam. Bald würden die Hütten von halbmetertiefem Schnee umgeben sein. Jagen konnte man im Winter so gut wie nicht, nur auf Kaninchen und Coyoten. Vor allem Snowmobil-Fahrer würden die Hütten mieten und vielleicht ein paar Eisfischer. Die Schleusen würden geschlossen, die Bay und der Fluß frören zu, so fest, daß man darauf spazierengehen konnte, bis nach Kanada, falls man das wollte.

In Houghton Lake hielt ich an, um zu Abend zu essen, und fand ein kleines Restaurant, das frischen Barsch aus dem See auf der Karte hatte. Ich dachte an Sylvia und was mit uns zweien wohl werden möge. Sie hatte gesagt, sie wisse nicht, ob wir neu beginnen könnten. Das fragte ich mich auch. Würden nicht Schuld und Schmerz wiederkehren und alles zerstören? Als ich zu meinem Wagen zurückging und die kalte Nachtluft einatmete, erhielt ich von irgendwoher einen neuen Schub. Ich spürte frischen Wind oder wie immer man das nennen mag. Vor langer Zeit, als ich noch Baseball spielte, hatten wir im Spätsommer viele Doubleheaders, zwei Spiele direkt hintereinander. Normalerweise versucht man, mehrere Catcher einzusetzen, aber ein paarmal mußte ich beide Spiele bestreiten. Ein ganzer Tag hinter der Homeplate, sich auf den Pitch konzentrieren, sich aufrichten, um den Ball zurückzuwerfen, sich wieder konzentrieren, und das über dreihundertmal. Sich mit dem Pitcher zu verständigen suchen, die Infielder dirigieren – in der Mitte des zweiten Spiels war ich so erschöpft, daß man mir von der Bank helfen mußte, damit ich wieder die Schienbeinschützer anlegen konnte.

Aber an einem guten Tag spürte man in den letzten beiden Innings dann eine Extrakraft, eine Reserve an Energie, die man zuvor nie verspürt hatte. An diesem einen Tag in Columbus, dem besten in meiner ganzen Spielerkarriere, war ich im achten Inning hervorragend und im neunten hatte ich die Plate gegen ihren gigantischen First baseman zu blockieren. Er raste die Linie entlang wie ein Haus auf Rädern. Ich fing den Ball den Bruchteil einer Sekunde, bevor er mich traf. Als ich wieder zu mir kam, checkte ich erst, ob ich den Ball noch hatte, und dann, ob mir der Kopf noch zwischen den Schultern saß. Der Schiedsrichter entschied auf Out für ihn, und wir hatten das Spiel gewonnen.

Es tat gut, noch einmal an diese Tage zu denken, überhaupt an etwas zu denken, das Abwechslung bot.

Aber dann, auf der Höhe von Gaylord, da dämmerte mir etwas. Ich dachte wieder an Julius. Und an alles, was geschehen war. Alles, was ich gesehen hatte, alles, was ich gehört hatte. Ich konnte es nicht länger aus meinem Kopf vertreiben. Ich hatte überhaupt zum erstenmal aufgehört, daran zu denken, und jetzt, als ich es erneut durchging, begann ich einige Dinge zu sehen, die mir bislang entgangen waren.

Als ich Mackinack erreicht hatte, hatte ich alles ausgearbeitet.

Jetzt sah ich, wie alles zusammenpaßte, vom Anfang bis zum Ende. Und was ich sah, machte mich wütend.

Du bist ein Idiot, Alex. Ein gottverdammter Idiot. Wie kann man nur so lange brauchen, das rauszukriegen?

Mit hundertzehn fuhr ich über die Brücke auf die Obere Halbinsel. Plötzlich hatte ich wieder ein Ziel.

Kapitel 22

Es war nicht schwer, sein Haus zu finden. Kein Vergleich mit der Nacht, in der ich Prudell quer durch die ganze Stadt geschleppt hatte, um Julius' Haus zu finden. Diese Adresse stand im Telefonbuch.

Es war ein hübsches Viertel, oben auf dem Hügel, in der Nähe des College. Vielleicht nicht ganz so hübsch, wie ich es mir vorgestellt hatte. Das Haus war in Wirklichkeit recht bescheiden, ein kleines Haus mit insgesamt zwei Etagen im Tudor-Stil, davor ein kleiner Vorgarten. Sein Wagen stand in der Auffahrt.

Es war kurz nach elf Uhr abends. Aber ich sah, daß das Licht noch an war. Das gefiel mir. So brauchte ich ihn nicht zu wecken. Das wäre sehr unhöflich gewesen.

Ich parkte meinen Wagen auf der Straße und achtete darauf, seinen in der Auffahrt nicht zu blockieren. Ich wollte schon die Klingel drücken, versuchte dann aber den Türknopf. Er war nicht verriegelt. Wie nett. Ich ging ohne weiteres hinein.

Drinnen war ein kleiner Flur mit Steinfußboden. Ein Wohnzimmer. Im Kamin brannte ein Feuer. Ich ging durch den Raum hindurch. Hinten am Haus lag ein Arbeitszimmer. Jede Menge Bücher an den Wänden. Er saß hinter einem Schreibtisch und blätterte in einem Stapel Reisebroschüren.

»Alex!« sagte er, als er mich sah. »Mein Gott, haben Sie mich erschreckt.«

»Guten Abend, Lane«, sagte ich. »Ich hoffe, ich störe nicht.«

Uttley legte einige der Broschüren zusammen. »Ich war gerade dabei zu entscheiden, wohin ich in Ferien fahre«, sagte er. »Morgen früh geht's los.« Falls er überrascht war, mich hier zu sehen, verbarg er das auf jeden Fall geschickt.

»Wie schön«, sagte ich.

»Alex, ist alles in Ordnung? Was ist los mit Ihnen?«

»Bleiben Sie sitzen«, sagte ich. »Ich setze mich jetzt hierhin und stelle Ihnen einige Fragen.« Ich zog einen Stuhl heran und setzte mich vor seinen Schreibtisch.

»Ich verstehe Sie nicht«, sagte er. »Was für Fragen?«

»Ich weiß selbst nicht, womit ich anfangen soll. Ich weiß nicht, welche Frage ich zuerst beantwortet haben will.«

»Was ist los, Alex? Was wollen Sie hier?«

»Okay, hier ist eine gute Frage für den Anfang«, sagte ich. »Sozusagen als Eisbrecher: Wo ist Edwin?«

»Edwin liegt auf dem Grund vom Lake Superior. Das wissen Sie.«

»Das *soll* ich wissen, in der Tat. So, wie die Polizei es wissen soll. Und Sylvia. Und der Rest der Welt.«

»Ich verstehe nichts mehr«, sagte er. »Wovon reden Sie?«

»An dem Abend in seinem Haus. Nach dem Essen. Er sagte immer wieder, wie gut man sich fühle, wenn man einen neuen Anfang mache. Das war ihm wohl ernst, wie?«

»Alex, *wovon reden Sie*?«

»Nächste Frage«, sagte ich. »Wie haben Sie Raymond Julius dazu gebracht, die beiden Buchmacher umzubringen? Das heißt, natürlich weiß ich, wie überzeugend Sie sein können ...«

»Was in Gottes Namen stimmt mit Ihnen nicht?«

»Und wie konnten Sie ihn glauben machen, meine Pistole wäre nicht echt – ausgerechnet das?«

Uttley saß nur da, sah mich an und schüttelte den Kopf, als wäre ich ein Irrer.

»Und wann hat das Ganze überhaupt angefangen?« fragte ich. »Geht das alles bis zu dem Tag zurück, an dem Sie mich fragten, ob ich nicht für Sie den Privatdetektiv spielen könne? War das von Anfang an eine einzige Falle?«

»Ich glaube, Sie brauchen Hilfe«, sagte er. »Ich weiß, wieviel Sie durchgemacht haben. Jetzt hat es Sie umgehauen.«

»Hier ist eine weitere Frage«, fuhr ich fort. »Die müssen Sie mir wirklich beantworten: Hätten Sie mich umgebracht, wenn das nötig gewesen wäre?«

Er hörte auf, den Kopf zu schütteln. Er saß nur da. Er sah mich an, ohne zu blinzeln.

»In der Nacht, in der Sie Julius zu mir geschickt haben«, sagte ich, »da sollte er mich doch nur erschrecken, oder? War es das, was Sie ihm gesagt haben? Lassen Sie den Schalldämpfer zu Hause, machen Sie ruhig Lärm? Keine Sorge, er hat nicht mal 'ne richtige Pistole? Sie waren direkt hinter ihm, stimmt's? Sie waren nicht im Haus der Fultons, und Sie haben auch nicht bei mir angerufen. Sie waren direkt hinter ihm und Sie zeigten sich, sobald Sie dachten, alles sei vorbei. Und glücklicherweise, so nehme ich an, ging auch alles nach Ihrem Plan. Aber wenn es anders gelaufen wäre? Wenn ich ihn nur verwundet hätte? Wenn ich ihn entwaffnet hätte? Hätte er zufällig mich getötet, wäre die Sache klar gewesen. Sie hätten ihn erschossen und der Polizei erzählt, Sie wollten mich retten. Aber was, wenn wir *beide* noch gelebt hätten, als Sie auftauchten? Hätten Sie uns dann beide getötet? Ich bin sicher, daß Sie Ihre Beretta dabei hatten.«

Er zog eine Schublade in seinem Schreibtisch auf und holte just diese Pistole heraus. »Sie meinen diese hier?«

»Genau die«, nickte ich.

»Legen Sie bitte Ihre Pistole auf den Tisch«, sagte er.

»Ich habe Sie nicht, das wissen Sie doch. Sie ist noch bei der Polizei.«

»Ich bin nicht blöd, Alex. Sie haben bestimmt eine andere dabei.«

»Nein«, sagte ich. »Warum sollte ich sie brauchen? Sie stellen für mich keine Bedrohung dar. Und ich nicht für Sie.«

»Wie meinen Sie das?«

»Sie können mich jetzt nicht töten«, erklärte ich. »Dann flöge alles auf. Sie müßten meine Leiche beseitigen oder eine wilde Geschichte erfinden, daß ich Sie bedroht hätte oder sonst was. Das würde niemals standhalten. Und Mrs. Fulton wäre gar nicht zufrieden damit, nicht wahr?«

Sobald ich nur ihren Namen erwähnte, merkte ich, daß ich ins Schwarze getroffen hatte. Das sah ich in seinen Augen.

»Und wieso stellen Sie keine Bedrohung für mich dar?« fragte er.

»Weil ich Ihnen nicht am Zeug flicken kann«, sagte ich. »Sie haben niemanden umgebracht. Was sollte ich denn sagen? Verhaften Sie Lane Uttley, ich glaube, er hat Julius angestiftet? Und, ganz nebenbei, Edwin ist gar nicht tot? Das war alles nur eine Verschwörung, und Mrs. Fulton steckt dahinter? Was meinen Sie, wie weit ich damit käme?«

Ich beobachtete ihn, während er darüber nachdachte.

»Ich bin nicht hier, um Sie aufzuhalten«, erklärte ich. »Ich habe keinen Kassettenrecorder dabei, und draußen warten auch keine Polizisten darauf, die Tür einzutreten. Ich werde Ihnen nicht im Wege stehen.«

»Was wollen Sie dann?«

»Ich möchte, daß Sie mir erzählen, warum Sie das gemacht haben«, sagte ich. »Das ist alles. Warum haben Sie mich das alles durchmachen lassen?« Ich beobachtete ihn, wie er mit der Pistole in seiner Hand spielte. Ich wußte, daß der Mann erzählen wollte, wie alles zugegangen war. Mehr als alles andere würde er immer im tiefsten Inneren ein Anwalt bleiben. Und Anwälte müssen reden. Vor allem darüber, wie gerissen sie sind.

»Weil Sie der richtige Mann für den Job waren«, sagte er. »Aber das sollten Sie wissen – es war nicht meine Idee.«

»Erzählen Sie mir, wie alles abgelaufen ist«, sagte ich. »Erzählen Sie mir alles, von Anfang an. Soviel wenigstens sind Sie mir schuldig.«

»Alles beginnt mit Edwins Spielsucht«, erklärte er. »So viel wissen Sie vermutlich. Was Sie nicht wissen, ist, wie *riesig* das Problem ist. Er war bei den Typen mit über einer halben Million im Minus.«

»Das ist nicht viel«, meinte ich. »Nicht für einen Fulton.«

»Das war nur der aktuelle Kontostand«, sagte er. »Er hatte in der Vergangenheit jede Menge Riesenschulden gemacht. Er hat sie alle bezahlt. Dafür hat er bei der Fulton-Stiftung gewaltige Summen abgezweigt. Seine Mutter hat das rausbekommen. Sie hat gedroht, ihm den Geldhahn abzudrehen, wenn er mit dem Spielen nicht aufhört. Er hat versucht aufzuhören, aber er hat es nicht geschafft. Da hat sie ihre Drohung wahrgemacht und ihn auf Sparflamme gesetzt. Da konnte er die Raten nicht mehr bezahlen und hat noch mehr gewettet, um es zurückzugewinnen. Da haben ihn die Buchmacher erstmals unter Druck gesetzt. Sie wollten ihren Schotter jetzt wöchentlich, nur um die Schulden zu prolongieren. Natürlich hängen sie alle zusammen. Das ist ein riesiges Network.«

»Natürlich«, sagte ich. »Warum bringt man dann die beiden Buchmacher um? Das sind doch nur die Frontschweine. Danach würde doch nur jemand anders die Schulden kassieren.«

»Das habe ich Mrs. Fulton auch zu erklären versucht. Ich habe ihr erzählt, das wäre wie bei dieser Hydra, wissen Sie, dem Monster, das der Herkules umbringen sollte. Wenn man einen Kopf abschlug, wuchsen zwei nach, wissen Sie? Aber darüber ließ sich mit ihr nicht reden. Ich glaube, es spielte eine Rolle, daß sie diesen Typen kein Geld mehr zahlen wollte. Sie riefen dann zu Hause an, sie drohten sogar. Sie haben ihre private Nummer rausgekriegt und angefangen, *sie* anzurufen. Ich glaube, das hat dem Faß den Boden ausgeschlagen. Sie wollte sie tot sehen. Und Mrs. Fulton bekommt immer, was sie will.«

»Also einen Killer anheuern«, sagte ich. »Wie reiche Leute das so zu tun pflegen.«

»Nein. Das wollte sie auf keinen Fall. Sie meinte, wenn wir jemanden beauftragen, dann hätte *der* sie in der Hand. Dann würde der sie erpressen. So schätzte sie die Leute ein. Jeder wollte immer nur ein Stück von ihr. Nun ja, nach allem, was sie durchgemacht hat, wer könnte ihr da Vorwürfe machen? Sie wollte zum einen die Buchmacher loswerden. Dann Edwin vom

Spielen abhalten, wenn das möglich war. Und völlig sauber sollte es sein. Keine losen Enden.«

»Hat Edwin von alldem etwas gewußt?«

»Zunächst nicht«, sagte er. »Sie hat alles mir überlassen. Damals arbeitete Prudell für mich, und der hatte noch diesen anderen, diesen Raymond Julius. Der Kerl war psychotisch. Er ist ein paarmal heimlich zu mir gekommen und hat mir gesagt, daß er Privatdetektiv werden will. Sagte, er sei viel besser als Prudell. Sagte, er würde *alles* tun, was getan werden müßte. Das ließ mich nachdenken. Ich habe angefangen, ihm Fragen zu stellen. Was für Sachen er machen würde? Ob er auch harte Dinge anpacken würde? Auch richtig dreckige Arbeiten? Er sagte, je dreckiger, desto besser. Er erzählte mir von all den Waffen, die er besäße, und alle illegal. Ich fragte ihn, warum er keinen Waffenschein habe, und da fing er mit dem FBI an und der Weltverschwörung, die eine einzige Weltregierung anstrebe und allen die Waffen wegnehmen wolle, wissen Sie, diese ganze knarrenverrückte paranoide Psychoscheiße. Da versuchte ich etwas in dieser Richtung zu arbeiten, nur um zu sehen, wie er reagiert. Ich habe ihm erzählt, ich hätte vielleicht Kontakt mit einer Untergrundbewegung, die gegen die internationale Verschwörung angehen wolle, und wir benötigten unter Umständen jemanden für wichtige geheime Missionen.«

»Jetzt müssen Sie mich aber auf den Arm nehmen, Lane«, sagte ich nur.

»Ich weiß, daß das alles verrückt klingt. Aber der Kerl hat's geschluckt. Ich habe Mrs. Fulton davon erzählt. Daß man diese Möglichkeit vielleicht erproben solle. Sie ist geradezu darauf geflogen. Sie wollte es lieber jetzt als gleich getan wissen. Erst Julius die beiden Buchmacher töten lassen, dann Julius von einem Dritten beseitigen lassen. Das Problem war nur, sie wollte, daß ich Julius tötete. Aber ich ... ich brachte es einfach nicht über mich. Gut, sagte sie, dann soll Prudell es machen. Aber ganz vorsichtig und ohne lose Enden. Prudell darf nicht wissen, was los ist. Es muß so aussehen, als ob Julius es auf ihn abgesehen habe oder so was, so daß er Julius einfach umbringen *muß*. Aber das war auch nicht gut. Prudell traue ich nicht mal zu, daß er 'nen Maulwurf mit der Schaufel erschlägt.«

»So daß ich jetzt ins Spiel käme?«

»Mrs. Fulton wußte von Ihnen. Edwin sprach ständig von Ihnen. Sie wollte Einzelheiten wissen, und so habe ich ihr alles erzählt, was ich wußte. Daß Sie Polizist waren und niedergeschossen wurden. Dieser Teil interessierte sie ganz besonders. Sie wollte genau wissen, wie das passiert war. Ich sollte die Zeitungsberichte finden. Das habe ich dann getan. Sie hat alle gelesen und mir dann gesagt, Sie seien der perfekte Mann, weil Sie die Angst kennen würden. Das sei das einzige, worauf man immer rechnen könne, sagte sie. Sie wußte das aus eigener Erfahrung. Die Angst wird man nicht mehr los.«

»Dann haben Sie das also alles von Anfang an geplant«, sagte ich. »Noch bevor Sie mich engagierten. Noch bevor Sie mich überhaupt gefragt haben, ob ich Privatdetektiv werden wollte.«

»Ja«, sagte er nur. Er mußte die Wut in meiner Stimme gespürt haben. Er bewegte die Pistole in seiner Hand, als wolle er mich daran erinnern, daß sie noch immer auf mich gerichtet war. »Aber bedenken Sie, daß nichts davon meine Idee war.«

»Das ist richtig«, sagte ich. »Sie waren nur eine hilflose Figur in diesem Spiel. Und was kommt jetzt? Sie bringen Julius dazu, Tony Bing zu töten, und mich dazu, mir alles anzusehen. Was hatte das für einen Zweck?«

»Mrs. Fulton hat darauf bestanden. Sie sagte, Sie müßten das sehen. Sie hat diese wirklich merkwürdige Besessenheit von allem, was mit Angst zu tun hat, Alex. Das ist Ihnen doch bestimmt aufgefallen.«

»Wir hatten eine nette Unterhaltung über die Angst, doch.«

»Ich habe Julius erzählt, Bings Wettbüro sei nur ein kleiner Teil des Network. Die Mafia, die Regierung in Washington, die

Europäische Gemeinschaft hingen alle zusammen. Auch wenn Tony Bing im großen ganzen nicht gerade viel hermache, irgendwo müsse man schließlich beginnen. Wissen Sie, jeder hat dort zu kämpfen, wo der Feind steht, im ganzen Land. Dem Network eine Warnung zukommen lassen. Deshalb müßten wir es dramatisch aussehen lassen, habe ich ihm erzählt. Jede Menge Blut. Etwas, was sie niemals vergessen würden. Natürlich war das in Wirklichkeit für Sie bestimmt, Alex. All das Blut.«

»Und wie kommt Edwin ins Spiel?«

»Edwin sollte Bing in dieser Nacht treffen. Die fünf Riesen waren nur der wöchentliche Schotter, um ihn einstweilen zu beruhigen. Er ist also zum Motel gefahren und hat Sie dann angerufen. So einfach war das.«

»Also wußte er, was gespielt wurde?«

»Er wußte, daß Sie ihm bei der Lösung seines Problems helfen würden, das war alles. Und daß Ihnen letztlich nichts passieren würde. Ich weiß nicht, ob er damals schon von dem Plan mit dem Verschwinden gewußt hat. Ich denke, er hat ehrlich geglaubt, daß die Beseitigung der beiden Buchmacher sein Problem löst. Und wenn er nicht davon überzeugt war, wollte er zumindest um jeden Preis daran glauben.«

»Und dann hat Julius zwei Tage später den anderen Buchmacher umgebracht.«

»Hat er, ja. Und eins muß ich Ihnen sagen, der Kerl war richtig spitz darauf. Ich hatte schon Sorge, er würde jetzt anfangen, Leute auf eigene Rechnung umzulegen, nur weil es so viel Spaß macht.«

»Die Stimme am Telefon«, sagte ich. »Das waren Sie?«

»Ja«, bestätigte er. »Niemand kann ein Flüstern identifizieren.« Er verfiel in ein leises heiseres Krächzen, genau so, wie ich es am Telefon gehört hatte. »Alex, wissen Sie, wer hier ist?«

»Und Sie haben die Briefe geschrieben«, sagte ich.

»Selbstverständlich«, sagte er. »Ich benutzte eine alte

Schreibmaschine, die ich bei einer Haushaltsauflösung gekauft habe. Hab die Briefe darauf geschrieben und das Tagebuch. Ich hatte einen Schlüssel zu Julius' Wohnung. Ich habe ihm erzählt, das gehöre zur Untergrundarbeit. Ich brauchte unbedingt den Zugang zu seinem Haus für den Fall, daß man ihn schnappt.«

»Jetzt sind die beiden Buchmacher also tot«, stellte ich fest. »Aber natürlich hat das nicht das Problem gelöst.«

»Natürlich nicht«, nickte er. »Genau wie ich ihr gesagt hatte. Es gab andere Männer, die bereit waren, jetzt die Schulden zu kassieren. Und die waren noch schlimmer. Dorneys Leiche war noch nicht kalt, da haben sie schon Edwin angerufen. Also denke ich, daß wir bis jetzt nur unsere Zeit vergeudet haben. Aber Mrs. Fulton war *glücklich*. Ich schwöre bei Gott, die Frau war plötzlich wie neu geboren. Und dann wurde es mir plötzlich klar. Diese ganze Geschichte, wie sie als Kind gekidnappt worden ist – das war jetzt ihre Chance, damit fertig zu werden. Mit ihrer Angst vor bösen Männern oder vor Männern generell oder vor was weiß ich. Deshalb mußte sie hier sein. Das war nicht nur, weil sie immer alles kontrollieren muß; sie mußte hier sein, weil sie nahe am Geschehen sein wollte. Sie wollte nahe bei *Ihnen* sein, Alex. Sie wollte Sie im Hause haben. Ursprünglich sollte Julius zu den Fultons kommen, und Sie sollten ihn dort umbringen.«

»Aber dann hat sich die Polizei eingemischt, nicht wahr?«

»Ja. Wir hatten nicht damit gerechnet, daß die darauf bestehen würden, Sie in Ihrer Hütte zu halten und einen Polizeiwagen davor zu postieren. Und dann später, als Maven glaubte, Sie hätten mit den Morden zu tun, das haben wir wirklich nicht gewollt. Diesen Punkt müssen Sie mir einfach glauben, Alex.«

»Ihre Besorgnis um mich ist geradezu rührend.«

»Nein, im Ernst. Damit war *keinem* gedient. Zwei Tage lang wäre ich fast verrückt geworden. Da war Julius, der nahezu stündlich bei mir anrief und wissen wollte, wen er als nächsten umbringen dürfe. Da war Mrs. Fulton, die dauernd anrief, wann wir endlich Edwin aus der Stadt schafften, um danach Julius umzubringen. Und Edwin war überhaupt nicht glücklich über seinen Verschwinde-Trick. Er wollte einen Rückzieher machen. Wäre da nicht seine Mutter gewesen, die ihn auf Vordermann gebracht hat, hätten wir die Sache wohl kaum durchgezogen.«

»Ich nehme an, daß er jetzt sehr weit weg ist«, sagte ich.

»Ich weiß nicht einmal, wo er ist«, sagte er. »Das ist so wie bei dem Programm, bei dem wichtigen Belastungszeugen eine völlig neue Identität verpaßt wird. Plastische Chirurgie, was weiß ich. Alles, was man dazu braucht, ist sehr viel Geld. Mrs. Fulton sagt, es sei ein herrliches Gefühl, ihn enterben zu können, ohne vorher sterben zu müssen.«

»Und wie Edwin weg war und der Polizist nicht mehr jede Nacht vor meiner Tür hockte, hatten Sie endlich Ihre Chance, die Sache zu Ende zu bringen, stimmt's? Was haben Sie gemacht, haben Sie Julius erzählt, ich sei auch ein Teil der Verschwörung?«

»Ja«, bestätigte er. »Aber diesmal gehe es nur darum, Ihnen Angst einzujagen. Ich habe ihm erzählt, er solle den Schalldämpfer weglassen, Lärm machen und Ihnen tüchtig Angst einflößen. Wissen Sie, ich wollte herausgefunden haben, daß Sie mir nachspionieren. Und Julius natürlich auch. Wir mußten Ihnen Angst machen, daß denen in Brüssel die Augen aufgingen.«

»Brüssel?« fragte ich. »In Belgien?«

»Na klar, da ist doch das Hauptquartier. Wußten Sie das nicht? Fragen Sie irgendeinen dieser Waffennarren. Die internationale Verschwörung wird vom geheimen Zentralbüro in Brüssel gelenkt.«

»Das wußte ich nicht«, sagte ich. »Ich dachte, die machen da Waffeln.«

»Einiges von dem, woran diese Leute so glauben, ist wirklich erstaunlich, sage ich Ihnen. Jedenfalls habe ich ihm erzählt, ich hätte einen Plan, wie wir Sie wirksam einschüchtern könnten. Er brauche nur eine blonde Perücke zu tragen und vorgeben, ein gewisser Rose zu sein, der Sie früher einmal niedergeschossen habe. Jemand, der an sich noch im Gefängnis sein müsse.«

»Und wie haben Sie ihn zu der Annahme gebracht, meine Pistole sei nicht echt?«

»Das war leicht. Seit Sie niedergeschossen wurden, haben Sie eine panische Angst vor Waffen. Sie können sie nicht einmal mehr anfassen. Das hat ihn natürlich heiß gemacht, daß so einer wie Sie ihm die Waffen abnehmen will, der nicht einmal Manns genug ist, eine Knarre auch nur anzufassen. Deshalb tragen Sie immer eine Imitation bei sich, falls Sie mal bluffen müssen.«

Beinahe hätte ich lachen müssen. »Sie haben ihn reingelegt. Er hatte keine Chance.«

»Vermutlich nicht«, sagte er. »Alles verlief nach meinem Plan. Ich meine, wie Mrs. Fulton es geplant hatte. Es war Notwehr. Sie sind ein freier Mann. Und keine losen Enden.«

»Und Sie waren direkt hinter ihm«, sagte ich. »Wahrscheinlich sind Sie zunächst in sein Haus gegangen, haben ihm die Schreibmaschine, die Zeitungsausschnitte und das falsche Tagebuch untergeschoben, in dem Sie die ganze Geschichte niedergeschrieben hatten. Wie er mich verfolgt hat, und wie er irgendwie selbst zu Rose geworden ist. Und dann sind Sie ihm zu meiner Hütte gefolgt. Als alles vorüber war, sind Sie aufgetaucht. Mit Ihrer Pistole. Und wenn etwas schiefgelaufen wäre, hätten Sie diese Pistole auch gebraucht, nicht wahr?«

Einen Moment lang sah er weg und blickte mich dann wieder an. »Mrs. Fulton hat mir gesagt, ich würde jemanden töten müssen, wenn nicht alles nach Plan verliefe. Sollte er zufällig Sie töten, würde ich ihn erschießen müssen. Und falls Sie beide noch lebten, müßte ich ihn töten und vielleicht auch Sie, je nach den Umständen. Ich wollte mir etwas ausdenken, daß ich nur ihn erschießen würde, Alex. Wissen Sie, vorfahren und ihn auf der Stelle erschießen, weil ich Sie in Gefahr gewähnt hätte. Ich wollte Sie nicht töten. Ich *weiß*, daß ich das nie fertiggebracht hätte. Das müssen Sie mir glauben.«

Ich saß da und dachte darüber nach. Lange Zeit herrschte Schweigen. Seine Pistole war noch immer auf meine Brust gerichtet. Plötzlich knallte es im Kamin.

Endlich räusperte sich Uttley. »Wie sind Sie darauf gekommen?«

»Das Tagebuch«, sagte ich. »Es war total falsch. Dieser Kerl ist angeblich *besessen* von mir. Da würde man doch denken, daß er jeden Tag die Seiten mit mir füllt. Und wenn er wirklich Rose kontaktiert hätte, hätten da jede Menge Details gestanden. Wann und wo und wie. Da sind Sie drüber weggehuscht. Aber das ist verständlich. Sie wußten, daß man das nachprüfen kann. Sie würden herausfinden, daß er nie wirklich mit ihm gesprochen hat. Aber was soll's? Sie würden denken, er hat sich das ausgedacht. Das habe ich selber schon fast gedacht. Obwohl in den Briefen Dinge standen, von denen nur Rose und ich wissen konnten. Das dachte ich jedenfalls. Als ich ihn heute gesehen habe, fing er an, davon zu erzählen, wie er Dinge gesagt habe, die er nicht hätte sagen sollen. Ich dachte, das bezöge sich auf mich und Franklin. Aber jetzt denke ich, daß er irgendwas von dem verdammten Zeug seinem Verteidiger erzählt hat. Ich bin sicher, daß es kein Problem für Sie war, rauszukriegen, wer das war. Und ich bin sicher, daß es weiter kein Problem für Sie war, ihn ausfindig zu machen, vorzugeben, Sie seien irgendwer, und eine Geschichte zu erfinden, warum Sie unbedingt wissen müßten, was er gesagt hat. Was war es? Waren Sie ein Journalist? Oder ein anderer Verteidiger, der an einem ähnlichen Fall arbeitet?«

»Fast getroffen«, sagte er. »Ich war Herausgeber einer juristischen Fachzeitschrift. Ich mußte ihn nur zum Reden bringen. Sie wissen doch, wie Anwälte sind.«

»Und natürlich der Umstand, daß Sie in der einen Nacht am

Telefon nichts gesagt haben. Sie wußten, daß das Gespräch aufgezeichnet wurde. Und die Geschichte in dem einen Brief, daß er wußte, daß ein Polizist da ist. Aus der Rückschau macht das alles Sinn.«

»Es sieht ganz so aus«, sagte er.

»Und als ich überall nach Edwin suchte«, fuhr ich fort. »Sie wollten mir unbedingt helfen, wissen Sie noch? Und als ich aufgeben wollte, haben Sie mich überredet, weiterzufahren. Damals ist mir das nicht aufgefallen, aber Sie haben mich direkt zu dem Boot geführt. Sie wußten, es mußte gefunden werden, bevor der Regen sein Blut wegspült. Ganz nebenbei, was mußte er dafür machen? Sich in den Finger schneiden?«

»Nein, er hatte fast einen Liter in einer Plastiktüte. Reiche Leute lagern gern ihr eigenes Blut ein, wissen Sie, falls sie jemals eine Transfusion brauchen. Sie mögen kein gemeines Blut.«

»Was ist denn nun bei alldem für Sie drin, Uttley? Warum haben Sie das alles gemacht? Nein, sagen Sie nichts, lassen Sie mich raten. Sie werden in Zukunft in Grosse Pointe arbeiten, stimmt's? Ein netter Job bei der Fulton-Stiftung?«

»Irgend etwas in der Art«, sagte er. »Und nie mehr in dieser reizenden gefrorenen Einöde hinter Krankenwagen herlaufen müssen.«

»Und ich muß mit all diesen wundervollen Erinnerungen leben, nicht wahr? Zwei Wochen Terror, und am Ende bringe ich jemanden um.«

»Sie bekommen mehr als das, Alex. Schließlich verdienen Sie eine Belohnung.«

»Was, Sie wollen mich bezahlen?«

»Nein«, sagte er. »Sie bekommen Sylvia.«

»Wovon reden Sie?«

»Tun Sie nicht so, Alex. Wir alle wissen, was da gelaufen ist. Denken Sie nur, jetzt ist sie nicht mehr verheiratet. Edwin ist tot. Sie gehört ganz Ihnen.«

»Ich nehme an, da haben Sie recht«, sagte ich. »Nun gut. Ich denke, ich lasse Sie zu Ende packen.« Ich stand auf. Der Pistolenlauf folgte mir. »Ich wünschte, Sie steckten diese Pistole weg. Sie geht mir langsam auf die Nerven.«

»Sie marschieren so einfach hier raus?«

»Was bleibt mir anderes übrig? Wie ich schon sagte, ich kriege Sie nicht. Ich weiß, was passiert ist, aber nichts davon kann ich beweisen. Da kann ich genausogut gehen.«

Ihm fehlten offenbar die Worte. Nun, für alles gibt es ein erstes Mal. »Okay denn«, sagte er schließlich. »Ich denke, das ist wohl der Abschied.«

»Nein, nicht wirklich«, sagte ich. »Sie werden mich wiedersehen.«

»Das ist keine gute Idee«, meinte er. »Wie Sie sehen können, hat Mrs. Fulton eine überzeugende Art, Dinge zu regeln. Wenn sie herausfände, daß Sie irgend etwas von alldem wissen, würde sie Sie unter Umständen als ein neuerliches loses Ende betrachten. Und Sie wissen, wie sehr sie lose Enden haßt.«

»Ja«, sagte ich. »Und genau deshalb werden Sie ihr niemals von unserem netten kleinen Gespräch heute abend erzählen können. Dann wären nämlich auch *Sie* ein loses Ende. In der Tat weiß ich nicht, ob Sie das nicht längst sind.« Ich ließ ihn eine Weile darüber nachdenken. »In der Zwischenzeit werde ich mich zurücklehnen und ein Weilchen abwarten. Herauskriegen, wie ich das finde, was mir passiert ist. Vielleicht lasse ich es dabei bewenden. Vielleicht werde ich aber auch immer wütender. Vielleicht werde ich so wütend, daß ich Sie eines Tages aufsuchen muß. Egal, was es kostet, egal, was Mrs. Fulton mit mir anstellen kann. Vielleicht machen Sie eines Tages Ihre Haustür auf, und ich stehe davor.«

Er richtete die Pistole auf mich.

»Wissen Sie, wie es sich anfühlt, wenn jemand mit einer Pistole auf Sie schießt? Wenn ein Stück Metall sich seinen Weg durch Ihren Körper reißt? Es ist überhaupt nicht so, wie Sie sich das vielleicht vorstellen. Es tut zunächst nicht einmal besonders weh. Wenn ich Sie jetzt so niederschösse, wie Rose das mit mir gemacht hat, lägen Sie da auf dem Boden und wunderten sich, was passiert ist.«

Er hielt die Pistole jetzt mit beiden Händen.

»Bis Sie Ihr Blut sähen«, sagte ich. »Dann wüßten Sie es.«

Seine Hände zitterten.

Ich ging aus dem Zimmer. »Adieu, Lane«, sagte ich beim Hinausgehen. »Und schöne Ferien.«

Ich fuhr zurück zu meiner Hütte. Ich fand das Fläschchen hinten in meinem Medizinschrank. Ich schüttete alle Tabletten in die Toilette und spülte dann ab.

Die Angst war verschwunden. Endlich war ich sie losgeworden. Nicht, indem ich sie zerstörte, sondern indem ich sie an jemand anders weitergab.

Ich klatschte kaltes Wasser in mein Gesicht und sah in den Spiegel. Was mache ich jetzt?

Vielleicht sollte ich zu Sylvia zurückgehen. Heute nacht. Auf der Stelle. Sehen, ob wir neu beginnen *können,* trotz allem. Aber ich würde ihr nicht erzählen, was wirklich passiert ist. Ich würde sie in dem Glauben lassen, Edwin sei tot.

Oder, Teufel auch, vielleicht erzählte ich ihr doch alles. Edwin lebt noch irgendwo. Uns beide hat man zum Narren gehalten. Wie würde das auf sie wirken? Vielleicht würden wir uns beide auf ihre Spur begeben. Sylvia Fulton ist hinter euch her! Wem das keine Angst macht!

Ich wußte nicht, was ich machen sollte. Ich sah auf die Uhr. Es war kurz nach Mitternacht. Ich konnte noch im Glasgow vorbeischauen. Schauen, ob die Stammgäste noch da sind, schauen, ob sie noch Poker spielen können. Ein paar kalte Kanadische trinken, denk mal. Aber es hat keine Eile. Es wird ein langer Winter.

Wenn du wirklich ein Privatdetektiv bist, sagte ich zum Spiegel, dann müßtest du in der Lage sein, sie zu finden. Soll Edwin doch glauben, daß er sich ein neues Leben gezimmert hat, wo immer er auch sein mag. Soll Mrs. Fulton doch denken, daß sie ihr Spielchen gewonnen hat. Soll Uttley doch einen langen Winter voller schlafloser Nächte haben. Soll er doch von Blut träumen.

Und dann im Frühling, wenn die Welt wieder frisch und neu ist und die Jäger in die Hütten zurückkehren, dann machst du dich daran, sie einen nach dem anderen aufzuspüren.

Trag es in den Kalender ein, direkt neben der Jagdsaison für Kaninchen und Fasane und Moorhühner. Eröffne eine neue Kategorie, eine Jagdsaison für reiche Leute und ihre Anwälte, und die Strecke ist begrenzt auf drei.

Nachwort

William L. DeAndrea (1952–1996), der als einstweilen wohl letzter wie die Größen des Golden Age die Vorzüge des erfolgreichen Praktikers (»Schneeblind«, »Im Netz der Quoten«, DuMonts Kriminal-Bibliothek Bd. 1083 und 1091) mit denen des Genrekenners, -theoretikers und -historikers (»Encyclopedia Mysteriosa«, 1994) verband, hat neben Edgar Allan Poe und Sir Arthur Conan Doyle Dashiell Hammett als einen der drei Größten in der Geschichte der Detektivliteratur bezeichnet. Aus amerikanischer Sicht ist dies durchaus berechtigt: Hat Poe mit Auguste Dupin den ersten Seriendetektiv geschaffen und hat Doyle dieses Vorbild mit dem überragenden Sherlock Holmes als dem größten Detektiv aller Zeiten in unglaublichem Maße weltweit popularisiert, so hat Hammett vor achtzig Jahren das bis heute wichtigste Subgenre geschaffen – die »Private Eye Novel« mit einem »Private Investigator« – kurz »P.I.« genannt – als Helden, woraus dann in einem für die USA typischen phonetischen Spiel »Private Eye« wurde. Bahnbrechend war hier weniger der in Deutschland meist irrigerweise als typisch für den Autor geltende »Malteser Falke« als vielmehr seine Geschichten und Romane um einen namenlos bleibenden angestellten Detektiv alias »Operator« der Continental Agency, kurz »Continental Op« genannt.

In den frühen Kurzgeschichten vom Anfang der zwanziger Jahre, die zum Teil erst in den letzten Jahren in amerikanischen Groschenheften wiederentdeckt wurden, und den beiden Romanen »Red Harvest« und »The Dain Curse« von 1929 präsentiert Hammett weniger einen neuen Detektivtyp als vielmehr eine in der westlichen Weltliteratur neuartige Erzählform – die ›personale Ich-Erzählung‹ in ihrer Extremform. Hinter dem wissenschaftlichen Begriff verbirgt sich eine Ich-Erzählung, die der inhärenten Logik dieser Form des Erzählens Hohn spricht: Ein

›Ich‹ erlebt erst seine Abenteuer und erzählt sie später; es kennt das Ende, wenn es den ersten Satz niederschreibt. (Im Brief- und Tagebuchroman ist das anders und gilt dort nur für die einzelnen Einheiten, aber das braucht uns hier nicht zu interessieren, obwohl es beispielsweise im Genre in Doyles berühmtem »Hound of the Baskervilles« vorkommt.) Karl Mays Ich-Erzählungen in den populären Reiseromanen sind ganz überwiegend aus der Perspektive des reitenden und kämpfenden Helden geschrieben, verleugnen aber ihre spätere Abfassung aus der Rückschau nicht völlig (›… dieses Versäumnis sollte uns später zum Verhängnis werden‹). Hammett nun verzichtet noch auf die leiseste Andeutung einer Schreibtischsituation und erzählt konsequent und durchgehend so, als spräche sein Held beim Erleben und Erleiden vor sich hin.

Diese Form – und nicht Romane wie »The Maltese Falcon« oder »The Glass Key« – wurde genrestiftend. Chandlers Phil Marlowe popularisierte sie, und Ross Macdonalds leiser Lew Archer bediente sich ihrer ebenso wie Mickey Spillanes gewalttätiger Mike Hammer, und die Heldinnen Sue Graftons und Sara Paretskys sind ihnen gefolgt. Mittlerweile hat jede amerikanische Großstadt oder Region ihren eigenen männlichen oder weiblichen P. I. in Serie, die alle ihre Abenteuer nach dem Vorbild des Continental Op ohne zeitliche Distanz selbst erzählen. So viele Autoren pflegen dieses Subgenre, dass es sich lohnte, schon 1981 einen eigenen Verband zu gründen – die »Private Eye Writers of America«.

Auf diesem wahrlich reich bestellten Feld debütierte 1999 der junge IBM-Mitarbeiter Steve Hamilton – und wurde gleich mit Preisen überschüttet. Neben dem Hauspreis des Genre-Verlags St Martin's Press, der dann natürlich auch sein Verleger wurde, waren es der »Shamus«-Preis der oben genannten »Private Eye Writers of America« und vor allem der renommierte »Edgar« für den besten Debut-Roman auf dem Gebiet der Kriminalliteratur überhaupt.

Der in Detroit im südlichen, dichtbesiedelten und hochindustrialisierten Michigan geborene und aufgewachsene Autor hatte es gewagt, den obersten Norden seines Heimatstaates, die Obere Halbinsel, die an Wisconsin grenzt und mit der Unteren Halbinsel, dem eigentlichen Michigan, nur durch eine riesige Brücke verbunden ist, zum Schauplatz seines Erstlings zu machen. Sault Ste. Marie ist eine in den USA und in Kanada an den alten Stromschnellen und jetzigen Schleusen zwischen Lake Superior und Lake Huron gelegene Kleinstadt. Paradise ist auf der Straße noch einmal knapp hundert Kilometer davon entfernt, »in the middle of nowhere«, wie es im Original immer wieder heißt, mit einem der typisch amerikanischen Namen, mit denen die frühen Siedler ihrer Hoffnung auf eine in jedem Sinne ›Neue Welt‹ naiv Ausdruck verliehen. Mit zum spektakulären Erfolg dieses Erstlings in den USA hat die große epische Kraft beigetragen, mit der Hamilton dieser ›Grenze‹, nicht nur zwischen den USA und Kanada, sondern auch zwischen Zivilisation und Wildnis Leben verleiht.

Ebenso originell ist der Held der neuen Serie – in den USA erscheint im Juli 2001 der dritte Roman – in der Verbindung von Genretradition und glaubwürdiger Innovation, die er verkörpert. Raymond Chandler hatte auf den ersten Seiten seines Erstlings »The Big Sleep« seinen Helden Marlowe gleich symbolisch mit dem Glasgemälde eines Ritters konfrontiert, dem der Privatdetektiv gerne bei der Befreiung einer Jungfrau geholfen hätte – was Marlowe, bei aller modernen Gebrochenheit, letztlich auch tut. Hamilton ist nun so ehrlich, seinen Helden auch mit einem doppelten Heldennamen auszustaffieren: Alexander McKnight; das englische ›knight‹ = ›Ritter‹ erscheint also direkt in seinem Namen.

Dieser ›Ritter‹ ist jedoch von seinem Schöpfer von vornherein bewusst *mit* ›Furcht und Tadel‹ ausgerüstet worden: In seiner Brust steckt eine Kugel, immerwährende Erinnerung an das Ende seiner Dienstzeit als Polizist in Detroit, bei dem er selbst niedergeschossen und sein Partner getötet wurde. Körperlich versehrt – er bezieht seitdem eine Invalidenrente –, ist er auch innerlich beschädigt. Nicht nur verfolgen ihn Selbstvorwürfe ob des damaligen unprofessionellen Versagens, auch heute noch kann ihn jederzeit die Erinnerung an das damalige Blutbad einholen und in seinen Aktivitäten lähmen: Was diesen Superman sympathisch macht, ist sein – wie die wortwörtliche Kugel! – tiefsitzendes Trauma, sein grünes Kryptonit ist das Versagen vor vierzehn Jahren.

Neben der für seine bescheidenen Ansprüche hinlänglichen Rente sind Blockhütten, die sein Vater in einem großen, von ihm gekauften Waldstück selbst gebaut hat und die der Held jetzt an Jäger und Sportler vermietet, Grundlage seiner Existenz. Zu seiner Tätigkeit als lizensierter Privatdetektiv hat ihn ein – fast schon: der – Anwalt aus Sault Ste. Marie überredet. Neben einem reichen Klienten, dessen Privatgeschäfte er regelt, McKnights Freund Edwin Fulton III., sind es Schadensersatzfälle, mit denen er seine mittelprächtige Existenz fristet – »chasing ambulances« nennt der Anwalt Uttley selbst spöttisch seine hauptsächliche Tätigkeit: In Amerika kennzeichnet man so verächtlich Feld-, Wald- und Wiesen-Anwälte, die hinter den Opfern herlaufen, um noch die windigsten Schadensersatzansprüche gegen Erfolgsbeteiligung geltend zu machen. Für Ermittlungen in solchen Fällen braucht er einen privaten Ermittler wie in Deutschland Dr. Renz seinen Matula, und Alex McKnight lässt sich, mehr aus sportlichem Ehrgeiz, überreden. Angewiesen auf die Honorare ist er nicht.

Zum für den Durchschnittsamerikaner und erst recht für den Europäer exotischen Milieu des nördlichsten Teils der großen Seen und zum glaubwürdigen Helden tritt ein außergewöhnlich gut und dicht konstruierter Plot, der den Leser in seinen Bann schlägt – hart und blutig im Wortsinne, und dennoch weit entfernt von der ›violence is fun‹-, der ›Gewalt-macht-Spaß‹-Schule. Nicht das Meer von Blut, mit dem der Roman beginnt, macht die Faszination aus, sondern das leise Grauen, das von einer vor der Hüttentür oder in einem Ruderboot liegenden roten Rose ausgehen kann. Und dieser Plot ist – und das wird auch ein Merkmal der weiteren Hamilton-McKnight-Romane sein – mehr als doppelbödig. Wenn der Held – und mit ihm der Leser – die Lösung gefunden zu haben glaubt, tut sich dahinter ein neues Rätsel auf, ein leises der Unstimmigkeiten und der subtilen Widersprüche, das auch der Leser selbst gemäß dem Fairness-Gebot des klassischen Detektivromans lösen kann.

Nur in einem Punkt verlässt der Debütant Hamilton die strenge Hammett-Schule, wie Chandler und Macdonald sie vermittelt haben – er gestattet seinem Helden minimale Erzählerkommentare und Vorgriffe, die für den genauen Leser die Erzählsituation nach den Ereignissen situieren.

Mit den Romanen des eingangs zitierten William L. DeAndrea, mit Conor Daly (»Mord an Loch acht«, »Tod eines Caddie«, »Schwarzes Loch siebzehn«, DuMonts Kriminal-Bibliothek Bd. 1087, 1096, 1107) und jetzt mit der neuen Serie Hamiltons, die bei uns fast zeitgleich mit den Originalen in den USA erscheint, präsentieren wir drei herausragende Vertreter einer aktuellen Variante des Genres Kriminalroman: originelle zeitgenössische Milieus, glaubwürdige Helden und exzellent konstruierte Plots, die den besten Vertretern des Golden Age in nichts nachstehen.

Volker Neuhaus

DuMonts Kriminal-Bibliothek

»Knarrende Geheimtüren, verwirrende Mordserien, schaurige Familienlegenden und, nicht zu vergessen, beherzte Helden (und bemerkenswert viele Heldinnen) sind die Zutaten, die die Lektüre zu einem Lese- und Schmökervergnügen machen. Der besondere Reiz liegt in der Präsentation von hier meist noch unbekannten anglo-amerikanischen Autoren.« *Neue Presse/Hannover*

Band 1001	Charlotte MacLeod	**»Schlaf in himmlischer Ruh'«**
Band 1016	Anne Perry	**Der Würger von der Cater Street**
Band 1022	Charlotte MacLeod	**Der Rauchsalon**
Band 1025	Anne Perry	**Callander Square**
Band 1033	Anne Perry	**Nachts am Paragon Walk**
Band 1035	Charlotte MacLeod	**Madam Wilkins' Pallazzo**
Band 1050	Anne Perry	**Tod in Devil's Acre**
Band 1063	Charlotte MacLeod	**Wenn der Wetterhahn kräht**
Band 1068	Paul Kolhoff	**Menschenfischer**
Band 1070	John Dickson Carr	**Mord aus Tausendundeiner Nacht**
Band 1071	Lee Martin	**Tödlicher Ausflug**
Band 1072	Charlotte MacLeod	**Teeblätter und Taschendiebe**
Band 1073	Phoebe Atwood Taylor	**Schlag nach bei Shakespeare**
Band 1074	Timothy Holme	**Venezianisches Begräbnis**
Band 1075	John Ball	**Das Jadezimmer**
Band 1076	Ellery Queen	**Die Katze tötet lautlos**
Band 1077	Anne Perry	**Viktorianische Morde** (3 Romane)
Band 1078	Charlotte MacLeod	**Miss Rondels Lupinen**
Band 1079	Michael Innes	**Klagelied auf einen Dichter**
Band 1080	Edmund Crispin	**Mord vor der Premiere**

Band 1081	John Ball	**Die Augen des Buddha**
Band 1082	Lee Martin	**Keine Milch für Cameron**
Band 1083	William L. DeAndrea	**Schneeblind**
Band 1084	Charlotte MacLeod	**Rolls Royce und Bienenstich**
Band 1085	Ellery Queen	**... und raus bist du!**
Band 1086	Phoebe Atwood Taylor	**Kalt erwischt**
Band 1087	Conor Daly	**Mord am Loch acht**
Band 1088	Lee Martin	**Saubere Sachen**
Band 1089	S. S. van Dine	**Der Mordfall Benson**
Band 1090	Charlotte MacLeod	**Aus für den Milchmann**
Band 1091	William L. DeAndrea	**Im Netz der Quoten**
Band 1092	Charlotte MacLeod	**Jodeln und Juwelen**
Band 1093	John Dickson Carr	**Die Tür im Schott**
Band 1094	Ellery Queen	**Am zehnten Tag**
Band 1095	Michael Innes	**Appleby's End**
Band 1096	Conor Daly	**Tod eines Caddie**
Band 1097	Charlotte MacLeod	**Arbalests Atelier**
Band 1098	William L. DeAndrea	**Mord live**
Band 1099	Lee Martin	**Hacker**
Band 1101	Phoebe Atwood Taylor	**Zu den Akten** (Juli 2001)
Band 1102	Leslie Thomas	**Dangerous Davies und das einsame Herz** (Juli 2001)
Band 1103	Steve Hamilton	**Ein kalter Tag im Paradies**
Band 2001	Lee Martin	**Neun mörderische Monate** (3 Romane)
Band 2002	Charlotte MacLeod	**Mord in stiller Nacht** (Sonder-Doppelband)

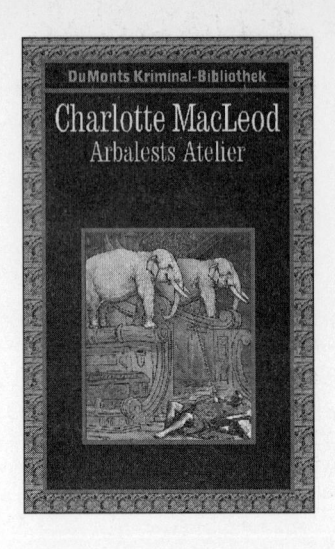

Band 1097
Charlotte MacLeod
Arbalests Atelier

Bartolo Arbalest, genannt »Der Wiedererwecker«, ist Spezialist für die Restauration alter Kunstwerke. In seiner zwielichtigen Werkstatt arbeitet die bizarre Lydia Ouspenska, eine alte Bekannte von Sarah und Max Bittersohn, Experten für Kunstraub und -fälschung. Ist es Zufall, dass frisch restaurierte Kunstwerke aus Villen der Bostoner High Society verschwinden? Zu allem Übel wird auch noch George Protheroe mit einem altertümlichen Speer in der Brust aufgefunden. Er war Kunde von Arbalests Atelier. Die Spurensuche führt die Bittersohns zu einem verschwundenen Schatz, einem Fluch und einem perfekten Racheplan.

Band 1098
William L. DeAndrea
Mord live

Einen Menschen verschwinden zu lassen, ist ein alter Zaubertrick. Wenn alles gut geht, erscheint das Opfer am Ende zurück auf der Bühne. Und das Publikum tost. Bei der Gala zum fünfzigsten Geburtstag des Network ist das anders. Vor laufender Kamera geschieht ein Mord. Vierzig Millionen Zuschauer sind Zeugen. Und es bleibt nicht der einzige rätselhafte Todesfall, den Matt Cobb zu lösen hat.

Band 1099
Lee Martin
Hacker

Clara Huffman traut ihren Augen nicht, als sie die Tür zum Computerzimmer öffnet. Doch auch ein zweiter Blick ändert nichts an der blutigen Szene: Der Computer ihres Gatten ist von einer Axt zerhackt. Und ihr Mann auch.
Detective Deb Ralston fällt es nicht leicht, Ordnung in die Sache zu bringen. Das wird nicht einfacher, als sie feststellt, dass der zertrümmerte Rechner von dem gleichen Computervirus befallen war, mit dem sich auch ihr Mann Harry zu Hause herumschlägt.

Band 2001
Lee Martin
Neun mörderische Monate

Detective Deb Ralston hat eine harte Zeit: Die Polizistin, Adoptivmutter und Großmutter wird zum ersten Mal selbst schwanger. Ihrem Einsatz als Kriminalbeamtin tut das keinen Abbruch. In drei spektakulären Fällen schafft es Deb Ralston mit viel Improvisation, die Herausforderungen von Job und Familie unter einen Hut zu bekommen. Die Sonderausgabe versammelt drei Krimis mit einer der sympathischsten und intelligentesten Heldinnen des neuen Detektivromans.

Zwei Romane
in einem Band

Band 2002
Charlotte MacLeod
Mord in stiller Nacht

Zwei ihrer überaus beliebten Kriminalromane hat Charlotte MacLeod in der Weihnachtszeit angesiedelt. Gleich der erste und erfolgreichste, *Schlaf in himmlischer Ruh'*, führt Peter Shandy, den Helden der Balaclava-Serie, unerwartet in seine Rolle als unfreiwilliger Detektiv, als er unter dem Weihnachtsbaum die Leiche seiner Nachbarin findet. Und mit *Kabeljau und Kaviar* werden auch die manchmal nicht ganz feinen Weihnachtssitten der Bostoner Gesellschaft vorgeführt.
Doppelter Krimigenuß für die festlichen Tage.